Knaus
K

Klaas Huizing

Frau Jette Herz

ROMAN

Albrecht Knaus

1. Auflage

Umschlaggestaltung: Design Team München
unter Verwendung des Gemäldes «Madame Récamier»
(Ausschnitt) von Jacques-Louis David, AKG
Gesetzt aus der Baskerville von Filmsatz Schröter, München
Dieses Buch wurde auf holz- und säurefreiem Papier gedruckt,
geliefert von Salzer Papier GmbH, St. Pölten.
Das Papier wurde aus chlorfrei gebleichtem Zellstoff hergestellt
und ist alterungsbeständig.
Druck und Einband: GGP Media GmbH, Pößneck
Printed in Germany
ISBN 3-8135-0209-0

www.knaus-verlag.de

Für die Bamberger
Alexandra Ranner, Dieter Doležel,
Ryszard Kajzer

«Wissen Sie, was mein ganzer Ehrgeiz ist? Ich will, daß ein intelligenter, ehrlicher Mensch sich für vier Stunden mit meinem Buch einschließt, und ich werde ihm eine gehörige Dosis historischen Haschisch verpassen. Das ist alles, was ich will.»

Gustave Flaubert,
Aus den Tagebüchern der Brüder Goncourt

Inhalt

TEIL I

Die Salondame Herz

1

Dann wurde Jette Herz ganz unruhig. Sie ging im Salon auf und ab, zupfte an einem Spitzendeckchen, rückte einen Fauteuil gerade, entkorkte eigenhändig – viel zu früh – vier Flaschen Wein, bat wiederholt die Köchin, die Vorräte an Tee und Brot zu überprüfen, weil letzte Woche ein Gast über dünnen Tee und dünne Butterbrote gespottet hatte, griff schließlich nach einem Roman, hangelte sich an den Zeilen entlang, hoffte, die Lektüre würde ihr einen Rhythmus aufdrängen, der sie ruhiger werden ließ, wenigstens für Minuten, am liebsten für Stunden, bis endlich die Gäste kämen. Sie ließ die Tür zum Flur einen Spalt weit offen, weil die vertrauten Geräusche ihrer Bediensteten sie an ihre Kindheit erinnerten, wenn sie, an Stickhusten erkrankt, mit einem Buch versorgt das Bett hüten musste.

Doch heute verstand der Roman es nicht, sie zu fesseln. Sie entwand sich den Stricken, oder die Stricke waren zu dünn für ihre kräftigen, ja, leider! sehr kräftigen Gelenke. Vielleicht waren die Seiten auch zu klein bedruckt oder ihre Augen zu müde, sie verspürte jedenfalls keine Lust, mit den Figuren umherzuwandern, und durch die Geschichte trödeln wollte sie erst recht nicht. Vielleicht auch war die Strahlkraft ihres Helden über Nacht verglüht oder ihre Begeisterung für den Meister in langen Lehrjahren abgenutzt. Sie wählte deshalb ein anderes Buch, eine Reisebeschreibung, versuchte sich an den Seiten festzusaugen, rutschte aber immer wieder ab, fand heute keinen Halt, und sie würde, das wusste sie jetzt, bei keinem anderen Buch Erfolg haben, weil sie dem Besuch eines neuen Gastes entgegenfieberte, den ihr Alexander Graf zu Dohna angekündigt hatte. Ihr treuer Alex hatte geheimnisvoll getan, hatte gemurmelt, der Gast verhülle sich gerne unter Schleiern, sei jung zwar, aber von kolossaler Bildung, und sie hatte ihn gedrängt, wollte mehr wissen, aber Alexander hatte mit aufreizender Langsamkeit einen Apfel geschält – nur Alexander schälte den Apfel stets in einem Stück, sie kannte niemanden sonst! –, hatte die Schale hoch gehalten und gesagt, «Locken, ihn schmücken Locken!» Dann hatte er abrupt das Thema gewechselt, sich über seine ihn oft ermüdenden Aktenstudien beschwert, ganz unvermutet noch einmal gesagt: «Ihn schmücken Locken» und sich schließlich mit einem Versprechen verabschiedet: «Er wird Ihnen gefallen, Jette. Vielleicht war er im großen Salon bereits vor Jahren einmal anwesend, ohne dass er Ihnen auffiel, aber ich bin mir ganz sicher, ich werde Ihnen jetzt einen erblühten Freund zuführen, und er wird schon bald in Ihrer Gunst zu einem sehr engen Vertrauten aufsteigen.»

Jette Herz hatte während der letzten fünfzehn Jahre zahllose Gäste in ihrem Salon empfangen, junge Adelige, die sich in ihren Schlössern mit ihren Gemahlinnen schrecklich langweilten, Diplomaten, Minister, Offiziere, Gerichtspräsidenten, daneben Kunstsammler, Dichter, Maler, Komponisten, Philosophen, Theologen, Schauspieler. Kaufleute auch. Und immer war sie, versessen auf Geselligkeit, sehr unruhig geworden, wenn sich ein neuer Gast angekündigt hatte. Aber niemals hatte ihr Alexander mit dieser Festigkeit beteuert, er werde künftig einen Freund mit ihr teilen. Was hatte er unausgesprochen gelassen, was nur angedeutet?

Wohl nur Alexander wusste, dass sie ein Gemüt besaß, das sich im Lärm des Salons nach vertraulicher Nähe sehnte, nach ungeschützter Unmittelbarkeit, dabei auf Ausschließlichkeit bestand und kein Schweifen duldete. Sie verlangte, zumindest an den frühen Nachmittagen, ungeteilte Aufmerksamkeit und kleine, aber bitte mit Esprit vorgetragene Komplimente. Und warum glaubte Alexander diese Rolle nicht ausfüllen zu können? Und warum gelang es auch ihrem Mann nicht?

Ihr Mann.

Ja.

Marcus Herz.

Wenn überhaupt ein Mensch den Nachnamen Herz führen durfte, dann ihr Mann. Sie hatte sich zuerst in den Namen verliebt, weil sie ihren portugiesischen Mädchennamen de Lemos gerne gegen einen so sprechenden Namen eintauschen wollte, erst später in den beinahe siebzehn Jahre älteren Herz.

Sein Äußeres hatte sie nicht sofort für ihn eingenommen. Sie selbst fand ihn, als er sich ihr vorstellte, auf den ersten Blick gedrungen und hässlich, aber den zweiten Ehekandidaten, den ihr Vater ihr präsentiert hatte, verunstaltete ein Blutschwamm im Gesicht, und sein Name war zu schlicht und zu bedeutungslos. Also fiel die Wahl auf Marcus Herz. Außerdem hatte ihr Vater ihr erklärt, Herz sei Aufklärer. Sie verband zwar mit dem Wort wenig – mein Gott, sie war damals, als sie sich verlobte, noch nicht einmal dreizehn Jahre alt! –, aber häufig waren in dem Gespräch die Wörter *Freiheit* und *Mündigkeit* gefallen, und die hatten einen anziehenden Klang. Und schön war sie schließlich selbst.

Sie schenkte ihrem Mann stets teuerste seidene Halsbinden, aber der Kopf, ein leider früh kahl werdender Kopf, thronte zu unmittelbar auf dem Körper, gab seiner Gestalt etwas Kränkelndes.

Das ja.

Sie mochte sein geistreiches Gesicht, seine elegante Gestik, und wenn er den Mund öffnete, erschloss sich augenblicklich eine neue Welt. Er besaß einen funkelnden Witz, und sie war sich sicher, es war dieser Witz, der seine Patienten im jüdischen Hospital die Krankheiten vergessen machte und ihm als Professor der Philosophie half, den Studenten ihre Vorurteile zu entwenden.

Stolz?

Sie war sogar sehr stolz darauf, mit dem Lieblingsjünger – wer durfte das unwidersprochen von sich behaupten? – des berühmtesten deutschen Philosophen, Immanuel Kant, verheiratet zu sein.

Und hatte nicht er seiner jungen Frau die besten Lehrer besorgt, um sie aus der Unmündigkeit herauszuführen?

Ja.

Hatte nicht er ihr Talent für Fremdsprachen und ihren Bildungshunger sehr nachdrücklich gefördert?

Aber ja.

Diese Chuzpe, ein jüdisches Haus zu einem, ach was, zu *dem* Mittelpunkt einer geistigen Elite in Berlin zu machen, in dem sich Angehörige unterschiedlicher Stände versammelten und in geselliger Gemeinschaft die neuesten Ideen besprachen. Musste Jette ihn nicht dafür bewundern?

Doch. Dafür bewunderte sie ihn.

Betrieb sie nicht dank seiner Großzügigkeit diesen Salon und war zur ‹Sehenswürdigkeit› – ein zwiespältiges, aber durchaus sehr angemessenes Kompliment, wie sie fand – von Berlin aufgestiegen?

Durchaus.

Und duldete nicht er auch ihre Leidenschaft für die empfindsamen Literaten, die sich häufig abends einfanden und sich, ein wenig verschwörerisch, wie ihr Marcus fand, in eine eigene Stube zurückzogen und der Lust der Lektüre frönten? Und verdankte sie nicht seiner Großmut, dass die junge Literatur endlich einen Ort gefunden hatte, wo sie gelesen und begeistert besprochen wurde?

Auch das. (Und vielleicht würden aus Leserinnen irgendwann auch Schriftstellerinnen. Darauf hoffte sie. Ohne diesen Wunsch ihrem Mann zu gestehen.)

Sie hatte allerdings häufig einen kleinen Anflug von Unmut gespürt, das wohl, denn ihr Mann übte seinen Witz an dunklen Passagen in den Texten ihrer Lieblingsautoren und empfahl sogar neulich seinem Freund David Friedländer, der eine undeutliche Stelle aus einem Gedicht von Goethe ausgelegt haben wollte: «Gehen Sie zu meiner Frau; die versteht die Kunst, Unsinn zu erklären.» Aber er hatte die sie umschwärmenden Männer in seinem Haus geduldet und klug gescherzt: «Zwei Kammern hat das Herz, liebste Jette. In der einen wohnt der aufgeklärte Verstand, in der anderen haust das warme Gefühl. Zusammen vereinigen wir ein ganzes Zeitalter.»

Nein. Eifersüchtig war er nicht. Wie sollte der Lieblingsschüler des Junggesellen Kant auch diese Regung erlernt haben!

Und war das nicht angenehm?

Das war oft angenehm. Sehr angenehm sogar.

Aber ihr Bedürfnis nach Nähe, ihre Sehnsucht, die großen Empfindungen zu teilen, die konnte ihr Marcus nicht stillen. Zu häufig sprach er von Pflicht und leider zu wenig von Neigung. Selbst wenn er sie lächelnd anschaute, spürte sie, wie er seine Leidenschaften im Zaum hielt, den Gemütsbewegen nur kleine Spaziergänge erlaubte und jede feurige Geste vor den Richterstuhl der Vernunft zitierte. Und er war weiß Gott ein strenger Richter. Was geht noch, was darf man zulassen, wann gewinnt der Körper die Herrschaft über den Verstand? Vor allem: Wann triumphiert die Begierde?

Jette wünschte sich entschieden häufiger einen Freispruch.

Wenn er sie berührte, dann hatte sie stets den Eindruck, er würde wie bei den Patienten allenfalls nach dem Puls fahnden. Seine dicken Hände mit den knotigen Gelenken waren für die Liebe einfach nicht geschaffen!

Ihr Marcus, ja.

Sie legte die Reisebeschreibungen endgültig zurück, riss die Fenster auf, ließ den Straßenlärm hereinschwappen, badete kurz in den lauten Geräuschen, atmete tief durch, dann schloss sie die Fenster, machte ausgiebig Toilette. Ihr turbanähnlicher Kopfputz – dafür war sie berühmt. Sie wählte einen apfelgrünen Seidenstoff. Ein Kleid aus bleifarbenem Atlas, mit Pelzwerk verbrämt. Stiefeletten, die die Füße kleiner erscheinen ließen. Zwei Spritzer Resedawasser. Oder besser: drei.

Heute Abend würden sie wieder einige wissenschaftliche Experimente durchführen. Dann stand sie, schweigend zwar, aber doch neben Marcus als seine Assistentin. Und das war unerhört in der Gelehrtenwelt: eine Frau, die sich in das Gebiet der Physik und Optik hineinwagte, die wusste, warum ein Kurzsichtiger sich konkaver Gläser bedienen musste und ein Weitsichtiger konvexer, die wusste, wie ein Fernglas funktionierte, die, das grenzte doch an ein Wunder!, mit stählernen Stäben eine sehr große magnetische Kraft erzeugen konnte, die auch mit viel Geduld den Zuhörern erklärte, was in einer Camera obscura für geheimnisvolle Dinge geschahen oder warum die Magnetnadeln an jedem Orte der Erde eine gewisse Richtung bevorzugt liebten.

Aber eine tiefe, eine leidenschaftliche Anziehung hatte sie, Jette Herz, noch nicht erlebt. Zwar hatte sie vor Jahren einen Tugendbund gegründet, ihn wie eine Geheimbündlerin mit hehren Statuten versehen, man hatte die Korrespondenz verschlüsselt, hatte das vertraute Du gepflegt, priesterliche Küsse ausgetauscht und sich geschworen, nichts voreinander zu verheimlichen, hielt sich für Freimaurer des Herzens. Die Humboldts hatten dazu gehört, Schillers Schwägerin Caroline von Wolzogen, Karl von La Roche, die Schriftstellerin Therese Forster-Huber (auf die Bezeichnung Schriftstellerin legte sie übertrieben großen Wert!), natürlich ihre Freundin Dorothea Veit, nur Rahel Varnhagen hatte schnippisch abgelehnt. Nun gut. Aber dann hatten sich Geheimniskrämereien eingeschlichen. Wilhelm von Humboldt, der doch sehr nachdrücklich für sie geschwärmt und mitten in einer Hebräischstunde vor ihr gekniet und lispelnd – das raubte der Szene ein wenig die Leidenschaftlichkeit – von großen Gefühlen gestammelt und ihr Gesichtsprofil als ebenbürtig mit den vollkommensten Kunstwerken griechischer Kunst gefeiert hatte, verliebte sich nur wenige Wochen später in Karoline von Dacheröden. Sie selbst hatte mit viel Talent die Eifersüchtige gegeben, und die engen Bande hatten sich gelöst. Aber eine leidenschaftliche Anziehung? Nein. Sie hatte mit großer Leidenschaft bisher allenfalls gespielt.

Und heute Abend hatte ihr Alexander einen Gast angekündigt, der auf sie eine gewaltige Anziehung ausüben sollte: einen verschleierten Gast.

Und hatte sie diese Erfahrung zu machen nicht endlich verdient?

Sie fand: Ja.

Ganz entschieden. Ja. Ja.

2

Ein Experiment!

Wenn Marcus Herz, mit frischer Halsbinde ausgestattet, der Gesellschaft ein Experiment ankündigte, dann wirkte er sehr konzentriert, beinahe entrückt, und diese Konzentration strahlte auf Jette aus, gab ihr Sicherheit, dann folgten die Hände, die oft wie aufgescheuchte Vögel an ihrem Körper herumflatterten, willig den Befehlen, dann wirkte ihr reizbares Gesicht gleichmütig, dann verstummten die Gespräche in ihrem Kopf. Aber heute taugte das Wort «Experiment» nicht, die Unruhe blieb, weil ihr Blick unfolgsam immer wieder den neuen Gast streifte, den ihr Alexander, dieser Scharlatan!, als Friedrich Daniel Ernst Schleiermacher vorgestellt hatte, «Prediger an der Charité, von ältestem Denkadel, der als Erzieher vor allem meines jüngeren Bruders, so darf ich hoffen, auch noch mir einen kleinen Anteil vererbt hat». Sie hatte auf Alexander geblickt und gelacht und es versäumt, mit diesem Gast, der, so glaubte sie sich zu erinnern, verschüchtert vor Jahren einmal den Salon besucht hatte, ein paar Worte zu wechseln, weil ein anderer Gast ihre Aufmerksamkeit verlangte.

«In der letzten Woche, liebe Freunde, hatte ich bereits angemerkt, dass man, wenn man auf einen sehr hohen Berg steigt oder auf einen hohen, nein: gewaltig hohen Turm, die Luft weniger zusammengedrückt findet, weil alsdann das Gewicht der Luft über ihr doch merklich kleiner ist. Mit einem kleinen Experiment wollen wir diese Erscheinung außer Zweifel setzen. Wenn man eine Röhre nimmt ...»

Mit jedem schnellen Blick schnappte Jette eine Eigenart des neuen Gastes auf: Der Überrock war zwar ordentlich gebürstet, aber er wirkte abgetragen, erschreckend ärmlich; die Halsbinde war frisch, aber etwas zu sehr gestärkt, als müsste sie dem Hals als Stützband dienen; seine Locken kringelten sich nicht ganz so elegant, wie Alexanders Spiel mit der Apfelschale vermuten ließ – vielleicht hatte der Gast sie vor Aufregung ungeschickt zu bändigen versucht?

Und was war mit seinen Händen? Warum verbarg er sie? Waren sie klein und dick? Von einem Ekzem verunstaltet?

«Jette, bist du mir bitte behilflich?» Jette erschrak kurz, lächelte. Marcus spitzte, kaum wahrnehmbar, die Lippen. «Also: Wenn man die Röhre nimmt und an dem oberen Ende mit dem Finger ordentlich verschließt, und wenn man dann diese Röhre mit einfachem Wasser füllt, sie dann umkehrt, so, dass das offene Ende nach unten zeigt, so wird nichts herauslaufen.»

Aufreizend langsam drehte Jette die Röhre um, ohne dass das Wasser den Weg durch die unverschlossene Öffnung nach draußen fand. Das Publikum klatschte. Einer der ältesten Freunde von Marcus, Johann Jakob Engel (auch dieser Name wäre für Jette bei der Wahl ihres Ehegatten von einiger Attraktion gewesen), ein Meister der menschlichen Mimik, sein Gesicht war immer in Bewegung, gab sehr überzeugend den ungläubigen Thomas, wurde prompt nach vorne gebeten, klopfte vorsichtig auf das Glasröhrchen, prüfte die Öffnung und sprach ein wenig theatralisch von Zauberei, ging dann unter erneutem Applaus auf seinen Platz zurück.

Jetzt war sich Jette sicher, die linke Schulter dieses Schleiermacher weigerte sich, mit der rechten Schulter in schöner Eintracht zu leben, und wurde auffällig, wenn Schleiermacher sich unbeobachtet fühlte. Aber diese Augen! In ihnen wohnte eine

Sehnsucht, sich mit der ganzen Welt zu verbrüdern, darin siedelten Sinn und Geschmack, Leidenschaft und, ja, das auch, Leidensfähigkeit. Überdacht wurden diese Augen von einem schmalen Baldachin zart geschwungener Augenbrauen. Sie kannte solche Augen in dieser Reinheit nicht, sie kannte matte, gewitzte, ungezogene, tief unter Augenbrauen vergrabene und welche, die hervortraten, als habe man plötzlich beim Erdrosseln Einhalt geboten, aber nicht solche.

«Die Elastizität oder aber der Druck der Luft, liebe Freunde, der gegen das Wasser unten stößt, erhält die Flüssigkeit in der Röhre. Aber sobald man die Röhre oben freigibt, sogleich fällt die Materie herunter. Jette, bitte.»

Jette nahm ihren Daumen von der oberen Öffnung, und das Wasser spritzte durch die untere Öffnung in die auffangbereite Wanne.

«Vielleicht hat unsere Jette das Wasser betört», rief Friedrich Nicolai, der so lebensklug war, als Schriftsteller zugleich Buchhändler zu sein, und ergänzte, weil er mit der Reaktion des Publikums unzufrieden war: «Vielleicht auch hat Jette ihren Daumen mit einem starken Leim eingerieben, der wahre Wunder vollbringt.»

«Diesen Leim möchte ich erwerben, dann würde ich damit die Böschung an meinem Haus vor Hochwasser schützen», spottete ein anderer Gast, ein Komponist und gelernter Maurer, der seinen ursprünglichen Beruf nie ganz verleugnen konnte.

«Die Ursache», hob Marcus an, und sofort verstummten die Zwischenrufe, «nun, die Ursache ist, weil die Luft alsdann auch von oben sehr mächtig auf das Wasser drückt und es also mit aller Kraft heruntertreibt. Daraus sieht man, dass, solange die Röhre oben durch Jettes Finger geschlossen bleibt, die Kraft der äußeren Luft das Wasser in derselben erhielt.»

Seine Nase war stark, Ausdruck einer gesunden Willenskraft, aber auch empfindsam; ein fein geschwungener Mund, wie man ihn, ja, doch, eher an einer Frau vermuten würde; eine mächtige, denkstarke Stirn, die die empfindsamen Partien so herrlich ausbalancierte. Ein fast weiblicher Teint. Aber dann fielen ihr die starken Falten auf, die von den Nasenflügeln in einer tiefen Spur zu den Mundwinkeln führten und ein Magenleiden verrieten.

Und warum versteckte er seine Hände?

«Setzt man nun diese Röhre in ein Gefäß, aus dem man, Jette, ich darf dich bitten, mir noch einmal zur Hand zu gehen, durch eine Luftpumpe die Luft weggenommen hat, so fällt das Wasser sogleich aus der Röhre! Achtung! Jetzt!»

Und obwohl Jette die Glasröhre mit dem Finger verschlossen hielt, fiel das Wasser in den luftentleerten Glaskolben, sobald sie die Röhre hineinsteckte.

Erneuter Applaus.

«Und wenn wir, stehend auf einem hohen Berg, ein sehr langes Rohr in eine vor Wasser schwangere Wolke hielten und das andere Ende in diesen Glasballon führten, dem man vorher die Luft ausgetrieben hat, würde es dann regnen?»

Jette Herz bestaunte immer den Mut, mit der Dorothea Veit die seltsamsten Fragen stellte. Sie gehörte mit Rahel Levin zu ihren engsten Freundinnen seit Kindertagen. Beide hatten nach Jette ebenfalls die Chance ergriffen, durch einen eigenen Salon ihre Langeweile abzukürzen – Rahel empfing Gäste in ihrer Dachstube, und Dorothea unterhielt jede Woche einen Leseabend. Dorothea. Ja. Seit einigen Jahren nannte sie sich nicht mehr Brendel sondern Dorothea. Seht her! Ich gehöre zu euch. Zwar käme niemand auf die Idee, Dorothea eine Sehenswürdigkeit zu nennen, ihr Kopf war zu groß, und die Augen traten zu vorwitzig hervor, ihr fehlten sehr sichtbar schöne Haare oder elegante Hände, und die weiblichen Attribute waren nur, wie sie Jette einmal ganz offen zugegeben hatte, kümmerlich ausgebildet, aber sie besaß eine mädchenhafte Stimme, und manchmal sprengte sie wie auf einer Schimmelstute durch den Salon und hinterließ einen mächtigen Eindruck. Vor allem auf Männer einen übermächtigen Eindruck. Wirkte gleichermaßen anmutig und angriffslustig. Verletzlich und dann wieder wenig zimperlich.

«Frau Veit taugt zur Wettermacherin, meinen Respekt», bemerkte Engel, «wir sollten sie auf eine kleine Exkursion schicken, bliebe nur noch die Frage zu klären, wie wir das lange Rohr in den Harz transportieren.»

«Wir errichten auf dem schönen Brocken eine Glashütte, vielleicht gelänge es uns dort dann auch, fliegende Besen zu erfinden. Die wären dann bereits vor Ort.» Nicolais Vorschlag wurde mit gut gelauntem Gelächter quittiert. Sein Blick verriet Zufriedenheit.

Dorothea verschränkte mit großer Geste ihre Arme und schloss die Augen. Jette biss sich auf die Zunge. Nicolai. Natürlich! Der hatte Dorothea und sie noch letzte Woche als «Goethe-Sklavinnen» verhöhnt. Wann würde Nicolai sie endlich ernst nehmen!

«Meine Freunde», unterbrach Marcus, «die Alten, denen diese Eigenschaft der Luft noch so gänzlich unbekannt war, sagten, dass die Natur, wohl zufolge der Furcht oder gar des Abscheues, den sie vor dem leeren Raum hege, die Flüssigkeit in der Röhre erhalte. Also, die Furcht vor dem Leeren war nach der Meinung der Alten das, was die Flüssigkeit letztlich verhinderte hinabzufallen. Wir» – und dabei verwies er auf Jette und verbeugte sich leicht – «haben nun gezeigt, dass es die Kraft der Luft ist, die die Flüssigkeit so kräftig zu halten vermag. Da aber diese Kraft, meine lieben Freunde, nicht unbegrenzt ist, so kann sie auch nur eine genauer zu messende Menge halten.»

Dieser Schleiermacher lachte vornehm, mit einer sehr privaten Wärme ausgestattet, mit einer Milde, die an Charme grenzte und gar nicht süßlich wirkte. Sie wollte ihn kennen lernen, sie musste ihn kennen lernen, sobald Marcus, der unbeirrt weiter ausführte, dieses Experiment beendete – endlich, wie sie fand, sie wollte sich endlich setzen, man konnte die gelehrten Ausführungen auch entschieden übertreiben, auch wenn sie manchmal den

Eindruck hatte, als ob ihr Marcus diese einfacheren Experimente häufig nur veranstaltete, um die anwesenden Frauen im Salon behutsam zu bilden.

«Man hat durch vielfaches Experimentieren herausgefunden, dass, wenn die Röhre höher als 33 Fuß mit Wasser gefüllt ist, das Wasser nicht hängen bleibt, sondern auf genau 33 Fuß absinkt. Da nun dieselbe Kraft das ganze Gewicht der Atmosphäre erhält, so dürfen wir daraus mit Klarheit schließen, dass die Atmosphäre so viel wiegt als eine Säule von 33 Fuß hoch. Nimmt man nun statt des Wassers eine andere Flüssigkeit, sagen wir Quecksilber, das doch präzise vierzehn Mal schwerer ist als das Wasser, dann kann die Kraft der Luft das Quecksilber nur in einer Höhe von 28 Zoll erhalten. Eine solche Röhre nun ist das uns vertraute Barometer. Durch das Barometer hat man gesehen, dass die Atmosphäre nicht immer gleich schwer ist. Steigt das Quecksilber in der Röhre etwa sichtbar, dann ist die Luft in unserem Dunstkreise also etwas leichter geworden. Steigt es, dann dürfen wir Sonne erwarten, dem Wissenden aber, meine Freunde, scheint stets die Sonne, unabhängig davon, was das Barometer uns prophezeit.»

Damit verbeugte er sich, Jette tat es ihm nach, man applaudierte, dann wurde Räucherwerk ausgeteilt, Wein oder Tee – dieses Mal ein kräftiger Tee – getrunken und die Konversation in kleinen Zirkeln fortgesetzt.

«Wir hatten noch gar keine Gelegenheit, uns näher bekannt zu machen», sagte Jette. Erst jetzt registrierte sie, wie klein er war. Sie hatte noch nie darüber nachgedacht, aber ihr gefielen kleine Männer. Sehr sogar.

«Ich gönnte mir bereits die Muße, Sie ein wenig zu studieren.» Schleiermacher deutete eine Verbeugung an. «Und Alexander hat mir bereits viel von Ihnen berichtet. Es ist für mich eine Ehre, hier zu sein.»

Alexander sollte Recht behalten.

Er war es, auf den sie immer gehofft hatte.

Nicht sehr stattlich. Aber diese Hände! Als seien sie aus dem Paradies herausgeschmuggelt worden.

Zu schmal und zu zart, um mit ihnen zu arbeiten.

Gewiss, sie taugten für andere Dinge.

3

Das war nachmittägliches Glück.

Wie er den Dampf des Tees einsog. Wie seine zierlichen Finger so wunderbar mit dem schmalen Henkel der Tasse harmonierten. Wie seine Oberlippe nahezu unmerklich wegen des heißen Tees zuckte. Wie er sagte: «Darauf freute ich mich seit den Morgenstunden.» Er stellte die Tasse vorsichtig ab. «Ihre Haut hat die herrliche Farbe einer frisch geschälten Birne, liebste Jette.»

Das hatte noch keiner gesagt. Sie liebte ausgefallene Komplimente. Und sie liebte die Sorglosigkeit, mit der Schleiermacher sie präsentierte.

Schleiermacher streichelte sie. Das stand ihr doch zu. Oder?

Als ob sich jede Regung, als ob sich jede zierliche Empfindung gewissenhaft in seinem Gesicht zeigte, als wären seine Augen wahrhaftig ein Spiegel der Seele, so glaubte Jette schon nach Wochen in seinem Gesicht lesen zu können. Würde doch nur bald eine Erfindung gemacht, diese Augen als Brennglas zu schleifen, um damit Schleiermachers Empfindungen in andere Seelen einzubrennen. Dann wäre diese Welt schon morgen, spätestens übermorgen, die beste aller möglichen Welten. Da war sie sich ganz sicher.

Und vielleicht besäßen dann auch bald, sofern sich der Körper nach dem Geist richtete, alle Menschen schöne Hände. Auch ihr Marcus. Und vielleicht hätte er dann auch nächtens mehr Geschick.

Schleiermacher hielt nichts zurück, und Jette hoffte sehr, er möge diese Gradheit noch lange bewahren, sich nicht vorschnell auf dem Wege in Amt und Würden eine Maske aufsetzen und dahinter erstarren. Wie ein Schwamm schien er alle Gespräche in sich aufzusaugen, denn wenn sie den Abend des Vortags Revue passieren ließen, erinnerte Schleiermacher, ohne damit zu prahlen, beinahe jede Redewendung, genoss sie in der Wiederholung und schmeckte sie ab wie eine gute Köchin.

Aber warum vergeudete er seine Fähigkeiten und griff nicht entschiedener selbst zur Feder? Verfolgte er keinen Zweck außerhalb der Geselligkeit?

«Ohne meine tägliche Ration an Besuchen verbuschel ich den ganzen Tag, tändle herum, fliehe liebend gern den Schreibtisch und meine Studien, werde zum Ende hin noch ganz schwermütig», hatte er ihr neulich gestanden – und das hatte sie auf die Idee gebracht. Sie wollte nichts falsch machen. Nein, sie wollte nichts falsch machen, aber wie wäre es, wenn sie Schleiermacher mit Friedrich Schlegel verbündete, der seit einigen Wochen, auf eine wie immer untrügliche Empfehlung des rührigen Hofkapellmeisters Reichardt hin, in ihrem Salon verkehrte? Würde das harmonieren?

Friedrich Schlegel.

Sein Ruf war ihm aus Jena vorausgeeilt, wo er mit seinem Bruder August Wilhelm einen Kreis von jungen Literaten um sich versammelt und an der Zeitschrift *Deutschland* mitgearbeitet hatte, die von Schiller befehdet wurde. In Berlin suchte er Wahlverwandte und Anregungen, um eine eigene Zeitschrift zu gründen.

Diese Frisur! Das war so mutig. Er trug sein braunes Haar kurz geschnitten, ungepudert und glatt, wirkte, unterstrichen durch große, oft verwundert dreinblickende Augen, noch kindlich. Er schien nie müde zu werden, war ein krankhaft reizbares Genie, unstet, manchmal auch, wie alle Frühbegabten und Frühvollendeten, anstrengend vorlaut, aber voller Ideen, die er gar nicht alle realisieren konnte. Beobachtete Jette ihn, dann schien er den stärksten Beweis für die Vermutung ihres Freundes Alexander von Humboldt zu liefern (warum machte der sich neuerdings rar?), dass die Hummel zu den ältesten fliegenden Wesen zu rechnen sei. Das war eine, wie Engel einmal gutmütig gesagt hatte, tollkühne Idee, aber Alexander verfolgte sie mit der ihm eigenen Hartnäckigkeit, sammelte alle möglichen Hummelarten und stellte sie in einem kleinen Kabinett aus. Jette fürchtete sich vor Hummeln, hatte nur einmal einen Blick auf diese kuriose Sammlung geworfen und «beeindruckend» gemurmelt.

Jette prüfte ihre Idee. Sie wollte nichts falsch machen. Schleiermacher und Schlegel waren sich in Feßlers Mittwochs-Gesellschaft bereits kurz begegnet und offenbar füreinander geschaffen.

Jetzt ging Friedrich wieder unruhig im kleinen Salon auf und ab. Man konnte dieser Geburt eines neuen Gedankens mit Augen und Ohren beiwohnen.

«Wenn die Windbüchse in der Lage ist, die Luft zu verdichten, nahezu unendlich viel Kraft zu speichern und eine Kugel auf den Weg zu schicken, wie wir gestern von Jette und ihrem Mann erfahren durften», Friedrich machte eine kleine Pause, damit das Kompliment seine Wirkung entfalten konnte, er gab sich erst zufrieden, als Jettes Wangen pflichtschuldigst mit einer schwachen Röte antworteten, «ich sagte, eine Kugel auf den Weg zu schicken, die Schicksale – oder wenigstens ein Mittagsmahl – entscheiden kann, dann müssen auch wir, meine Freunde, unsere Kräfte verdichten, dann müssen auch wir leisten, was wir zu leisten imstande sind, dann dürfen wir nicht nur Verse schmieden, sondern dann sollten wir, wie die großen Physiker, bei den Alten in die Lehre gehen und von dort her neue Wege erschließen. Und was könnten wir der Welt Größeres schenken als eine Übersetzung der Werke Platons!»

Den Namen «Platon» schrie er förmlich hinaus und warf dabei die Arme – eine Spur zu gekünstelt, wie Jette fand – nach oben. «Schon einmal hob eine Revolution mit einer Übersetzung an,

Luther übersetzte uns die Bibel und entdeckte uns den freien Menschen, mein Bruder schenkt uns eine Übersetzung Shakespeares, und wir übersetzen den göttlichen Platon, um unsere ästhetische Revolution zu befördern, und geben dem freien Menschen Anmut und Würde und eine Ahndung für das Schöne zurück, die uns Luthers Revolution leider! leider! geraubt hat. Vielleicht, ja vielleicht, liebe Freunde, muss hernach unsere ästhetische Revolution von einer neuerlichen religiösen Revolution begleitet werden.»

Friedrich setzte sich, nein, er sprang eher wie ein junger Hund auf das Sofa und schaute gespannt in die Runde. Den ersten Zuspruch erntete er von Dorothea Veit, aber ihr Beifall war nicht entscheidend, denn Dorothea stimmte, vom ersten Auftritt Friedrichs in ihrem Salon an, ihm zu, sobald er einen neuen Vorschlag in die Welt hinaus entließ. Und er entließ viele Vorschläge in die Welt hinaus. Aber Jette wollte sich jetzt nicht über Dorothea Gedanken machen. Der fünfundzwanzigjährige Friedrich und die mehr als sieben Jahre ältere Dorothea. Nein. Darüber wollte sie sich jetzt keine Gedanken machen. Das konnte warten.

Alexander zu Dohna nickte stumm, vielleicht prüfte er auch leise seine Kenntnisse in Altgriechisch. Carl Gustav von Brinckmann, Dichter und soeben («Herzlichen Glückwunsch!») als Legationssekretär der schwedischen Gesandtschaft nochmals bestätigt, ein alter Studienfreund Schleiermachers (Warum hatte Brinckmann ihr diesen Schleiermacher so lange vorenthalten?), lächelte, wie Jette wahrnahm, in dessen Richtung.

«Ach! Es ist ein göttlicher Einfall, den Platon zu übersetzen, und ich bin gewiss, dass außer uns nur sehr wenige dazu imstande sind, aber es muss wohl bedacht werden, und es bedarf gründlicher Vorarbeiten und Studien. Die Echtheit der Dialoge, ihre chronologische Reihenfolge, die Bekämpfung der neuplatonischen Pest – wir werden viel zu forschen und zu wagen haben», dämpfte Schleiermacher die Begeisterung.

«Nur zu! Nur zu!», ermunterte Schlegel und zog einen Text

aus einer Tasche und schwenkte ihn herum, «schaut her, was ich uns mitgebracht habe, von unserem lieben Tieck und unserem Bruder Wackenroder, *Herzensergießungen eines kunstliebenden Klosterbruders*, und natürlich, liebste Herz, hat er bei dem Titel an Sie gedacht.» Schon stand er wieder mitten im Raum und trug die ersten Seiten laut vor.

Über Platon kein Wort mehr. Monatelang. Die Idee bis auf weiteres im Archiv abgelegt.

Hörte man Friedrich lesen, dann glaubte Jette zu sehen, wie er den Witterungen einzelner Worte nachspürte, sie beschnupperte und dann den verborgenen Sinn freilegte wie ein Trüffelschwein. Er spornte die anderen an, es ihm nachzutun, bis alle durch den Text schnüffelten, bis jeder eine Spur aufnahm und sein Fündlein glücklich präsentierte.

Und Schleiermacher? Er besaß einen sehr ausgeprägten Spürsinn und wusste, auch heute, als bereits alle die Suche aufgegeben hatten und sich an ihren Schätzen erfreuten, noch einen Fund zu machen, den keiner für möglich gehalten hatte. Aber mit diesen Funden zu wuchern verstand er nicht, er steuerte in ihren Runden nichts eigenes bei, obwohl jeder, wie Jette ahnte, es ihm zutraute.

Schleiermacher und Schlegel.

Sie wollte nichts falsch machen.

Und Schleiermachers Geburtstag bot eine ideale Gelegenheit.

Sie entließ ihn gut gelaunt, steckte ihm eine Knopflaterne an seinen Überrock, damit er den Weg durch die dunklen Gassen nach Hause leichter finden konnte, und bereitete in den nächsten Tagen alles vor.

Das Vorhaben musste gelingen.

Schleiermacher sollte der Held ihrer Geschichte werden.

Schleiermacher.

Diese wunderbaren Hände.

Mein Gott. Diese Hände!

4

Sie hatte sich nicht getäuscht, nein, in Schleiermacher konnte man sich nicht täuschen. Wenn sich an ihm doch die Spezies Mann ausrichten könnte, dachte Jette, dann müsste man sich in der Wahl des Mannes nicht auf seinen eigenen Geschmack oder auf den des Vaters verlassen.

Er stand, in ein abgetragenes Negligé gehüllt – Jette hatte in der Eile vergessen, einen Blick auf seine verwachsene Schulter zu werfen – an der Tür und schaute entgeistert (wenn sein Gesicht einen solchen Ausdruck überhaupt hergab, dann heute) in die Gesichter seiner Freunde, die sich über ihre gelungene Überraschung unbändig freuten.

Sie sangen einen Geburtstagskanon, zweistimmig, nicht ganz fehlerfrei – nur Dorothea besaß eine ausgezeichnete Stimme –, dann besetzten sie die schmale Stube. Ein Staatsstreich. Eine heilige Revolution.

Auf Besuche war Schleiermacher nicht vorbereitet. Er besaß nicht einmal ein Teeservice. Jette und Dorothea durchstöberten den einzigen Schrank, suchten einige Tassen zusammen, denen sie zutrauten, flüssigen Inhalt zu bergen, dann deckten sie den Tisch, teilten den mitgebrachten Kuchen – ein Baumkuchen, um die Erinnerung an die Natur in diesen dunklen Novembertagen nicht zu unterlassen –, legten Süßigkeiten auf die Teller.

Schleiermacher hatte sich inzwischen einen abgetragenen Gehrock angezogen. Sie würde sich auch noch um seinen Kleiderschrank kümmern müssen. Diese ärmliche Kleidung konnte sie ihm ganz und gar nicht durchgehen lassen!

«Zuerst wickelt er meine Geschenke aus!», befahl Dorothea.

Schleiermacher nickte gehorsam, griff dann das falsche Geschenk, Dorothea schlug ihm kurz auf die Finger, wie man einem kleinen ungezogenen Kind auf die Finger schlägt, und legte ihm ein anderes Geschenk in die Hand. Auch dafür war er dankbar, er empfand es offenbar als Zuwendung. Er löste vorsichtig die Schleife. Die ihn umstehenden Freunde schauten gespannt, beinahe atemlos zu, Jette hatte den Eindruck, als würde ihnen allen mit dieser Geste – die Geschenke mochten wenig bedeutend, mochten läppisch sein, sei's drum – ein Gefühl von Verbundenheit beschert, als wären sie alle die Beschenkten.

«Ein herrlicher Weinpokal», staunte Schleiermacher. «Wie kann ich Ihnen, verehrte Dorothea, nur danken.»

«Indem Sie, liebster Ernst, bei jedem Schluck ganz kräftig an mich denken.»

«Nun ist Ihr Haushalt beinahe vollständig», stellte Friedrich augenzwinkernd fest.

Als würde Schleiermacher jeden Geburtstag mit einer Geschenk-Cour bestreiten, als wäre er von Kindesbeinen nichts anderes gewohnt, packte er die Gaben aus und bedankte sich mit warmen Worten: ein Paar Handschuhe, ebenfalls von Dorothea (zwei Geschenke, das war etwas übertrieben, wie Jette fand), edles Büttenpapier von den Dohna-Brüdern mit einem Wasserzeichen des Anwesens auf Schlobitten, als sollte Schleiermacher, ihr ehemaliger Hofmeister, mit diesem Zeichen heimlich geadelt werden, eine Uhrenkette von Jette – sie hatte quälend lange über mögliche Geschenke nachgedacht, hatte sich dann für eines entschieden, das einerseits an ihre gemeinsamen Verabredungen erinnern sollte, aber auch als Warnung diente, seine Stunden nicht, wie nannte es Schleiermacher auch noch?, ja richtig: zu verbuscheln.

Er dankte überschwänglich.

Und Friedrich schenkte ihm einen Flakon mit Parfüm.

Schleiermacher reagierte ohne Befremden, aber Jette stutzte. Schleiermacher verströmte häufig einen säuerlichen Mundgeruch, das ja, er hatte offensichtliche Probleme mit dem Magen, aber musste man dieser kleinen Schwäche so entschieden öffentlich begegnen? Oder war das Geschenk eine natürliche Folge von Friedrichs Unbefangenheit?

Sie tranken Kaffee, aßen den Kuchen – die Marmelade schmeckte etwas zu stark hervor, wie Jette fand –, ließen den Weinpokal kreisen, dann erhob sich Friedrich auf einen Wink von Jette hin: «Ich darf heute dich, da ich dich im Nachthemde angetroffen habe, mit einem vertrauten Du anreden. Heute, am 21. November 1797, jährt sich dein Geburtstag zum neunundzwanzigsten Mal, und noch immer hast du nichts gemacht!»

«Pfui, pfui», schrien alle.

«Deshalb nennen wir dich ab heute in unserer vertrauten Runde unseren Schleier, rauben dir das Wörtchen ‹machen›, bis du nicht nur ein Schleier bist, sondern auch einen Schleier zu machen und zu weben verstehst.»

«Schleier, ab heute heißt er Schleier», riefen alle, als hätten sie die Szene seit Tagen einstudiert. Nur Dorothea hinkte etwas hinterher.

«Und wir ziehen nicht eher von dannen, bis du uns deine Hand darauf gibst, ab heute immer schön fleißig zu sein und Bücher zu schreiben.»

Und alle streckten die Hand aus, und Schleiermacher ging zu jedem, gab jedem die Hand und versprach, noch heute mit dem Bücherschreiben zu beginnen.

«Symphilosophie, lieber Schleier, lautet die Formel, die ich mit meinem Bruder ausgegeben habe!» Schlegel baute sich in der Raummitte auf und breitete die Arme aus. «Symphilosophie, das meint: gesellig zu philosophieren. Jeder kluge Kopf, und es gibt viele kluge Köpfe, soll mitarbeiten, keiner wird ausgeschlossen, wenn es darum geht, einen neuen geistigen Kosmos zu schaffen. Wir müssen die Grenzen überwinden, müssen Wissenschaft, Philosophie, aber auch Kunst» – und jetzt lächelte er, eine Andeutung nur, in die Richtung von Jette, weil ihr Mann und seine Freunde diesen letzten Schritt nicht mitgehen, weil sie diese Gattungsgrenzen nicht niederreißen wollten, weil sie auch der Literatur nicht trauten, die Enzyklopädie des Geistes trefflich darzustellen – «in einer progressiven Universalpoesie versammeln. Ein künftig zu schreibender Roman, der zu romantisieren versteht, muss die unendliche Welt unseres geistigen Lebens einfangen. Nur wenn es uns gelingt, Philosophie, Kunst, Ethik, und, lieber Schleier, durchaus auch die Religion zu vereinen, dann werden wir nicht länger in kalten Verstandesbegriffen befangen bleiben, dann hat das kalte Argumentieren ein Ende, dann werden wir fühlen, wie das Unendliche auf uns wirkt, wie wir das Unendliche im Endlichen darstellen, wie sich in uns die Welt spiegelt. Den Weltgeist zu lieben und freudig seinem Wirken zuzusehen ist das Ziel unserer Poesie. Dann, meine Freunde, wird die Welt wärmer werden, und dann werden wir in geselliger Eintracht hochgestimmt leben. Und ich frage dich, lieber Schleier, ob du daran mitarbeiten willst.»

Schleiermacher nickte, von Friedrich wie ein Bräutigam umworben, stumm vor Rührung.

«Und wie verhindern wir, dass die tückische Trägheit erneut sich einschleicht, und du deinen leisen Gang beibehältst?» Er trat einen Schritt näher, schaute ihm tief in die Augen und senkte die Stimme. «Und wie verhindern wir, dass du heimlich deinen kritischen Geist lieber am Gängelbande spazieren führst, anstatt ihn uns für die ernste Literatur zu leihen? Und wie verhindern wir, dass du dich in der Universalität deiner Bildung am Tage einschließt und nur abends, im geselligen Gespräch, die Dachkammern ein wenig lüftest?»

Jette hatte es Friedrich überlassen, Schleiermacher – er heißt ab heute Schleier, verbesserte sie sich – im Augenblick größter Feierlichkeit ein Versprechen abzunehmen, denn so viel war sicher, wenn die Religion überhaupt noch einen Wert besaß, wenn in den Ruinen ein Geist überlebte hatte, dann in der Macht eines Versprechens, das man einem Chor von Freunden gab, sofern, wie sie wusste, größte Zuneigung (sollte man es Liebe nennen?) im Spiel war. Dann konnte Schleier nicht anders, dann musste er die Ängstlichkeit opfern, dann musste er in das Konzert der anderen einstimmen. Und wie großartig Friedrich agierte!

Schleiermacher schaute ein wenig hilfesuchend zu Jette, mochte aber nichts sagen, um die Stimmung des Augenblicks nicht zu zerstören.

«Die Antworten auf meine Fragen liegen so sehr auf der Hand, dass du sie offenbar nicht sehen kannst.» Er trat noch einen Schritt näher an Schleiermacher heran. «Du bewohnst doch drei kleine Kammern in dieser äußerst angenehmen Wohnung vor dem Oranienburger Tor, lieber Schleier, nicht unnötig mit Möbeln voll gestellt, mit viel gutem Licht nach Süden hin, um die Augen zu schonen. Ach, leider. Ich wohne sehr beengt, bei guten Menschen zwar, aber oft kann ich meine schönen Vorsätze nicht ausführen, weil es mir an Platz zum Arbeiten gebricht. Zöge ich zu dir, so nähme ich eine Kammer in Beschlag, in der Stube könnten wir symphilosophieren und unsere Arbeiten verrichten. Es würde mich keine Zeit kosten, deine Fortschritte zu überwachen, und ich nehme auch ganz gewiss keinen Anstoß, wenn du bis zur Mittagszeit im Negligé deine Aufgaben erledigst. Was immer uns im Kopf herumgeht, wir können es geschwind durchnehmen, mir jedenfalls ist nicht bange ob des Erfolges. Ich wäre sehr neugierig darauf, wie du die Dinge anfasst und zu einem schnellen Ende bringst. Und mir würde es in meiner angespannten finanziellen Lage auch ein wenig Entlastung schaffen, obgleich ich mich gerne bereit erkläre, einen kleinen Obolus zu leisten.»

Jette hatte die ganze Zeit in Schleiers Augen gelesen und längst die Antwort buchstabiert. Schleier stimmte zu, willigte ein in den gemeinsamen Haushalt, war augenscheinlich froh – und auch ein wenig besorgt – mit dem Feuerkopf Friedrich, der tagelang ausgelassen war, dann aber auch plötzlich in Schwermut versinken konnte, die Wohnung zu teilen. Und ein Frühaufsteher war er auch. Es war wichtig, es war richtig, beruhigte sie sich, auch wenn diese kleine Inszenierung einer Überrumpelung gleichkam, und als Schleier sie jetzt kurz mit einem Blick streifte, wich sie diesem Blick aus, prüfte scheinbar abwesend den Sitz ihres Eheringes und rieb ihn verstohlen blank.

Die Idee, bei Schleier einzuziehen, hatte Friedrich Schlegel gehabt, die anderen waren über diesen Teil des Plans vorher nicht informiert worden. Schlegel, der immerhin einige Monate Lehrzeit bei einem Leipziger Bankier absolviert hatte, besaß bei aller laut vorgetragenen Courage offensichtlich noch immer genügend finanzielle Vernunft, um seine Haushaltskasse, wo es ging, zu schonen. Über Geld, das wusste Jette, würde niemals geredet werden.

Wie lange diese geistige Ehe halten würde, fragte sie sich, jetzt abwechselnd den Blick auf beide lenkend. Friedrich war zu sprunghaft, um lange an einem Ort zu verweilen, es deutete sich, für alle sichtbar, auch eine heftige Liaison zwischen Dorothea und ihm an, aber auch ein Jahr könnte bereits hinreichen, um Schleier die Wonnen des Schreibens zu vermitteln. Und wer einmal, so hieß es, diese Wonnen erlebt hatte, wer einmal einen gedruckten Text in Händen hielt, konnte davon künftig nicht mehr lassen. Vielleicht würde sich auch ihr Verhältnis zu Schleier ändern, vielleicht käme er jetzt oft zum Tee, um sich von den Höhenflügen mit Schlegel zu erholen, vielleicht gelänge ihnen jetzt ein noch vertrauterer Umgang als bisher.

Schlegel und Schleier lagen sich in den Armen.

Das galt als Mietkontrakt.

Die anderen applaudierten. Dorothea schüttelte etwas ungläubig den Kopf.

Jette rieb noch immer ihren Ehering blank.

Sie hatte nichts falsch gemacht.

Diesmal hatte sie nichts falsch gemacht.

5

Seine Demut. Seine Geduldigkeit. Seine Leidensfähigkeit. Als Jette so auf ihn hinabsah – sie vermied es, so gut es ging, indem sie stets einen Sitzplatz suchte, wenn sie nebeneinander standen –, schienen ihr diese Eigenschaften, die sie bisher weiß Gott an niemandem geschätzt hatte, seine Stärke auszumachen, denn seine Demut verhinderte, dass er, wie es manchmal an Friedrich auffällig war, gleichsam auf Stelzen durch die Literatur schritt; seine Geduldigkeit verhinderte, dass eine fiebrige Rastlosigkeit die Reife verdarb; seine Leidensfähigkeit verhinderte, dass er, unter starken Druck gesetzt, von seinen Plänen abließ, sondern sie umso beharrlicher verfolgte. Und schlossen sich nicht diese Demut, Geduldigkeit und Leidensfähigkeit zu einem ganz eigentümlichen Charme zusammen? Und übertraf dieser Charme nicht den Reiz – wer wollte ihn verschweigen –, den die Selbstverliebtheit, Fiebrigkeit und Durchsetzungsstärke von Friedrich verströmten?

Jette empfand diesen Charme an manchen Tagen wie einen Saum, der ihre Gegenwart einfasste. Friedrich stachelte ihre Reizbarkeit an, das ja, aber erst in der Gegenwart von Schleier wurde diese Reizbarkeit zu einer Bereitschaft, die Welt in sich aufzunehmen. Und wo Friedrich mit kindischer Eifersüchtelei über einen guten Einfall wachte, schenkte Schleier seine Einfälle her, als wären sie ihm nur geborgt worden. Und wo Friedrich als Priester dem Freundschaftsbund vorstehen wollte, pflegte Schleier einen niederen Kult, war allen gleich Freund und fühlte sich – nun gut, das verstand sich wohl von selbst – nur zu ihr ein wenig stärker hingezogen.

Die Gespräche mit ihrem Schleier erlebte sie als eine Gnade, erlaubten sie doch vorsichtige Blicke in das Allerheiligste der Wissenschaft. Dann spannte sich ihre Haut vor Aufregung, es überfielen sie, wie nach dem Schauder des Fiebers, ein Wechsel und Schweiß und ungewohnte Hitze, und sie fühlte sich jedes Mal, nachdem sie vorsichtig in ihre alte Welt zurückgeglitten war, verwandelt. Durch ihn gewann sie an Selbstbewusstsein, gewann an Ausdehnung, fühlte, wie sich alle geistigen Keime entwickelten, wie die Berührung mit der ganzen Welt gelang. Und gewann im Gegenzug nicht Schleier durch sie an Einheit und klärte sich nicht endlich sein Charakter? Korrigierte sie nicht behutsam manche kleine Unvollkommenheit? Sorgte sie nicht für eine harmonische Ausbildung seiner Anlagen? Aber ja. Saßen sie in größerer Runde beisammen, dann genoss sie unbeschwert seine Erscheinung. Alle Regenbogenfarben seines Gemüts.

Seit Stunden beratschlagten sie jetzt. Sie wollten eine Zeitschrift gründen, verlangten nach einem Sprachrohr, um sich Gehör zu verschaffen. Sie wussten nur um das «dass», stellten Bedenken über finanzielle Risiken zurück – viele Zeitschriften stritten um die Aufmerksamkeit der Leser, Raubdrucke ruinierten häufig jeden kraftvollen Beginn, die Leser, auch die begeisterten, blieben zuweilen lange säumig, die Verleger betrieben die Verbreitung oft nur halbherzig; oder die Herausgeber wurden zu eigenmächtig, wie Schlegel durch die kurzzeitige Mitarbeit an Reichardts Zeitschrift *Lyceum der schönen Künste* hatte erfahren müssen. Und doch! Auch Jette konnte sich diesem «und doch!» Friedrichs nicht entziehen und ließ sich von dessen Enthusiasmus anstecken. Das Kind verlangt nach einem Namen! Als ob es schon auf der Welt wäre.

«Ich spüre diese ungeheure Kraft in mir, die Zeitschrift im Verein mit meinem Bruder mit lauter Fragmenten zu füllen, die von der Anstrengung künden, die allumfassende Universalpoesie in immer neuen Anläufen einzufangen, durchsäuert von der Ironie, die bezeugt, dass wir um die Unmöglichkeit wissen, das Unendliche in einem sehr endlichen Kunstwerk darzustellen, und wie wir doch nicht müde werden, das progressive Spiel voranzutreiben. Darauf zielte unser Plan bereits länger, jetzt aber scheint mir der Zeitpunkt günstig. Zwei Naturen, ein Organ. Ein Organ unserer philosophischen Lehrjahre!»

Jette bewunderte einmal mehr die Courage, mit der Friedrich die Idee für eine Zeitschrift präsentierte und zugleich mögliche Beiträger ausbootete. Vielleicht traute sich Friedrich auch deshalb, weil Schriftsteller wie Tieck, Novalis und Kleist – Schon wieder! Besuchten sie häufig andere Lesegesellschaften? Wurden sie untreu? – in der Runde fehlten.

«Als Name für unsere Zeitschrift denke ich etwa an *Schlegeleum.*»

Friedrich hatte sich mit vielen hier in Berlin verknotet, und jetzt wollte er diesen starken Knoten durchhauen und die zarten Familienbande wiederbeleben. Konnte er ernsthaft erwarten, dass alle in Jubelrufe ausbrechen würden?

Alexander, der am wenigsten daran interessiert sein durfte, in der Zeitschrift zu veröffentlichen, deutete bereits durch den Tonfall seiner ersten Worte die Reserve an: «Auch wenn wir uns den Namen im Geist gleich mehrfach vorsagen, so gewinnt er nicht an Eingängigkeit. Die Endung deutet zwar die Vorliebe für die Antike an, aber der Name will dazu nicht recht passen. Und mir ist leider entfallen – und es wird, so fürchte ich, anderen nicht besser ergehen – was ‹Hühnerschlegel› auf Griechisch bedeutet.»

Es war ein befreiendes Lachen, das Alexanders Worte auslösten. Wer wie Friedrich auf den Klang der Sprache so großen Wert legte, konnte sich nicht ernsthaft dem Einwand entziehen, wenn gesagt wurde, dem Namen mangele es an Eingängigkeit und vor allem an Erhabenheit.

«Wenn ihr gestattet, dass ich als Kabinettssekretär von Herrn Friedrich Schlegel einen Vorschlag unterbreiten darf.» Alle lachten erneut. Und auch in dieses Lachen mischte sich keine Beschämung oder ein Unbehagen. Alle wussten es. Schleier akzeptierte ganz willig seine Rolle. Und alle wussten um seinen langen Atem. «Mir scheint der Name *Parzen* angemessen, weil doch in dieser Zeitschrift der literarische Lebensfaden von Autoren, die nicht auf der Höhe der Zeit sind, abgeschnitten wird.»

Jette missfiel der Name beim ersten Hören. Er klang zu hart, zu unversöhnlich. Mit diesem Namen verband niemand eine positive Empfindung. Nun gut. Vielleicht war es unumgänglich, in einer Zeitschrift, die sich gegen andere Zeitschriften behaupten wollte, Fragmente einzurücken, die Autoren anderer Zeitschriften als veraltet brandmarkte. Aber musste man diese hässliche Notwendigkeit zum stolzen Namen erheben?

Jette blickte zu Schleier. Er ergänzte noch etwas, wohl um das Schweigen zu übertönen, aber sie hörte nicht richtig hin, vernahm nur den Klang, eine Beteuerung, wie bei Kindern, die längst wissen, dass ihnen kein Gehör mehr geschenkt wird.

Etwas anderes beschäftigte sie. War das neu an ihm? Besaß Schleier diese Schärfe, anderen Autoren ihre literarischen Lebensfäden abzuschneiden? War er überhaupt mit dem richtigen Werkzeug ausgestattet? Konnte Schleier zwischen den Freunden und den Bekannten so trennscharf unterscheiden? Wollte er nicht doch von allen geliebt werden?

«Ich verbinde mit dem Bild der Parze keine angenehme Empfindung, mein lieber Schleier. Ich müsste mich zwingen, eine Zeitschrift solchen Namens auch nur in die Hand zu nehmen.»

Dorothea übersetzte Friedrichs Gesichtsausdruck in Worte. Während der letzten Monate hatte Dorothea diese Kunst beinahe täglich verfeinert und hatte es bereits zu einer erstaunlichen Meisterschaft gebracht. Jette spürte es, bald würden sich die Leidenschaften einmischen, bald würde die Rede auf ihre unglückliche Ehe mit dem Bankier und Kaufmann Veit gebracht werden, bald würde sie weinend vor ihr sitzen, würde von Heimlichkeiten berichten und von unangenehmen Auftritten. Und Dorothea würde sie um eine Vermittlung bitten, im Namen der Freundschaft und im Namen der Liebe. Dann würde sie die Schicksalsgöttin spielen, dann würde sie einen Ehefaden durchschneiden helfen. Schnipp-schnapp. Jette, die Ehe-Parze. Eine Berliner Erfindung.

Es blieb also an August Wilhelm Schlegel, einen Vorschlag zu machen. Friedrichs Bruder weilte, wohl nicht ganz zufällig, wie Jette vermutete, in Berlin. Er war bedächtiger, auch verbindlicher als Friedrich, ihm fehlten einige Kielfedern, deshalb blieb er näher am Boden, flog nicht bei jedem kleinsten Geräusch aufgeregt hoch. Als «Schulmeister des Universums» hatte Friedrich Jette seinen Bruder angekündigt, und in der Tat, er schaute streng und wirkte, wenn er sprach, etwas pedantisch, lächelte aber auch gutmütig, wenn Friedrich zu einem Höhenflug ansetzte.

«Von Friedrichs Vorschlag nehmen wir die Endung, und von Schleiermachers Empfehlung her können wir auf den seligen Ort unserer Sehnsucht zurücklenken: Griechenland, genauer: Athen. Fügt man hübsch eins zum anderen, dann ergibt das demnach: *Athenaeum.*»

Jette sagte sich im Geist diesen Vorschlag mehrfach vor. Er wirkte etwas spröde. Das Seligkeitswort Athen verlor in dieser Verbindung an betörendem Klang, aber keiner in der Runde widersprach – auch Schleier nicht, jeder schien überzeugt oder zumindest von der eleganten und diplomatischen Lösung eingenommen.

«*Athenaeum.* So wollen wir es halten», entschied Friedrich.

Jette las in Schleiers Gesicht eine leise Enttäuschung. Sie wusste aber auch, wie schnell er aus diesen Gesprächen lernte. Und sie wusste um seine Geduldigkeit. Zunächst würde er als guter Sekretär die Papiere von Friedrich nach Fragmenten für die Zeitschrift durchforsten. Aber irgendwann würden die Texte nicht reichen, man würde Novalis beknien, Texte beizusteuern, und schließlich würde Friedrich Schleier bitten, selber Beiträge zu leisten, dann würde er Fragmente einrücken und vielleicht auch Rezensionen, die den literarischen Schicksalsfaden von älteren Autoren durchtrennten.

Dann würde aus dem Schlegeleum eine Schleiermacherei.

Auch am Ende dieses Abends wurden die zwei Gesellschaften aufgehoben. Die Freunde von Marcus Herz, die in seinem Arbeitszimmer getagt hatten, und Jettes Freunde trafen sich im großen Salon. (Die Wände müssten dringend neu bespannt werden!) Man trank gemeinsam Wein, scherzte, tauschte kleine Komplimente aus, verabredete einen neuerlichen gemeinsamen Abend mit physikalischen Experimenten – der Salon, so voller Stimmen, ein Chor der Begeisterung, ein Crescendo vor Mitternacht, aber es ging ein leichter Riss durch diese Gesellschaft, das spürte Jette an diesem Abend mit ungeahnter Wucht.

Und der Riss ging mitten durch sie hindurch.

6

Es wurde zu einem Luftfieber, das um sich griff.

War es eine verschwiegene Geste gewesen oder das unbeschwerte Lachen von Dorothea, oder der anziehende Klang des Tuschelns – Szenen, die Schleier fasziniert hatten, die vielleicht erst zusammengesetzt eine Aufführung ergaben und auf ein Mitspielen drängten? Wenn sie einzelne Episoden aus den Salonabenden aneinander reihte, stellte sich kein Drängen ein, Rührung, ja, vielleicht Rührung!, auch Mitgefühl, aber sie erkannte ihr Leben in diesem Stück nicht wieder! Sie wurde gerne umschwärmt, das ja, aber ihre Ehe mit Marcus Herz zu verlassen kam ihr nicht in den Sinn. Dicke Hände mit knotigen Gelenken waren keine hinreichenden Gründe, eine Ehe aufzulösen! Also bitte!

Schleier besaß göttliche Hände. Ja. Er verstand es, geistreiche Komplimente zu machen. Ja. Er verstand zu schwärmen. Ja. Ja. Sie fühlte sich ihm nahe. Verspürte eine große Sehnsucht nach seiner ständigen Nähe. Ja. War Freundin, Seelenverwandte, auch Muse. Und sie verdankte ihm die stetige Entwicklung aller ihrer Anlagen. Ja. Wenn er sie abends verließ, ging sie häufig in dem Duft, den er hinterließ, noch einige Minuten spazieren, als flaniere sie Unter den Linden. Und ja, dann fühlte sie sich leicht, Tau auf ihrer Haut, ein Kribbeln in den Fingerspitzen. Und häufig musste sie dann niesen.

Aber Marcus die Ehe aufkündigen?

Vielleicht hatte sich nach dem Empfinden ihrer Freunde das Gewicht der Atmosphäre verändert, wog plötzlich spürbar weniger als 33 Fuß, und prompt geriet alles durcheinander. Eine romantische Verwirrung, nichts blieb mehr an seinem Platz, alles flog herum, und die Gefühle gingen auf Wanderschaft, scherten sich nicht mehr darum, wo sie bisher angepflockt waren, wehten hierhin und dorthin, bis sie, wie ein verirrter Drachen, irgendwo niedergingen. Friedrich hatte es nicht weit getragen, Dorothea und er trafen sich häufig in ihrem Salon, und ihre Schwester Johanna, nein, darüber wollte sie jetzt nicht nachdenken, aber die umherfliegenden Gefühle von Schleier waren an ganz überraschendem und unwirtlichem Ort niedergegangen. Und sie hatte es sehr spät bemerkt.

Das war unverzeihlich.

Seit dem Sommer hatte Schleier, zunächst unregelmäßig, Zeit von seinen Nachmittagsbesuchen bei ihr abgezogen. Sie hatte es auf seine Studien geschoben – die gab es wohl auch, aber die gingen ihm offensichtlich schneller von der Hand, andernfalls hätte er keine Zeit finden können, vormittags und an einem Abend in der Woche einer anderen Frau Besuche abzustatten –, aber dann fiel ein bisher selten gebrauchter Name auffallend häufig und drängte sich in ihre Aufmerksamkeit: Eleonore Grunow. Sie war die Ehefrau des lutherischen Predigers am Berliner Invalidenhaus. Mehr wusste Jette zunächst nicht. Sie holte Erkundigungen ein. Über Eleonore Grunow erfuhr sie wenig, aber über deren Mann hieß es, er sei launig, in regelmäßigen Abständen dem Alkohol verfallen und würde im Rausch immer ausfällig gegen seine Frau.

Übertrieb Schleiermacher nicht manchmal seine Kunst des Mitgefühls? Sie würde ihm Grenzen setzen müssen. Auch das noch.

Das Leben musste poetisch werden, durchaus, aber wie weit durfte man sich hinabbeugen, um das Einfache zu erhöhen?

Man klatschte bereits über dieses seltsame Paar.

Während Jette in einem Reisebericht blätterte – ein interessanter Text, wie sie fand, der es verdient hätte, übersetzt zu werden –, brachte sie wie zufällig die Rede auf Eleonore Grunow. «Ich war zu sehr mit meiner Gesundheit beschäftigt, um mich nach den bedauerlichen Umständen zu erkunden, in denen Eleonore Grunow leben muss. Ich darf Eleonore doch zu Ihren näheren Bekannten rechnen?»

«Ach, liebste Jette! Wie oft habe ich schon nebenbei die Rede auf sie gebracht, weil mein Herz voll war von ihr. Sie werden lachen: Es liegt, so scheint mir, sehr tief in meiner Natur, dass ich mich immer stärker an die Frauen anschließen werde als an die Männer, denn in meinem Gemüt ist so vieles, was die Männer oft nicht verstehen und» – an dieser Stelle dämpfte er die Stimme – «was die Frauen an ihren Männer ganz offenbar vermissen.»

Hatte sie ihm zu häufig geschmeichelt? Sie durfte solche Komplimente andeuten, aber aus seinem Munde klangen die Sätze selbstverliebt. Und hochmütig. Aber es stimmte. Ja. Wenn er so dasaß, dann sah er aus, als könne er noch über Straßen hinweg am Leben einer anderen Frau teilnehmen, er gab ihnen das Gefühl, einzigartig zu sein. Wen er einmal mit seiner tiefen Zuneigung berührt hatte, dessen Leben war unlösbar mit seinem verbunden, dann hortete er wie ein guter Hausdiener die Gefühle, hatte sie bei Bedarf immer zur Hand, und es waren die Frauen, die dieses Vorrecht genossen – allenfalls Friedrich und Alexander konnten auf kleine Lakaiendienste rechnen. Aber musste er sich wirklich an jede Frau verschwenden? Und warum an diese?

«Und was vermisst Eleonore an ihrem Mann?» Die Frage klang halbherzig.

«Dieser Grunow hat im Invalidenhaus ein sehr schweres Amt zu verrichten, da muss man ihm viel nachsehen, aber er wird häufig von unausstehlichen Launen herumgeworfen, hält in Gelddingen und in seiner Wirtschaft keine Ordnung, spricht reichlich teurem Weine zu und lässt es an Charakterstärke fehlen, liebe Herz.»

«Sie zeichnen kein anziehendes Bild von dem Gatten! Hat er sich denn nach der Heirat so plötzlich in seinen Eigenschaften verändert?»

Warum hatte sie diese Schwäche bei Schleier übersehen? Es war unverzeihlich!

«Nein. Nein. Es war zunächst eine Liebe in der Kinderstube. Er war damals fünfzehn, und sie war zwölf Jahre alt. Dann ging Grunow auf die Universität, dort geriet er in schlechte Gesellschaft, seine Anlagen wurden nicht gepflegt, und als er zurückkam, sah Eleonore zwar, wie wenig er mit ihr harmonierte, aber überspannte Begriffe von Treue flüsterten ihr ein, es trotz vieler Zweifel zu versuchen. Eleonore hat ihn deshalb geheiratet und hält sich in dem wenig heiligen Wahn, es sei nun ihre Schuldigkeit auszuhalten. Nun ist Eleonore zwar mit einem sehr starken Gemüt gesegnet, aber diese Ehe zehrt doch zunehmend an ihren Kräften und ich fürchte um ihre Gesundheit. Die tägliche Malaise kann nach innen schlagen, beinahe wöchentlich baut sie sichtbar ab und wenn nicht bald etwas geschieht, dann muss man, da bin ich mir leider ganz sicher, liebste Jette, mit einem schnellen Ende rechnen.»

So weit also war die Affäre bereits: Schleier glaubte eingreifen zu müssen, bangte um die Gesundheit von Eleonore, entschuldigte sie mit einem überspannten Begriff von Treue – konnte Treue überspannt sein? –, machte offensichtlich Pläne, die, wie bei Friedrich, eine Heirat nach der Scheidung in Erwägung zogen. Ganz offensichtlich war ihr Schleier doch diesem Luftfieber zum Opfer gefallen und hatte eine verheiratete Frau angesteckt.

«Diese Frau könnte einen vernünftigen Mann, der sie zu schätzen wüsste, sehr sehr glücklich machen.»

Jetzt war es heraus. Jetzt wusste Jette, wie es um ihn stand.

Und sie hatte es nur geahnt, aber seinem Gesicht nicht abgelesen, dabei glaubte sie doch als Einzige, das Alphabet seiner Blicke lesen zu können. Hatte sie diese Lesekunst über Nacht vergessen? Und war es nicht ein Skandal, dass sie Eleonore noch nicht kennen gelernt hatte? Durfte Schleier ihr Eleonore vorenthalten? Sie fand nein! Deshalb suchte sie eine Gelegenheit, um sie näher kennen zu lernen. Ein Wohltätigkeitsfest zugunsten des Invalidenhauses bot eine erste Gelegenheit.

Schleier stellte einander vor, man tauschte verhalten Komplimente aus, stand in größerem Kreis beieinander. Aber da war nichts, was Jette faszinierte, sooft ihre Augen diese Gestalt vor ihr abtasteten. Wo auch immer sie begann, nirgends fanden die Augen Ruhe. Von Anbetung ganz zu schweigen. Lächerlich. Musste sie Schleier nun auch einen Sinn für das Schöne einpflanzen? Warum diese plötzliche Vorliebe für das Morbide? Ihr Schleier romantisierte doch etwas zu übermäßig, wenn er dieser, mit Verlaub, sehr alltäglichen Dame ein geheimnisvolles Ansehen gab. Also bitte.

Die Inkarnation einer schönen Seele?

Allein der Gedanke war ridikül. Hatte Schleier denn aus ihrer gemeinsamen Lektüre von Goethes *Wilhelm Meister* nichts gelernt? Konnte man den Text so missverstehen?

Sie spürte, wie sie sich Eleonore gegenüber verschloss. Mit dieser körperlichen Empfindung kämpfte sie Minuten, sprach Eleonore an und baute im gleichen Atemzug eine Mauer auf, die zu erklimmen unmöglich war. Warum plauderte sie nicht unbefangen, warum machte sie aus der ersten Begegnung einen kurzen Ringkampf? Jette war durch viel Übung gewohnt, geschmeidig auf Fragen zu reagieren, sie verstand die Kunst der Anspielung, wusste versteckte Zitate zu platzieren, aber Eleonore doch nicht! Sie ging bisher selten auf Lesegesellschaften, war in den Salons beinahe nie zu Gast. Musste es sie verwundern, dass Eleonores Antworten einsilbig blieben? Vielleicht würde sie die Kunst der Unterhaltung nie lernen. Vielleicht würde sie sogar Schleier von dieser Kunst entwöhnen. Vielleicht würde er aus

Mitleid seine mühsam entdeckte Zielstrebigkeit vergessen. In seinem Blick lag immer die Bereitschaft, sich anzupassen. Anpassen an diese Frau?

Wer gebot ihr zu lügen, wer hatte die Macht, ihr Urteil infrage zu stellen, Männer pflegten im Übereifer die Gesetze der Schönheit außer Kraft zu setzen, aber die Atmosphäre wog 33 Fuß, meine Herren, nicht 16 oder 17! Diese Eleonore besaß nicht die geringste Anmut des Benehmens, hatte keine vollendeten Manieren, wirkte steif und ungraziös. Ihr Mann war Prediger im Armenhaus, das war verdienstvoll, aber musste man deshalb so schlecht und nachlässig angezogen sein, mit einem kattunen Unterrock und schwarzen Wollstrümpfen? Und ihre trockenen und unergiebigen Antworten ließen auf keinen ausgezeichneten Geist schließen.

Und galt Schönheit so plötzlich in Berlin nichts mehr?

Also bitte!

Was also glaubte Schleier in dieser Frau zu entdecken?

Hoffentlich war es ein Luftfieber, das schnell verflog.

Sah man allerdings, wie Schleier glühte, dann schien das Fieber noch zu steigen.

Und ein Abklingen war nicht in Sicht.

Es war unverzeihlich.

Und wollte Schleier wirklich Eleonore zumuten, was Dorothea durchmachte, die sich auf langen Spaziergängen mit Schleier im Tiergarten zu dem Schritt durchgerungen hatte, sich von ihrem Mann scheiden zu lassen?

Sie hatte mit Dorothea und Friedrich gefiebert, das ja, Dorothea war eine Frau mit vielen Talenten, taugte durchaus zur Schriftstellerin, in ihrer Ehe mit dem müden Bankier drohte sie zu vertrocknen. Jette hatte wie eine mitfühlende Freundin gehandelt, wer wollte das bestreiten, hatte sogar einmal Dorotheas Mann aufgesucht und die Modalitäten, ein hässliches Wort, wie sie fand, der Scheidung besprochen.

Oh, der geehrte Herr Veit war so anständig gewesen, hatte, nachdem Jette ihm einen tiefen Blick in das Innere von Dorothea eröffnet hatte, mit Vorwürfen gespart, sich in seiner eigenen Scham verkrochen und in die Scheidung eingestimmt. Durchaus unüblich hatte Veit im Scheidebrief eine Passage einrücken lassen und den jüngeren, sechs Jahre alten Sohn Philipp für vier Jahre seiner Frau überlassen, sofern sie nicht in eine neue Ehe einwillige und die eigene Religion verlasse. Und eine kleine Pension versprochen hatte er auch.

Und doch waren die Konsequenzen hart. Dorothea lebte seit kurzem in ärmlichen Verhältnissen am Stadtrand von Berlin in der Ziegelstraße, gemieden von vielen Verwandten und Freunden. Friedrich Nicolai schrieb eigens an einem Roman, *Vertraute Briefe von Adelheid B.*, in dem er, wenig verhohlen, auf Dorothea anspielend, der Leidenschaft einer verheirateten Frau Vernunft und Opfersinn empfahl. Nicolai. Natürlich! Sogar ihr Mann Marcus hatte über ihren weiteren Umgang mit Dorothea abfällige Bemerkungen gemacht.

Wollte Schleier diesen Weg auch für Eleonore vorzeichnen?

Und wollte sie, Jette, ihn darin unterstützen?

7

Endlich stand Schleier vor dem Abschluss seiner ersten größeren Arbeit.

Und Jette hatte genau das Richtige getan, wie die Leiterin eines Marionettentheaters, die so behutsam mit den Fäden umzugehen wusste, bis die Puppen glaubten, und es notfalls auch beteuert hätten, ihre Glieder selbst bewegen zu können. Bis sie tanzend schwebten und schwebend tanzten, mal hierhin, mal dorthin gelenkt wurden, anmutig und scheinbar ohne große Anstrengung zueinander fanden und sich dann spielerisch leicht wieder voneinander lösten, zumeist fröhlich, weil sie es war, die die Emotionen vorgab und sich Verdrießlichkeiten verbot.

Seit mehr als einem Jahr lebten Schleier und Friedrich in ihrer geistigen Ehe. Glücklich zumeist. Schleier hatte Gefallen daran gefunden, morgens, noch im Bett, mit Friedrich zu sprechen, der schon das Frühstück bereitete. Und aus dem Kabinettssekretär war ein (noch zögerlicher) Zeitschriftenautor geworden, staunend über seine eigenen Talente. Das war ein Fortschritt, ja doch, aber Jettes feines Gespür erahnte noch größere Möglichkeiten, deshalb setzte sie, ohne von ihren Stickereien aufzublicken, einen feinen Stich. Sie könne sich nicht vorstellen, dass Schleier mit vollem Herzen dem zustimme, was Friedrich im *Athenaeum* über die Religion verlauten lasse. Und Schleier antwortete mit einiger Empfindlichkeit, dass ein kleines Fragment nicht hinreiche, seine Meinung über die Religion auseinander zu setzen. Jette entgegnete, er sei doch nicht auf eine kleine Form festgelegt, was hindere ihn daran, mehrere Bögen mit Fragmenten oder Reden zu füllen und Neuland zu bestellen? Schleier nickte, nahm eine launische Ausflucht in seine Faulheit, versprach aber, schon bald einen Plan in Angriff zu nehmen, der ihn fleißiger an den Sekretär binden würde.

Dann kam Jette ein Zufall zur Hilfe. Von Mitte Februar bis Mitte Mai wurde Schleiermacher nach Potsdam abgestellt, um dort den Hofprediger Bamberger zu vertreten. Plötzlich herausgeschleudert aus seinem engen Freundeskreis, blieb Schleiermacher, von Geselligkeit abhängig wie ein Trunksüchtiger von der Flasche, nur der Ausweg, sich in die Arbeit zu stürzen. Und Jettes nahezu täglichen Briefe waren die Fäden, die ihn hin zu seinem Sekretär zogen.

Mit jeder Rede über die Religion, die Schleiermacher ihr schickte, enthüllte sich ihr deren Wesen, nahm Konturen an, weiche, zarte, betörende. Der Stil dieser Seiten strotzte nun endlich vor jugendlichem Wagemut und Selbstvertrauen, originell und mit ironischem Witz entworfen, gleichermaßen empfindsam und stürmisch. Diese Seiten waren so erregend, dass sie häufig die Lektüre unterbrechen musste, Zuflucht zu ihren Stickereien suchte oder ein albern langweiliges Buch zur Hand nahm, um sich abzukühlen. Früge man sie, ob diese Seiten sie glücklich machten, sie würde ohne Scheu ein «Ja» hinausschreien, lauter als bei der Zeremonie ihrer Eheschließung, ja, diese Reden waren wie seidene Handschuhe, umschmeichelten jeden Finger und die Unterarme hinauf, man glaubte ein ganz neues Gespür zu erlangen, fühlte sich angegangen und umschlungen.

Genau das war die Geburtsstunde der Religion, diese heilige Umarmung, die nicht auf ewig hielt, die sich wieder lösen musste, wie in der liebenden Umarmung, wenn man des eigenen Bildes im Augenspiegel des anderen wieder ansichtig wurde, die Trennung erkannte und bereits den ersten milden Stich einer heiligen Wehmut verspürte. Wenn also der Geliebte sie in den Arm nahm, dann war es immer auch der Heilige selbst – und sie wollte in diesen Augenblicken nicht darüber nachsinnen, welcher Geliebte hier gemeint war. Gott war in den Liebenden. Ja. Ja. Und schrieb Schleier nicht, in ihr selbst werde er der Menschheit und damit des ganzen Universums ansichtig? Stand sie also stellvertretend für diesen geheimnisvollen Moment und die höchste Blüte der Religion?

Aber jetzt war keine Zeit für Selbstverliebtheit – oder etwa doch?

Die Kraft dieser Erfahrung, dieser Neuanfang, diese Entzündung, das war Religion. Kein staubtrockenes Lehrsystem! Keine Magd der Metaphysik und Moral. Religion, das war Sinn und Geschmack fürs Unendliche, ein gelöstes Streben über das Endliche hinaus, indem man jegliches Endliche im Lichte des Unendlichen wahrnahm und sich dieser taghellen Mystik anvertraute.

Von der Grunow stand in diesem Zusammenhange nichts zu lesen. Wie denn auch! Oder galt auch für Eleonore, in ihr werde Schleiermacher der ganzen Menschheit ansichtig? Traf es wirklich zu, dass Duldsamkeit aus dem Begriff der Religion entspringe? Musste man jede Frau in ihrer Eigentümlichkeit achten? Auch die Grunow?

Duldsamkeit?

Nur kurz hatte es sie verärgert, dass Schleier zum Ende hin doch dem Christentum die höchste Geltung unter den Religionen zugestand. Musste sie diese Seiten als milden, natürlich: milden! Versuch einer Werbung lesen? Wollte Schleier sie zu seiner Religion hinüberziehen?

Bei einem Spaziergang auf den Tempelhofer Höhen baute sich Schleier plötzlich vor ihr auf und hielt das Buch *Reden über die Religion* in den Händen. So wie man eine Urkunde vor sich hielt. Jette umarmte ihn glücklich, nahm seine Hände und küsste sie.

Dieser Stolz in seinen Augen.

Alle Freunde gratulierten, sprachen von einem Fanal für das bald anbrechende neue Jahrhundert. Am lautesten Friedrich, der nur noch selten bei Schleier wohnte und sich die meiste Zeit bei Dorothea in der Ziegelstraße aufhielt. Friedrich veröffentlichte im *Athenaeum* eine Rezension, genialisch, aber der Witz feierte vor allem sich selbst, wie Jette fand: Ach, Friedrich! Und obwohl Schleier die Schrift anonym herausgegeben hatte, um die Gebildeten, an die diese Schrift gerichtet war, unvoreingenommen zu stimmen, wusste bald ganz Berlin um Schleiers Autorschaft. Jette beteiligte sich hingebungsvoll und mit viel Raffinesse an dem Versteckspiel. Eine Schleiermacherin auch sie.

Schleier freute sich über Zuspruch, verstand es aber auch, heftige Kritik gelassen zu ertragen. Vielleicht war es diese Haltung, die die doppelte Haushaltung an den Abenden im Hause Herz nicht gänzlich ruinierte, denn Schleier veröffentlichte, nachdem er sich mit ihr lange beratschlagt hatte, eine scharfe Kritik von Engels Buch *Der Philosoph für die Welt*, machte sich darin lustig über das Aufklärungsideal gesprächshafter Vernunft, spottete über Weltweise, die, hauptsächlich zu Tische sitzend, flirrende Bilder und Wortgeklingel zum Besten gäben und ein richtiges Ideenganzes nicht zustande brächten. Ihr Mann Marcus glaubte einschreiten zu müssen, bebte sogar vor Ärger, weil Schleier seinen Freund nicht schonte, aber Schleier, von Jette alarmiert, sprach ganz freundlich mit beiden, legte seine Vorbehalte noch einmal dar, sprach vom Übermut der Jugend, und Engel machte seinem Namen alle Ehre – er trug es ihm nicht nach, war aber ebenso entschieden in der Ablehnung seiner *Reden.*

Künftig herrschte ein etwas anderer Ton an den Abenden. Bisher war immer ausgemacht gewesen, wer wen belächelte. Diese Zuordnung galt nicht länger.

Und Jette hatte an diesem neuen Kräfteverhältnis sehr tatkräftig mitgewirkt.

Sie hatte die Fäden in der Hand gehalten.

Noch tanzte keiner aus der Reihe.

Aber ihr Schleier betätigte sich längst als Parze.

Schnipp-schnapp.

Und auch sie hatte mit Schleier noch eine kleine Rechnung offen.

8

Er wollte endlich für seinen Mut gelobt werden.

Er spielte etwas versonnen – und ein wenig übertrieben weiblich, wie Jette fand – mit einem Knopf an seinem Gehrock, den er auch heute wieder nicht auszog, als wäre er in Eile, als wartete er auf eine Depesche, die ihn zu einer wichtigen Verabredung bestellte. Jetzt blickte er sie wieder an, mit diesen Augen voller Erwartung: Lob mich, schrien sie, mach mir ein Kompliment, zeig mir, dass ich mutig war, tollkühn sogar, unbekümmert um meine eigene Karriere!

«Wenn wir einige andere Geschäfte hintanstellen, die Griechischstunden zugunsten der Übersetzung opfern, könnten wir noch vor Ostern mit dem Text unserer neuen Übersetzung fertig werden. Dieses Mal werde ich dich nicht wie bei dem Reisebericht von Mungo Park im Stich lassen. Darauf hast du mein Wort.» Jette blätterte in den Papieren und seufzte leicht.

Schleier schien die Bemerkung nicht registriert zu haben. Seine Ohren filterten sie einfach aus, weil er endlich ihr Urteil hören wollte. Aber sie verspürte keine Lust, ihm zu sagen, was sie dachte. Es ging um Friedrich und Dorothea. Und um Friedrichs Skandalroman. Und um Schleiers Freundschaftsdienst ging es auch.

Friedrichs Roman *Lucinde* hatte, wie Jette und alle Freunde fanden, sehr kokett seine privaten Gefühle öffentlich gemacht. Jeder in Berlin wusste, dass diese Lucinde niemand anderes als Dorothea war. Und diese Lucinde feierte die Sinnlichkeit und ihre eigene Lust! Nein, es lag nicht am Stil des Romans, der überall als so verschlungen wie eine orientalische Arabeske verspottet wurde, dieser Stil sollte das Ideal eines romantischen Romans einlösen und war zugleich ein getreues Abbild ihres Friedrich, sprunghaft, chaotisch, alle Gattungen mischend, ein Strauß von Fragmenten, von Ironie durchzogen, der Sprache herrliche neue Verbindungen abringend. Aber warum hatte es ein Skandal werden müssen? Friedrichs und Dorotheas Liebe war doch bereits auf dem Marktplatz breitgetreten worden, warum musste sie noch einmal Gegenstand der Öffentlichkeit werden, auch wenn Friedrich, für einen Künstlerroman durchaus überraschend, die wahre Ehe in höchsten Tönen pries? Aber für diese Feinheiten hatte das Publikum kein Gespür. Es empörte sich über das laute Lob der Sinnlichkeit und die Preisgabe alberner Liebesspiele: «Eine unter allen ist die witzigste und die schönste, wenn wir die Rollen vertauschen und wetteifern, wer den anderen täuschender nachäffen kann, ob dir die schonende Heftigkeit des Mannes besser gelingt oder mir die anziehende Hingebung des Weibes.» Das also verstand Friedrich unter Witz?

Warum hatte Friedrich Dorothea das angetan? Nur in den ersten Tagen hatte sie sich darin gesonnt, nun auch eine literarische Sehenswürdigkeit von Berlin zu sein, aber schon bald hatte sie sich lieber verhüllt wie ein Springbrunnen in der Winterzeit.

Oder musste man so rücksichtslos sein? Ihre Freundin Rahel hatte sich nach vier Jahren von ihrem Grafen von Finckenstein getrennt, weil der Graf es an Mut hatte fehlen lassen. Also?

Friedrich und Dorothea. Sie waren inzwischen nach Jena geflohen, hatten bei Schlegels Bruder und dessen Frau Unterschlupf gefunden, aber in die zunächst hochgestimmten Briefe von Dorothea über die olympischen Spiele von Geist und Witz hatte sich ein seufzender Unterton gemischt. Glück las sich anders.

«Der Herr Verleger wünscht sich schon bald eine erste Abschrift, um die Bögen berechnen zu können.»

Schleier schwieg weiter, ließ jetzt seinen Blick kreisen, suchte offensichtlich irgendwo einen Halt, aber diese Stube war ihm mehr als vertraut, in dieser Stube konnte er sich notfalls wie ein Blinder bewegen, so oft hatte er gesessen, wo er jetzt saß. Sie spürte, wie eine erste leichte Unsicherheit in seinen Blick Einzug hielt. Wahrscheinlich ging er jetzt in seinem Text Zeile für Zeile durch, um aufzuspüren, was Jettes Stimme seit Monaten band. Sollte er ruhig noch einmal die Seiten im Geiste durchgehen, vielleicht entdeckte er dann eine kleine Unebenheit, die auch ihn straucheln ließ. Seit Wochen ließ sie heimlich für Schleier einen Schreibtisch mit vielen Fächern tischlern, damit alle Studien einen Platz fänden, aus schönstem Mahagoni gearbeitet, und er begriff noch immer nicht, warum sie so reserviert war. Pah! Sollte er ruhig noch ein wenig weiterzappeln! Auch seine kürzlich veröffentlichte Schrift *Monologen* hatte Jette leicht verstimmt, hatte er doch in diesen Selbstgesprächen nach Jettes Geschmack für einen Prediger, der eine verheiratete Frau liebte, etwas zu vorlaut von einer Revolution der Moral und einer sittlichen Wiedergeburt geschwärmt. Aber ewige Jugend hatte er sich geschworen. Und das stimmte versöhnlich.

«Wir dürfen in unseren Anstrengungen nicht nachlassen, weil

ich vielleicht schon bald zu einer kleinen Reise aufbrechen muss und der Verleger keinen Aufschub duldet, Schleier.»

Wie weit musste eine Freundschaft gehen? Schleier war ein Hohepriester der Freundschaft, ja, er verstand sich sogar um Grade besser auf die Brüderlichkeit mit Frauen. Hatte Friedrich nicht sogar neidisch reagiert, weil Schleier in der Freundschaft zu ihr noch mehr Gefühl investierte als in die Beziehung zu ihm? Hatte Friedrich sich nicht sogar deshalb einmal laut bei ihr beschwert? Ihm, so hatte er schwermütig gesagt, blieben nur Schleiers Witz und Philosophie, aber die harmonische Wärme überlasse Schleier vollständig ihr. Nein. Friedrich durfte sich nicht beschweren, er hatte kein Recht dazu, Schleier hatte, obwohl er dem Roman gegenüber einige Vorbehalte verspürte und auch ihr nicht verschwiegen hatte, seine Verteidigungsschrift *Vertraute Briefe über Friedrich Schlegels Lucinde* in die Welt hinausgeschickt.

Wie lange es doch ein Knopf an seinem Ort aushielt, wenn an ihm gedreht und an seinem Faden gezupft wurde. Jetzt stand Schleier auf, ballte die Faust, der Faden war – endlich – gerissen. Er prüfte die Bücher, die auf dem kleinen Tisch am Fenster lagen, aber er kannte sie alle und besaß die meisten selbst.

«Habe ich Ihnen, lieber Schleier, schon einmal gestanden, wie hinreißend ich Tiecks *Gestiefelten Kater* finde? Ich kann mich nicht satt daran lesen. Ergeht es Ihnen damit nicht genauso? Oder ziehen Sie andere Bücher vor? Es scheint mir sein bestes Buch zu sein.»

«Es zählt zu den Büchern, die ich stets in der Nähe meines Schreibtisches aufbewahre. Tieck ist ein ungeheures Talent. Nur manchmal ein wenig albern.» Er blätterte scheinbar gedankenverloren in dem Exemplar, wirkte dabei, wie Jette fand, wie die Karikatur eines Büchernarren, weil er an dem Buch gar nicht interessiert schien, sondern es eher aus Langeweile in die Hand genommen hatte. «Ich weiß natürlich, dass Sie gar nicht nachkommen können mit der Lektüre aller Bücher, die Ihre Freunde verlegen lassen, aber hatten Sie bereits die Gelegenheit, einen kurzen Blick in die *Vertrauten Briefe* zu werfen? Wir hatten über den Plan des Buches häufig geredet, und Sie haben mich sogar mehrfach angehalten, es endlich zu schreiben.»

Ach, so also legte es sich der liebe Schleier zurecht: Sie hatte ihn dazu «angehalten» – sie hatte ihn nicht unbedingt davon abgehalten, das auch nicht – es zu schreiben, wohlmöglich sollte sie auch noch einen gewissen Stolz empfinden. Da lag ein überschwängliches Lob naturgemäß nahe. Ja, sie hatte es gelesen, hatte sich einen frischen Tee brühen lassen, es sich im Fauteuil bequem gemacht, die ersten Seiten aufgeblättert, hineingefühlt in den Schriftstellerstolz, wie fleißig Schleier jetzt doch ans Büchermachen ging! Aber dann war ihre Stimmung jäh umgeschwenkt, weil Schleier ganz unverhohlen und unelegant, so unelegant, wie er jetzt durch das Zimmer schlich, eine Briefschreiberin mit dem Namen Eleonore schmückte, und das ging für ihren Geschmack dann doch zu weit, als wolle er ein pikantes Buch durch eine noch größere Pikanterie überbieten, indem ein protestantischer Prediger seine verheiratete Herzensdame über Liebe und Moral schwadronieren ließ. Nun gut, das sprach für Schleiers Mut, man konnte es notfalls auch als Ehrengabe der Freundschaft zu Friedrich Schlegel durchgehen lassen.

Aber was diese Eleonore empfand und mitteilte, passte so gar nicht zu der leibhaftigen Eleonore Grunow! Jetzt war sie sich sicher, Schleier verklärte diese sehr schlichte Frau zu einem Wesen, das sich leichthändig und leichtzüngig über Liebe und Moral ausließ. Aber so zu schreiben verstand sie nur, wenn Schleier ihr die Hände führte! Jetzt dachte tout Berlin, was für eine gebildete, empfindsame und sprachgewandte Frau diese Eleonore Grunow sei. Man müsse sie doch sogleich in den eigenen Salon einladen. Und was würde dann geschehen?

Dann würden alle begreifen, wie groß zuweilen der Unterschied zwischen Literatur und wirklichem Leben war!

Oder, aber auch nur im besten Falle, würde man Eleonore für kokett zugeknöpft halten, würde sie vielleicht mit einem scheelen Blick streifen und sich in Platitüden flüchten. Und Schleier? Hatte er über die Folgen für Eleonore nachgedacht? Setzte er sie damit nicht unter einen unerhörten Druck, die eigene Ehe aufzukündigen, um eine neue und gültigere zu stiften? Konnte sie jetzt überhaupt noch Schleiers Wünsche abschlagen? Hatte sie in den Plan eingewilligt, ohne an die Konsequenzen zu denken?

«Meine Übersetzung lässt mir kaum Zeit für andere Lektüren. Aber ich bin mir ganz sicher, dass Sie diese kleine Arbeit mit viel Courage und gleichermaßen mit viel Besonnenheit angegangen sind. Und wie ich vermuten darf, haben unsere Gespräche dort einen schönen Niederschlag gefunden?»

«Aber natürlich, liebste Jette, obgleich ich, um Sie zu schonen, andere Namen in den Briefen eingesetzt habe. Die Briefe über die Lucinde haben eigentlich Sie geschrieben!»

Jette Herz nestelte an einem Taschentuch, um die Contenance zu wahren. Wahrscheinlich hatte Schleier sogar Recht, wahrscheinlich waren es in etwa ihre Worte, die er Eleonoren im siebten Brief in den Mund gelegt hatte und die sie auswendig kannte: «Wenn wir unser Sinnen und Denken und Handeln bis in seinen geheimsten Sitz verfolgen und überall aufs Neue die unendliche Übereinstimmung unserer Geister antreffen, dass du entzückt ausrufst: Sind wir denn mehr als Ein Wesen, Leonore!» Ja, das war das höchste Mysterium der Liebe, das sie gemeinsam tief empfunden hatten.

Ging diese Empfindung aber nicht doch über die Freundschaft hinaus? Wurde nicht auch bei Schleier die romantische Ehe zur Keimzelle des Symphilosophierens ernannt? Fehlte also ihrer Freundschaft die vorbehaltlose Vereinigung, die letzte Erfüllung?

Und der absichtsvoll gewählte Name Eleonore? Konnte ihr Schleier, nach vielen Monaten an der Seite von Friedrich lebend, so zielsicher einen Angriff in eigener Sache führen? Drängte er also doch auf eine Ehe? Glaubte er mit Jette diese große Erfüllung nicht erreichen zu können?

Eine Verstimmung blieb.

Aber die Abende und vor allem die Nachmittage, wenn sie gemeinsam aus dem Englischen, Italienischen und Griechischen übersetzten, behielten ihren Zauber.

Und wenn sie abends in seinem Duft spazieren ging, vergaß sie für Minuten Eleonore Grunow.

9

«Man hat mich als Hofprediger nach Stolp in Hinterpommern beordert. Mir kommt es wie der Weg in die Verbannung vor! Jette, was soll nur werden!»

Besaßen gewisse unheilvolle Sätze die Macht, gleich zwei Menschen auf einen Schlag zu verkleinern? Wohnte ihnen eine Kraft inne, die den Erdmagnetismus beeinflusste oder das Gewicht der Atmosphäre schwerer machte?

Schleier wirkte geschrumpft, als er, der Luftzug von seinem gehetzten Eintritt hatte sich noch nicht gelegt, diese Worte hinausbellte. Jettes Körper reagierte schneller als der Verstand, denn auch sie spürte, wie sie schrumpfte, sich vor dem Inhalt dieses Satzes versteckte. Ihr Kopf suchte Schutz zwischen ihren Schulterblättern, hätte sich am liebsten ganz in ihren Brustkorb geflüchtet, und ihre kräftigen Beine zitterten vor Anstrengung.

Gestern noch hatte sie in Prenzlau ihre Schwester Johanna besucht, es war ein gelöster und heiterer Tag gewesen, sie hatten einen Spaziergang unternommen, hatten spielende Kinder an einem nahen Fluss beobachtet, die eine Flaschenpost aussetzten, hatten mit gegenseitigen Komplimenten nicht gespart und sich zugleich über die eigene Putzsucht amüsiert (die altrosa Atlasschleife an Johannas neuem Kleid, das sie besitzerstolz zum Tee präsentierte hatte, scheuchte kurz alte Neidgefühle auf), sie hatten den neuesten Berliner Tratsch sortiert (großzügig hatte Jette ihre Schwester an ihrem reichen Wissen teilhaben lassen), hatten über die Wissenssucht ihrer Männer gespottet (und das verschwendete Geld betrauert) und sich zum Abschied sehr innig umarmt. (Diese Eintracht gelang ihnen selten.)

Die angenehme Empfindung sollte sie durch den heutigen Tag, der wenig Abwechslung zu bieten schien, hindurchgeleiten, aber diese Empfindung war mit dem Auftritt Schleiers ruiniert.

«Ich habe lange in alten Karten fahnden müssen, um eine Ahndung zu erlangen, wohin ich abberufen werde. Eine Extrapost, die auf direktem Wege dorthin abgeht, gibt es nicht. Briefe werden höchstens einmal die Woche befördert.»

Was war geschehen? Wahrscheinlich, so mutmaßte Jette, hatte Schleiermachers ehemaliger Gönner und Vorgesetzter Friedrich Sack den Marschbefehl erteilt. Sack hatte offensichtlich keinen Widerspruch mehr zugelassen. Vor etwa vier Jahren, war es 1798 gewesen?, hatte Sack Schleier eine Hofpredigerstelle in Schwedt angeboten und schmackhaft gemacht, aber Schleier hatte abgelehnt. «Man will mich aus Berlin abziehen! Ich vermag mir aber eine Zukunft in einem Städtchen nicht auszumalen!» Jette erinnerte sich noch an den klagenden Tonfall, mit der er ihr die Nachricht überbracht hatte. Jette vermutete, aber Schleier hatte diesen Punkt nie erwähnt, dass seine Wohngemeinschaft mit Schlegel, sein täglicher Umgang mit den Juden und vor allem seine veröffentlichte Flugschrift zur Judenfrage auf Vorbehalte in der Kirchenbehörde gestoßen waren. Er hatte in dieser Schrift – sie war so stolz auf ihn gewesen, so stolz – die gängige Praxis von Judenzoll und Schutzbriefen beanstandet, hatte kritisiert, dass den Juden eine bürgerliche Karriere nur durch einen Übertritt zum christlichen Glauben erlaubt wurde, und er hatte im Gegenzug von den Juden gefordert, die Ritualgesetze dem Staatsgesetz unterzuordnen und die Hoffnung auf eine Rückeroberung des Heiligen Landes fahren zu lassen.

War er zu mutig gewesen?

«Sack, es war Sack, liebe Jette. Unser Verhältnis ist eisig geworden, beinahe so kalt wie das ausgelobte Exil. Schon lange hege ich den Verdacht, dass Sack mich mit der hier in Berlin frei werdenden Predigerstelle nicht bedacht hat, um mich aus Berlin wegzuschaffen – warum auch immer.»

Jette nickte. Vielleicht aber war der Grund sehr viel banaler. Vielleicht wollte Sack, eine letzte väterliche Geste, Schleiermacher aus dem Verhältnis mit Eleonore Grunow, das ihm vermutlich nicht unverborgen geblieben war, herauslösen. Vielleicht hoffte er, dass eine große Entfernung die Sehnsucht dämpfen würde.

«Ich vermag der Sache rein gar nichts abzugewinnen, Jette, allenfalls» – er zögerte, senkte den Blick – «kann sich Eleonore in meiner Abwesenheit dazu entschließen, ihren elenden Zustand endlich zu beenden. Es liegt etwas Tröstendes in dem Gefühl, dass Eleonore nun, wo ich ihr nicht mehr täglich beistehen kann, aus eigener Kraft die geeigneten Schritte einleiten muss, sich aus der selbst verschuldeten Unmündigkeit zu befreien. Sie muss die Kraft finden, an ihren Bruder heranzutreten, um ihn um Hilfe zu bitten. Es wäre ein großes Geschenk, wenn ich nach zwei oder gar drei Jahren aus meinem Exil zurückkäme und fände Eleonore aus ihrem Elend befreit. Für dieses Geschenk will ich dann auch die von Sack auferlegte Strafe ohne Murren akzeptieren. Ich werde reisen, Jette. Ich werde reisen.»

Auch das war ihr Schleier. Die Zukunft mochte sich verdüstern, er suchte einen Sinn in dem, was so sinnlos schien, denn mit den letzten Worten richtete er sich ein klein wenig auf, stemmte sich gegen die Schwere der Luft und blickte Jette zum ersten Mal mit erhobenem Antlitz an.

Er konnte so stark sein.

«Vielleicht aber wird sie Sie aufgeben, Schleier!»

Wieder war ihr Körper schneller als ihr Verstand, diesmal war es die Zunge. Aber sie musste es ihm sagen! Liebe forderte Gegenwart. Die konnte kein Brief ersetzen. Und Jette hielt Eleonore für zu schwach, um sich ohne Schleiers Hilfe von ihrem Mann zu lösen.

Schleiermacher nickte nur, sagte dann: «Und was wird aus uns, Jette?»

Was sollte aus ihnen werden! Daran mochte sie nicht denken. «Wir werden uns schreiben, lieber Ernst.»

Abschiede. Immer nur Abschiede. Ihr Freundeskreis schrumpfte von Jahr zu Jahr. Die Schlegels waren nicht mehr in Berlin. Tieck nicht. Novalis war verstorben. Alexander von Humboldt reiste durch Lateinamerika. Sein Bruder Wilhelm war im Begriff, nach Rom aufzubrechen, um dort Preußen beim Heiligen Stuhl zu vertreten. Und Alexander zu Dohna, ihr treuer Alexander, sollte als Kammerdirektor nach Marienwerder versetzt werden. Mein Gott, wie langsam und umständlich diese Karriere verlief. Und warum Marienwerder! Und wann würde Alexander endlich seinen Zopf abschneiden!

«Ja, wir schreiben uns. Erlauben Sie Ihrer Feder nur ja, mir alles haarfein zu berichten. Ich bitte Sie, mir nichts zu hinterziehen von dem, was als Gerücht an Ihre Ohren dringt. Liebste Jette: Scheuen Sie sich nicht, mir auch Unannehmlichkeiten mitzuteilen. Ich werde begierig» – dieses Wort war neu, zum ersten Mal sprach Schleier von Begierde – «auf jeden Brief von Ihnen warten. Jeder große Brief, der mich in der Einöde erreicht, wird für mich ein Festtag sein.»

Sie würde, das wusste sie jetzt, künftig von Briefen leben, würde die Stunden des Nachmittagstees oder die Abenddämmerung nutzen, um ein wenig mit ihrem Schleier zu plaudern, würde ihn teilhaben lassen an den Gerüchten und am Leben ihrer Freunde. Künftig würden die Zeilen des Briefes den Boulevard bilden, auf dem sie gemeinsam dahinschlenderten. Behutsam würde sie ihm mitteilen, wie es um Eleonore stünde, würde Trösterin sein und, ja, leider auch Hoffnungsspenderin.

«Auch ich verlange viel, von Ihnen zu hören, ob denn dort am Ende der Welt auch etwas Ordentliches aus Ihnen wird.»

Es hatte humorvoll klingen sollen, aber zum dritten Mal war ihr Körper schneller als ihr Verstand. Es lag ein Schleier tiefer Melancholie über diesen Worten. Erneut spürte sie, wie die Atmosphäre schwerer wurde und sie spürbar kleiner machte.

Wochen später, im Frühsommer 1802, reiste Schleiermacher ab.

Im Januar 1803 erkrankte Marcus Herz.

10

«Kopfgrind», murmelte der erste Mediziner, den sie kommen ließ, ein Kollege aus dem jüdischen Hospital. Marcus hatte ihn ein Mal lobend erwähnt, aber der Arzt wirkte von seiner eigenen Diagnose nicht recht überzeugt. Er riet, nachdem er mehrmals seine Vorschläge verworfen hatte, zu einem Aderlass. Das Fieber stieg.

Ein zweiter Mediziner, von Nicolai empfohlen, der die erste Nacht mit ihr am Bett gewacht hatte, vermutete einen Furunkel im Bereich der unteren Lunge und riet zu einem Aderlass. Das Fieber stieg trotzdem weiter.

Ein dritter Mediziner, er hatte bereits einmal den König behandelt und verbot sich die Einmischungen seiner Kollegen, sprach von einem tückischen Nervenfieber, hervorgerufen durch eine hyperbolische Überanstrengung. Auch er ließ Marcus zur Ader, hielt aber das stark steigende Fieber für ein Zeichen der entscheidenden Krise – zum Besseren, wie er glauben machen wollte.

Sie konnte sich nicht entscheiden, ob sie sich eine Erbitterung herbeiwünschen sollte, weil die Mediziner gleichermaßen hilflos und dünkelhaft agierten, ob sie lieber demütig auf die Knie sinken und Gott um Beistand anrufen, oder ob sie gefasst dem Ende entgegensehen sollte. In den Stunden, wenn sie allein am Bett von Marcus saß, sein Gesicht abtupfte und die Bettschüssel reichte, sagte sie leise Formeln auf, die sie in ihrem physikalischen Lieblingsbuch von Leonhard Euler, den *Briefen an eine deutsche Prinzessin*, gefunden hatte, denn diese Formeln hatten sich in den vielen Experimenten, die sie mit Marcus durchgeführt hatte, als unverrückbar erwiesen: «Durch ein konkaves Glas gebrochen, streben parallele Strahlen auseinander.»

«Auseinander strebende Strahlen streben, durch ein konkaves Glas gebrochen, noch stärker auseinander», ergänzte leise Marcus, der die Augen öffnete und, offensichtlich unter größter Anstrengung, ein Lächeln auf sein Gesicht zwang.

Jette schlug, erschrocken über die ersten klar verständlichen Sätze seit drei Tagen, die Hände vors Gesicht, beugte sich dann über ihn, tupfte seine Stirn trocken, suchte nach einem zuversichtlichen Ausdruck in seinem Antlitz.

«Wie kräftigend es für mich ist, dass du dich an das erinnerst, was wir uns zusammen erschlossen haben.» Sein Kopf sank aufs Kissen zurück, er bat um Wasser, trank einen kleinen Schluck, fuhr dann fort, so leise, dass Jette ihr Ohr an seinen Mund halten musste: «Denke ich jetzt an unsere gute Zeit zurück, dann denke ich besonders gerne an die Abende, wenn wir vor den anderen experimentiert haben. An all die schönen Abende.»

«Du darfst dich nicht anstrengen», bat Jette und hoffte doch, er möge weiterreden.

«Wenn du dich dann neben mir aufbautest, dann fühlte ich mich sicher, dann wusste ich, es würde gelingen.»

Das sagte er zum ersten Mal, dass er, der stets so sicher wirkende Marcus, neben ihr an Sicherheit gewonnen hatte! Sie hatte sich stets in seiner Sicherheit gewiegt, aber sie war, wenn sie ihm nur glauben konnte, auch sein Schutzschild gewesen! Warum hatte sie das nie gespürt? Und wie verschwiegen doch die Männer waren. Wie dicht war der Vorhang gewebt, den sie vor ihr Herz hielten. Wie empfand sie es jetzt als ungerecht, nicht vorher einen langen Blick in das Allerheiligste geschenkt bekommen zu haben.

Warum hatte sie nicht kräftiger an diesem Vorhang gezogen, wenigstens eine Ecke gelüftet? Sie hatte ihn stattdessen immer nur ordentlich in Falten gelegt, so wie man einen brokatenen Vorhang in Falten legte.

«Es steht schlecht um mich», hob Marcus noch einmal mit müder, immer wieder brechender Stimme an. Er schien in seinem Bett zu schlingern wie auf hoher See, die Welle vor Augen, die ihn in den Abgrund reißen würde. «Ich spüre es, Jette. Und ich bedauere zutiefst, dass die medizinische Kunst der physikalischen so weit hinterherhinkt. In meiner Brust haust ein dickes Geschwür, es raubt mir den Atem.»

«Und wenn wir, wenn wir, wenn wir eine magnetische Kur versuchen, Liebster, vielleicht kann ein kräftiger Magnet das Geschwür nach unten verschieben, damit du es ausscheiden kannst», stammelte Jette.

Marcus tastete nach ihrer Hand und suchte in seinem Gesicht nach einem Lächeln. «So viel Kraft speichert kein Magnet, und die Magnetiseure sind häufig Scharlatane, Jette. Denen mag ich mich nicht anvertrauen.»

Für Minuten schloss Marcus erneut die Augen. Jette blieb über ihn gebeugt, wartete geduldig, ob Marcus noch einmal die Kraft finden würde, den Mund zu öffnen. Draußen dämmerte es. Sie wusste, warum es dämmerte. Aber dieses Wissen half ihr nicht. Nicht heute.

«Du könntest eine Windbüchse besorgen, den Lauf der Flinte auf eine Stelle richten, die ich dir anzeigen werde, hier etwa, du müsstest die Büchse spannen und die verdickte Luft auf mich abfeuern. Vielleicht bricht dann das Geschwür durch und findet einen Weg nach draußen.» Er lächelte noch einmal. Sie spürte, es war das vielleicht letzte Lächeln, das er aufgetrieben hatte. «Und wenn du eine Kugel einlegst, findet das Geschwür sogar ganz geschwind den Weg ins Freie.»

Sie wollte antworten, wollte etwas einwenden, aber Marcus schloss die Augen, stöhnte leise, Schweiß trat auf seine Stirn, ein

Beben ergriff von seinem Körper Besitz. Unter Qualen rang er nach Luft. Sie deckte ihn auf, trocknete den Schweiß, rieb ihn mit Franzbranntwein trocken, legte ein Senfpflaster auf seine Brust, streichelte seine Hand, diese starke, kräftige Hand, die so gut zufassen konnte, die aber jetzt auf einen leichten Druck nicht reagierte und leichenblass neben ihm lag.

Wenn Schleier doch in ihrer Nähe wäre! Aber er war in dieser verfluchten hinterpommerschen Einöde, hatte sich in Buchstaben aufgelöst, war zu einem Geist geworden, der in einem wöchentlichen Kuvert reiste und dann auch noch bemitleidet werden wollte. Aber jetzt brauchte sie seinen Zuspruch und Rat, sie benötigte seine heilende Gegenwart, seine mächtige Zuversicht. Und warum weilte auch Alexander nicht in Berlin? Warum war sie ganz verwaist?

Hatte Marcus den Vorschlag ernst gemeint oder sich, im Angesicht des Todes, einen letzten Scherz erlaubt? Wollte er, dass sie mit ihm über den Tod lachte, so wie man über die Dummheit der Tiere lachte? Hatte er seinen Abschied in einen Scherz eingewickelt, so wie man Geschenke in kostbares seidenes Papier einschlägt, damit die Einbildungskraft umso kräftiger angestachelt wird?

Sie beriet sich mit Nicolai. Er sprach von einem Rätsel, das Marcus ihnen aufgegeben habe, sprach dunkel davon, er wolle nicht der Engel des Todes an seinem Freund werden, sprach von dem Gefühl tiefsten Vertrauens und dass das Gefühl die Mutter aller Handlungen sei. Dann verließ er die Wohnung und war eine Stunde später mit einer Windbüchse zurück.

Seit zwei Stunden lag die Windbüchse auf einem Stuhl neben dem Bett, als säßen beide an der Lagerstatt eines Wildhüters, der von einer Bärentatze niedergestreckt worden war. Sie bezogen das durchnässte Bett neu, sie wechselten das Senfpflaster, beugten sich über Marcus in der Hoffnung, er würde noch einmal zu sprechen anfangen und das Rätsel lösen. Aber Marcus schwieg.

Plötzlich sprang Nicolai auf, lud die Windbüchse, hielt seine

Hand vor den Lauf und drückte ab. Es gab einen leisen Knall, eher unbedeutend, kein Krach, der die Nachbarn aufschreckte. Und auch Nicolai schrie nicht auf, er zitterte, das ja, er war ganz weiß im Gesicht, das auch, aber seine Hand war unverletzt, wies nur eine rote Druckstelle auf. «Es fühlt sich warm an», sagte er, «allenfalls warm.» Und: «Daran stirbt man nicht.»

Nicolai lud erneut die Windbüchse, trat entschlossen an die Bettstatt, richtete das Gewehr auf den Brustkorb seines Freundes, schaute flehentlich zu Jette, deren Haare sich gelöst hatten, in großen Wellen um ihren Kopf fluteten, wilde Energien, wie eine Mänade, aufgelöst und ohne jeden Halt. Endlich drückte Nicolai ab. Es machte *plopp*, mehr nicht.

Von Marcus keine Reaktion. Sein Atem ging so unruhig wie bisher. Sein Fieber fiel nicht. Er stöhnte laut. Sein Bewusstsein kehrte nicht zurück.

Sie wachten noch zehn Tage an seinem Bett. Rahel, um Hilfe gebeten, löste Jette drei Nachtwachen lang ab.

Zweimal wurde Marcus noch zur Ader gelassen. Das Blut war so dünnflüssig wie bei den Malen vorher. Der Schuss hatte seine Wirkung verfehlt.

Sie wiederholten den Versuch mit der Windbüchse nicht.

Dann starb Marcus.

Ein letztes Lächeln, das er offensichtlich mit aller Macht zurückgehalten hatte, trat auf sein Gesicht.

Ein aufgeklärtes Lächeln.

Jette verbot sich jeden Gedanken an die Zukunft.

TEIL II

Jette auf Rügen

1

Dann eben Rügen, dachte Jette Herz, als sie aufbrach. Dabei genoss sie das Leben in der Stadt, das Flanieren durch lärmende Straßen, das mutwillige Erobern unbekannter Gassen. Als ob sie etwas Verbotenes täte. Wehmütig erinnerte sie sich, wie sie vor noch nicht einmal zwei Jahren in einer Auslage ein Korsett aus Saladon bestaunt und dann erworben hatte: Sie hatte eine Schwäche für dieses zarte, blassgrüne Gewebe! Hatte es neulich, trotz ihrer noch immer nicht vollständig abgelegten Trauerkleidung, einen ganzen Abend heimlich unter einem weiten Überkleid getragen! Wie sie es liebte, bei Merk kandierte Früchte zu kaufen und weiche Bonbons! Die Symphonie der Gerüche auf dem Markt! Die Geschäftigkeit in der Buchhandlung der königlichen Realschule und die überspannte Stille in der Viewegschen Leihbibliothek! Nervöse Botengänge vor den Leseabenden, die ihren Ruf als führende Salonière der Stadt festigen sollten.

Dann eben Rügen.

Hier durfte sie auslüften! Und vielleicht konnte sie nach dem vor nun mehr als einem Jahr erlittenen Verlust von Marcus endlich neuen Mut schöpfen. Marcus hatte sich in ihre rechte Herzkammer zurückgezogen. Dort machte er sich leicht. Sehr leicht sogar. Und dort war er sicher. Herz, der den scharfen Wind auf Rügen so schlecht vertrug, konnte in ihrer starken Brust dem Wetter trotzen. Er hatte ihr auch geholfen, als sie, durch eine Kindheitserfahrung verunsichert (sie war einmal mit einem Kahn am nahen Fluss ihres Elternhauses gekentert), mit Bangigkeit die Schaluppe bestieg, die sie nach Rügen übersetzte.

Dann eben Rügen.

«Dort kann ich Dich, meine Liebste, in jeder Hinsicht rügen, dass Du mir in meinem Exil in Stolp nicht mit jedem Posttag einen

Brief oder wenigstens ein Billett hast zukommen lassen, um mich meine Einsamkeit vergessen zu machen und meine Laune eine ganze Note höher zu stimmen», hatte ihr Schleiermacher geschrieben und gedroht, seinen Urlaub nicht anzutreten, wenn sie nicht nach Rügen komme. Hier war sie also. Schmachtend nach Gesellschaft und Zärtlichkeit. Brieflich hatten sie endlich das vertraute Du erobert, jetzt musste es bestätigt werden.

Ihre Zukunft stand ihr unklar vor Augen. Ihre finanziellen Depots waren schlecht bestückt. Die Einkünfte von Marcus waren nicht großartig gewesen. Und eine Leibrente aus der Witwenkasse fiel dürftig aus. Flehentlich hatte sie Schleiermacher geschrieben, ihr Geldbeutel leide seit Monaten an Schwindsucht. Sie konnte ihr geselliges Leben, das sie mit so viel Esprit betrieben hatte, im gewohnten Stil nicht weiterführen. Sie besaß keine großen Liegenschaften, kein pittoreskes Jagdschlösschen, wohin sie sich notfalls hätte zurückziehen können. Der Umzug in die kleinere Wohnung in der Markgrafenstraße war ihr schwer gefallen. Zwar hatte sie keine Kinder zu versorgen, musste sich um keine Ausbildung oder Aussteuer Gedanken machen, aber die ungewohnte Stille in der neuen Wohnung – sie hatte das Personal drastisch reduziert – hatte sie schüchtern gemacht. Sie, die den Trubel der Empfänge und das gesellige Gespräch liebte, war maulfaul geworden, hatte Empfänge, sogar das Theater gemieden.

Ihre Briefe, die sie sich während der ersten Wochen abgerungen hatte, schrien um Hilfe. Als sie vier Wochen nach der Beerdigung ihres Mannes die Leinentücher von den Spiegeln abgenommen hatte, verriet ihr Gesicht die durchlittenen Nächte, die sie am Bett ihres Mannes zugebracht, die Bettschüssel gereicht und die Wäsche gewechselt hatte.

Reisen?

Nur kurzzeitig hatte eine Reise nach Dresden ihr die Lebensfreude zurückgegeben. Aber Reisen schenkte ihrem Leben keine dauerhafte Elastizität. Das wusste sie.

Schreiben?

Ja. Wie gerne würde sie zur Feder greifen. Dorothea hatte es doch auch geschafft! Ihr Roman *Florentin*, den Friedrich anonym veröffentlicht hatte, erntete noch immer freundliche Besprechungen. Nun gut. Der *Florentin* erinnerte ein wenig an Goethes *Wilhelm Meister* und an Tiecks *Franz Sternbald*, weckte Erinnerungen an die Figur des Julius aus Friedrichs *Lucinde*, und sie wusste auch um ein reales Vorbild, Eduard d'Alton, für den Dorothea noch vor Friedrichs Zeiten geschwärmt hatte. Und doch besaß Dorothea einen eigenen Stilwillen, der Eindruck machte.

Umziehen?

Dorothea, ja. Dorothea und Friedrich lebten jetzt in Paris. In Jena war das zunächst hoch gestimmte Leben mit Wilhelm und Caroline im Haus am Löbdergraben schwierig geworden, das *Athenaeum* musste aufgegeben werden, weil sich nicht genug Abonnenten fanden, und Caroline hatte sich in einen jungen Feuerkopf verliebt, der bei ihnen einen Mittagstisch einnahm. Schelling. Er solle, glaubte man den Gerüchten, wie ein junger Gott aussehen. Inzwischen war sie mit ihm verheiratet, und Wilhelm war in den Dienst Frau von Staëls getreten, begleitete sie auf ihren Reisen und beriet sie bei ihren Romanprojekten. Das Karussell drehte sich weiter. Immer weiter.

Dorothea hatte ihr geschrieben, sie ließe sich jetzt protestantisch taufen und werde endlich Friedrich heiraten. Weil diese Heirat aber gegen eine Klausel ihres Scheidebriefes verstieß, hatte sie gebeten, die Heirat nicht öffentlich zu machen, andernfalls könne ihr geschiedener Mann ihren Sohn zurückfordern. Und warum sie, Jette, den Schritt zum protestantischen Glauben nicht endlich auch vollzöge. Ach, Dorothea hatte es leichter gehabt. Ihr Vater Moses Mendelssohn war ein zwar nach außen hin gesetzestreuer Jude, aber vor allem ein aufgeklärter Philosoph gewesen, dem Lessing in seinem *Nathan der Weise*, zu Recht, wie Jette fand, ein mächtiges Denkmal gesetzt hatte. Er war innerlich gar kein Jude mehr, da fiel für die Töchter der Schritt, vom Alten ins Neue Testament zu heiraten, leichter. Aber bei ihr war das anders. Sie konnte sich nicht dazu entschließen. Es würde den Bruch mit ihrer Mutter bedeuten. Nein. Das wollte sie nicht. Nicht jetzt. Sie traute sich nicht einmal, ihrer Mutter zu gestehen, dass sie auf eine koschere Küche keinen Wert mehr legte. Sie konnte ihre Mutter nicht einfach verlassen.

Arbeiten?

Für den Rest ihres Lebens auf Gönner angewiesen zu sein schien ihr unmöglich. Dann doch lieber mit den eigenen Händen Geld verdienen. Schließlich besaß sie doch sehr kräftige Hände.

Aber welche ihrer Talente taugten, um den Alltag zu bestehen? Ha! Sollte sie Lose oder Kügelchen werfen? Auch darüber würde sie mit Schleier reden! Er hatte sie häufig mit seinem Instinkt der Zukunft geneckt, er müsse sie stärker ins Leben hineinziehen. Jetzt war sie hineingestoßen worden. Und da war niemand außer Schleier, dem sie vertraute.

Wie freute sie sich, ihn jetzt wenigstens für Wochen täglich um sich zu haben. Hatte er nicht immer wieder gesagt, sie sei – trotz seiner Neigung oder vielleicht doch eher Schwäche für Eleonore Grunow – die ihm nächst verwandte Substanz? Und hatte er ihr nicht versprochen, auf Rügen feiere man ihre und seine Wiedergeburt? Hatte er nicht, in flehentlichem Tone, geschrieben: «Das unglücklichste Jahr habe ich beendigt. Irgendeinen Menschen, den ich liebe, muss ich in der Nähe haben, sonst verkomme ich. Ohne Deine Nähe erscheint mir alles Leben und Tun wie die seelenlosen Zuckungen eines Enthaupteten.»

Herrlich würde es werden.

Erlösend!

Zwischen den Bäumen der Alleen wuchs Flughafer.

Rügen.

2

Ihr guter Ernst.

Schleier hatte im Vorfeld der Reise alles getan, um diesen Sommer auf Rügen wie einen großen Salon unter freiem Himmel zu inszenieren. Quartiere hatte der aus Rügen stammende Ehrenfried von Willich gemacht. Dieser Ehrenfried hatte, als Jette ihn zum ersten Mal traf, sofort einen starken Eindruck hinterlassen, und sie hatte beschlossen, Schleier, der begierig nach Freundschaft war, auch diesen Freund zuzuführen.

Ehrenfried von Willich besaß einen empfindsamen Mund und wache Augen, verströmte eine zu Scherzen und auch Neckereien aufgelegte Laune. Es war offensichtlich seiner Galanterie zu danken, dass er inzwischen, wie sie aus einem Brief erfahren hatte, mit der sechzehnjährigen Henriette von Mühlenfels eine Verbindung eingegangen war, Ehrenfried, der in Berlin ausgiebig für ihre eigene Schwester Johanna geschwärmt hatte. Fragmente dieser Geschichte zogen kurz durch ihren Kopf.

Mit von der Partie war Schleiermachers neuer Verleger Reimer, ein Mann von sinnlicher Fülle und idealem Ebenmaß, den Jette Herz für seinen großen Mut und sein unerschütterliches Vertrauen zu seinen Autoren bewunderte. Schleiers erster Band der Platonübersetzung war jüngst in seinem Verlag erschienen.

Bereits kurz nach der Ankunft, die Reisetaschen waren noch nicht einmal ausgeräumt, und sie wartete sehnsüchtig auf Schleiers Erscheinen, der das Strandboot versäumt hatte, nahm Reimer sie im Empfangszimmer beiseite.

«Ich weiß, meine Liebe, um den Barometerstand unserer Freundschaft, der sich nicht ganz mit dem Stand Ihrer häuslichen Sorgen deckt, deshalb will ich sogleich einen Ausfall wagen, nicht ohne vorher zu bekennen, wie viel Anstrengung es mich kostet, in Ihr liebreizendes Gesicht zu schauen, ohne auf der Stelle auf ewig zu verstummen.»

Wie angenehm es war, Freunde zu haben, die Stil besaßen. Vielleicht sagte er das Kompliment leichthin, aber sie genoss dieses Kompliment in vollen Zügen. Sie schaute nach draußen. Feine Regenfäden webten einen zarten Schleier. «Reden Sie, lieber Reimer. Sonst bekommen wir beide in dieser zugigen Ecke noch einen Stockschnupfen.»

Reimer ging einen Schritt zur Seite und machte Aufstellung, als probiere er eine Pose, die besonders überzeugend wirken sollte. «Greifen Sie, meine verehrte Freundin, endlich zur Feder! Wer so geistreich wie Sie eine Gesellschaft zu unterhalten versteht, dem muss doch das Schreiben leicht von der Hand gehen. Darf ich einige Namen in Erinnerung rufen, die heute in keiner Handbibliothek fehlen? Denken Sie an Frau von Krüdeners jüngst erschienenen autobiographischen Roman *Valérie*, denken Sie an den nicht unbedeutenden Roman *Agnes von Lilien* aus der Feder von Caroline von Wolzogen, denken Sie an den noch druckfrischen Roman *Delphine* der Germaine Staël-Holstein, vertraut sind Ihnen die Bände eigener Dichtung von Tiecks Schwester Sophie Bernhardi, und darf ich Sie an den Erziehungsroman *Julchen Grünthal* aus der Feder von Madame Unger erinnern?»

«Ungern, mein lieber Reimer, dürfen Sie mich an den letzten Roman erinnern, offensichtlich haben Sie vergessen, dass diese Madame eine unerträgliche Pique gegen die Juden hat?» Und außerdem wurde dieser Frau eine Liebschaft mit Friedrich Schlegel nachgesagt. Stellvertretend für Dorothea musste sie ein wenig eifersüchtig sein. Allenfalls konnte man ihr zugute halten, dass sie die Frau von Goethes Verleger war. Aber das reichte nicht. Nein. Und wahrscheinlich hatte diese Dame auch verhindert, dass Dorotheas Roman *Florentin* im Verlag ihres Mannes erschien.

Erschrocken hob Reimer die Hände: «Entschuldigen Sie, natürlich, liebste Jette, wie konnte ich es vergessen. Vergeben Sie mir. Eine Pique gegen die Juden! Diese Madame, deren Namen ich bei Gott in Ihrer Gegenwart nie wieder in den Mund nehmen werde, und die ich auf ewig aus meinem Gedächtnis tilgen will, diente mir auch nur als Beispiel für die hübsche Reihe viel gelesener Schriftstellerinnen. Und Ihr Talent, da bin ich mir sicher, übertrifft das Talent der Genannten doch beträchtlich.»

Reimer kam einen Schritt näher. In seinem Gesicht las sie die Anstrengung, die die Lippen schmal werden ließ. Sollte er sich doch nur weiter richtig ins Zeug legen!

«Ihr lebendiges Interesse für das Gute und Wahre! Sie werden es weniger moralisierend und – nach meinem Geschmack – auch weniger ermüdend als etwa die liebe Frau Sophie La Roche den Leserinnen auftragen. Damit will ich nichts Übles über die Romane dieser ehrenwerten Dame, deren Sohn Ihnen bekanntlich sehr freundschaftlich verbunden war, in die Welt setzen! Der frühe Roman *Die Geschichte des Fräuleins von Sternheim* besaß Qualitäten, durchaus!, durchaus!, aber der Stil ihrer späteren Arbeiten affiziert, glauben Sie mir, heute nicht mehr das Publikum. Zu Recht verkaufte sich ihr Roman *Rosalie und Cleberg auf dem Lande* sehr schlecht. Er liegt wie Blei in den Regalen. Etwas mehr Feurigkeit, liebste Jette, damit die Lektüre genussreicher wird, tut Not. Übertragen Sie ohne Umstände die Feurigkeit Ihrer Augen aufs Papier! Oh, welch schöner Erfolg wird Ihnen dann beschieden sein. Ich mache Ihren Roman zu einer heiligen Verpflichtung für jede Berliner Lesegesellschaft! Das sind nicht nur zarte Träumereien, meine liebste Jette.»

Reimer inszenierte eine kleine, kunstvolle Pause.

Sie schwieg.

«Auch ich muss natürlich rechnen. Durch die drohenden Kriegswirren steigt der Preis für feines Papier. Raubdrucke sind die Pest unseres Gewerbes. Der Schaden ist beträchtlich, lässt sich kaum beziffern. Und mein Hausstand verschlingt bedauerlicher Weise Unsummen. Darum bitte ich Sie inständig: Laden Sie das Leben mit allen Fallstricken in einen Roman ein, und scheren Sie sich nicht um die altbackenen Wächter vergangener Etikette. Sie sind doch in der vortrefflichen Lage, tout Berlin in Ihrem Salon bewirtet zu haben. Sie werden sehen: Das öffnet Ihnen alle Türen.

Besprechungen in allen großen Zeitschriften ist man Ihnen schuldig. Aber» – wieder diese kleine, kunstvolle Pause – «man darf nicht ungebührlich zuwarten. Dankbarkeit verflüchtigt sich schnell wie teures Parfüm. Neid ist zudem nicht völlig auszuschließen. Ganz ohne Krittelei, das weiß ich aus bitterer Erfahrung, geht es in der Regel nicht ab, aber es darf Ihnen doch ein Leichtes sein, die Männer ein wenig günstig zu stimmen. Und warum nicht ein neues Skandalbuch, wie Ihr lieber Freund Schlegel es mit der *Lucinde* vor Jahren vorgelegt hat? Ich möchte Sie zu vergleichbaren Ergießungen reizen. Sogar unser lieber Schleiermacher hat sich in den veröffentlichten *Briefen* zu seiner unglücklichen Liebe mit der verheirateten Eleonore Grunow bekannt. Und unser Schleiermacher ist, was wir häufig vergessen, ein Hofprediger und schon bald ein Professor der Theologie! Und ein ehemaliger Herrnhuter. Das auch. Also! Je größer das Geschrei gegen einen Roman anhebt, umso besser, liebe Freundin, für das Geschäft.»

Und dabei nahm er ihre Hand und schaute ihr sehr ergeben in die Augen.

Jette schwieg.

«Halten Sie mich nicht für kalt und unempfindlich. Ihre Seele ist mir eine heilige Stätte. Aber ich hätte mich irgendwann töricht gescholten, wenn ich Ihnen nicht diesen Weg gewiesen hätte, liebste Jette, diesen Königsweg!»

Dann hatte er eine erneute Pause gemacht und in ihrem Gesicht gelesen. Das Ergebnis war offensichtlich nicht befriedigend, denn er beeilte sich zu sagen: «Und wenn Sie sich einen Roman nicht sofort zumuten wollen, dann weiß ich durchaus noch einen Ausweg. Reisebeschreibungen! Ich werde Sie mit etwas Reisegeld ausstatten und nach London, Paris oder Rom verschicken. Oder noch einmal Dresden. Schreiben Sie ein Tagebuch, das Leserinnen ermutigt, Dresden zu besuchen und die Kunstsammlungen dank Ihres Leitfadens zum Wohle der eigenen Seele zu erleben und zu genießen.»

Der Druck der Hand wurde flehentlicher: «Nein, sagen Sie es nicht, Übersetzungen aus dem Englischen vergeuden Ihre Talente. Das verbiete ich Ihnen! Mit ihren beiden Übertragungen *Mungo Parks Reisen im Innern von Afrika* – ging Ihnen Schleiermacher dabei nicht zur Hand?, durchaus amüsant übrigens, und *Isaac Weld des Jüngeren Reise durch die nordamerikanischen Freistaaten*, lesenswert, durchaus lesenswert – haben Sie hinreichend Ihre Meisterschaft unter Beweis gestellt. Aber vielleicht sollten Sie ein Journal nach französischer Schablone gründen? Fünfhundert Abonnenten sind Ihnen doch sicher! Bei Ihren Beziehungen! Sie sind doch die ungekrönte Königin der Herzen in Berlin gewesen! Die Leserinnen sind begierig nach Affären. Glauben Sie mir! Ich bitte Sie sehr eindringlich: Vertrauen Sie mir!»

Und wieder der bettelnde Blick. Reimers Griff wurde schmerzhaft.

Jette schwieg.

«Oder vielleicht eine sinnenfreudige Lebensbeschreibung. *Die ganze Wahrheit über Jette Herz*! Ein schöner Erfolg steht zu erwarten, sofern Sie niemanden schonen. Oder schont etwa Schlegel seine Liebsten? Und ist man ihm böse? Nun gut. Vielleicht kann man Schlegel ein wenig böse sein, aber Ihnen, liebste Jette, doch nicht!» Da überschlug sich Reimers Stimme beinahe.

Mit Mühe entwand sie ihre schmerzende Hand Reimer und lächelte sehr tapfer.

Ein Sonnenstrahl zerriss den feinen Regenschleier.

3

Wie ein Kind seine Ritterburg auskundschaftet, so machte sich Jette danach mit dem Anwesen ihrer Gastgeberin vertraut. Sie stieg jede ausgetretene Treppe hinauf, schaute in jede Kammer hinein, fuhr mit der Hand über das saubere Linnen und einen schönen Sekretär aus Mahagoni, bestaunte einen Wasserkrug aus blauer Fayence. Dann warf sie einen Blick in die Stallungen, obwohl sie gewöhnlich mit Tieren nichts anzufangen wusste, stutzte über staubbedeckte Zweige, roch an Brombeerbüschen, verhakte sich im plötzlichen Übermut mit dem Überkleid an einem Christdorn, folgte einem sehr weißen Weg, beruhigte einen anschlagenden Hund und erschrak danach über ihren Mut, beobachtete eine gebückte Frau, die Saatkörner in die aufgebrochene Erde warf, wusste aber nicht, was sie mit ihr reden sollte, und fand in den Pfützen der Wagenspuren einen niedrigen Himmel.

Dann vernahm sie die Rufe von Schleiermacher. Ihr Schleier rief nach ihr! Er war zurückgekehrt. Dem Himmel sei Dank! Ihre Einsamkeit hatte ein Ende.

Sie versteckte sich hinter einer Buchsbaumhecke, benötigte noch einige Minuten der Sammlung.

Das Leben, das so stark in ihr pulsiert hatte, war so jäh aus ihr herausgepresst worden. Und in den letzten Monaten war die Einsamkeit noch angewachsen. Sie konnte, wie ihr Schleier, ohne Gesellschaft nicht leben. Nehmen Sie eine Katze ins Haus, hatte ihr eine Freundin empfohlen. Was für eine Dachstubenweisheit wurde ihr geraten! Eine Katze! Gesellschaft konnte keine Hauskatze ersetzen. Sie war süchtig nach Gesprächen! Sollte sie vielleicht stundenlang schnurren? Und sie war auch nicht lichtscheu, sondern sehnte sich nach Licht, Vergnügungen, begeisterten Reden in den Theaterpausen, dem unbeschwerten Lachen auf den Soireen, Schmeicheleien! Also bitte!

Schweigen machte sie wund, verursachte Schwämme, die von der Lippe bis tief in den Rachen reichten. Selbst die Zerstreuungen wollten überhaupt nicht mehr gelingen. Hatte sie Whist gespielt, dann langweilte sie sich nach kurzer Zeit und wurde missmutig. Tagelang war sie im Bett geblieben, hatte in sich hineingehorcht, aber keine Antwort erhalten, allenfalls eine kleine Toilette hatte sie an Posttagen gemacht, wenn sie auf einen Brief von Schleier hoffte. War der ausgeblieben, dann war sie an manchen Tagen in die Kammer zurückgeschlichen, hatte sich aufs Bett geworfen und sich in ihrem Schmerz verkrochen. Dort hatte sie, vielleicht stundenlang, mit offenen Augen gelegen, denn der Schlaf mied sie, als würde sie schlecht riechen. Die Gedanken wie gelähmt, die Zunge wie gebunden. Sie hatte häufig das Gefühl für die Tageszeit verloren, nur flüchtig gegessen, und der Wein hatte den Kummer nicht verdünnt, sondern eingelegt.

Nur wenn ein Brief von ihrem Schleier sie erreicht hatte, lebte sie auf: Das Brechen des Siegels war wie das Brechen der Schwermut. Aus den Zeilen floss dann die Kraft in sie zurück, als bestünde die Tinte aus süßer Medizin. Sie setzte Teewasser auf, zündete auch bei hellstem Sonnenschein Kerzen an, brühte russischen Tee, machte ausgiebig Toilette und frisierte sich sorgfältig, als käme ein Geliebter zur Visite, las dann die Zeilen laut vor, um ihren Atem dem Rhythmus der Zeilen anzupassen. Immer wieder, mit gedämpfter Stimme, memorierte sie den Text, als gelte es, ihn vollständig in sich aufzunehmen. Wenn sie den Schwüngen der geschriebenen Zeilen nachfuhr, glaubte sie die Bewegungen seiner Hände zu spüren, die den Text in ihre Haut einritzten. Lauter Hieroglyphen.

In einem kleinen Schatzkästchen hielt sie diese Briefe verwahrt, heilige Schriften, ihr ganz privates Evangelium. Reale Gegenwarten. Trost hatte sie nur in diesen Briefen gefunden, und mit heiliger Wehmut waren ihre Gedanken dann nach Stolp in Hinterpommern gereist, wo ihr Schleier so vereinsamt wie sie auf das Ende seiner Strafmission wartete. Dann hatte sie wieder gegen ihre Einsamkeit verloren und wie eine Auster gelebt.

Und jetzt rief er nach ihr! Sie verlangte in diesem Moment – kostete dabei die Zeit der anbrechenden Wiedersehensfreude schmerzhaft lange aus – nach Schleiers Augen. Dann sah sie alles größer, klarer, erfasste den Wert der Dinge besser. Seine Stimme, die angenehmer wärmte als ein Schultertuch, sie wollte sich darin einrollen.

Abermals hörte sie, wie Schleier ihren Namen rief.

Gefühle der Angst und Freude kollidierten. Würde der Funke sofort zünden? Hatte sie nicht zu viel Gewicht auf diese Begegnung gelegt? Hatte sie nicht dieses Wiedersehen überfrachtet mit übergroßen Erwartungen? In den Briefen war die alte Sehnsucht spürbar gewesen, aber was geschähe, wenn Schleier, ihrer ansichtig, plötzlich über ihren Anblick erschrak?

Ihr Verlangen ging dahin, laut aufzuschreien, aus dem Schatten herauszutreten, sich an seine Brust zu werfen und mit heißen Tränen seine Ankunft zu feiern. Nie hatte sie die Sehnsucht größer empfunden – und nie größer die Angst.

Die letzten Jahre hatten sie gezeichnet. Ihr Gesicht wirkte milde abgetragen. Jeden Morgen prüfte sie, zunehmend missmutig, ihren Anblick. Ihre gepriesene Schönheit schien unter dem Unkraut ihrer einsamen Tage sehr schnell zu verwelken. Sie hatte an Glanz verloren. Ja. Ja. Ihr Gesicht war nicht mehr so erregbar wie früher. In ihre schwarzen Haare hatten sich Silberfäden eingeschlichen. Die Hüte wurden stetig größer, um Gesichtsfalten in den Schatten zu zwingen. Und ihre Hände zeigten erste Altersflecken, die sich durch jedweden Puder nach kurzer Zeit hindurchfraßen. Sie hoffte, Schleier würde an seiner Idee von ihr festhalten, die unzerstörbar war, die sich an einem kränkelnden und linde marodierten Leib nicht störte.

«Endlich, mein Ernst … Verzeih … Ich …»

Sie trat gemessenen Schrittes hinter der Buchsbaumhecke hervor. Offensichtlich hatte Schleiermacher nur ihre Idee vor Augen, denn er rannte auf sie zu, umarmte sie und ließ seinen Kopf lange an ihrer Schulter ruhen. Arm in Arm schlenderten sie zu einer steinernen Bank, setzten sich und genossen schweigend den Sonnenglast und das leise Meeresrauschen.

4

«Wir finden uns gleich wieder, wenn wir uns sehen!»

Da war sie wieder, Schleiers überwallende Liebe.

«In der Einöde Hinterpommerns habe ich mir häufig unsere herrlichen Nachmittage in Berlin zwischen eins und fünf ausgemalt, wie du unter meiner Anleitung das Griechische gelernt und schon nach Wochen mit mir Platon übersetzt hast und wie sauer es mir wurde, mit dir mitzuhalten.»

Sie hatten den Wind in den Rücken genommen, damit die Erinnerung volle Fahrt aufnehmen konnte.

«Du armer Schlips», entgegnete Jette. «Man hätte Frauen nur den alten Katechismus zu lesen geben sollen.»

Schleiermacher nickte vergnügt. «Diese Neckereien habe ich so vermisst. Erinnerst du dich – als du versuchtest, mir mit viel Geduld die Geheimnisse des Italienischen zu erschließen, fiel ich immer in das Lateinische zurück. Probierte ich einen Satz in Italienisch vorzusagen, dann necktest du mich, hier spreche …»

«… eine ordentlich konservierte Leiche aus dem alten Rom», ergänzte Jette. «Dafür hast du den Shakespeare mit Verve gelesen und mit viel Volumen abends vorgetragen – vor allem den Geist des toten Vaters.»

Schleiermacher lächelte und streichelte ihr die Wange. «Wir haben nahezu täglich herrlich geplaudert und uns häufig nach dem Essen eine kleine Sonnenfinsternis gegönnt. Und manchmal habe ich dich heimlich betrachtet. Es gibt auf Erden keine größere Süßigkeit, als schlafenden Frauen zuzuschauen.»

Jette Herz senkte den Kopf, lächelte aber nicht. In den Augen der Welt war ihre Freundschaft häufig missverstanden und viel wunderlicher Senf darüber verbreitet worden. Ja, natürlich. Auch Schleier liebte es, wie alle hoch Empfindsamen, den Frauen die Cour zu machen. Sein Gemüt erhitzte schnell. Kühlte bei geringem Zugwind aber auch sehr schnell wieder ab. Und war nicht seine erste Hofmeisterstelle im gräflichen Schloss in Schlobitten auch daran gescheitert, dass die geknüpften Freundschaftsbande mit einer Comtesse zu eng wurden und sich Liebe untermischte? Aber nein! Ihre Freundschaft war bisher ganz rein geblieben. Zwar hatte er ihr bei einem Pfänderspiel einmal einen Kuss geraubt, aber seine Briefe hatten auch nach dem Tod ihres Mannes den Anstand nie verletzt.

Nie!

Er hatte sie getröstet. Das schon.

Es hatte andere gegeben, die um sie geworben hatten. Durchaus. Der junge Student Börne. Aber der junge Börne hatte es an Raffinement fehlen lassen, er warb zwar poetisch laut, aber ohne innere Schwingung und intensive Erwartung. Nur wenige Wochen nach dem Tod ihres Mannes hatte er plötzlich von großen Gefühlen geredet, sich vor ihr aufgebaut, auf das lächerliche «Entweder-oder» gesetzt und sich Rattengift besorgt. Sie hatte ihn gleichzeitig stützen und abweisen müssen, danach war er wieder tagelang in Trübsinn und unerklärliche Schlaffheit verfallen, hatte die Zeit vertändelt, seine aufgetragenen Studien versäumt und seine eigene Faulheit gehätschelt. Sie hatte nicht das Opfer einer romanhaften Grille und einer kindischen Trotzigkeit werden wollen. Und außerdem besaß Börne einen schlechten Atem, ein Sprühregen, der auch die seelenvollsten Augenblicke ruinierte.

Bemüht hatte sich auch ihr guter Alex. O ja. Er war mutig gewesen, hatte nicht auf seinen Stand geachtet, hatte nicht über ihre jüdische Religion geredet und eine Versorgungsehe angedeutet. Ihr Alex. Sein Gesicht konnte das Licht auffangen und gefiltert durch die Augen wieder an die Umgebung abgeben. Verbreitete Börne nur die Aura eines Talglichtes, so verströmte Alexander eine ganze andere Stofflichkeit, die sich jedem sofort erschloss. Seine Manieren waren von ausgesuchter Höflichkeit, geleiteten einen durch den Tag wie die Gezeiten des Meeres. Seine Stimmungen waren verlässlicher als jede Währung. Er war nicht so gesprächsgeübt wie Schleier, aber in seinen Worten erkannte man die Erbschaft, war er doch Hofmeister im gräflichen Schloss gewesen. Alexander bediente ihre Freundschaft mit ergebener Treue, aber leider ohne den letzten, den alles entscheidenden Willen. Und deshalb hatte sie abgelehnt.

Lehrer und Schüler. Dann lieber gleich den Lehrer! Auch wenn der noch besetzt war!

Noch!

Schleiers Zögern hatte andere Gründe. Und wer sie hier sitzen sah, konnte auch ahnen, warum. Neben ihr war kaum Platz auf der Bank. Schleiermacher wirkte im Verhältnis zu ihr verwachsen und unscheinbar. Wie ein einsamer kleiner Mönch, bedroht von einer mächtigen dunklen Woge.

Vor Jahren hatte er eine Andeutung gemacht, nachdem er lange über ihr lichtspendendes Gesicht geschwärmt hatte und im Vorbeigehen ihre «kolossale königliche Figur» erwähnte, die einen starken und keinen schwachbrüstigen Mann erfordere, er jedenfalls käme sich kümmerlich vor.

Jette wusste, worauf Schleiermacher angespielt hatte – auf diese große Kränkung, die ihn wund gemacht hatte. Unter den Linden hatte eine Karikatur ausgehangen, die sich über ihr Größenverhältnis lustig machte: Jette Herz führte Schleiermacher in einem kleinen Netz, aus dem sein Kopf hervorlugte, spazieren. Darunter stand zu lesen: «Die Hofrätin Herz hat sich einen neuen Strickbeutel angeschafft.»

Ja, ja. Insgeheim hatte sie gehofft, Schleier würde die Bilder vergessen, hatte gehofft, sie würden blasser werden und zu Staub zerfallen. Und hatten beide nicht sogar ein paar Mal darüber gescherzt? Hatte Schleier nicht vorgeschlagen, die Karikatur rahmen zu lassen und am Kamin aufzuhängen?

Aber Jette Herz hatte die Macht der Bilder unterschätzt. Tief hatte sich diese Karikatur in Schleiers Gemüt eingeätzt und seine Wahrnehmung gesteuert. Der bohrende Schmerz sog alles auf, die Nachmittage, die Abende der Lesegesellschaft, die Stunden im Tiergarten. Und in ihrer stillen Verzweiflung hatte sie Zuflucht genommen zur Hoffnung körperlicher Verwandlungen. Wurden nicht irgendwann, man musste nur zuwarten, die Männer bierdick, bekamen Bäuche, Hängewangen und dicke Oberschenkel? Würde nicht auch Schleier diese Verwandlung durchmachen? Und würde er dann nicht besser zu ihr passen? Würden sie dann nicht ein weit weniger klägliches Bild abgeben, wenn sie Unter den Linden spazieren gingen?

Und gehörte nicht zu einem großen protestantischen Theologen, wie ihr Schleier es doch war, eine gehörige Stattlichkeit? Mussten sich das nahezu bartlose Kinn, die feinen Wimpern und die feminine Nase nicht allmählich dem Bild Luthers angleichen? Hatte nicht Luther sich selbst einen feisten Madensack gerufen und das Aussehen und die Kleidergröße für alle künftigen Reformatoren vorgegeben?

Nun gut, die Veränderungen mussten eine gewisse Grenze einhalten, das Gesicht durfte nicht unsäglich aufblähen und die Gesichtszüge zerfließen. Sie kannte auch abschreckende Beispiele, den Grafen Mirabeau, nicht von geheimnisvoller Schönheit, wie sein Name andeutete, sondern von erschreckender Hässlichkeit, weil das ganze Gesicht kolossal in die Breite gewachsen war: wulstige Lippen, eine unvorstellbar breite Nase, Augen wie Reibekuchen. Dazu ein von Pockennarben verunzierter Teint. Nein! So weit musste es nicht gehen. Er sollte nicht zum Gierschlund werden, aber stattlicher, etwas stärker ausgepolstert, deutlichere Präsenz, mehr Fasslichkeit, das schon. Und Jette Herz erträumte sich mit aller Kraft diese schleichende Verfettung, damit sie und ihr Schleier besser harmonierten.

An einem mürrischen Abend, Schleiermacher harrte bereits seit vielen Monaten in seiner Pfarre in Hinterpommern aus, hatte Jette sich getraut, in einem Brief nachzufragen. Befand sich ihr Schleier nicht in den Jahren, wo sich in kürzester Zeit der Leib neue Formen schuf und sich in die Welt hinein ausdehnte und mehr Platz verlangte? Konnte nicht, von ihr unbemerkt, diese erhoffte Verwandlung inzwischen stattgefunden haben?

Fünfmal hatte sie die Feder angesetzt, dann hatte die Frage wie eine unverfängliche Sorge geklungen: «Miserabel, so schriebst du, lieber Ernst, gehe es dir, und die scharfen Winde machten dir sehr zu schaffen. Dein Arzt scheint zu glauben, dass du der Schwindsucht nicht entkommen könntest. Ich hatte auf andere Nachrichten gehofft. Von einer Kur mit der spanischen Fliege rate ich dir dringend ab, sie schadet oft mehr, als sie hilft, zudem fängt die Haut unter dem Pflaster für gewöhnlich an zu eitern und muss mit Bleisalbe ausgestrichen werden. Mir scheint der Grund deines Übelseins in deiner schwachen Konstitution zu liegen. Darf ich so zutraulich sein und dich ermuntern, nur kräftig dem Essen zuzusprechen, pommersche Würste und fetten Gansbraten nicht zu meiden und dich einem kräftigen Getränk zu überlassen? Häufig hat es Kränkelnden und körperlich Schwachen auch nicht geschadet, Fischöl allen Mahlzeiten unterzumischen. Eine gefällige Fülle würde deiner Gesundheit zuträglich sein, und du könntest allen Wettern dieser Welt trotzen.»

Mehr als drei Wochen hatte sie gewartet, dann kam die Antwort. Ganz unverschleiert. «An mein Dickwerden glaube ich nicht. Ich kann dir versichern, ich habe eine hundeschlechte Gesundheit, Brustschmerzen, Koliken, Kopfschmerzen, Kreuzschmerzen sind meine beständigen Gäste und machen mir das bisschen Leben noch ganz zunichte, sodass ich oft aus Verzweiflung in die Ressource gehe und sehr viel Geld verspiele. Ich lasse es weder an China noch an starken Getränken fehlen, noch an allen Verbannungs- und Hilfsmitteln gegen den rheumatischen Ursprung dieser Übel.»

In tiefer Melancholie hatte Jette Herz den Brief gelesen und nach Lücken Ausschau gehalten, in die sich ihre Hoffnung hätte einnisten können. Aber natürlich wusste sie um Schleiermachers wacklige Gesundheit, die er, oft bis zu ihrem Überdruss, so leidenschaftlich besprach und mit Todesahnungen begleitete. Wie oft waren seine Magenkrämpfe, die ihn tagelang ans Bett fesselten, Gegenstand ihrer Gespräche gewesen.

Und auch der erste Eindruck, den er jetzt auf sie machte, ließ keine Hoffnung keimen: Der Leib ihres Schleier weigerte sich hartnäckig, den Weg aller Männer zu gehen und fülliger und feister zu werden.

Ein kleiner Mönch, bedroht von einer mächtigen Woge.

Aber diese Hände.

Die sollten sie streicheln. Darum würde sie kämpfen.

5

Sie blieben noch zehn Minuten schweigend sitzen, dann lächelte Schleier sie an, sie erhoben sich, Schleiermacher trocknete eine Träne, schimpfte sich ein sentimentales Weib, nahm sie am Arm und ging mit ihr die Buchsbaumhecke entlang Richtung Haupthaus.

Vor Tagen hätte sie die Ruhe nicht ausgehalten, aber jetzt war Berlin fern. Fern war der leere kleine Salon. Die leere Bettstelle. Die ängstigenden Spiegel. Die Musik kehrte zurück. Spärlich zunächst. Ein Sperling. Immerhin. Die Farben kehrten zurück. Zurückhaltend vorerst. Das Blassrosa der Fetten Henne. Jette lächelte unweigerlich. Das Licht kehrte zurück. Rang der Nacht Minute um Minute ab. Sie sah einen Knecht ein Pferd striegeln. Andächtig fast. Eine Weide beugte sich im kräftigen Wind.

Sie war im Begriff, sich der Welt neu einzufügen, da spürte sie, es war ein kleines Schwanken im Schritt, wie Schleiers Stimmung sich verdüsterte. Sie freute sich und wollte sich freuen, dass das Gefühl nicht abgestumpft war, dass sie kleinste Regungen noch immer auffing. Sie wusste, warum er kurz schwankte. In diesem Augenblick dachte er an seine unglückliche Liebe zu Eleonore Grunow.

Hörte die Geschichte denn nie auf? Konnte eine so hässliche Frau solche Anziehungskraft besitzen?

Schleiermacher wartete jetzt bereits seit Jahren. Und nichts ging voran. In Berlin war er nahezu täglich zu Grunows gegangen und hatte mit angesehen, wie Eleonore immer wieder von ihrem Mann gedemütigt wurde. Der schimpfte sie faul, sie vergeude das Leinen, kümmere sich nicht um die Wäsche und halte den Hausstand nicht in Ordnung, und dann fuhr er häufig, eine geübte Geste der Demütigung, mit dem Finger über einen abgebrochenen Henkel.

Musste sie nicht wie eine treue Freundin nachfragen?

«Wie steht es um Eleonore? Die Nachrichten, die ich von ihr erhalten habe, und deine brieflich geäußerten Sorgen lassen keine Fortschritte erhoffen.»

Immer musste sie stark sein. Sie wäre so gerne schwach.

«Nein, es geht nicht voran. Sie zögert vor dem alles entscheidenden Schritt, wollte sogar mit mir brechen. Ich werde mit ihrem Bruder sprechen müssen, um die Trennung zu beschleunigen.» Schleier wirkte in diesem Augenblick noch schmächtiger als sonst. «Während meiner Jahre in Stolp ist mir der Zustand täglich unerträglicher geworden. Auf Unterstützung kann ich kaum rechnen. Ein Prediger, der eine verheiratete Frau begehrt!» Er zögerte kurz. «Und ich weiß nie, ob auch dir meine Meinung in dieser Frage wirklich einleuchtete, Jette. Du hast mir in dieser Frage immer beigestanden, das ja, aber ich habe stets eine kleine Reserve gespürt.»

Jette bewegte kaum sichtbar den Kopf. «Du weißt, wie ich dich auf diesem, wie soll ich es sagen, recht verschlungenen Weg begleitet habe. Wenn ich eine Reserve spürte, dann doch immer deshalb, weil der einmal gegebene Ehe-Eid dem Glück kräftig entgegensteht.»

Schleiermacher streckte sich und sprach jetzt mit seiner festen Predigerstimme, weil er ganz offensichtlich die eigene Unsicherheit vor ihr verbergen wollte.

«Liebste Jette. Bei einer Ehe ohne jede Liebe halte ich es schlechterdings nicht für unsittlich, dass jeder Teil einen anderen liebt. Nach meinen sittlichen Grundsätzen sollten sie sich gleich trennen, das geht aber, wie du weißt, nicht immer, und da die Ehe ein Rechtsverhältnis ist, so darf das Recht so lange nicht gebeugt werden, als das Verhältnis noch rechtlich besteht. Wo die Liebe mit dem Recht eines anderen kollidiert, muss man, auch wenn es größte Mühe macht, ein rechtlich gutes Benehmen gegen den Gatten der geliebten Freundin einhalten und» – Schleiers Stimme wurde leiser, das Gezwungene im Tonfall ließ nach – «muss sich den letzten Schritt versagen.»

Schleiermacher unterbrach sich und schaute unsicher zu Jette. Sie erwiderte seinen Blick nicht. «Ich hoffe, es will dir nicht so scheinen, als ob ich mir eine Theorie bastle, um meine Praxis zu rechtfertigen. Nein. Nein. Beide haben sich zugleich aus meinem Inneren heraus gebildet. Es hängt alles an diesem einen Punkt: Ein sinnliches Gefühl ohne Liebe ist unsittlich!»

Wenn Schleiermacher so energisch sprach, und das tat er selten, dann trat sein Kinn hervor, dann zerklüftete eine Falte wie ein Ausrufezeichen seine Stirn. Jette mochte diesen Schleiermacher nicht sehr. Keiner mochte diesen Schleiermacher.

«Wenn jedoch in einer Ehe ohne Liebe jemand anderes sinnliche Gefühle mit Liebe, also mit geistigen Gefühlen gegen eine andere Person hegt, dann ist der Eid, den man bei der Eheschließung geleistet hat, nicht berührt. Berührt ist der nur, wenn man gegen eine Frau in einer Ehe ohne Liebe nur sinnliche Gefühle hegt, aber das, liebe Jette, ist bei mir doch sicherlich nicht der Fall.»

Jette Herz nickte. Sagte: «Natürlich, lieber Schleier.» Ihre Stimme war nicht ganz so weich wie sonst.

«Und insofern gehen Eleonore und ich ganz keusch miteinander um, wenn Keuschheit doch nichts anderes ist als Unfähigkeit zu sinnlichen, erotischen Gefühlen ohne geistige.»

Jette hakte sich bei Schleiermacher unter. Die weiche Tonfülle kehrte in ihre Stimme zurück. «So habe ich es nach dem Tode meines lieben Marcus auch gehalten. Und ich darf so mutig sein»

– und dabei drückte sie seinen Arm –, «eine kleine Ergänzung anzubringen. Wenn nur die geistigen Gefühle sich regen und die sinnlichen dabei zu kurz kommen, dann sollte man auf eine Ehe Verzicht leisten, lieber Ernst.»

Jette wusste, was Schleiermacher jetzt dachte. Alexanders sinnliche Gefühle für sie waren nicht voll zum Durchbruch gekommen. Ganz sicher hatten sich die beiden Freunde brieflich ausgetauscht. Sie spürte, wie Schleier sie aus den Augenwinkeln musterte: Er studierte ihr Profil, das auch Alexander als der griechischen Kunst überlegen gepriesen hatte. Zu schön, um wahr zu sein. Woran lag es dann, dass Alexander, der sie doch an Wuchs übertraf, die entscheidende sinnliche Regsamkeit nicht verspürt hatte?

Und als errate Schleiermacher ihre Gedanken, sagte er: «Ich weiß um keine Frau, liebste Jette, die sich mit dir auch nur im Entferntesten messen kann. Du hast einen, ich glaube, ich schrieb es dir sogar einmal, ganz eigentümlichen Stil des Lebens gebildet. In dir wächst zusammen, was man sonst nur getrennt findet: deine Wissenschaftsbegeisterung, deine Liebe zur Literatur, dein kräftiger Weltsinn, deine Sprachenkenntnis, deine Menschenkenntnis, dein praktisches Talent, dein Talent zur Geselligkeit.» Schleier senkte die Stimme. «Mein Geschmack für das Unendliche findet bei dir sinnliche Erfüllung.»

Sinnliche Erfüllung.

Ja. Die suchte sie.

Sie drückte seine Hand.

Eine Glocke rief zum Essen.

6

Sie saßen auf Decken ausgebreitet, weißer Damast, tadellos. Die Weiden frisiert von dem leichten, aber schneidenden Wind, der, fein abgestimmt, die schiefergraue See kräuselte. Eine Ulme diente ihm als Harfe. Sprenkel ausgedorrten Grases im satten Grün ringsum. Eine günstige Sonne und Wolken, die faul im Meer blieben und ihre Arbeitszeit wegdösten. Vor ihnen lagen ausgebreitet Rügener Würste, ein harter Käse, ein Glas mit Schmalz, frisch gebackenes Brot, Eier, ein Korb mit Äpfeln, eine Schale mit Heidelbeeren, die, vom Regen poliert, wie Perlen glänzten, ein Glas mit Quittenmarmelade, ein Glas mit Fasanenpastete, Stockfisch, Heringe, Konfekt, Mandelcreme, Wein die Fülle. Blökende Ziegen auf der Nachbarweide waren nur dazu da, um die Idylle vollkommen zu machen. Zwei Schmandfliegen blieben unbehelligt. Irgendwo musste jetzt eine Uhr schlagen. Die Stunde des Pan. Henriette von Mühlenfels, von allen in diesen Tagen «Klein-Jette» gerufen, spielte mit einer verfrüht abgeschlagenen Kastanie, neckte ihren Verlobten unablässig mit dem Igelkleid.

Jette Herz, zu ihrem leichten Unwillen «große Jette» getauft, betrachtete sie in aller Ruhe. Diese zierliche Jette besaß fein gearbeitete Züge. Ihre Nase wirkte noch unausgereift, als habe der Kupferstecher gezögert und nur einen leichten Grad gestochen. Ihre tief blauen Augen hatten etwas Entrücktes, Suchendes, Flehentliches beinahe. Wenn sie unsicher war, spielte sie mit der schmalen Unterlippe. Ihre Haare, sonnenhell, ließen sich im Haarnetz kaum einfangen. Sie war schlank, aber mit fraulichen Attributen ausgestattet. Bereit für die Gezeiten der Mutterschaft. Gestern Abend hatte sie leider sehr schlecht Goethe rezitiert.

Ehrenfried wirkte ausgelassen, bückte sich herunter zu dieser anmutigen Kindlichkeit, alberte herum, um den Altersunterschied vergessen zu machen. Wie verändert er war! Vor zwei, ja, in der Tat zwei Jahren, hatte dieser Ehrenfried sehr offen um ihre Schwester Johanna geworben. Ihre Schwester! Kurz flatterten die Gedanken zurück nach Prenzlau. Johanna hatte stets mit erstaunlichem Ehrgeiz ihr Leben kopiert. Geduldig, strebsam und ausgestattet mit der Kunst, Fehler zu vermeiden. Johanna war ihr am Tag ihrer Hochzeit mit Marcus Herz in die Arme gefallen und hatte ihr prophezeit, so lange herumzugehen, bis auch sie einen Mann mit diesem Namen gefunden habe. Damals hatte Jette kopfschüttelnd gelacht. Herz war kein unüblicher jüdischer Name. Das nicht! Aber die Auswahl des Gatten so ausschließlich nach dem Namen zu richten, schien kindisch, trotzig, einfach lächerlich. Oder? Sie hatte ihr eine ewige Jungfernschaft vor Augen gemalt, aber Johanna hatte nicht nur einen Mann mit diesem Namen, sondern auch noch einen Arzt und sehr bekannten Fachschriftsteller aufgetan, der ein stattliches Anwesen in Prenzlau besaß. Und sie übernahm bereitwillig viele ihrer Freunde, liebte es, wie sie umschwärmt zu werden. Und Ehrenfried, der den Sohn ihrer Schwester unterrichtete, hatte Feuer gefangen. Aber sein Werben hatte etwas Unstetiges, Launisches, als sei Johanna nur eine Episode, als warte er insgeheim noch auf die große Erfüllung. Ihr Schleier hatte es immer gespürt und Ehrenfried sogar wegen des versteckten Egoismus gescholten. Eine Hofmeister-Schwärmerei! Dann hatte der Ruf auf die Predigerstelle in Stralsund das ungerade Verhältnis beendet. Es war Fragment geblieben, und ihre Schwester hatte ihre eigene wehmütige Stimmung kopiert.

Ganz anders Ehrenfried. Ehrenfried wirkte in der Tat so, als sei die große Liebe seines Lebens erschienen. In der Gestalt dieses unschuldigen Kindes, das gar nicht aufhören wollte, ihn mit der Kastanie zu pieksen!

Wilhelmine Reimer, die gute Mine, das jüngste Kind in einem Körbchen neben ihr, schnitt Brot und Wurst. Sie tat es kraftvoll, sinnlich, mit einem geheimnisvollen Zauber. Jette wäre gerne ihre Gefährtin. Es war diese Geste, die sie jäh traurig machte, die sie wehmütig stimmte. Jette konnte nicht an sich halten, sie wollte es nicht zulassen, aber es stieg schwarz in ihr hoch. Sie benötigte alle Kraft – und verbarg geschickt ihre Angst. «Unser Schleier hat während der Jahre in Hinterpommern offensichtlich sehr gelitten. Kränklich und blass und hundemager sieht er aus. Knorrig und knochig. Ich opfere meine Ansprüche auf die Wurst, damit er leidlich wieder etwas von dem reinholt, was er an Gewicht dort verloren hat.»

«Ich leiste auch Verzicht», rief jeder vergnügt.

Sogar der schläfrige Reimer, seinen Kopf auf ein Holzscheit gebettet, räkelte sich und lachte laut. Und Schleiermacher? Schleiermacher, mit jedem Atemzug Hinterpommern und die verwahrlosten Gläubigen vergessend, nahm das Brot, brach ein mächtiges Stück ab und belegte es mit reichlich Wurst. «Ich werde auf der Rückreise im Strandboot die doppelte Miete zahlen müssen!» Seine Lippen glänzten so herrlich nach Fett!

«Und von mir bekommt er noch ein sauber gepelltes Ei!» Die Kastanie lag jetzt achtlos vor ihr auf dem Leinen.

«Sie, Klein-Jette, sind mir Freundin und Töchterchen in einem!», entgegnete Schleiermacher hochgestimmt, «selten hat man sich so um mein leibliches Wohl gesorgt.»

«Dann will ich Sie auch Väterchen nennen dürfen», entschied Klein-Jette. Und mit Wein wurde diese Adoption sofort besiegelt. Reimer nahm einen besonders kräftigen Schluck, damit die Adoption auch taugte.

Jette stieß mit an. So einfach war das. So ohne Schmerzen der Geburt. Hier sprach sich ein tiefster Wunsch aus, verstohlen, um den nur Jette wusste. Schleier liebte Kinder. Sehnte sich nach Kindern. Aber er besaß keine Hoffnung. Eleonore Grunow war kinderlos geblieben. Seit mehr als sieben Jahren. Und sollte die Verbindung mit ihr doch noch glücken, dann würde er dieses Los mit ihr teilen müssen. «Ich besitze keinen Wechsel auf Kinder», hatte er aus Stolp geschrieben. Das Schreiben roch nach enger Kammer, schwer, aufgesogen mit Mutlosigkeit. «Ein lächerlicher Gedanke ist mir die Angst, mein Name könne mich nicht überleben. Aber eine reizende und rührende Aussicht wäre die

Gunst, Kinder zu bilden, Jette. Mir wird nichts übrig bleiben, als auf rein geistigem Wege mir ein Sohnsgeschlecht zu erarbeiten, indem ich darauf zähle, dass aus der papiernen Lava meiner Bücher Leser schlüpfen, die die Gedanken eine Generation weitertragen.»

Jetzt hatte er ein Töchterchen. Ein schlankes, zartes. Und es war so schnell gegangen. Ohne Angst um Mutter und Kind. Und wenn dieses Töchterchen Kinder zur Welt brachte, dann verlängerte sich Schleiermacher in diesen Enkeln, konnte sie herzen und fördern. Und mit kleinen Geschenken an sich binden.

So war das!

So fing die Geschichte an. So deutete sie die kleine Szene.

Meinen herzlichen Glückwunsch, Schleier!

Sie hatte auch keine Kinder! Sie hatte darüber auch viel geweint. Sie hatte sogar darüber mit Gott gezankt.

«Wir machen ein Pfänderspiel», schlug Wilhelmine Reimer vor. «Dann kann ich euch noch ein wenig in meiner Nähe halten, weil mein kleiner Sohn nach Nahrung verlangt und ich mich einem Spaziergang nicht anschließen darf.»

Alle beklatschten den Vorschlag. Ja. Auch Jette. Jeder gab ein Pfand ab, und Schleiermacher wurde gebeten, die Fragen für die Auslösung der Pfänder zu stellen.

«Biete er uns doch zwei Antworten an, weil meine Bildung mit eurer nicht ganz mithalten kann», schlug Klein-Jette vor. Jette mochte Frauen, die Bedingungen stellten. Sie mochte Frauen, die sich nicht in ihren Stand ergaben. Jette mochte in diesem Augenblick zum ersten Mal Klein-Jette.

«Eine köstliche Idee», antwortete Schleiermacher. «So wollen wir es halten. Also: Wilhelmine, beginnen wir mit dir, weil der kleine Heinrich dir wohl nicht lange noch Ruhe gönnt. Wie nennt man kleinste, häufig unter einer Lupe angefertigte Elfenbeinschnitzereien: Mirabilien oder Gemmen?»

Wilhelmine dachte kurz nach. Ihr Sohn spielte mit seinem linken Fuß. «Gemmen kenne ich natürlich. Wer kennt die nicht!

Meine Mutter hat mir eine Brosche mit ihrem Bildnis vermacht, fein aus Elfenbein gearbeitet. Eine schöne Kamee.» Sie stockte, blickte zu ihrem Mann, der den Unwissenden spielte. «Mein Georg verrät mir auch kein Wörtchen. Also, du sprachst, wenn ich mich recht erinnere, ganz unbestimmt von Elfenbeinschnitzereien. Dann trifft Gemmen nicht. Also sind es Mirabilien.»

«Die Methode bewährt sich», lachte Jette und löste Wilhelmine aus.

Reimer entwendete das Taschentuch und roch daran: «Ich werde dich niemals auslösen, liebste Mine. Wer ein so gescheites Frauenzimmer sein nennen darf, gibt sie nie wieder her. Ich hätte eine noch schwierigere Frage erdacht, um dich auf ewig an mich zu binden. Allerdings ist es mir ganz lieb, wenn ich weiß, dass du nicht bei Schleiermacher in der Pflicht bist.»

Das Mosaik der Freundschaft gewann langsam an Gestalt.

«Nun du, Ehrenfried. Endlich erlaubt mir das Spiel, dich ein wenig zu examinieren. Aber ich will es dir nicht zu leicht machen. Wählen wir deshalb ein Gebiet, das dir nicht immer nah im Blickfeld gewesen ist. Wie alle Insulaner hast du doch Angst vor dem Wasser und ihren Bewohnern. Wohlan: Gehören die Karpfen zur Gattung der Friedfische oder Kampffische?»

Ehrenfried antwortete schnell, soldatisch schnell: «Mit Karpfen kann man keinen Krieg gewinnen.» Gelächter und Applaus. Auch er war frei.

«Jette, nun zu dir.»

Kurz nur erschrak Jette. Sie rechnete mit einer Frage zu Shakespeare, fürchtete sich vor einer Frage aus dem Gebiete der Theologie. Ihr Atem ging etwas schneller. Irgendwo ertönte eine Flöte. Etwas sehr Zartes spannte sich in ihr. Sie war ganz Ohr, als Schleiermacher fragte: «In welchem Dialog, liebste Jette, hält Platon eine berühmte Rede über den Eros, im Dialog *Laches* oder im Dialog *Sophistes*?»

«Wie du sehr wohl weißt, so ist es der Dialog *Gastmahl*, mein lieber Schleier. Mich führst du nicht in die Irre.» Sie nahm die

Kastanie und deutete ein Stechen an. Der kleine Heinrich begann zu schreien, weil alle johlten.

«Jetzt muss es gelingen. Verehrter Georg.» Schleiermacher dehnte den Namen.

Reimer war jetzt hellwach, setzte sich gerade hin, ein geheimer Reflex aus Schülerjahren. Ein Seufzer. Sein Sohn hier war noch klein. Die Blamage hielte sich in Grenzen. Und Jette wusste: Seine gute Mine würde eine kleine Schwäche mit einer Geste wegwischen. Sie hatte diesen untrüglichen Instinkt, der sich rührte, wenn Reimer, dieser unermüdliche Kämpfer, Zuspruch brauchte. «Mein Leib ist willig, aber mein Geist ist schwach!»

«Trefflich, liebster Freund, denn diese Frage scheint mir unüberwindlich: Wer ist der von Frommen gescholtene und von Aufgeklärten gelobte Erfinder des Blitzableiters, ein gewisser Benjamin Franklin oder ein mährischer Geistlicher namens Prokop Divisch?»

Georg Reimer blies die Wangen auf und schaute in die Runde. «Die Frage scheint mir hinterhältig. Wir könnten eine Abstimmung mit dem Publikum durchführen …»

«Ich bin für Franklin», sagte seine Frau, «der Name ist mir leidlich vertraut.»

«Ich auch», stimmte Ehrenfried zu.

«Dann bin ich auch der Meinung», nickte Klein-Jette.

«Ich entsinne mich eines Vortrags während der Mittwochsgesellschaft, in dem einmal von diesem Divisch als Erfinder die Rede war. Und ich glaube mich zu erinnern, ein Buch bei meinem Schwager, oder war es ein Roman, eingesehen zu haben, der die Frage traktiert. Ich stimme also für Divisch.»

Reimer hob flehentlich die Hände. «Jette zerstört mir die schöne Eintracht, aber mir will scheinen, dass unser lieber Schleier die Frage absichtsvoll so gestellt hat, dass wir auf Franklin zielen, also stimme ich mit der großen Jette und tippe auch auf Prokop Divisch.» Georg blickte zu Schleiermacher. Gespannt. Etwas verliebt in seine Strategie.

Schleiermacher dehnte die Zeit, schüttelte den Kopf und sagte: «Richtig, lieber Georg, es ist nicht Franklin, wie alle Welt meint, sondern dem Blitz wurde zuerst die Macht in Mähren von dem großen Theologus electricus Prokop Divisch geraubt, wie mir ein großer Gelehrter einmal verriet. Und von dem soll in der letzten Frage die Rede sein. Welcher Philosoph, liebstes Töchterchen, verabscheute das Reisen? Kant oder Fichte?»

Klein-Jette blickte zu Ehrenfried, aber Wilhelmine hielt ihm den Mund zu. «Ich muss also raten. Alle Großen dieser Welt reisten nach Königsberg – vielleicht, weil Kant die Unbequemlichkeiten der Postwagen scheute?»

Alle applaudierten, Klein-Jette jauchzte, und Schleiermacher schlug sich mit theatralischer Geste an die Brust. «Kein Pfand ist mir geblieben. Ich bin wieder ganz auf mich gestellt. Ihr habt euch alle aus meinen Händen entwunden. Einsam bin ich. Verloren in der Wüste Rügen.»

«Zum Trost bekommst du den ganzen Rest der Wurst,» entfuhr es Jette. Es hatte spaßig geklungen.

Reimer fuhr sich vergnügt über seinen feisten Bauch.

Jette fand, dass Bäuche für Männer eine Zierde sind.

Sie spielte mit dem kleinen elfenbeinernen Kamm, den Schleiermacher ihr vor Stunden geschenkt hatte.

7

Charlotte von Kathen, die ältere Schwester von Klein-Jette, hatte den Vorschlag zu einem Leseabend gemacht. In Charlotte kam das alte französische Adelsgeschlecht der Großeltern von Campagne, die wegen ihres Glaubens aus Südfrankreich nach Rügen geflohen waren, häufig sehr leise zum Durchbruch. Sie besaß eine leichte französische Stimmfärbung, die sich bei Klein-Jette nicht erhalten hatte, dezent vornehm, etwas auf Abstand bedacht, Jette assoziierte Gartenlabyrinthe und Wasserspiele. Ihre Kleidung wirkte, auch wenn sie auf dem Gut geschäftig umherging, nie salopp. Im Unterschied zu Klein-Jette waren die Augen von einem tiefen Braun, das linke etwas kleiner als das rechte, aber diese kleine Unregelmäßigkeit störte nicht die Ebenmäßigkeit der Gesichtszüge. Ihr Teint wirkte auffallend hell, wie gepudert.

Sie war sehr schlank.

«Seht ihn euch nur an!» Jette deutete auf Schleiermacher. «Man muss Schleier nur eine Tasse Tee in die Hand geben, einen guten Roten heraufholen, gesellig zusammensitzen, und wenn dann einer den Vorschlag macht, einen Leseabend zu begehen, dann kann er sich vor Glück kaum fassen.»

Sie kannte ihren Schleiermacher doch. Leseabende! Dieses Wort besaß auch für ihn eine große Magie. Dann kehrte das Leben in den leeren und abgehetzten Blick zurück. Dann arbeitete sich der Geist durch den erschlafften Körper, klopfte überall an, bis sich die Füße wohlig ausstreckten, bis die Hände gerieben wurden, als gebe es Schmalzbrot, bis die verwachsene linke Schulter die Höhe der rechten erreichte. Und dann die Augen. Ein Glänzen, größer als an Heiligabend.

«Was sollen wir lesen? Meine Bibliothek ist nicht gut bestückt und in Unordnung, aber einige schöne Werke nenne ich doch mein Eigen.» Karl, der Gastgeber, meldete sich zu Wort. Eine das Befehlen gewohnte Stimme gewann in dieser geselligen Runde an Dichte. Das fehlende Haupthaar hatte er durch mächtige Koteletten ausgeglichen. Jette fand diese Rechnung etwas albern.

«Vielleicht ein Stück aus Goethes *Wilhelm Meister*», schlug Reimer vor.

«Du setzt mich in Erstaunen, mein lieber Georg. Ich hatte erwartet, du würdest einen Text vorschlagen, den du selbst verlegst.» Da waren sie wieder. Diese kleinen Sticheleien. Ehrenfried holte sich von Schleiermachers Augen einen kleinen Applaus ab.

«Mein Gatte versteht es, sich selbst zurückzunehmen, lieber Ehrenfried. Georg ist ein wahrer Liebhaber der Literatur.» Mines Hände wirkten unausgelastet, wenn sie kein Brot und keine Wurst schnitt.

«Ich habe den *Wilhelm Meister* schon fünfmal durchgenommen», seufzte Jette gespielt. «Ich verspüre nicht den Ehrgeiz, ihn auswendig zu lernen.» Die sturmerprobte Liebe zu Goethe war kurzzeitig abgekühlt, als sie bei Goethe eine Stelle entdeckt hatte, die sie für Juden als beleidigend empfand.

«Die Damen schätzen doch sehr den *Tristram Shandy* von Lawrence Sterne», schlug der Hausherr vor. «Aber mir behagt *Tom Jones* von Fielding etwas mehr», gestand er.

Alle stellten sich auf Fielding ein, nur Klein-Jette schüttelte den Kopf.

«Lieber Karl, du weißt, dass mein Englisch noch einige spürbare Lücken aufweist, deshalb möchte ich einen anderen Vorschlag unterbreiten.»

Konnte man ihr einen Wunsch abschlagen?

Jette fand: Nein.

«Ehrenfried hat euch doch vor einigen Monaten eine ältere Ausgabe der Zeitschrift *Athenaeum* überlassen, in der ein hübsches Stück von unserem Ernst abgedruckt ist: *Idee zu einem Katechismus der Vernunft für edle Frauen.*»

Karl von Kathen nahm nur das Wort Katechismus auf und nickte bereits. Georg meldete sich zu Wort: «Wir Männer kommen in unserer ganzen Pracht in dieser kleinen Parodie nicht ganz zur Geltung. Ich bitte also …»

«Wir Frauen sind in der Mehrzahl», unterbrach ihn Jette, «und außerdem darfst du dich hinterher an Schleier schadlos halten. Ihr könnt ihn gerne aus eurem Geschlecht verbannen. Sofern ihr ihn überzeugt.»

«Wir brauchen jeden Mann. Und außerdem will mir scheinen, dass du bei diesem Text deine Hände im Spiel hattest.»

Charlotte war inzwischen aufgestanden und hatte den Text hervorgekramt. Sie überreichte ihn Jette. Alle verlangten, Jette solle vorlesen. Jette ließ sich nicht lange bitten.

«Die Zehn Gebote.»

Eine Mischung aus Feierlichkeit und Schalk griff Raum.

«Du sollst keinen Geliebten haben neben ihm: Aber du sollst Freundin sein können, ohne in das Kolorit der Liebe zu spielen und zu kokettieren oder anzubeten.»

«Einspruch», rief Ehrenfried, übertrieben laut. «Eine Freundschaft zwischen Mann und Frau ist unmöglich! Da mischt sich immer Liebe unter!»

Schleier ergriff das Wort. «Jette und ich wollen der Welt zeigen, dass es auch anders geht. Von Mann und Frau ist bei uns aber auch gar nicht die Rede!» Er hob nicht den Blick. Jette spürte einen Stich wie bei einer drohenden Krankheit.

Mine Reimer wiegte leicht den Kopf. «Vielleicht hilft das zweite Gebot uns weiter.»

Jettes Stimme gewann an Festigkeit. «Du sollst dir kein Ideal machen, weder eines Engels im Himmel noch eines Helden aus einem Gedicht oder Roman, noch eines selbst geträumten oder phantasierten, sondern du sollst deinen Mann lieben, wie er ist. Denn sie, die Natur, deine Herrin, ist eine strenge Gottheit, welche die Schwärmerei der Mädchen heimsucht an den Frauen bis ins dritte und vierte Zeitalter ihrer Gefühle.»

Alle schwiegen. Wie oft hatten sie es bei älteren Freundinnen erlebt, dass die Gefühle schal wurden und der Prinz sich als Frosch entpuppte. Mine, Charlotte und Jette schauten sich kurz an. Lächelten. Nur Klein-Jette, die das Mienenspiel verpasst hatte, warf einen sehnsuchtsvollen Blick auf ihren Ehrenfried. Sie war sich ihrer Gefühle offensichtlich sicher.

«Du sollst von den Heiligtümern der Liebe auch nicht das kleinste missbrauchen, denn die wird ihr zartes Gefühl verlieren, die ihre Gunst entweiht und sich hingibt für Geschenke und Gaben oder um nur in Ruhe und Frieden Mutter zu werden.»

«Geht das?», brummte Karl. «Muss die Liebe so absichtslos sein? Ist nicht die Bestimmung der Frau eine Bestimmung zur Mutterschaft?»

Sehr leise sagte Jette: «Und wem keine Kinder geschenkt werden, ist der im Vollsinne nicht zur Liebe fähig?»

«Pardon! Nein! Nein! Pardon!» Karls Hände falteten sich unwillkürlich wie zum Gebet.

«Also: Merke auf den Sabbat deines Herzens, dass du ihn feierst, und wenn sie dich halten, so mache dich frei oder gehe zu Grunde.»

Klein-Jette unterbrach die Nachdenklichkeit: «Das ist sehr rein geschaut. Wenn Ehrenfried gerade gegangen ist, dann bin ich ganz erfüllt von ihm, und dann ist der Sabbat, dann ist die Ruhe im Herzen so herrlich.»

Alle nickten.

«Ehre die Eigentümlichkeit und die Willkür deiner Kinder, auf dass es ihnen wohlergehe und sie kräftig leben auf Erden.»

«Und die Pflichten der Kinder den Eltern gegenüber?», fragte Reimer.

«Die gelten, sofern ihre Rechte auch geachtet werden.» Schleiermacher glich aus. Gewann mit einem kurzen Satz die Zustimmung, ohne sich etwas zu vergeben. «Aber ihr werdet doch mit mir einstimmen, dass die Gründung einer Familie niemals der vordringliche Zweck der Ehe sein darf.»

Kein Widerspruch.

Jette setzte neu an: «Du sollst nicht absichtlich lebendig machen.»

Reimer schmunzelte: «Uns ist auch dieses Kind von himmlischen Mächten geschenkt worden. Und es ist uns sehr willkommen. Meine Mine hat nicht einzig auf ihre Mutterschaft geschielt. Sie ging mir vor der Mutterschaft in der Buchhandlung so gerne zur Hand. Und tut es noch immer, nachdem der kleine Heinrich und die anderen Kinder versorgt sind.»

«Du sollst keine Ehe schließen, die gebrochen werden müsste. Du sollst nicht geliebt sein wollen, wo du nicht liebst.»

«Ihr seid Schwärmer», lachte Karl. «Liebe Schwärmer. Als ob nicht so manche Frau auf die gute Partie schielt und sich dabei etwas Liebe stiehlt. Hoffentlich halten sich künftig alle an diese Regel.» Er hob die Hände. «In dieser Hinsicht kann ich mir meiner Liebe ganz sicher sein. Meine Besitzungen hier sind Gott sei Dank kräftig mit Hypotheken belastet.»

«Was sagst du da?», fragte Charlotte, sichtlich aufgebracht. Erst als alle losprusteten, schlug sie die Hände vor das Gesicht und bebte vor Lachen.

«Du sollst nicht falsch Zeugnis ablegen für die Männer; du sollst ihre Barbarei nicht beschönigen mit Worten und Werken. Und: Lass dich gelüsten nach der Männer Bildung, Kunst, Weisheit und Ehre.»

«Das nenne ich mutig! Hoch mutig!» Karl setzte zu einem erneuten Widerspruch an. «Hat man uns aus Königsberg nicht immer zugeraunt, die Frauen seien zur Sittlichkeit nicht fähig? Hat …»

«Liebster Karl, darf ich dich daran erinnern, dass der große Kant ein hartherziger Junggeselle war?», fiel ihm seine Frau Charlotte ins Wort. «Und habe ich dich nicht zuweilen weicher gestimmt, wenn ich deine Gesinnung für zu hart hielt? Und hat mir nicht häufig der Ausgang der Affäre Recht gegeben?»

Jette sah Karls Gesicht an, wie er inzwischen bereute, dass man keinen Roman von Fielding las. Aber sie bewunderte auch seine Scharfsichtigkeit, die er noch einmal unter Beweis stellte. «Und wie will unser lieber Schleier es uns denn begründen, dass Mann und Frau in liebender Gleichmütigkeit einander begegnen? Da haben wir ja wohl ein ganz eigentümliches Glaubensbekenntnis zu erwarten! Da darf man nun wirklich gespannt sein.»

Schleiermacher wippte mit den Füßen, dann las Jette den ersten Artikel des neuen Glaubensbekenntnisses: «Ich glaube an die unendliche Menschheit, die da war, ehe sie die Hülle der Männlichkeit und Weiblichkeit annahm.»

Alle blickten zu Schleiermacher. «Ach, meine Lieben», sagte er, «unendlich ist mir die Menschheit, die im Männlichen und Weiblichen dann eine endliche Gestalt annimmt. Ansichtig werden wir des Unendlichen nur in der Liebe. Wie möchte ich euch es doch nur beschreiben können, wie mir dann zumute ist: Dann fühle ich in mir selbst die Allgewalt der Liebe, dann fühle ich in mir die Schönheit des Lebens und die Gottheit des Menschen, ohne doch Gott selbst zu sein.»

«Das habe ich auch schon gefühlt», flüsterte Klein-Jette.

«Gut. Gut. Auch mir ist meine Charlotte die bessere Hälfte. Aber die Erlösung, worin besteht die?», fragte Karl unnachgiebig.

Jette las mit fester Stimme weiter: «Ich glaube, dass ich nicht lebe, um zu gehorchen oder um mich zu zerstreuen, sondern um zu sein und zu werden; und ich glaube an die Macht des Willens und der Bildung, mich dem Unendlichen wieder zu nähern, mich aus den Fesseln der Missbildung zu erlösen und mich von den Schranken des Geschlechts unabhängig zu machen.»

«Du siehst mich nur in Maßen begeistert an diesem Punkt, lieber Ernst», unterbrach Reimer. «Dass die männliche Hülle eine Missbildung ist, darüber ließe sich trefflich streiten, aber ich fände es doch schade, wenn meine Mine mir ihre herrlichen Missbildungen nicht mit einigem Stolz nächtens präsentierte.»

Alle lachten. «Natürlich, lieber Georg. Aber du bist doch hoffentlich ebenso stolz, wenn sie im geselligen Verkehr einen schönen Eindruck macht», entgegnete Schleiermacher. «Aus diesem Grund habe ich den dritten Artikel entsprechend formuliert.» Schleiermacher erhob sich: «Ich glaube an Begeisterung und Tugend, an die Würde der Kunst und den Reiz der Wissenschaft, an Freundschaft der Männer – und ich füge hinzu: der Frauen, an Liebe zum Vaterland, an vergangene Größe und künftige Veredlung.»

Alle prosteten sich zu. Als sie sich wieder gesetzt hatten, schlug Karl vor: «Ich fände es schön, wenn uns die große Jette noch ein Stück aus einem Roman von Fielding zu Gemüte führte.»

8

Räuberbart.

Schleiermacher hatte sich nicht rasiert. Und Jette trug zum Schutz gegen die Abendkühle einen ausgeplüschten Hermelin. So harmonierten sie.

Fröhlichkeit! Das ja.

Aber Jette suchte die Ruhe des Herzens.

Gleich nach dem Frühstück waren sie ins Bad in der Brunnenaue in Sagard gezogen. Vor zehn Jahren war der ehemalige Gesundbrunnen zu einem kleinen Bad umgebaut worden. «Auf Anraten von Ehrenfrieds Bruder, der dort die Pfarre führt, und von einem anderen Bruder, einem Arzt, wird der Kurbetrieb geleitet. So gehen innere und äußere Gesundheit Hand in Hand – und so bleibt alles in der Familie», hatte Karl bemerkt.

Man konnte an den Ufern des Baches, der sich, von kleinen Wasserfällen unterbrochen, durch die Wiesen wie eine silberne Schlange den Weg bahnte, ausgedehnte Spaziergänge machen. Für Ablenkungen war auch gesorgt. Die Kinder hatten, begleitet von Schleiermacher, zwei Runden auf einem Karussell gedreht. Auch Schaukeln und Wippen hatte sich Schleiermacher, vom Bewegungsdrang ergriffen, nicht entgehen lassen. Dafür hatte er einen weiten Bogen um den Spieltisch gemacht. Eine Kegelpartie gewannen die Männer. Mit schlechtem Gewissen. Dann hatten sie das hohe, turmartige Gebäude des Badehauses erobert, hatten sich bequem in den zwei Steinbädern eingerichtet, mit den Füßen geplanscht wie kleine Kinder. Für eine gute halbe Stunde ließen sie sich in den gemauerten Vertiefungen nieder, von dem heilkräftigen Wasser umflutet.

Mine saß mit angewinkelten Knien im Wasser. Ein Glänzen in den Augen.

Georg hatte es nicht nötig, von Missbildung zu reden, fand Jette. Ein männlicher Wuchs. Stattlich. Sehr, sehr stattlich.

Schleiermacher bestrich sich hinterher seine magere Brust mit Pappelsalbe.

Alle waren verblüfft gewesen, als Jette plötzlich den Wunsch äußerte, schwimmen zu lernen, draußen, im Meer. Aber es hatte sich kein Lehrer gefunden. Und man hatte den Vorschlag auch nicht ganz ernst genommen. Schwimmen? Nein! Was für ein wunderlicher Vorschlag. Typisch Jette! Der feinkörnige Sand, der sich überall in der Kleidung einlagerte. Lästig. Unbequem. Und dann die Sonne! Barhäuptig sich der Sonne auszusetzen, das hieße mit der eigenen Gesundheit Raubbau treiben. Sogar die Knechte schützten sich vor der Sonne mit einem Hut oder einem Tuch! Und wer sei man denn! Schwimmen. Nein.

Sie hatten eine Runde Whist gespielt, im Versammlungssaal, der von wenigen Besuchern besetzt war, einen Hering gegessen und die eisenhaltige Heilquelle getrunken. Ehrenfried erzählte von drohenden Kriegswirren. Der preußische König sei unentschlossen, könne sich auf eine Koalition mit oder gegen Frankreich nicht entschließen, hatte er mit leichtem Ingrimm gesagt. Und Prinz Louis Ferdinand erweise seine Kraft nur in privaten Affären. Aber niemand hatte bei diesem Thema gebrannt, es hatte sich noch eine Weile gehalten wie eine lästige Pflicht, wurde dann aber beim Tee endgültig abgelegt.

Kurios nannte Schleiermacher die Bestimmung im Bad, die Preise den Beratschlagungen der Badegäste zu überlassen. Man einigte sich, wenig knauserig, auf 3 Taler für die ganze Gesellschaft – gegen die Einwände von Ehrenfried, der sie einladen wollte.

«Vielleicht sollte man es den Predigthörern auch überlassen, die Prediger zu entlohnen. Dann wärst du bald reich!», schlug Jette vor.

Schleiermacher sonnte sich kurz in dem Kompliment.

Seit Stunden, aber das Gefühl für die Zeit war Jette so herrlich abhanden gekommen, waren sie jetzt im Wald oberhalb der Kreidefelsen unterwegs. Stubbenkamer, das Paradies auf Rügen.

Sie hatten nach Pilzen gesucht, hatten unter einer Linde eine Pause gemacht. Schleier schlief oder träumte ein wenig. Dann hatten sie sich von der Gruppe gelöst. Eher absichtslos, redete sich Jette ein. Eroberten den Königsstuhl. Sie wagten sich nah an die Klippe heran, schauten aufs Meer, beide lange schweigend.

Purpurrot ging die Sonne unter. Die Wärme strömte ihnen entgegen. Sie wagten sich noch näher an den Rand der Klippe, wollten nicht Schattenkinder bleiben, lehnten sich an den Baum, der am mutigsten gewachsen war. Lispelnde Blätter. Es war, als ob der Baum sich zu ihnen neigte. Dann eine Nachtigall.

«Wer begabte mich mit dieser Stimme? Flößte meiner Kehle den süßen Hauch ein? Bildete mir zur Harfe den Hals», soufflierte Jette.

Schleiermacher ergänzte: «Sagt, Gespielinnen, welch ein Gärtner setzte uns in diesen grünenden Hain?»

Dann schwiegen sie wieder. Einträchtig. So lange, bis die Zeit sich krümmte.

Jette blinzelte zu Schleier hinüber, versuchte herauszufinden, woran er dachte. An die Grunow? An die neuen Aufgaben in Halle? Oder lebte er ganz diesem Augenblick?

«Mir graut davor, ein Eigenbrötler zu werden.»

Das Bekenntnis kam plötzlich.

Aber es hielt sich nicht länger in seiner Brust. «Ja, ich werde allmählich zum Hagestolz. Alle Morgen in Stolp tat ich, als reichte ich Eleonore den Tee und plauderte freundlich mit ihr beim Frühstück. Oft sah ich sehnsuchtsvoll nach dem Platz, wo vielleicht einmal ihr Schreibtisch stehen sollte. Ach, Jette. Ich muss mich anschließen an ein Hauswesen, sonst verkümmere ich. Der Beruf eines Gelehrten ist häufig sehr einsam, und wie einsam ist er, wenn die Liebe fehlt. Wie herrlich muss es sein, wenn die Geliebte heimlich die Feder führt. Wenn ich doch nach Berlin reisen würde, wenn ich bei Reimers leben könnte, dann hätte ich auch dich! Aber Halle! Halle! Man ist so kleinlich dort. Und eifersüchtig. Ich tausche nur mein Exil gegen ein anderes ein.»

Sie fand, Schleiermacher möge neben ihr hier auf ewig festwurzeln.

Sie fand, dass Berlin ihm nicht gut tun würde.

Sie fand, dass Halle ihn erreichbar halte. In sicherer Distanz.

«Vielleicht könnte ich meine Schwester Nanny bitten, mir spätestens im Sommer nächsten Jahres den Haushalt zu machen. So wäre ich nicht ganz allein.»

«Das ist eine sehr schöne Idee, Ernst.» Jette beruhigte sich bei dem Gedanken. Schwesterchen und Brüderchen. Brüderchen und Schwesterchen.

«Aber ach, mir ist oft so elend. Wenn es mit Eleonore kein glückliches Ende gibt, dann wird es mich das Leben kosten, dann werde ich sicherlich sehr bald sterben.» Er räusperte sich.

Jette war sich jetzt ganz sicher. Halle war eine komfortable Lösung.

Schleiermacher atmete laut durch die Nase aus. «Ich kann ordentlich wünschen, dass Eleonore noch eher stürbe als ich, denn wenn sie meinen Tod miterleben würde, dann würde es sie reuen, nicht stark genug gewesen zu sein, um die Scheidung voranzutreiben. Aber sie mag sich endlich sputen, denn meine starke Sehnsucht und mein Kummer können sich schnell in ein tückisches Gift verwandeln, das meine Nerven lähmt.»

Seine Halbschwester Nanny. Das war eine wirklich gute Idee. Nanny war praktisch veranlagt, verströmte Lebensfreude, wusste um die große Kunst der Ablenkung. Jung, aber behutsam; kräftig, aber nicht ohne Eleganz; heiter, aber besonnen. Eine ausgezeichnete Idee.

«Sicherlich will ich sterben, sobald ich den Platon vollständig übersetzt habe. Diese von Friedrich übernommene Schuld muss ich wohl abtragen. Das scheint meine heimliche Bestimmung zu sein. Ist der letzte Satz übertragen, dann kann ich von dannen gehen, leichten Herzens.»

Jette Herz verstand sich aufs Rechnen. Den ganzen Platon.

Alle Dialoge! Das konnte dauern, wenn man Schleier nur kräftig ablenkte. Ja. Das würde noch Jahre dauern. Sie würde noch öfter schreiben müssen. Noch öfter auf Post drängen.

«Ach, Jette. Ihr Frauen seid im Ganzen besehen doch glücklicher als wir. Geschäfte rauben euch nicht den ganzen Tag, den größten Teil des Tages könnt ihr euch der Phantasie überlassen. Wenn ich mich an meinen Schreibtisch quäle, so muss ich von allen Abschied nehmen, von meinen Freunden, von dir, Jette, und wenn mir ein Gedanke an dich durch den Kopf geht, dann darf ich ihn höchstens mit einem Nicken begrüßen, muss mich dann in meine Papiere verkriechen und muss die Geselligkeit auf später verschieben. Mir scheint, du magst es nicht glauben, die Natur von euch Frauen deshalb sehr viel edler und euer Leben entschieden glücklicher zu sein, und» – er zögerte kurz – «wenn ich je, in Stunden leiser Verzweiflung, mit einem unmöglichen Wunsche spiele, so ist es mit dem, eine Frau zu sein.»

Jette fuhr zusammen. Dieses Bekenntnis hatte sie nicht erwartet. Nein! Nein! Freundinnen umschwirrten sie genug. Mehr als genug. Sie spürte es genau. Etwas sehr Beängstigendes geschah hier. Ihr Schleier äußerte den Wunsch zu desertieren. Er wollte sich davonstehlen. Heimlich, still und leise.

Was war geschehen?

Er hatte es leichthin gesagt. Aber so etwas sagte man nicht leichthin!

Hatte sie immer alles falsch gedeutet, was er ihr geschrieben und gesagt hatte?

Ja. Ihr Schleiermacher war kein stattlicher Mann. Wer wüsste das besser als sie! Und nein, mutig war er auch nicht immer. Er hätte vor zwei Jahren nicht die Hofpredigerstelle in Stolp annehmen dürfen, sondern hätte in Berlin seinen Mann stehen und um Eleonore kämpfen müssen.

Er war so mutig in seinen Schriften.

Er war so mutig in seinen Predigten.

Aber er war ängstlich im Privaten.

Er war doch nicht ganz aus einem Guss.

Und sie? Sie wartete nur ab. Wartete und wartete. Wenn doch nur eine Wut in ihr wohnte.

Eine Wut.

Es geschah ohne Vorsatz.

Sie machte einen beherzten Schritt nach vorne, öffnete beide Arme, den Mund zum Schrei geöffnet. Dann fiel sie, sah, wie sich ihr der Fußboden beängstigend schnell näherte. Ihr Gesicht schlug auf. Sie schmeckte Blut. Dann spürte sie, wie ihre Beine von Schleiers Armen umschlungen wurden, erstaunlich kräftig. Und sehr männlich.

Er zog sie zu sich, stark, mächtig.

Diese herrliche Energie!

«Was tust du, Jette», schrie er. «Was ist mit dir! Bist du denn ganz von Sinnen?»

Ihr Kopf lag jetzt in seinem Schoß. Mit einem Taschentuch säuberte er eine kleine Platzwunde.

«Rede doch! Geht es dir besser? War es ein Schwindel?»

Jette genoss den sorgenden Grundton und wäre am liebsten auf ewig hier gelegen.

«Ich verspürte plötzlich einen Sog in die Tiefe, Schleier. Ich hätte es dir sagen sollen! Mir wird unwohl, wenn ich irgendwo stehe, und unter mir tut sich ein Abgrund auf. Aber ich war wohl leider zu feige, um es dir zu gestehen. Ich wollte diesen klaren Augenblick nicht zerstören, ich wollte diesen …»

«Dieser kleine Ausflug hätte böse enden können, Jette. Ich wäre meines Lebens nicht mehr froh geworden.»

«Du hast dich so mutig auf mich gestürzt», stammelte Jette. «Du hast mich gerettet, liebster Ernst. Wie kann ich dir nur danken. Wie kann ich …»

«Deine Gegenwart ist mir Dank genug», wehrte Schleiermacher ab.

Sie blieb noch eine Weile so liegen. Es dämmerte bereits. «Komm, ich helfe dir beim Aufstehen und führe dich. Sobald wir auf die anderen stoßen, setzen wir dich in ein Fuhrwerk, das dich zurück nach Sagard bringt.»

Schleiermacher half Jette beim Aufstehen und versuchte sie zu stützen. So gingen sie zurück. Die kolossale Jette. Benommen. Schwindelig. Auf den schmächtigen Schleiermacher gestützt.

Der Berliner Karikaturist hätte an diesem Anblick seine helle Freude gehabt.

9

Jette thronte zwei Tage auf einer Chaiselongue, ließ sich von Schleier vorlesen, der ihr nach jedem Kapitel die Schläfen massierte. Charlotte kochte ihr eine kräftige Hühnerbouillon, Klein-Jette flocht ihr einen Kranz aus Kornblumen, Reimer legte ihr, als sie nur sehr kurz eingeschlafen war, Blätter samt Feder hin, Mine stickte ihr ein Monogramm auf ein Taschentuch, und Karl bestand auf einem Arztbesuch, den Jette beharrlich ablehnte. Ehrenfried war selten zugegen, er ritt täglich aus und besuchte Freunde aus Jugendtagen. Er schien sehr beliebt gewesen zu sein.

Nach vier Tagen machten alle einen ersten Spaziergang. Singend! Dritte hätten es für eine Prozession halten können.

Nach einer Woche erklärte sie sich für gesund.

Ehrenfried war es, der für eine kleine Reise plädierte. Und er hatte auch eine Route ausgearbeitet. Sie machten einen Ausflug an die Spitze Rügens. Jette reiste mit, trotz der Einwände von Schleiermacher. Sie trug einen Turban aus weißer Seide, der die kleine Wunde an der Schläfe geschickt kaschierte.

Eine erste Rast machten sie in dem kleinen Fischerdorf Vitt. Viele der auf Rügen stationierten schwedischen Soldaten waren hier einquartiert. Ein schwedischer Offizier, den sie im Hafen trafen, lud sie zu einem kleinen Umtrunk ein. Man sprach Deutsch. Jette wechselte einige Sätze auf Schwedisch. Karl von Kathen wurde nicht müde zu betonen, dass er die bereits über einhundertsiebzig Jahre dauernde schwedische Besatzung Rügens einer drohenden französischen vorziehe, und erst recht einer dänischen. Auch wenn die dänische Besatzung so lange zurückliege, habe sich dennoch diese Schreckenszeit mit ihren Brandschatzungen und marodierenden Soldaten tief in das Gedächtnis eingegraben. Das Irrenhaus auf Stralsund sei damals überfüllt gewesen mit Frauen, die Barbarisches hatten ertragen müssen. Natürlich sei er Patriot, aber die schwedische Besatzung habe Rügen endlich eine Periode des Friedens geschenkt. Zwar müsse endlich die noch immer praktizierte Leibeigenschaft ein Ende haben, für den Frieden jedoch sei er dankbar. Ebenso dankbar prostete der Offizier Karl von Kathen zu.

Sie besuchten anschließend ein kleines Museum, aber es war sehr nachlässig eingerichtet, nichts weckte ihr Interesse, und bald schon ging man wieder hinaus. Sie reisten weiter nach Arkona. Ehrenfried drängte darauf, die herrliche Aussicht zu genießen. Nahezu von Wasser umschlossen! Das dürfe man nicht verpassen! Sich als schaumgeboren zu fühlen! Schweden so nah! Hamlet in Sichtweite! Königsberg spürbar!

Schleiermacher schlug vor, mit Jette in der Nähe der Kutsche zu warten, aber Jette bestand darauf, die Strapaze auf sich zu nehmen. Aber immer wenn Jette sich dem Steilufer näherte, stand plötzlich Schleiermacher neben ihr, reichte ihr den Arm, war ihr Geländer. Sie solle der Sehnsucht in die Tiefe abschwören. Sie sei zu Höherem bestimmt. Oder sie solle den Blick einfach auf ihn richten!

«Gerne, Schleier, dann fühle ich mich ganz sicher.»

Möwenvolk dort oben, ein wenig ungezogen. Ganz brav die See. Wie ein graues Bettlaken, das im Wind flatterte. Verspielt nur, wie ein junger Hund, leckte eine Welle nach dem Felsen. Silbern schimmernde Unendlichkeit. Und doch streifte Jette ein Schauer. Schleiermacher deutete den Schauer als Angst und führte sie zur Seite. Ganz zart nur glitt er mit dem Daumen über einen in Gold gefassten Rubinstein am Ringfinger ihrer linken Hand.

Auf dem Weg zurück zu den Kutschen überraschte sie ein Unwetter, Tropfen wie Gewehrkugeln, als würde die See sie verfolgen, als sei sie beleidigt, weil man sie nicht hinreichend gewürdigt habe, und sinne auf Rache. Die Wellen schlugen mächtig gegen die Klippen und schäumten dabei vor Wut. Die Vögel, die soeben noch kunstvoll auf den Wellen zu reiten schienen, flohen mit ängstlichem Gekreisch.

Die Reisegesellschaft brach ihr Reiseprogramm ab und kehrte in großer Eile in einen Gasthof ein, trocknete die Kleidung, aß eine Kohlsuppe und fuhr, nachdem die offenbar versöhnte und beruhigte See zurückgereist war, nach Hause.

An diesem Abend fühlte sich Jette sehr glücklich.

Die nächsten Tage halfen alle – beinahe alle, Ehrenfried rang mit einem sehr leichten Fieber – auf dem Feld. Die Sonne hatte sich nicht umsonst gemüht. Üppige Felder ringsum. Fleißige Hände banden Garben. Der Geist traf auf die Natur. Und Schleiermacher ackerte redlich.

Wurde es zu heiß, legten sie sich in den Schatten der Garben und schliefen ein wenig. Reimer schnarchte dann sofort – erstaunlich musikalisch, wie Jette fand. Charlotte brachte Brot, die gebackene Mühe vom letzten Schnitt. Erntedank. Mit einer ungewohnten Müdigkeit, die sich unbekannte Körperlandschaften eroberte, saß man abends beisammen. Die Gespräche blieben am Boden, sogar ein Leseabend fiel aus. Früh ging man zu Bett, schlief tief und fest. Auch Jette. Auch Schleier.

Und dann roch es plötzlich nach Herbst. Eine erste Ahnung von Fäulnis und Moder durchzog die Luft. Silbertau lag morgens auf den Wiesen. Die Klarheit ging verloren.

Abschied.

«Die Freude, wenn man sich sieht, verdient eine Feier, und auch der Schmerz, wenn man sich wieder trennt. Dieser Sommer 1804 auf Rügen war der schönste Sommer, den ich bisher erleben durfte.» Schleiermacher stand mit dem Rücken am offenen Feuer, das in diesem Sommer zum ersten Mal brannte.

Jetzt erst merkte Jette, dass sie ihre Furcht seit Wochen vergessen hatte. Wie ein kleines Kind hatte sie in die Tage hineingelebt, jeder Tag war reine, unbekümmerte Gegenwart gewesen, jeder Tag eine kleine Lust zu leben. Aber jetzt meldete sich die Furcht vor der Stille ihrer Wohnung in Berlin zurück, wie eine beinahe vernarbte Wunde, die plötzlich erneut aufbricht.

«Ab morgen müssen wir uns wieder in Gedanken umarmen.»

Nein, morgen nicht! Du irrst, Schleier! Wir haben noch etwas Reserve. Wir begleiten dich bis Berlin! Erst dann reist du allein!

«Wie herrlich haben sich unsere Leben verflochten. Wie habe ich mich gefreut an den Kindern. Wie konnten auch wir Männer mitgehen und an der Entwicklung teilhaben.»

Die Furcht.

Sie brach wieder auf.

«Und wie freue ich mich zu erleben, wie Georg und Sie, lieber Karl, von diesem Glück ganz umschlossen sind.»

Jette schossen Tränen in die Augen.

«Und wie freue ich mich für dich, lieber Ehrenfried, dass du diese Frau, die mir zur Tochter wurde, bald heiraten wirst. Wie gerne hätte ich die Predigt gehalten …»

«Ach, wie würde ich mir das wünschen!» Klein-Jette hielt Ehrenfrieds Hand und schaute mit großen Augen zu Schleiermacher.

«Liebste Tochter. Wie gerne würde ich es tun. Wie gerne! Aber leider muss ich schon bald meine Stelle in Halle antreten. Und meine Studenten zeigten wahrscheinlich wenig Verständnis dafür, wenn ich nach zwei Wochen bereits wieder abreiste. Nur in Gedanken bin ich bei euch.»

In Gedanken.

«Ich hoffe, dass wir das Glück und das starke Gefühl der Freundschaft mit in unseren Alltag hineinnehmen werden. Dann fällt es leichter, an unterschiedlichen Orten zu leben und zu arbeiten.»

Er machte eine Pause, berauscht von der eigenen Rührung.

«Was gibt es Schöneres, als in freier Geselligkeit Gedanken und Empfindungen auszutauschen, sich gegenseitig anzuregen und zu bilden! Jeder auf seine Manier und doch in einem Ton.»

«Richtig. Richtig. So werden einem auch die fremdesten Gemüter wie deins plötzlich vertraut und nachbarlich,» spottete Reimer.

Alle lachten.

Auch Jette.

«Wer sich mit dunklen Autoren umgibt, muss nicht selbst ein dunkles Gemüt haben, liebster Georg», antwortete Schleiermacher, indem er die Stimmlage von Georg imitierte.

Jette betrachtete ihren Schleier. Wie er so dastand, inmitten der Freunde, da wirkte er größer, kräftiger, klarer als sonst. Dann erinnerte er an den Schleier auf der Kanzel. Lebendig. Schwebend beinahe. Und sie spürte, wie die aufgerissene Wunde zu bluten aufhörte.

Alle saßen noch lange beieinander. Karl von Kathen ließ schweren Rotwein aus dem Keller holen. Charlotte reichte Anisgebäck. Man scherzte laut, aber den Scherzen war eine leichte Wehmut beigemischt.

Am anderen Morgen, gleich nach dem Frühstück, meldete ein Diener die Ankunft der Extrapost. Überall im Entree traf man auf Mantelsäcke, Felleisen und anderes Gepäck, das verstaut werden musste.

Ende des Sommers.

Alle lagen sich in den Armen. Man versprach sich zu schreiben. Man gelobte eine baldige Rückkehr.

Als Schleiermacher Jette umarmte, musste sie sich kaum bücken.

Nur um ganz Weniges machte sie sich kleiner.

TEIL III

Jettes Rochade

1

Dieser pelzige Raureif auf dem Gemüt, der sie unempfindlich für andere machte, der dem Umgang mit ihr etwas Steifes gab, woher rührte der so plötzlich?

Warum verstand sie nicht jene Wärme, die sie letztes Jahr auf Rügen durchflutet hatte, auf ewig zu speichern?

Und warum vermochte sie nicht die Klarheit und den flirrenden Leichtsinn dieser Wochen festzuhalten?

Und warum lieh sie nicht Schleier aus der Ferne ihre Kräfte, umfasste seine Pläne mit Liebe und Teilnahme, räumte Steine aus dem Weg?

Warum verweigerte sie sich ihrem Beruf zur Freundschaft? Das war doch ihr Beruf? Oder etwa nicht?

Ihre Wohnung in der Markgrafenstraße hatte sie immer noch nicht mit allen Sinnen in Besitz genommen. Täglich überlegte sie aufs Neue, ob sie nicht doch noch auf das Angebot ihrer Freundin Sara Levy, zu ihr zu ziehen, eingehen sollte. Oder wäre es angenehmer, ihre jüngste Schwester Brenna zu sich zu holen? Sie hatte keine Kraft, sich zu entscheiden. Wenn sie über die schmale Treppe nach oben in den ersten Stock ihrer Wohnung stieg, klebte die Dunkelheit an ihr, die sie in dem finsteren Flur und in dem nur zweifenstrigen Wohnzimmer (sie nannte den Raum heimlich *salon tristesse*) nicht abschütteln konnte. Die Wände waren mit einem farblosen Papier bedeckt, und der braune Teppich sog das wenige Licht beinahe vollständig auf. Nur wenn sie den Kamm, den ihr Schleiermacher geschenkt hatte, in die Hand nahm und vorsichtig ihre Haare vor dem alten Spiegel über der Kommode richtete, dann kehrte für Minuten der Rügener Sommer zurück. Dann fand sie für Augenblicke Ruhe.

Dabei hätte sie sich mit Schleier freuen sollen!

Sie verstand es durchaus, sich mit anderen zu freuen. Die Nachrichten über die pünktliche Schwangerschaft und das glücklich überstandene Wochenbett von Klein-Jette hatte sie mit einem Glas guten Rotwein gefeiert. Ein ganzes Konvolut von Briefen war nach Rügen gereist. Reimers Aufstieg zum wichtigsten Verleger gönnte sie ihm von Herzen. Und Alexander zu Dohnas Karriere begleitete sie mit einer regen Korrespondenz. Sie war sich sicher, er würde eines nicht sehr fernen Tages zum preußischen Minister ernannt werden.

Aber.

«Unser Schleiermacher …»

Soeben hatte Eleonore Platz genommen. Jette spürte noch den Kuss auf der Wange und war überrascht über die Weichheit der Lippen: Wie hatte dieser Mund die dunklen Jahre überstanden, das Verwelken gestoppt, die Feuchtigkeit bewahrt? Bald würde dieser Mund über Schleiers Gesicht hinwegfliegen, würde ihn benetzen, ihn die Müdigkeit nach einem langen Tag in der Universität vergessen machen und ein Strahlen hervorzaubern! Dann würde er an Leonores Seite herumscharwenzeln, beide auf Augenhöhe, mit starker, betörend männlicher Stimme, die die Richtung und den Sinn vorgab, agierend wie eine dieser neuen Kutschen, schnell und wendig, und immer vorneweg.

«Unser Schleiermacher …»

Diese ersten Worte bereits. Sie drangen in ihre Ohren und betteten sich in ihre Gehirnkammer, als wären sie dort zu Hause, benahmen sich wie einquartierte Soldaten, die sich um die Rechte der Besitzer nicht scherten, die Wurst wollten und eine Kanne Bier und die Unschuld der Töchter. Dabei klangen die Wörter so warm, so freundlich. «Unser Schleiermacher». Das hörte sich nach Einverständnis an, nach händchenhaltender Schwesterlichkeit. O ja! Eleonore legte sich wieder gewaltig ins Zeug, beugte den Kopf zu ihr, um den Abstand ein wenig zu verringern, um das Glück ihr aufzudrängen, um ihr ein Lächeln einzupflanzen, um ihr seidenmattes Antlitz aufzupolieren.

Jetzt wäre es an der Zeit, Leonore Kaffee anzubieten oder wenigstens einen Likör.

«Unser Schleiermacher lässt Sie sehr herzlich aus Halle grüßen, Jette.»

Gar nicht schwerzüngig kamen diese Sätze, eher wie selbstverständlich. Nein, es war nicht das seit Monaten gehortete Gefühl der Einsamkeit, auch nicht ein Gran davon, das sie verhärten ließ. Es war dieses kleine, so ganz unscheinbare Wort «unser». «Unser Vater» beteten die Christen. Das ging noch an. Da waren alle gleich. Armenier und Russen, Italiener und Engländer, Franzosen und Holländer. Aber diese hier in ihrer Wohnung sagte «unser Schleiermacher» und hatte doch ein Vorrecht. Sie, Jette, war vielleicht seine Lieblingsjüngerin, aber diese hier sollte seine Frau werden!

Jetzt, Jette. Du müsstest endlich Kaffee anbieten, willst du nicht als unfreundlich erscheinen. Oder wenigstens einen kleinen Likör! Den Likör, den dir Charlotte auf Rügen eingepackt hatte. Davon müsste noch ein klebriger Rest übrig sein.

«Freitag und Samstag letzter Woche hat unser Ernst mit einem bösen Magenkrampf zu kämpfen gehabt. Ein Arzt hat ihm Ochsengalle verschrieben, und unser Ernst hat sie brav geschluckt und fühlt sich spürbar besser.»

Galle. Ja.

Galle!

Schleier hatte sie brieflich beschworen, sich um Eleonore zu kümmern. «Zieh sie endlich in deine Kreise», hatte er geschrieben und ergänzt: «Und dein leeres Leben in Berlin kann dir als Mittelpunkt deiner Existenz unmöglich auf lange Zeit wohl tun.» Zwei auf einen Streich. So also stellte sich das ihr Herr Schleier vor! Beide Frauen sollten sich gegenseitig stützen, sollten sich aufbauen, damit man sich später zu dritt aneinander erfreuen könne. Eine Frau für die nächtlichen Reisen und eine Frau für die Teenachmittage mit Gedankengebäck.

So einfach war das!

Er hatte geschrieben: «Ich bitte dich, meine einzige Jette, doch nicht so viel in die Zukunft hineinzusehen. Es muss dir ja bewusst sein mit deiner Kraft, dass du jeden Moment für sich sehr gut ertragen und beherrschen könntest, wenn dich nicht der Blick auf die künftigen niederdrückte. Dein Leiden entsteht also bloß dadurch, dass du dir die Schwierigkeiten verdickst. Man kann durch eine Fensterscheibe sehr gut hindurchsehen, aber durch zehn hintereinander nicht mehr.» Wer sich aufs Schleiermachen verstand, verstand sich offensichtlich auch auf die hohe Kunst der Durchsichtigkeit. Herzlichen Glückwunsch!

Aber deutete sie es richtig? Musste sie nicht doch weiterhin hinter Glas leben – nur einem Glas zwar, aber doch hinter Glas! *Noli me tangere*. Rühr mich nicht an! Für dich, liebste Jette, bin ich nur ein Geistleib. Mit mir darfst du reden, lachen, weinen. Aber meine andere Natur gehört dir nicht, sondern meiner geliebten Eleonore!

Zwei Naturen. Zwei Frauen. Ein Mann.

Der Likör, Jette. Oder der Kaffee. Also bitte!

«Ich möchte Sie, liebste Jette, so gerne teilhaben lassen an unserem Glück. Vor zwanzig Jahren habe ich mich mit Grunow verlobt, und vor drei Wochen, als unser Schleier für wenige Tage hier weilte, habe ich mich zurückverlobt!»

Das gab es also doch, die Kunst, das abgenutzte Leben noch einmal zu führen. Zurückverlobt! Hei. Das war eine wirkliche Kunst. Sie würde sich auch gerne noch einmal zurückgebären. Ihren Kopf würde sie behalten, aber etwas früher würde sie hinausdrängen aus dem Mutterschoß, mit zarteren Knochen und festerem Fleisch!

Und warum hatte Schleiermacher von dieser Entlobung ihr nichts erzählt? Sie hatten sich in der Woche beinahe täglich gesehen, waren im Tiergarten spazieren gegangen, hatten einen Ausflug nach Charlottenburg unternommen, mehrfach eine Partie Schach gespielt und bei Reimers getafelt.

«Ich hoffe auf eine baldige Lösung. Mein Bruder hat sich endlich der Sache angenommen. Er hat Klage beim Konsistorium eingereicht und mich zu sich geholt. Er betreibt jetzt mit allem Nachdruck meine Scheidung.»

Wie leise das letzte Wort klang! Wie viel Schmerz dieses eine Wort geladen hatte, das Eleonore beinahe von der Zunge glitt. Die Augenlider zuckten aufgeregt, wischten in schnellem Rhythmus die andrängenden Tränen weg. Der Mund ganz spitz jetzt. Das Gewissen zeigte sich auf den Wangen, verbeugte sich tief, wurde aber mit einem beinahe unmerklichen Kopfschütteln in die Kulissen zurückgerufen. Die Hände verkrampften im Schoß.

Aber Jette ergriff nicht diese Hände, schaute ihr nicht in die Augen, reichte ihr kein Tuch.

«Ich hole uns jetzt einen Likör. So viele gute Nachrichten, liebste Eleonore», sagte Jette tonlos, stand auf und kam nach einigen Minuten, die Eleonore Zeit ließen, sich zu fassen, mit gefüllten Gläsern zurück.

«Wurden bereits Pläne gemacht, wo die Einsegnung stattfinden soll? Wohlmöglich hier in Berlin?»

Die letzten Tränen dienten jetzt dem Strahlen als Spiegel, als Eleonore sagte: «Mein Schleier …»

Jette hustete kurz, winkte ab, als Eleonore helfen wollte.

«Also, Ernst war so erfüllt von Ihrer gemeinsamen Reise letzten Sommer nach Rügen. Ach, wie habe ich Sie um diese Reise beneidet! Und weil Ernst darum wusste, hat er vorgeschlagen, wir sollten unsere Hochzeit dort auf Rügen feiern, im Hause der von Kathens. Dort könnte Ehrenfried uns einsegnen! Und alle Freunde werden eingeladen und sollen das Glück mit uns teilen. Ach, und wie würde ich mich freuen, wenn Sie, liebe Jette, mich unserem Ernst in der Kirche zuführen würden. Ich weiß, wie sehr Sie sich immer nach dem Sonnenstand unseres Glücks erkundigt haben! Wie oft haben Sie unseren Schleier getröstet, wenn er in Stolp sich so in Sehnsucht nach mir verzehrt hat, oft wollte es mir scheinen, als wenn Sie stellvertretend für mich die treffenderen Worte fanden.»

Jetzt ergriff Eleonore ihre Hand und drückte sie ganz fest! «Und irgendwann wird Schleier vielleicht auch zurück nach Berlin siedeln und hier eine Stelle finden. Und wie schön fände ich es, wenn Sie dann bei uns im Hause Wohnung nähmen.»

Jette sah die Szene vor sich. Wie Eleonore sich um Schleier kümmerte, der im Morgenrock, ein keckes Mützchen auf dem Kopf, eine Schale mit Tee vor sich, Notizen für die Vorlesung machte. Und Eleonore besorgt, halb mütterlich, halb damenhaft, niemals kritisch und immer in Angst, auch das zweite Glück zu verpassen. Eine Lähmung griff Besitz von ihr, die sie häufig etwas fallen ließ, einen Löffel, eine Gabel, manchmal auch den heißen Tee. Und von Schleier kein Tadel über die ungeschickten Hände, keine böse Geste, ein liebender Blick, ein Kopfschütteln höchstens, beide verurteilt zum Glücklichsein. Wie sie, in einen Winkel gedrängt, ihren Kaffee trank, wie sie sich unsichtbar machen wollte, wie sie, Jette, sich wegwünschte, nach Russland, nach Spanien, nach England, nach Ostindien.

Ganz anders würden die Abende werden. In den Sofas festgewachsen, laut redend über den neuen Messekatalog, eine Lesung aus einem neuen Roman, kurz auch ein paar Sätze über die Politik, scherzend mit Gästen, mit Reimer, mit Alexander ... Aber dann wieder der Morgen danach.

«Die Zeiten sind so unruhig», sagte Jette, «man kann keinen Plan für die Zukunft machen.» Sie atmete tief ein. «Ich höre aus Ihren Worten auch ein wenig Angst vor dem Leben in Halle heraus. Ich darf Ihnen versichern, in Halle leben sehr viele ganz reizende Menschen, die Ihnen den Aufenthalt dort äußerst angenehm machen werden. Herrlich und schön werden Sie dort leben, aufgefangen und gehalten und umfasst von einem großen Freundeskreis. Herrliche Menschen warten bereits auf Sie.»

Jette hatte Eleonore Mut gemacht – verhalten zwar, aber doch mit starker Stimme. Mehr konnte Schleier von ihr nicht verlangen. Mehr durfte er nicht verlangen.

Eleonore blieb noch über eine Stunde. Sie leerten den Rest

der Flasche. Sie lachten auch. Aber Jette konnte sich am Abend nicht mehr entsinnen, worüber sie geredet hatten. War das Wort Freundschaft gefallen?

Zu Schleier in den Briefen kein Wort.

2

Sie hatte es von Reimer gehört.

Aber das Gerücht verbreitete sich wie eine Epidemie. Der alte Freund von Marcus, der Seidenfabrikant David Friedländer sprach sie an; die Herzogin von Kurland erkundigte sich; Dorothea Schlegel legte ein Zettelchen in einen Brief von Friedrich Schlegel ein; der Dichter Leopold von Goeckingk, der ihr neuerdings wieder auffallend häufig Besuche abstattete und ihr sogar eine Stelle als Französischlehrerin der Prinzessin Dorothea von Kurland vermittelt hatte (er erwartete doch nicht etwa weitergehende Dankbarkeiten?), fragte sie ganz unverblümt, ob man dem jüngsten Gerücht Glauben schenken dürfe. Und wie es denn Schleiermacher jetzt ginge.

So viel wusste sie mit Sicherheit: Eleonores Bruder hatte auf den eindringlichen Wunsch Eleonores hin das lange verschleppte Verfahren forciert. Nachdem Grunow mehrmals einen langen Rechtsstreit angedroht hatte, hatte er sich plötzlich einsichtig gezeigt, und die Sache schien schnell abgemacht. Alle waren vor dem Kammergerichtsrat erschienen.

Jette ordnete die Gerüchte und malte sich die Szene aus. Die Akten waren bereits geschrieben worden, man hatte nur noch auf die Bekanntmachung des Trennungsurteils gewartet, da, in allerletzter Sekunde, war Eleonore von alten Zweifeln und Gewissensskrupeln überfallen worden. Es war eine Gewalt, die von innen im Körper aufstieg und wie ein jähes Fieber ihren Körper ergriff. Ihr Inneres hatte die Regie übernommen, befahl dem

Kopf, sich energisch hin und her zu wenden, die Arme wurden aufgefordert, eine Geste der Ergebung zu inszenieren, die Zunge wurde angewiesen, einen kleinen, die Umstehenden ergreifenden Text zu sprechen: «Ich kann nicht anders. Es ist nicht recht, was ich tue. Mein Gewissen drückt mich nieder, habe ich doch vor Gott und den Menschen einen Eid geschworen, meinem Ehemann an der Seite zu stehen in guten wie in schlechten Zeiten. Ich kann diesen Eid nicht brechen, mögen auch andere sagen, dass der Eid nicht gelte. Ich bitte Sie alle um Vergebung für das, was ich Ihnen angetan habe.» Ohne die anderen anzuschauen, ein Taschentuch vor das Gesicht gepresst, war sie aus dem Saal gerannt, war nicht wieder in die Wohnung ihres Bruders geeilt, sondern direkt zurück zu Grunow, hatte zur Feder gegriffen und jede Gemeinschaft mit Schleiermacher aufgekündigt.

So in etwa musste es passiert sein.

Mit jedem Tag baute Jette die Szene stärker aus und erfand schöne Einzelheiten hinzu. Damit vertrieb sie sich die Zeit, wenn die Tage lang wurden und Besucher ausblieben. Aber warum hatte Eleonore diesen ganz unerwarteten Schlussstrich gezogen? Hatte sie vielleicht doch den eigentlichen Grund verschwiegen?

Sie ging noch einmal die Briefe durch, die Schleier ihr geschrieben hatte, suchte wie ein Biograph nach Andeutungen, nach Brüchen im Text, die das Handeln von Eleonore verständlich machten. Der Eid, war wirklich der Eid entscheidend? Schleier hatte ihr auf Rügen sehr eindringlich die Zusammenhänge erklärt, und sie zweifelte nicht daran, dass er Eleonore ebenfalls sehr sorgfältig den Sachverhalt auseinander gesetzt hatte: Wenn in einer Ehe die Sittlichkeit verletzt werde, weil nur sinnliche Gefühle im Spiel seien, dann gelte der Eid nicht. Sie hatte Grunow in seiner Erbärmlichkeit mehrfach erlebt. Nein. Dieser Eid galt nicht. Das war es nicht!

War es also die Angst, Schleiermachers Verstand nicht gerecht zu werden? Nein, das glaubte sie auch nicht. Eleonore hatte keinen stumpfen Verstand, brillant war sie zwar nicht, natürlich nicht!, aber sie ergriff doch die Tiefe seiner Texte und liebte Schleiermacher vor allem wegen des Predigens. Jette hatte sogar neidisch darauf reagiert, dass Eleonore ihr dieses voraus hatte und erleben durfte, wie Schleier durch das Predigen den Gemeinschaftssinn der Menschen bildete. Schleier hatte sie damit getröstet, dass das Vorlesen seiner Texte ein Predigen von ihm an sie gewesen sei. Sie hatte kurzzeitig einen Übertritt zum evangelischen Glauben in Erwägung gezogen, um diese Ungerechtigkeit auszugleichen, hatte aber darauf schweren Herzens verzichtet, weil sie ihrer tief im orthodoxen jüdischen Glauben verwurzelten Mutter diesen Schritt noch immer nicht zumuten wollte. Nein. Der Grund lag woanders verborgen.

Es war vermutlich ein Gefühl, das sich aus den Briefen Schleiers auf sie übertragen und sie niedergedrückt hatte. Immer wieder war vom Los die Rede, das er mit ihr werde teilen müssen. Das Los der Kinderlosigkeit.

Das Los!

Diese Worte wogen wie Blei. Eleonore wusste um diesen Grund. Eleonore wollte nicht ein zweites Mal eine Enttäuschung erleben. Sie konnte sich nicht wie Schleiermacher damit trösten, in Büchern weiterzuleben. Ihr reichte es nicht, sich am Glück anderer Frauen zu erfreuen. Sie wollte diese Schmach nicht wiederholen.

Und als Jette das klar wurde, durchströmte sie ein Gefühl von Wärme und Verständnis. Wie gerne wäre sie jetzt zu Eleonore geeilt und hätte sie in die Arme genommen, aber Eleonore hatte den Kontakt mit allen Freunden und Freundinnen Schleiermachers jäh abgebrochen.

Aber war der Gedanke überhaupt zwingend? Musste denn die Schuld bei Eleonore liegen? War denn ausgemacht, dass einzig bei den Frauen die Ursache für die Kinderlosigkeit lag?

Machte Eleonore nicht durch, was sie auch bedrückte? Sie war auch kinderlos. Sie hatte sich Kinder gewünscht, sie war gesund, Ärzte hatten keine Bedenken gehabt, aber es hatten sich keine

Kinder eingestellt! Als sie selbst damals sehr unglücklich, verzweifelt und besessen von dem Thema gewesen war, als sie mit sich selbst haderte, weil keine Kinder kamen, hatte ihr Marcus sie in die Arme genommen, sie gestreichelt und angedeutet, es gebe auch eine Unfruchtbarkeit beim Manne, Folge einer scheinbar harmlosen Kinderkrankheit.

Heimlich hatte sie damals alle Fachzeitschriften durchgesehen, aber das Thema wurde von den männlichen Autoren totgeschwiegen, sie las nur etwas über schlecht durchblutete Gebärmuttern, Verwachsungen und vertrocknete Eierstöcke. Hatte ihr Marcus nur aus Liebe zu ihr diese Geschichte erfunden? Oder hatte ihr Marcus, dieser heimliche Nüchternheitsschwämer, wirklich als Einziger den Mut gehabt, mit ihr darüber zu sprechen?

Sie rollte sich ein in diese Erinnerungen und liebte Marcus in diesen Stunden mit mehr Zärtlichkeit, als sie es oft zu seinen Lebzeiten getan hatte.

Bestand also doch noch Hoffnung?

Am anderen Morgen ging sie lange am Hirschgraben spazieren. Die Sonne hatte an Kraft verloren. Die Blätter wechselten ihre Farbe. Golden zwar, aber doch vergänglich. Ein Bauer hatte Kalk auf die Äcker ausgebracht. Es roch nach fauligen Rübenstrünken. Der sanfte Wind schob Jette weiter aus der Stadt heraus, als sie es ursprünglich geplant hatte.

Sie nahm es als Zeichen.

Hatte Schleiermacher nicht gebettelt, sie solle ihn in Halle endlich besuchen? Noch konnte man reisen. Noch war Napoleon nur bedrohlich nah herangerückt. Noch konnte sie es riskieren.

Und musste sie nicht ihrem Schleier auch ein klein wenig Trost spenden?

Und war er nicht frei?

Sie war so entschlossen.

3

Sie wollte die Reise nicht noch länger aufschieben. Die Briefe hatten keine Klärung erbracht.

Sie war so entschlossen.

Dieses Kribbeln am Morgen, als sie aufstand, als sie letzte Besorgungen erledigte. Auch darin zeigte sich eine robuste Entschlossenheit: als sie einen viel zu hohen Preis bei der Extrapost für den nächsten Tag nach Halle akzeptierte; als sie ihr Korsett aus Saladon einpackte; als sie sich am anderen Morgen über die läppischen Gespräche in der Kutsche hinwegfreute; als ein Radbruch die Reise ungebührlich verlängerte; als das Essen an einer Poststation angebrannt schmeckte.

Jetzt muss es gelingen, dachte sie. Oder ich bleibe auf ewig allein. Entweder – oder!

Die Außenbezirke von Halle. Endlich. Noch nie war sie in dieser Stadt gewesen, aber sie besaß heute weder Augen für die Kostbarkeiten noch für verdreckte Straßen, marode Häuser und nachlässig gekleidete Menschen.

Was würde Schleiermacher zu ihrem plötzlichen Erscheinen sagen? Der zurückdatierte Brief, eine kleine Gemeinheit, die ihr notwendig schien, würde frühestens morgen zugestellt werden. Er war also völlig unvorbereitet.

Jette bediente entschlossen den Türklopfer, aber Schleiermacher war nicht in seiner Wohnung in der Großen Maerkerstraße. Niemand öffnete. Weder Schleiermacher noch seine Schwester Nanny waren zu Hause. Die Hauswirtin, bei der sie nachfragte, ließ sie nicht ein und verwies sie auf die Universität. Sie machte zunächst Quartier in einem Gasthof an der Ecke, eine einfenstrige Stube, die noch finsterer war als ihre Schlafkammer in Berlin, und irrte, weil sie Halle für eine Kleinstadt hielt, beinahe eine Stunde herum, bis sie im Waage- und Hochzeitshaus am Markt die Hörsäle gefunden glaubte.

«Liebste Jette, soeben noch im Seminar habe ich von der unsichtbaren Hand der Vorsehung geredet, jetzt könnte ich meiner kleinen Schar von Studenten demonstrieren, was ich damit meinte.» Schleiermacher umarmte sie kurz, stellte sie einem Studenten vor, der darauf bestand, eine Nachfrage zur Erwählungslehre loszuwerden, dann gingen sie in die Wohnung, kurz nur, weil Schleiermacher nicht Gegenstand von Gerüchten werden wollte. Aber die Wohnung war es auch nicht wert, um sich lange darin aufzuhalten: Es fehlte ein zweites Sofa, von Fauteuils, Causeusen, Spiegeln oder auch Nippessachen ganz zu schweigen, ein Windofen, vier sehr einfache Stühle, ein Tisch mit einem hölzernen Leuchter, auffallend wenige Bücher, Papier und Feder, unter dem Bett lugte ein Nachtgeschirr hervor. Nannys Zimmer wirkte, obwohl kleiner, behaglicher. Nur kurz warf sie einen Blick in einen großen Raum, in dem auch Seminare abgehalten wurden.

«Wir gehen jetzt in den nahen Gasthof, stärken uns, dann muss ich zurück in die Universität, du kannst dich ein wenig ausruhen oder in der Stadt herumgehen, heute Abend führe ich dich bei meinem Freund Steffens ein, ein Philosoph und Naturforscher von Format, liebe Jette», schlug Schleiermacher vor. «Nanny ist für drei Wochen auf eine Badekur gefahren. Hätte sie gewusst, dass du kommst, hätte sie die Kur sicherlich verschoben.»

Auf dem Weg zum Gasthof glaubte sie, einen Stein im Stiefel zu spüren. Ein etwas liederlich eingedeckter Tisch. Ein schwacher Wein. Ein saurer Braten. Und eine Bedienung, die mit dem Geschirr zu laut klapperte.

«Du wunderst dich vielleicht über meine große Geschäftigkeit, vielleicht hast du geglaubt, ich würde hier den ganzen Tag über meinen Schriften brüten, aber ach, liebste Jette, es gibt so viel zu tun. Im Dogmatikkolleg habe ich etwa nur eine Mandel Zuhörer, und ich muss mich doch sehr strecken, um mehr Hörer zu bekommen, die auch leidlich willens sind, ihre Stunden zu bezahlen. Zudem übernehme ich häufig Predigtdienste, gehe mit viel

Lust zu Werke, will ich die Gläubigen doch mit Mut ausstatten, sich, wenn es denn sein muss, sehr kräftig den Franzosen entgegenzuwerfen. Da will ich meinen Mann stehen, obwohl man sich erkundigt hat, ob ich mich bemüßigt fühle, einen Ruf nach Bremen anzunehmen …»

«Bremen?»

Das ging nicht. Das durfte nicht. Die alte Hansestadt. Ein Wald von Schiffsmasten, in dem man sich verirren konnte. Bremen lag ganz außerhalb aller Vorstellung.

Schleiermacher schob den Teller beiseite, halb leer gegessen nur. «Wenn Halle durch den Krieg nicht preußisch bleibt, sondern vielleicht sächsisch wird, dann steigt die Fakultät zu einer lutherischen Hochburg auf. Dann gibt es für mich reformierten Theologen hier nicht länger einen Platz, um zu lehren.»

Hinterpommern hatte Schleiermacher für Jahre verschluckt, nicht auch noch Bremen. «Aber Ernst, wenn Halle fällt, wird Preußen vielleicht doch noch eine Universität in Berlin gründen! Dort gehörst du dann hin. Dorthin! Nur dorthin! Man wird dich mit offenen Armen empfangen.»

«Beruhige dich, liebe Jette. Vielleicht macht der Weltgeist zu Pferde auch einen Bogen um Halle und wendet sich gegen Schweden.» Schleiermacher ergriff ihre Hand, als wolle er sie trösten. Dabei war sie, Jette, doch angereist, um Trost zu spenden.

«Du kannst nicht immer davonrennen, Schleier!»

Er erstarrte für Sekunden, für Minuten vielleicht. In diesem Augenblick war er ein Mann, wie es sie viele gab. Die Augen, die gewöhnlich jede Regung registrierten, schienen vom Geist verlassen und starrten leer geradeaus oder schleppten sich durch den Raum. Sein Mund, der von Liebe und Freundschaft in wehmütigem Tonfall stundenlang schwärmen konnte, öffnete sich nur unter großer Anstrengung, ein willenloser Mund, der sich auf Askese eingestellt hatte. Die Hände, diese herrlichen Hände, die Gefühle zu ertasten verstanden, lagen jetzt wieder leichenblass auf dem Schoß. Die Füße, die ihn so häufig mit der Aussicht auf eine Teestunde zu ihr getragen hatten, wirkten in den unförmigen Stiefeln wie eingesargt. Das war kein Kämpfer. Dieser hier konnte den Menschen keine Hoffnung geben. Er bewegte seinen vor Kummer geschrumpften Kopf hin und her, als hoffe er, der Kopf könne sich vom Körper lösen und in eine dunkle Ecke rollen.

Sie war im Begriff, sich in diese weinerliche Stimme zu verlieben. Dann plötzlich, als kehre der Geist in den Körper zurück, sagte er mit einer Stimme, die keinen Einspruch duldete: «Eleonore hat mich geliebt. An der Gegenliebe hat es, mit Verlaub, niemals gemangelt. Die Arme war vielmehr ein Opfer der verwickelten Verhältnisse in der Welt, die ja immer den edelsten und reinsten Gemütern die größten Wunden zufügen. Und weil es an der Gegenliebe nicht gemangelt hat, kann ich mir, auch wenn ich es wollte, keinen leichten Trost durch eine andere Liebe vorstellen, die mir diese eine Liebe ersetzen oder gar vergessen machen könnte.»

Er wusste, warum sie gekommen war. Er wollte nicht getröstet werden. Er wollte mit seinem Schmerz alleine sein.

«Aber ohne Trost gibt es keine Hoffnung, Ernst.»

Schleiermacher nickte. «An Trost hat es mir in den letzten Wochen niemals gemangelt, Jette, weil ich reichlich Gegenliebe verspüre. Ich weiß gar nicht, wie ich es dir erklären kann, aber wenn ich predige, dann strahlt mein Gemüt, als ob nichts es verwirren könnte. Wenn mir jemand nach einer Predigt herzlich und auch gerührt dankt, dann spüre ich diese Gegenliebe ganz fest. Das allein schenkt mir reichen Trost.» Er spielte mit dem Löffel. «Und obwohl mir vor meinem Leben schaudert, spüre ich doch auch den ewigen Frieden ganz tief in mir. Was ich aber in diesem Leben leider aufgeben muss» – und hier entfuhr ihm ein kleiner Seufzer –, «ist das Bilden eines unzerstückelten und heilen Lebens, Jette. Manchmal scheint es mir, als ob ich zwar nichts mehr bin, aber immerhin als Organ oder als Brennpunkt tauge, aus dem alle Freuden und Leiden meiner Freunde zurückstrahlen. Und auch diese Erfahrung tröstet mich.»

Dann stand er auf, streifte sie kurz, verabschiedete sich.

Drei Stunden lang eroberte sie Halle, ohne innezuhalten. Sie ging durch verkotete Straßen, sie setzte sogar einen Fuß in den reformierten Dom, der sich wie eine ärmliche Jungfer ausnahm, danach in die Schulkirche, die der preußischen Kavallerie offensichtlich als Futterplatz diente, besuchte schließlich das Hallesche Waisenhaus. Erst in ihrem Zimmer spürte sie am Beben ihres Unterkiefers, wie das Gespräch in ihrem Körper herumging und einen Ausweg erkundete. Sie ließ es zunächst nicht zu. Sie setzte sich vor die Kommode mit dem halb blinden Spiegel, nahm ihren Hut ab, holte ihren elfenbeinernen Kamm heraus und zog ihn durch das schwarze Vlies.

Sie glaubte das träge Aroma von Rügen zu vernehmen, den Duft jener Tage, das blauschwarze nächtliche Meer; Wonnen der Erinnerung. Sie legte sich aufs Bett, weinte lautlos, machte aus ihren Haaren ein mächtiges Zelt, verschloss den Ausblick und wusch von innen diese Bahnen aus seidenem Stoff.

So schlief sie, konnte für Stunden ihre Sehnsucht vergessen und ihren Körper leicht machen.

Traumverloren.

4

Am Abend dann ein zunächst lautes Gespräch.

Sie waren zu Gast bei Henrik Steffens. «Ein Norweger mit einem warmen Gemüt», hatte Schleier geschwärmt. «Entschieden und doch zart! Vielleicht liegt es daran, dass er gleichermaßen Philosoph und Mineraloge ist.»

Wenn Steffens aufgeregt war, dann hatte seine Stimme etwas Knarrendes, dann erschienen auf dem herrlich starken Madensack unter seinem Kinn hektische Flecken, als würde er von einem Juckreiz heimgesucht, dann schienen die braunen Augen die Farbe zu wechseln und in ein Grün hinüberzuspielen. «Der Norden Europas muss protestantisch bleiben als Bollwerk gegen die Franzosen und alle Papisten dieser Welt. Muss! Muss! Die Wissenschaft ist nun einmal protestantisch, und sie wird untergehen, wenn der Norden fällt.» Er schrie so laut, als müsse er einer großen Menge ins Gewissen reden!

Schleiermacher wandte sich an Jette, leiser, vornehmer, als würde er einem ausländischen Gast die Sätze übersetzen: «Napoleon, liebste Jette, hasst die Protestanten, wie er die Spekulation hasst. Vielleicht wird es doch wieder Märtyrer geben, wenn der Korse hier einmarschiert.»

Märtyrer? Konnten sich Zeitalter wiederholen? War die Geschichte ein Wechselbalg und die Menschen allesamt ihre Kammerdiener? Gewandeten sich die Zeitalter mal in schwere goldene Stoffe, mit Perlen und bunten Steinen besetzt, mit Hosenbändern ausstaffiert und Schnallenschuhen spanischer Machart, tauschten dann, aus einer verwöhnten Laune heraus, den bestickten Brokat gegen raues Leinen, die teuren, mit Strass am Spann geschmückten Schuhe gegen billige Schlappen, die gepuderten Perücken gegen mit wertlosen Glasperlen geschmücktes Haar?

Jette war erschrocken. Sollte ihr Schleier zu einem Märtyrer werden und brennen? Sie blickte auf Steffens, der, hochrot im Gesicht, bereits eine Vorstellung davon vermittelte, wie es aussehen würde.

Nein! Über Märtyrer wollte sie heute Abend nicht reden. Darüber nicht! «Und warum rühren sich so wenige? Warum verharren alle in großer Dumpfheit?», fragte sie, um dem Gespräch eine andere Wendung zu geben.

Steffens nickte und blies die Backen auf, um sich von innen abzukühlen.

«Vielleicht», so Schleiermacher, «liegt es an der falschen Vorstellung der Gebildeten, die keine innere Teilnahme am Schicksal ihres Staates finden. Die Gebildeten, so scheint mir, halten den Staat für eine kunstreiche Maschine, die nur für die Einzelnen da ist.»

Gut, Jette. Wenn Schleier auf die Gebildeten schimpfte, dann mochte sie ihn wieder, dann schlich sich ein anderer Ton ein, dann rang er mit seinesgleichen.

«Eine Vaterlandsliebe gilt den Gebildeten nur für eine beschränkte Gesinnung, weil, so pflegen sie mit großer Geste zu sagen, die Vaterlandsliebe die Menschen trenne und viel Unfrieden auf der Welt aussäe. Für die Gebildeten ist es offenbar gleichgültig, ob diese oder andere Menschen in diesem oder irgendeinem anderen Staat zusammengefasst sind und von ihm beschützt werden.»

Ja. Endlich. Die stockfleckigen Stellen auf Schleiers Gemüt hellten sich auf. So machte er es immer, wenn er einen Gedanken entfaltete. Man fühlte sich ertappt. Hatten die Gebildeten denn nicht Recht? War diese Meinung wirklich so verkehrt? Dachte nicht jeder im Geheimen so? Und liebte Schleiermacher es nicht, wenn man diese Meinung noch einmal verstärkte?

«Ist es denn nicht schön, Schleier, wenn man sich mit Weltbürgersinn über das Beschränkende eines Staates auch erheben kann?»

Steffens sagte nur: «Pah! Da haben wir es.»

Schleiermacher lächelte. Ein kleines Zeichen von Einverständnis. «Allerdings, liebe Jette, ist der Staat etwas Beschränkendes, aber dieses Beschränkende ist dem Menschen doch ganz natürlich. Das Band zwischen dem Individuum und der Gemeinschaft ist, ob wir es wollen oder nicht, ein enges. Ich sage: Durch die Natur ist das Individuum immer an das Vaterland gebunden. Ich sage: Das gesellige Wesen eines Menschen, das ihm doch angeboren ist, zusammen mit den geheimnisvollen Eigentümlichkeiten, die verschiedene Lebensweise und ganz besonders die Sprache schaffen eine natürliche Vielheit von Staaten, die sich nebeneinander entwickeln sollen, ohne sich gegenseitig zu behindern.»

Wie Schleier jetzt wieder so ganz ruhig den Gedanken entwickelte. Wie Steffens ununterbrochen dankbar nickte, aber die Empörung weiter wie eine frische Erinnerung in seinem Gesicht wohnte. Wie Jettes Gefühl sich wieder anschlich, erstaunlich leicht und elegant. Vielleicht auch dreist.

«Mir scheint, liebste Jette, die Vielheit der Staaten und Völker als natürliche Ordnung zu den bleibendsten Ordnungen im Hause Gottes zu gehören. Riskiert man einen längeren Gedanken, dann entdeckt man, wie jedes Volk durch seine ganz eigentümlichen Einrichtungen eine besondere Seite des göttlichen Ebenbildes darstellt.»

Jetzt, Jette, jetzt. Schleier liebt deinen Widerspruchsgeist. Jetzt.

«Das hast du schön entfaltet, Schleier. Und wir» – sie sagte: wir! – «kennen Länder, in denen dieses Ideal nahezu erreicht ist, in Schweden vielleicht – aber doch nicht in Preußen!»

«Trefflich! Sie sehen es doch so klar!» Steffens war ganz glücklich, endlich hohe Noten geben zu dürfen. Er galt offensichtlich gerne als Förderer der Frauen.

«Du hast leider Recht, Jette. Wie gesagt: Bei vielen fehlt die innere Anteilnahme an diesem Staat. Und vielleicht ist es deshalb sogar ein Segen, wenn unser geliebtes Preußen von außen bedroht wird. Spätestens dann, wenn man die Gebildeten zwingt, unter einem fremden Joch zu leben, und ihnen diktiert wird, was sie denken sollen, werden sie sich vielleicht wieder mit Liebe ihrem Staat zuwenden. Vielleicht muss erst eine große Zerstörung kommen, bevor man wiederaufbauen kann und der Staat wiedergeboren wird. Vielleicht dient das drohende Unglück, und ich denke, es wird uns ereilen, dann doch noch zum Besten.»

Schleiermacher starrte kurz unbewegt, plötzlich teilnahmslos geradeaus, sagte dann seltsam gedehnt: «Vielleicht wird es auch wieder Märtyrer geben!»

Jette hätte an diesem Abend so gerne in Gefühlen geschwelgt.

Aber dieses eine Wort passte nicht, zerstörte die Stimmung, gab ihr eine ungewünschte Schwere. Es war ihr nicht gelungen, Schleiermacher diesen Gedanken aus dem Kopf zu rauben. Märtyrer! Die Geschichte wiederholte sich doch nicht. Wenn es so einfach wäre, dann würde sie gerne bei der Geschichte in die Lehre gehen. Dann würde sie notfalls auch Streckfolter und heißes Öl über sich ergehen lassen.

Und Daumenschrauben! Die auch.

5

Sie hatten ein Flötenkonzert besucht.

Schleiermacher hatte seine grüne Jacke, die unerhört hellen Beinkleider und die Botanisiertrommel abgelegt und sich festlich gekleidet. Neu war die champagnerfarbene Halsbinde mit frisch gestärkter Rüsche. Neu der blauschwarz schimmernde Ausgehrock. Neu die samtschwarzen Hosen. Und die Schuhe mit Absatz. Die Locken wirkten, als habe Nanny behutsam mit der Brennschere gearbeitet. Der Nacken frisch rasiert.

Der Saal des Ratskellers war überfüllt gewesen, als der blinde Flötist Friedrich Ludwig Dulon, ganz auf sein Spiel konzentriert, die Gefühle der Zuhörer an die Hand nahm und herumführte. Einige hatten sich verlaufen und fanden tagelang nicht in den Alltag zurück. Auch Schleiermacher wirkte hochgestimmt, geblendet vom Licht der Töne. Gestern hatten sie einen Ausflug nach Wittenberg unternommen, heute Morgen dann eine Vergnügung im Stadtpark besucht, jetzt gingen sie, Jette an Schleiermachers Arm, Richtung Schulkirche, weil Schleiermacher sich nach dem Stand der endlich eingeleiteten Umbauarbeiten erkundigen wollte.

Jette war so entschlossen.

«Ich bin jetzt schon so lange allein, liebster Ernst. Und der große Strauß der Freunde ist etwas verwelkt. Wenn der Korse Berlin heimsucht, wird die Witwenkasse wahrscheinlich ihre Zahlungen einstellen, und höchstwahrscheinlich muss ich mir dann eine Hofmeisterstelle irgendwo in der weiten Welt suchen, wo man eine Jüdin noch duldet.»

Sie hatte lange überlegt, welche Strategie sie wählen sollte. War es klüger, auf die Einsamkeit anzuspielen oder auf die Zukunftsangst? Sie wählte eine Zangenstrategie, um Schleier die Unmöglichkeit der Flucht sehr drastisch vor Augen zu führen.

Auch sie ein kleiner Napoleon.

Aber Schleier kapitulierte nicht.

«Die Witwenkasse wird nicht sofort ihre Zahlungen einstellen, Jette, da bin ich mir sicher. Vertrau mir! Mach dir keine Sorgen, wenn die Zeit es fordert, dann werde ich eine Lösung vorlegen, die dir ein gutes Fortkommen garantiert.»

Diese Sicherheit! War es Gottvertrauen? Oder war es bereits Hochmut?

So konnte sie nicht gewinnen. So nicht. Ihre Truppen auf der linken Flanke wirkten bereits nach dem ersten Angriff ausgedünnt, demoralisiert von so viel Zuversicht, die der Gegner wie eine Standarte vor sich hertrug. Sie rief ihre ausgemergelten Krieger zurück. Verteilte Orden dritter Klasse. Und wechselte den Tonfall. «Ich vertraue dir voll und ganz. Diese eine Sorge ließe sich auch ganz leicht nehmen, wenn die andere Sorge über den Fluss ginge.» Sie riskierte einen schnellen Blick zu Schleier, aber der reagierte nicht. Sie erhöhte leicht den Druck auf seinen rechten Unterarm. «Ich gestehe, liebster Ernst, ich weiß nicht, warum mich die Männer nicht mehr richtig suchen.»

Jetzt war es heraus! Sie gingen zwar nebeneinander her, aber für Augenblicke spielte sich ein anderes Schauspiel ab. Es stand etwas Außerordentliches bevor. So oder so! Es war kalt, aber sie schwitzte stärker als ihr Mann während seines Todeskampfes.

Ein kurzer Windstoß ließ die Zweige winken. Es war ein trauriges, kahles Winken. Und vielleicht war es dieses Winken, das

Schleiermacher als Zeichen zum Angriff deutete, denn es war ein Angriff, hart und ohne Rücksicht.

«Warum dich die Männer nicht mehr suchen, fragst du? Erstlich ...»

Schleier sagte «Erstlich». Unmerklich zuckte sie zusammen. In diesem Augenblick wusste sie, dass sie verloren hatte.

«Erstlich, liebste Jette – ich deutete es dir bereits einmal in einem Brief an –, erstens also suchen sie dich ja, und zweitens geht das in Männermysterien hinein, die du nicht zu kennen scheinst. Weil du mich aber ernstlich fragst, so will ich dich auch gar nicht schonen, sondern dir vorrechnen, dass du entsetzlich viele Fehler hast oder eigentlich nur einen, geistig und körperlich.»

Hier stockte er kurz, aber Jette gab durch den Druck ihrer Hand zu verstehen, dass sie nicht geschont werden wollte, dass sie mutig war und tapfer.

«Wenn die Männer auch nicht allein ihre Sinnlichkeit befriedigen wollen, so soll diese doch immer mit affiziert werden, das ist, was ich zwar an ihnen hasse, aber es ist doch so. Nun bist du freilich sehr schön, aber ich möchte sagen, du bist *zu* schön, du bist zu imponierend und zu wenig pikant, es ist nichts an dir, was ein bisschen liederlich aussähe, und das ist notwendig für die Anziehungskraft der Männer. Auch dein Imposantes ist zu passiv; es fragt gar nicht: Wollt ihr nicht niederknien allesamt? Sondern es sagt nur ganz gelassen: Ich will doch sehen, was ihr mit mir machen wollt.»

Dazu ein Glockenschlag der Domuhr, als ob sie nicht auch so verstünde. Vielleicht galt der Glockenschlag auch nur dem Automaten in ihrem Innern, denn sie war ganz überrascht, wie sie einfach weiterging, ohne aus dem Tritt zu geraten, ohne anzuhalten, ohne zusammenzubrechen. Eigentlich hätte sie aufschreien müssen, weil ihr Innerstes zerriss. Aber der Automat funktionierte. Und das Gehirn funktionierte, denn das Gehirn verglich sie mit anderen Frauen, die offensichtlich das hatten, was sie entbehrte: Pikanterie und Liederlichkeit. Und sie wusste beim besten Willen nicht, wie sie das hätte anstellen können, ein wenig liederlich zu wirken. Waren es die unklaren Gerüche, die auf eine allzu schnelle und liederliche – ja, genau: liederliche Toilette hindeuteten? Ein verkrempelter Handschuh? Ein schlecht geputzter Schuh? Ein blitzendes Unterkleid? Schufen eine perfekte Toilette und die gediegene Contenance eine Aura der Unberührbarkeit, der Andacht, der gefalteten Hände? Entkleidete sie sich in ihrer Putzkunst der eigenen Weiblichkeit? Die Schönheit war geblieben, die Aura war geblieben, aber die Männer bestaunten sie, als ob sie in einer Vitrine ausgestellt wäre! Und wer wollte schon mit einem Museum verheiratet sein. So viel Substanz – und so wenig Schärfe.

Ja, sie hatte es hören wollen! Sie war begierig gewesen, es zu erfahren. Und sie wusste erst die halbe Wahrheit. Und sie, die große Jette, kam sich jetzt bereits so klein vor, glaubte, eine Last auf ihren Schultern zu spüren, die sie unmöglich noch bis zur nächsten Ecke würde tragen können.

«Und weiter?»

Schleiermacher kannte kein Pardon. «Ebenso kläglich steht es um deinen Geist, Jette. Du bist nicht recht witzig, nicht recht schalkhaft, nicht recht herrschsüchtig – kurz, die anziehende geistige Sinnlichkeit kommt auch zu kurz, und du wirst dich mit all deinem Charakter, deinem Verstand und deiner Schönheit mit ein paar so treuen Hunden begnügen müssen wie Alexander und mir.»

Schleier als Hund. Da war es wieder, dieses Bild. Und sie als tragische Muse. Schon einmal, es lag zwei Jahre zurück, hatte ein satirisches Gedicht aus der Feder von Rahels Bruder Ludwig Robert, diesem Schurken – vielleicht ging dieses Gedicht auf Rahels eifersüchtige Bemerkungen zurück? – die Runde gemacht. Seitdem war die Rede von der tragischen Muse in der Welt.

Junonische Riesin,
Egypt'sche Marquisin,
Tugendverübend,
Treuer als liebend,
Entzückt mit Gewalt.
Hundertfach herzlos,
Edel und schmerzlos,
Rüstig und kalt,
Zu jung für so alt.

Treuer als liebend?

Edel und schmerzlos?

Behauptete Schleier nicht letztlich doch das Gleiche? Und hatte Rahel nicht sogar einmal in einem Brief, der ihr zu Gesicht gekommen war, gelästert: «Mad. Herz lebt geputzt; ohne zu wissen, dass man sich ausziehen kann, und wie einem dann ist»?

Und warum ging in diesem Augenblick die Welt nicht unter?

Wie konnte sie Schleier jetzt überhaupt noch festhalten, jetzt, da er alles gesagt hatte? Sie besaß doch diese Kraft, die sich in ihrem Körper speicherte, was hinderte sie daran, Schleier an der nächsten Brücke anzuheben und mit in die Tiefe zu reißen?

Der Gedanke gefiel ihr plötzlich – das laute Aufplatschen auf dem Wasserspiegel, der in tausend Stücke zerbarst, eintauchen in die nasse Unterwelt. Welch schöne Vorstellung: Sollte Schleier als Wasserleiche mächtiger als sie aufquellen, harmonierten sie wenigstens im Tode ganz ordentlich! Sie würden nicht länger zum Gespött der Leute werden, niemand würde sich dann über sie lustig machen, niemand! Aber man würde ihnen ein gemeinsames Grab verwehren, eine Jüdin neben einem reformierten Pastor, das ging nie und nimmer!

Und wenn die Rede von Mord und Selbstmord die Runde machte? Klatsch und Tratsch, wollte sie das wirklich? Ein Unfall schied aus, denn es wütete kein Jahrhundertorkan in Halle, nur ein laues Lüftchen ging, und gefroren hatte es auch nicht, das

Brückengeländer war in einem sehr guten Zustand, und eine hilfreiche Glätte war nicht auszumachen. Es roch zwar nach Schnee, aber der verspätete sich wie die Post. Ihre Freunde würden die Tat nicht verstehen. Georg Reimer nicht, der auf nächste Schriften von Schleier wartete. Mine nicht. Ehrenfried und Klein-Jette nicht. Auch die von Kathens nicht, im Gegenteil, alle würden den Rügener Sommer tagelang daraufhin untersuchen, ob bereits dort etwas nicht mit rechten Dingen zugegangen sei – was war damals während des undurchsichtigen Ausflugs auf den Königsstuhl geschehen, die Wunde, die sie sich am Kopf zugezogen hatte, rührte die etwa von einem Kampf her? Hatte sie bereits damals versucht, Schleiermacher mit sich in die Tiefe zu reißen? Hatte Schleiermacher sich damals noch wehren können, war aber in Halle von ihr hinterhältig überrascht worden? Die Schlegels würden sich Erklärungen verbieten, und ganz offen würde Friedrich, so war er eben!, zürnen, dass die Platonübersetzung nun Stückwerk blieb, weil er leider, leider keine Zeit finde, sie fortzusetzen. Alexander, ihr treuer Alexander, würde, da war sie sich sicher, vor Schreck erblassen und sich die Frage stellen, was geschehen wäre, hätte sie seine Werbung angenommen. War er vielleicht sogar schuldig an ihrem Tod, hatte er sie vernachlässigt, Karrierefragen zu sehr den Vorzug gegeben? Er würde vielleicht irgendwann preußischer Innenminister werden, aber was war dieses Amt gegen den Blutzoll, den er entrichtet hatte! Und Eleonore? Musste sie sich nicht die Frage stellen und sich von ihrer Umgebung die Frage gefallen lassen, was geschehen wäre, wenn sie nicht feige und skrupulös in allerletzter Sekunde ihre Scheidung zurückgezogen hätte? Wären dann alle jetzt glücklich vereint und ein Chor von Freunden?

«Zwei Hunde, lieber Schleier, da könnte ich ja beinahe eine Zucht aufmachen.»

Da war er doch, der vermisste Witz. Musste es diese Schärfe sein, die über kleine Neckereien hinausging? Diese Schärfe konnte Schleier haben.

«Das würde eine schöne Rasse werden. Ein Apportierhund, wahrscheinlich.»

Schleiermacher lachte. Wie ein Kind lacht, wenn eine Arbeit besser ausfällt als befürchtet.

Die Brücke. Sie erreichten das Ende der Brücke.

«Ich trage schon seit gestern den Gedanken mit mir herum, dich zu bitten, liebste Jette, in Berlin die Kontakte zu Mitgliedern der Patriotenpartei zu verstärken. Du könntest in gewissen Grenzen deinen Salon wieder auferstehen lassen und die Kräfte bündeln.»

Er sagte es ganz heiter, so gar nicht verdrießlich. Offenbar hatte er bereits einen Plan zum Wiederaufbau ausgearbeitet. Der Schleiermacher-Plan! Bemerkenswert. Diese kleine, so kultiviert durchgeführte Unterhaltung war doch eine Nichtigkeit gegen die weltpolitischen Turbulenzen. Auf ihrem Gesicht ein rundes Lächeln. Sie maskierte sich schnell, als sei das Leben ein fröhlicher, fleischloser Karneval, verführerisch und verschwenderisch grau.

«Als kleine Spionin wünschst du dir mich! Müssen diese Menschen nicht eine kleine Schwäche im Charakter haben? Bin ich dafür nicht zu perfekt?»

«Liebe Jette, lassen wir diese Konditorei von Sentimentalitäten, mir ist nicht bange …»

«Steht dir der Sinn vielleicht für ein Pumpernickel von Kraftausdrücken …»

«Alles zu seiner Zeit.»

Der Druck mit dem Arm. Dem Herrn Professor missfiel offensichtlich der neue Verlauf des Gesprächs; der Herr Professor drängte auf eine Antwort auf diese weiß Gott großartige Anfrage; der Herr Professor durfte etwas mehr Dankbarkeit erwarten; der Herr Professor hatte noch andere Geschäfte zu erledigen. Und deshalb sagte Jette: «Mit viel Überlegung hast du, lieber Schleier, diesen Plan gefasst. Wenn der Korse Berlin einnimmt, hat man wahrscheinlich nicht die Stimmung, Gesellschaft um sich zu sehen und Geselligkeit zu pflegen, da wird es uns sehr ermutigen, wenn wir eine Aufgabe haben und uns verbünden zu einem guten Zweck.»

Und jetzt lächelte der Herr Professor.

Und Jette lächelte auch.

Und am anderen Tag reiste sie nach Berlin zurück. Ihre Hoffnungen hatten sich zerschlagen. Schleiermacher hatte ihr nicht einmal angeboten, in ihre Nähe zu ziehen, um wenigstens im starken Arm der Freundschaft zu leben. Als Spionin, ja, die starke Jette, dafür taugte sie. Aber wie sollte sie überleben, wenn die Einkünfte aus der Witwenkasse ausblieben?

Schleiermacher nahm sich eine mehrtägige Magenschwäche.

Dann kamen die Franzosen.

Endlich.

6

Niemand wäre auf die Idee gekommen, diese Runde für eine geheime Gesellschaft zu halten.

Sie hockten in keinem Turm. Sie zogen sich in keinen Keller zurück. Jette und Alexander Graf zu Dohna tafelten ganz zivilisiert bei Mine und Georg Reimer. Wie schaffte Mine es nur, so viel Erlesenes auf den Tisch zu zaubern! Spickgänse, eine Béchamelpastete, frisches Zugemüse, ein Kirschenmichel, ein teurer Wein. Dazu ein nahezu vollzähliges Porzellan. Servietten mit Brüsseler Spitzen. Silberbesteck. Sogar einige silberne Leuchter hatte sie aus dem Versteck herausgeholt, weil die einquartierten Soldaten zu einer zweitägigen Parade-Übung aufgebrochen waren. Nein, niemand wäre auf die Idee gekommen, hier versammle sich der Widerstand.

Der Druck der Besetzung durch die napoleonische Armee blieb spürbar, obwohl die Einnahme der Stadt friedlich verlaufen war. Eine nur kleine Schar französischer Kavalleristen als Vorhut in grünen Uniformen mit einer dreifarbigen Kokarde hatte ein eher pittoreskes Schauspiel geboten. Die Husaren. Ja. Die hatten Eindruck gemacht. Der nachfolgende Einzug der französischen Truppen, die Jette von ihrem Fenster aus beobachtet hatte, wirkte nicht besonders ängstigend. Es waren ungeordnete Truppenverbände, ohne jede Haltung, laut lachend und miteinander plaudernd, mit Regenmänteln bekleidete, offensichtlich angetrunkene Kerlchen in der Größe ihres Ernst, drei davon könnten in einem gesunden Pommern Platz finden. Auffallend waren allenfalls ihre dreckigen Hüte mit dem dreifarbigen Band, hinter das sie einen großen Blechlöffel gepflanzt hatten. Wie konnte die vorbildlich uniformierte und gedrillte preußische Armee nur gegen diese Löffelgarde eine Schlacht verlieren! Es war unfassbar. Und weil es so unfassbar war, bündelte Jette die Kräfte der Patriotenpartei.

Heute fühlten sie sich sicher. Vor der Haustür hatte kein französischer Spion gestanden. Zumindest hatten sie ihn nicht als solchen erkannt.

«Der verehrte Freiherr vom Stein benötigt, sofern er berufen wird, für seine Reformen nur noch ein einheitliches Volk.» Reimer war ein Meister darin, die kompliziertesten Probleme elegant auf den Punkt zu bringen.

Aber Alexander zu Dohna wollte heute keine Resignation aufkommen lassen: «Richtig, lieber Georg. Wir müssen auf eine neue Einheit drängen, denn die alte ist zerbrochen und kehrt, glauben Sie es mir, nicht wieder. Veraltetes müssen wir, notfalls mit milder Gewalt, zwingen, sich selbst zu überleben.»

Wenn Alexander in diesen Wochen sprach, dann hatte Jette den Eindruck, er würde jeden Satz auf die Brauchbarkeit für eine mögliche Rede testen. «Und was ist das Unvergängliche? Woran dürfen wir uns halten?»

«Vielleicht, Jette, ist das Unvergängliche nur der Geist, aus dem heraus etwas geschieht. Nur sofern sich jede eigentümliche Persönlichkeit verbunden fühlt mit dem Gesamtschicksal und der Geschichte seines Volkes, bleibt dieser Geist lebendig. Darauf setze ich. Unsere Erzieher werden deshalb künftig angehalten werden, die lebendige Tradition zu vermitteln. Den französischen Weg, der jetzt in aller Munde ist, Spezialschulen einzurichten, halte ich für einen Irrweg.» Wenn Alexander Irrweg sagte, glaubte man die verschlungenen Pfade vor sich zu sehen, die jäh im Nirgendwo endeten.

«Und benötigen wir für diesen Weg in die Zukunft noch den alten König, der sich in das ruhige und bequeme Ostpreußen zurückgezogen hat?» Diese Frage fiel nicht häufig in ihren Kreisen, aber Georg stellte sie heute.

«Der König ist nicht schuldig an unserem Elend!» Jette war sehr entschieden.

«Wer wollte das behaupten», besänftigte Georg.

«Wenn überhaupt die Möglichkeit eines Sturzes» – Alexander schwieg kurz, um das verräterische Wort nachhallen zu lassen – «Napoleons möglich erscheint, dann doch nur von einem Staate aus, dem es gelingen wird, die Regierung sehr viel inniger mit dem ganzen, ich sage: dem ganzen Volke zusammenzuschließen, nicht nur mit dem gemeinen Volk, sondern ausdrücklich auch mit den Gebildeten.»

«Aber wie soll das gehen, wenn in Berlin keine Universität die Kräfte vereinigt? Halle ist gefallen. Unserem Ernst, der in den Predigten sehr mutig gegen Napoleon geredet hat, erteilte man ein Lehrverbot, und die ganze Universität wurde, wie ihr wisst, geschlossen. Und wenn Napoleon einmal einen Verdacht gegen die Universität hat, dann wird sich auch zukünftig von Halle aus wenig ausrichten lassen. Vielleicht werden wir Halle ganz verlieren, es gibt Pläne, ein Königreich Westphalen zu schaffen mit Halle als geistigem Zentrum, und was dann?» Reimer dämpfte die aufsteigende Euphorie empfindlich.

Jetzt griff Jette ein: «Dann kann es nur darum gehen, hier in Berlin eine neue Universität zu stiften. Warum sollen unsere besten Köpfe länger in Halle sitzen und tatenlos warten, wenn sie hier gebraucht werden! Warum rufen wir sie nicht nach Berlin zurück und lassen sie hier wirken! Ich bitte Sie ganz eindringlich, lieber Alexander, unseren Schleier, mit dem doch auch Stein so deutlich zusammenstimmt, nach Berlin zu holen. Er könnte hier in Berlin wahre Wunder wirken! Man müsste nur endlich tätig werden und nicht länger zuwarten. Er ist bereit zu reisen. Reimer hat ihm sogar ein Quartier angeboten!»

Sie war so voller Tatendrang.

Die Sätze schwebten noch wie ein Fanal im Raum, als es klopfte. Sie erschraken kurz, Papiere wurden zusammengeschoben und weggeräumt. Mine öffnete. Es war die Post.

«Nur die Post.»

Mine verstand sich auf die Kunst zu beruhigen. Aber ein Brief aus Stralsund brannte doch so in ihrer Hand, dass sie das Siegel brach und die wenigen Zeilen las. «Hört», seufzte sie, und allein dieser kleine Seufzer bereitete die Nachricht vor. «Ehrenfried. Unser Ehrenfried. Er ist nach einem kurzen Krankenlager an einem Nervenfieber gestorben. Die arme Klein-Jette. Sie ist doch nur noch wenige Wochen von der Niederkunft ihres zweiten Kindes entfernt. Das Kind wird gänzlich ohne Vater aufwachsen. Wie wird sie mit den beiden nur überleben, wo doch Stralsund unter den Einquartierungen stärker leidet als wir. Hoffentlich zieht sie in die Nähe ihrer Schwester, damit man ihr dort beisteht! Was für ein Unglück! Was für ein unmäßiges Unglück!»

In Sekundenschnelle durchliefen alle vier eine Verwandlung, denn Ehrenfried war das erste Opfer in diesem Krieg, dass sie zu betrauern hatten: Die Aufbruchstimmung schlug jäh in Niedergeschlagenheit um, ihre Sicherheit, die sie mit einem so regen Appetit unterstrichen hatten, wurde brüchig, die Notizen lagen jetzt achtlos umher. Sie rückten, schweigend zunächst, noch näher an den Tisch, um wenigstens einen Halt zu verspüren, einen Widerstand, an dem sie sich anlehnen konnten. Georg faltete die Hände zum Gebet. Mine benutzte ihre Hände, um die Tränen zu verbergen. Alexander nuschelte von einer großen Hoffnung für Rügen, die mit Ehrenfried verstorben sei. Jettes Gedanken gruben sich durch ihren Körper, als suchten sie eine verschwiegene Wasserader, um den Tränen Nachschub zu verschaffen.

Ehrenfried. Diese Vergeudung eines so klugen Kopfes an ein einfaches Nervenfieber! Warum nur starben die gebildeten Männer so früh? Waren sie zu empfindsam, zu durchsichtig, zu leicht von furchteinflößenden Ereignissen zu erschrecken? Waren ihre Körper zu schwächlich für ein Leben im Parterre?

Jette hatte Ehrenfried, der immer nach dem Soldatenstand geschielt hatte, damals gewarnt, Regimentspfarrer zu werden. Sie konnte sich nicht vorstellen, wie er, der feingliedrige, oft durchsichtig wirkende Mann, vor Soldaten predigte. Er schien ihr bereits damals viel zu sehr an Feinfühligkeit zu laborieren, um im drohenden Krieg Standhaftigkeit einzufordern. Aber die Aussicht war zu verlockend gewesen und er seinen Wünschen gegenüber zu folgsam. Beinahe wäre Ehrenfried ihr Schwager geworden und ihre Schwester Witwe jetzt. Jette schnäuzte sich, verbot sich die Gedanken, die wie an einer Leimrute haften blieben. Witwe jetzt. Witwe. Nein. Nicht ihre Schwester, sondern Jette trug seit Tagen Schwarz. Bald hatte sie zwei Kinder. Das Beste im Leben hatte sie nicht verpasst, das nicht, aber sie wirkte so zart, so zerbrechlich, so anlehnungsbedürftig. Nie wieder würde sie den Kopf auf Ehrenfrieds Schoß betten, den Arm um sie geschlungen, für Minuten den alltäglichen Sorgen enthoben und mit der schlichtesten Gewissheit der Zukunft entgegenträumend. Wie oft hatte Jette sie damals mit geschlossenen Augen angetroffen, die Welt verschwinden lassend hinter der eigenen Jalousie. Traf man sie ohne Ehrenfried an, dann wirkte sie unsicher, beinahe ängstlich. Jetzt stand ihr keiner mehr bei. Würde sie einquartierten Soldaten Paroli bieten können? Vielleicht. Hoffentlich! Würde ihr die Erziehung der lebhaften Tochter ohne die straffe Hand des Vaters gelingen? Sie war eine Träumerin, begabt für das Häkeln, begabt für die Lektüre, um den Geist schlendern zu lassen, aber begabt auch für notwendige Zankereien? Nein. Jette schüttelte unmerklich den Kopf. Nein! Vielleicht konnte sich Klein-Jette satt sehen an den kleinen Geschöpfen, wohlig auf das gleichmäßige Atmen in der Nacht achtend, aber verstand sie sich auch darauf, Brei zu kochen und nächtelang am Bett zu wachen? Sie verwandelte sich damals auf Rügen, wenn sie für Stunden eine Erwachsene gespielt hatte, stets zurück in ein Kind; wahrscheinlich jetzt in ein Kind, das mit Puppen spielt. Man musste ihr helfen! Helfen! Und wenn sie ginge? Wenn sie nun doch nach Rügen aufbräche?

Schleiermacher hatte ihr die bereits weit gediehenen Pläne, ins Ausland überzusiedeln, ausgeredet. Sie hatte nichts unversucht gelassen, um ihre finanziellen Malaisen zu überstehen. Sehr eindringlich hatte sie, nach langem Zögern, ihren alten Freund Wilhelm von Humboldt, der noch immer als Minister-Resident am päpstlichen Stuhl in Rom weilte, um Beistand gebeten. Er hatte seine Beziehungen spielen lassen, aber das Angebot, in Frankreich eine Nichte des Königs Murat, eines Schwagers Napoleons, zu unterrichten, war mit der Forderung verbunden worden, ihren Namen zu ändern. Ihren Namen ändern! Das wäre ihr wie ein Verrat an ihrem Marcus vorgekommen und wie ein Verrat an ihrer eigenen Biographie. Nein. Ihren Namen Herz wollte sie behalten. Der Preis war entschieden zu hoch. Sogar Rahel Levin ging sie, alle kleinen Eifersüchteleien um den ehemals großartigsten Salon zurückstellend, um Hilfe an. Aber auch Rahels mit sehr viel Eifer – wollte Rahel sie vielleicht aus Berlin wegloben? – vorangetriebener Vorschlag, eine Erzieherstelle an einem französischen Mädcheninternat anzutreten, hatte sich durch die Kriegswirren zerschlagen. Wochenlang hatte sie sich mit dem Gedanken angefreundet, die preußische Prinzessin Charlotte zu unterrichten – auf die Vermittlung der Prinzessin Dorothea von Kurland hin, der sie noch immer Französischstunden gab. Aber dann hatte man plötzlich auf einer Taufe bestanden. Wegen Geldschwierigkeiten in eine Taufe einwilligen? Lagen Gott und Geld so nahe beieinander? Lächerlich! Also blieb nur Schleiers Vorschlag, als Erzieherin der Kinder Charlotte und Karl von Kathens in Rügen ihr Auskommen zu suchen. Ihre finanziellen Reserven gingen zur Neige.

Wie ihre Tränen.

«Ich gehe nächstens für ein bis zwei Jahre nach Rügen.»

Jeder am Tisch hier nickte, als sei diese Feststellung die beste aller möglichen Lösungen.

«In Schwedisch-Pommern können Sie unsere Sache weiterführen.» Alexander zu Dohna versah sie mit einem Spezialauftrag. Sie durfte reisen.

Musste reisen.

7

Die Bäume sahen geplündert aus, leer geraubt und entehrt, mit verschorfter Haut und verwirrten Haaren, verstört, bleichsüchtig, in tiefer Trauer und Scham standen sie gebeugt, anklagend, ungerächt, torkelten bei jedem kleinsten Windstoß, versteckten sich tagelang hinter Nebelschleiern, verboten einer schwachen Sonne, die Schleier zu lüften, weigerten sich, mit Knospen aufzutrumpfen, versagten sich selbst jede Putzsucht, hielten ihren Saft zurück, verjagten die ersten, ganz unschuldigen Vögel, die nisten wollten, heulten nächtens mit dem Wind.

Und deshalb verspäteten sich der Frühling und der Sommer auf Rügen.

Eine milde Strafe für die einquartierten ruchlosen Soldaten.

Endlich war Jette bei den von Kathens eingetroffen. Eine mühsame Reise durch ein kriegsverwirrtes Land lag hinter ihr. Sie hasste es, wenn sie tagelang in einem Gasthof festsaß. Sie hasste es, wenn das Strandboot ganz unregelmäßig fuhr. Sie hasste es auch, wenn sie ihre Gastfamilie im Unklaren über den Zeitpunkt ihrer Anreise lassen musste. Daran war sie leider nicht ganz unschuldig, denn monatelang hatte sie mit sich gerungen, ob sie reisen solle, zumal Schleiermacher von Halle aus, wo ihn nichts mehr hielt, nach Berlin übergesiedelt war, zunächst bei den Reimers

Quartier genommen hatte und jetzt in einer engen Wohnung in der Schützenstraße hauste. Die erklärte Absicht der Regierung, an Stelle der verlorenen Universität in Halle eine neue in Berlin zu gründen, kam nicht recht voran. Außerdem machte das Gerücht die Runde, Napoleon werde dem König in seinem geschmolzenen Land wohlmöglich auch noch die Krone rauben.

«Dann müssen wir die Fackel vorantragen und nicht die Schleppe hinterher», hatte Schleiermacher sehr entschieden gefordert.

Er war in politischen Fragen so mutig. Furcht kannte er keine. Schleiermacher bot sich an, Kurierdienste zum preußischen König nach Königsberg zu übernehmen, um einen möglichen Volksaufstand abzustimmen. Kein ungefährlicher Auftrag. Nur Reimers Vorschlag, an Sabotageakten mitzuwirken, begegnete er mit einer spürbaren Reserve.

Aber Kurierdienste. Das ja.

Vielleicht wird es bald wieder Märtyrer geben, hatte Jettes Gedächtnis ihr souffliert. Aber sie hatte keine Kraft gefunden, Schleier diese Idee erneut auszureden. Um ihn zu schützen, hatte sie eine Methode ersonnen, die Depeschen zu verschlüsseln. Eine Schleiermacherin auch sie.

Unter Tränen hatten sie Abschied genommen. «Kümmere dich um Klein-Jette», hatte er sie beschworen, «sie ist so zart, so verletzlich und so unbekümmert in ihrer Unwissenheit. Hätte ich sie in meiner Nähe, dann könnte ich mich ihrer und der Kinder besser annehmen, wie ich es Ehrenfried doch schuldig bin. Ich fühle mich von ihnen, obgleich ich mit meinem Geiste ständig bei ihnen zu Gast bin, so ungerecht abgeschnitten.»

Dieses eine Wort war in Jettes Kopf lange herumgegangen. Abgeschnitten.

Hatte er es leichthin gesagt?

Wie oft hatte sie seine Predigten gelesen, und häufig hatte sie sich an diesem harten Wort gestört. Abgeschnitten. Immer war dann von den Gliedern eines Leibes als Bild für die Gemeinde die Rede gewesen. Wenn ein Glied am Körper der Gemeinde verdorrt sei, dann müsse man es abschneiden, was aber zusammengehöre, müsse auch zusammenwachsen.

Gehörte Klein-Jette also in seine Nähe? Hatte Schleiermacher, in der Kunst der Andeutung während der letzten Wochen deutlich geschärft, ihr einen Handel angetragen? Sollte sie die Fäden knüpfen, um Jette von Willich zu einer Übersiedlung nach Berlin zu überreden? Sie empfand das Leben in diesen Wochen als sehr spannend und war beinahe dankbar für diese Aufgabe. Hatte sie den Kassiber aus dem Gefängnis seiner Wünsche richtig gedeutet? Mitgeschleifte Enttäuschungen zählte sie nicht auf, sie erlaubte ihrer Kränkung keinen Einspruch, trieb sich selbst an, den Plan umzusetzen.

«Nächste Woche besucht uns die Tante Henriette mit der kleinen Jette und dem noch ganz kleinen Ehrenfried», verriet ihr Karl, den Jette soeben mit den ersten Brocken Englisch vertraut gemacht hatte. Sie lasen Shakespeare, keine ideale Lektüre, wie sie wusste, aber an geeigneten Büchern herrschte Mangel.

Nächste Woche also.

Gehörte es sich, im Hause von Jettes Schwester heimlich einen Plan auszuführen, der weitreichende Folgen für die Familie nach sich ziehen würde? Jette Herz war sich nicht ganz klar, wie sie sich verhalten musste. Vor mehr als drei Jahren war sie hier Gast gewesen, man hatte Freundschaft geschlossen in der herrlichen Sommerfrische, hatte an langen Tischen getafelt, hatte gescherzt, gelacht, hatte sich bis in die gemeinsamen Empfindungen hinein verbündet, musste kein Wort zu viel verlieren, hatte in einem Gefühl der Eintracht geschwelgt. Vielleicht würde Charlotte etwas ahnen, wahrscheinlich ja, wenn sich noch Reste dieser Verbundenheit erhalten hatten.

«Lies den Satz noch einmal mit kräftiger Stimme vor, Karl», sagte sie zerstreut.

Sie wohnte in der gleichen Kammer wie vor vier Jahren, nur ein Fauteuil war ausgewechselt worden. Karl und Charlotte hatten sie sehr herzlich empfangen. Man saß abends zusammen, stickte, hing wehmütig den Erinnerungen an Ehrenfried nach, sprach sich gegenseitig Hoffnung auf ein wiedererstarktes Preußen zu und las gemeinsam die Briefe der Freunde. Gestern hatte man einige Briefe von Schleiermacher an Klein-Jette herumgereicht.

«Memoriere den ganzen Satz, ich bin gleich zurück.» Sie lief aus der Kinderstube hinaus, eilte hinauf in ihre Kammer und las noch einmal einen Brief, den Schleier an Klein-Jette gesandt hatte. Hier. Hier. Dieser war es. Der Ton war mehr als vertraulich, väterlich, aber von einer größeren Hoffnung getragen. «Glaube mir», hatte ihr Schleier im Dezember geschrieben, «der schöne Einklang zwischen Deinem und Ehrenfrieds Gemüt, das ganze Glück Eurer Ehe, sie währt ja noch immer fort, wird sich in den Kindern auf das Schönste abspiegeln, man wird überall Euch beide wieder finden und in einer schönen Eigentümlichkeit verknüpft. Weshalb ich nur wünschte, dass Du Dich eines männlichen Freundes in Deiner Nähe erfreutest, dem Du gerne einen väterlichen Einfluss auf den Knaben gestattest, das wäre, um ihn rechtzeitig dreist zu machen, abgehärtet, furchtlos, Beschwerden und Gefahren verachtend; denn zu solchen Männern muss vor allen Dingen das künftige Geschlecht erwachsen. Immer schwebt es mir vor als eine der schönsten Früchte einer, wenn Gott gibt, dereinst wieder tätig bestimmten und einigermaßen bequemen Lage, dass ich dann an der Ausbildung Deines Sohnes einen recht wirksamen Anteil nehmen werde, wohin er auch immer sich neigen mag. Ob es mir wird beschieden sein, dann auch mit Dir nahe zusammenzuleben, das mag Gott leiten.»

Also doch, darauf ging die Hoffnung! Er wollte mehr als Vater werden, nämlich Vater und Ehemann, und Klein-Jette sollte zur Einheit von Tochter und Braut verschmelzen.

Nur kurz streifte sie ein paar Zeilen, die ihr bereits bei der ersten Lektüre einen jähen Stich zugefügt hatten, und es war dieser Stich gewesen, der sie diesen Brief gestern nicht richtig deuten ließ, der nur unterschwellig gewirkt hatte: «Liebe Tochter, Deinen Schmerz will ich Dir nicht rauben oder mindern; aber recht lebendig sollst Du in der Trauer fühlen, wie beglückt Du bist vor den meisten Frauen, die zwar den Witwenschleier nicht tragen, aber auch keine Ehe haben, wie Du, und keine Kinder aufblühen sehen wie Du.»

Nur kurz verkrampften ihre Hände. Sie glättete vorsichtig den Brief und hastete in die Kinderstube zurück.

«Ich vergaß, was bedeutet das Wort ‹hidden›?», fragte Karl, als sie den Raum betrat.

Sie setzte sich, sammelte sich, dann fiel ihr eine kleine Hilfe ein: «Du kennst doch Hiddensee, Karl?»

«Was Hiddensee angeht, so bin ich erst letzten Sommer mit meinem Vater dort gewesen. Ich erinnere zwar nicht mehr den Grund für die Reise, aber ich erinnere, wie wir Stockfisch gegessen haben.» Ein kindliches Glück wohnte in seinen Augen.

Jette breitete eine Karte auf dem Tisch aus. «Suche mir bitte Hiddensee.»

Karl beugte sich über die Karte, fand Rügen, konnte aber Hiddensee nicht entdecken. «Es versteckt sich im Westen hinter Rügen», half Jette. Sie wiederholten noch einmal die Himmelsrichtungen (im Norden der Kopf, der Süden die Füße, der Osten die Schreibhand, der Westen die Stützhand), dann wurde Karl fündig.

«Das englische Wort ‹hidden› heißt ‹versteckt›», erläuterte Jette. «Hiddensee versteckt sich hinter der Westküste Rügens.»

«Hiddensee – versteckt hinter Rügen, versteckt im See!» Kinderglück. Es war manchmal so einfach.

Sie entließ Karl und suchte im Haus nach Charlotte. Sie fand sie schließlich in den Stallungen bei einem gerade geborenen Kälbchen sitzen. «Ob wir dieses Kälbchen behalten dürfen, was meinst du, Jette, oder wird es uns von französischen Soldaten entführt werden?»

Jette legte ihre Hand auf das feuchte, noch mutterwarme Fell. Beide nahmen etwas Stroh in die Hand und rieben das unsicher herumstaksende Kälbchen trocken.

«Ich habe gestern Abend noch einmal die Briefe durchgelesen, die Ernst deiner Schwester geschrieben hat.» Jette wollte nicht schweigen, suchte eine Verbündete.

«Er schreibt so kraftvoll, empfindest du das auch so? Er versteht es so herrlich zu trösten, denn Klein-Jette wirkt so ruhig, so gefasst, wenn sie mir aus diesen Briefen vorliest. Auch wenn ich sie lese, erfahre ich diese tröstende Kraft.»

«Er schreibt sehr fleißig.»

«Ja, wie Ernst es nur fertig bringt, beinahe täglich zur Feder zu greifen, obwohl er in so viele Händel verstrickt ist. Dafür kann ich ihm nicht genug danken.» Charlotte band das Kälbchen an einem Pfosten fest.

«Der Ton ist sehr vertraut.»

«Ich glaube mich zu erinnern, wie er vor Jahren, als wir uns hier mit einem Pfänderspiel die Zeit vertrieben, Klein-Jette als Tochter angenommen hat. Er nimmt seine Aufgabe, seinem Namen schön entsprechend, sehr ernst.»

Jette konnte nicht erkennen, ob Charlotte lächelte. «Sehr ernsthaft scheint er auch in die Vaterrolle für die Kinder zu schlüpfen, möchte sie am liebsten in seiner Nähe haben, um ihnen den leiblichen Vater zu ersetzen.»

«Dazu bedarf es einer kräftigen Gegenwart, dazu reichen auch tägliche Briefe nicht hin. Es sei denn, Ernst wäre Vater und Bräutigam in einer Person!» Charlotte drehte sich endlich um. Lächelte. Wie eine Komplizin.

8

Wenn nur die Kinder in der Nähe waren.

Klein-Jette hatte etwas Flatterhaftes, wenn die Kinder nicht in ihrer Nähe waren. Vielleicht war es die Angst, noch einmal ein Teil von Ehrenfried zu verlieren, die sie unruhig machte. Dann wollten die Gedanken nicht verweilen, dann hasteten sie herum, waren sprunghaft, entwischten, bevor man zufassen konnte, suchten Auswege. Glücklich erschien Klein-Jette in diesen Tagen vor allem dann, sofern sie die kleine Henriette tröstete, wenn sie gefallen war oder sich gestoßen hatte, oder sofern Ehrenfried nach ihrer Brust verlangte. Dann wurden beider Wünsche gestillt. Auch an den Abenden legte sich dieses Flatterhafte nicht, ein nahezu unmerkliches Geräusch veranlasste Henriette (Jette versuchte Henriette zu denken!) aufzuspringen, um nach den Kindern zu sehen; ein Husten, ein Niesen, ein Aufstoßen gaben der Unruhe neue Nahrung. Häufig legte sie sich bereits eine Stunde nach den Kindern zu Bett, holte, wenn der Schlaf sie mied, Ehrenfried zu sich und stand morgens spät mit den Kindern auf.

Kein richtiges Gespräch wollte gelingen. Als würden sie von Spionen bewacht, tauschten sie nur wenige, nahezu atemlos hervorgestoßene Sätze aus:

«Ich hatte solch ein Bedürfnis, dich endlich wieder zu umarmen!»

«Wie hatte ich befürchtet, unsere Freundschaft würde erkalten!»

«Wie mädchenhaft du noch immer aussiehst!»

«Deine Schönheit wird stets öffentlicher!»

«Wie haben wir alle in Berlin mit dir getrauert!»

«Meine Vorahnungen waren beinahe noch schrecklicher als der endgültige Tod!»

«Im kleinen Ehrenfried scheint der Tote auferstanden zu sein!»

«Ach, nein. Er schlägt nach mir, er wird es im Leben schwer haben! Wie viel lieber wollte ich, er hätte seines Vaters Ähnlichkeit.»

«Unser Schleier wäre so gerne mit mir gereist. Ernst zeigt sich so besorgt um dich! Und um das Gedeihen der Kinder!»

«Ach! Tröstlich wäre es, ihn endlich wieder einmal zu sehen!»

Die erste kräftige Frühlingssonne half Jette. Bisher war sie bleich und fahl über dem Horizont erschienen, aber an diesem

Morgen prahlte sie mit einer Röte, als habe sie auf dem Meeresgrund ein riesiges Osterfeuer entfacht, das endlich hungrig genug war, den Himmel zum Glühen zu bringen. Jette nahm es als Zeichen. Kampfeslustig vertrieb die Sonne den am Boden hockenden Nebel, sprach den Bäumen Mut zu, die es sich gefallen ließen, wenn Vögel sich in ihnen ausruhten, erste (waren es Buchen?) hielten nicht länger ihren Saft zurück und trieben Knospen.

Charlotte schickte ihre Kinder zu einem Nachbarn, man stellte Stühle in den Garten, Ehrenfried döste in einem Stubenwagen, und die kleine Jette wurde mit Bonbons gefüttert, die Schleiermacher mitgeschickt hatte.

«Bald jährt sich unseres Ehrenfrieds Todestag», sagte Charlotte.

«Ja», flüsterte Henriette, «noch erinnere ich seine Stimme, noch spüre ich seine Nähe.» Sie stockte kurz. «In den ersten Tagen nach meinem Wochenbett spürte ich eine große Sehnsucht, dem geliebten Ehrenfried sogleich zu folgen. Ich habe dann mit einem großen Unwillen auf das Dasein meiner Kinder geblickt. Aber dann spürte ich auch wieder die Gnade, die mir Gott durch diese Kinder geschenkt hat. Ich kann jetzt ihnen mein ganzes Leben weihen.»

Die kleine Henriette verlangte nach neuen Bonbons.

«Die Kinder beschäftigen mich den ganzen Tag, sie ziehen mich, wie ihr doch sicher seht, sehr kräftig ins Leben hinein. Ich muss mit großer Wachheit jeden Schritt von ihnen verfolgen. Ich habe jetzt kein anderes Glück mehr, als mich an dem Glück der Kinder zu erfreuen und darin zu spiegeln. Für mich selbst ist das Glück auf immer verreist.»

Jette überlegte, wie sie ihr Ziel ansteuern konnte. Eine ungeduldige Frage konnte diese zarte Szene zerstören, konnte Argwohn stiften, als würde man sich berufen fühlen, die Leitung der Kinder an sich zu reißen, weil man der jungen Mutter nicht genug Reife zutraute. Wie schwierig es war, wieviel Geschick es erforderte, dachte sie, und rieb sich das linke Knie, das seit Tagen schmerzte.

Und plötzlich fragte sie sich, auf den dösenden Ehrenfried blickend, ob sie überhaupt die Verbindung zwischen Schleiermacher und Henriette von Willich ernsthaft befördern wollte. Dies war keine Grille, hier bahnte sich eine längere Geschichte an. Schleier war zwar bereits in den besten Jahren, er hatte häufig mit einem Magenleiden zu kämpfen, und er begab sich als Kurier in größte Gefahren, aber die Verbindung konnte auch zwanzig, vielleicht dreißig Jahre dauern. Wie würde sich diese zarte Frau entwickeln? Würde sie Einfluss nehmen auf seine Arbeit? Nein, diesen Gedanken trieb sie sofort in eine Ecke. Würden die Kinder Schleiers Arbeitseifer stören? Aber er wollte es doch so! Würden vielleicht Kinder dieser Verbindung entspringen? War Henriette von Willich pikant genug, um die Sinnlichkeit bei Ernst zu reizen?

Sie musterte Henriette. Galt Zartheit als Pikanterie, die die Schutzgelüste der Männer hervorkitzelte? Wahrscheinlich, dachte sie – aber was könnte Henriette an Ernst reizen? Mit dem verstorbenen Ehrenfried konnte er nicht konkurrieren, allenfalls die Locken nahmen für ihn ein. Wenn da nicht sein Witz und seine Schalkhaftigkeit wären! Aber war Henriette dafür empfänglich? Und hatte sie das richtige Schuhwerk, um diese geistigen Höhen zu erklimmen? Erwartete Ernst vielleicht sogar von ihr, sie, Jette, solle wie Christophorus Henriette huckepack nehmen? Was erlaubte er sich!

Nein, Eifersucht verspürte sie in diesem Augenblick nicht. Die Wärme, die sie durchflutete, war nur der Sonne geschuldet. Diese Frau schien ihr ungefährlich, konnte ihr allenfalls den halben Ernst rauben. Und deshalb musste sie endlich den Mund aufmachen: «Man spürt, wie viel Freude dir die Kinder machen, auch wenn sie dir viel Schlaf abziehen.»

«Ich versuche am Schlaf zu sparen, aber in den Morgenstunden übermannt er mich, dann werde ich ruhiger. Wenn ich die Augen aufschlage, dann lächelt mich der kleine Ehrenfried oft an, als ob er geduldig warten würde, bis ich mich kräftig genug fühle, ihn zu stillen.»

«Wie schön wäre es, wenn dir jemand häufiger zur Hand ginge, als ich es bei meinem Hausstand vermag.» Charlotte machte eine flehentliche Gebärde.

«Ihr seid so um mich besorgt. Ich weiß gar nicht, wie ich euch danken kann.»

Das Gespräch glitt wieder in die falsche Richtung. Eine Hecke warf einen Schatten wie ein Trauerflor. Auch das nahm Jette als Zeichen. Sie musste von Missmut und Dankbarkeitsbekundungen ablenken, musste die Gedanken auf einen anderen Spaziergang schicken. Sie wollte eine Ehe stiften zwischen einer jungen Witwe und einem bald vierzigjährigen Mann! Vieles bliebe besser ungesagt, aber nicht das: «Für den kleinen Ehrenfried wäre wünschenswert, wenn die Aussicht bestünde, dass ein Mann ihm ein Vorbild böte.» Jette rieb sich erneut das schmerzende Knie.

«Ja, das wäre eine herrliche Aussicht, wenn Ehrenfried sich an einem Mann ausrichten könnte, an einem Mann wie Schleier. Wie würde ich mir wünschen, wenn ich häufig wenigstens auf einen Nachmittag zu ihm eilen könnte.»

«Er schreibt dir recht fleißig.»

«Ja, er ist wie ein Vater zu mir.»

«Vielleicht könnte er auch deinen Kindern ein guter Vater sein.»

«Ihr meint …»

«Berlin ist eine Stadt, die dich nicht schrecken muss. Du triffst dort alle Freunde wieder, die dir den Sommer vor einigen Jahren versüßt haben.»

«Ihr meint, Schleier würde mir das antragen?»

«In einigen Wochen, wenn er als Kurier aus Königsberg zurückkommt, dann macht er hier Station.»

«Als Kurier des Königs ist er unterwegs», sagte Henriette leise und, wie Jette fand, ein wenig zu stolz. «Er ist so mutig, genauso wie damals mein Ehrenfried!»

Charlottes Kinder kehrten laut tobend vom Nachbarhof zurück. Jette ging ins Haus und setzte sich an den Sekretär. Zögerte. Wie sollte sie Schleiermacher die gute Nachricht übermitteln? (Sie dachte wirklich: die gute Nachricht; nein, sie wollte denken: die gute Nachricht!) Die Franzosen, so vermutete sie, kontrollierten Schleiermachers Post. Zudem gingen Schleiermachers Briefe von Hand zu Hand, sie durfte also nicht sicher sein, dass nicht auch Mine oder Georg diesen Brief wie selbstverständlich lasen. Eine ganz persönliche Botschaft sollte Ernst vorbehalten bleiben, und deshalb entschloss sie sich dazu, den Brief wie eine Kurierpost zu verschlüsseln. Sie schnitt, wie sie es mit Ernst abgesprochen hatte, ein Fenster einer bestimmten Größe aus einem Blatt Papier aus und markierte nahezu unsichtbar die Stelle auf dem Briefpapier, dann verschlüsselte sie den Namen. Henriette taufte sie Wilhelmina Henrich. Sie schrieb:

Rügen, den 10. Juni 1808

Lieber, lieber Ernst,
wie danke ich Dir, dass Du mich vor Monaten überredet hast, in die Arme der Freundschaft zu gehen statt in die Fremde nach Paris oder in die Kälte nach Russland. Was sind alle Annehmlichkeiten und Herrlichkeiten von Paris, wenn man mit Freunden auch die Sorgen teilen und nützlich sein kann. Besetzt ist das schöne Rügen von Menschen, die ohne Sinn und Geschmack für das Gute nur am augenblicklichen Genuss interessiert sind! Und welcher Genuss! Nicht einmal junge Witwen dürfen sich sicher fühlen vor diesen niederträchtigen Männern! Die Pflichten der Erzieherin erfülle ich mit ganzer Seele. Der älteste Sohn der von Kathens, mit guten Anlagen gesegnet, ist mir eine tägliche Freude. Und auch neue Freunde treten zu den anderen hinzu. So lernte ich jüngst eine junge Witwe kennen, eine gewisse Wilhelmina Henrich, aus einem kleinen Dorf aus Pommern stammend, eine zierliche, aber durchaus sehr treffliche Frau,

die in den Anfangswochen des Krieges ihren Mann durch ein Brustfieber verlor und nun mit zwei kleinen Kindern ihr Auskommen sucht. Wir stahlen uns die Zeit für ein langes Gespräch.

Mit warmen Worten gab sie ihrer Hoffnung Ausdruck, bald jemanden zu finden, der den Kindern Vorbild und Richtschnur sein könne, der ein gerüttelt Maß an Lebensklugheit besitze und somit auch ihr Vater und Bräutigam in einer Person sei. Wir scherzten, wahrscheinlich würde im Sommer ein geheimnisvoller Reisender in der Brunnenaue ihr begegnen und sie heimführen.

Du siehst, lieber Schleier, trotz der Wirren und den Ängsten, die wir täglich auszustehen haben, können wir uns doch ganz im Geheimen einen kleinen Spaziergang herausnehmen, ohne dass unsere Händel Schaden leiden.
Alle unsere lieben Freunde befinden sich sehr wohl und lassen Dich ganz herzlich grüßen. In unseren Herzen tönt es immer, dass Du nun bald hierhin kommen wirst, um Dich mit Deinen alten Freunden erneut zu verbünden. Ich habe allen mein Wort gegeben, und Du brächtest mich in eine große Verlegenheit, wenn Geschäfte Dich von einer Reise abhielten.
Ich muss schließen. Ich schreibe Dir bald wieder, schreibe mir auch oft. Ich sehe Dich am Fenster sitzen, dass Dir einen lieben Ausblick gewährt. Gern säße ich an Deiner Seite.
Deine treu sorgende
Jette

Jette versiegelte den Brief und brachte ihn eigenhändig zur Poststation.

9

In der Nacht schmerzte das Knie. Ihr Körper. Er wurde immer auffälliger. Dieser unsägliche Schmerz.

Aber sie wähnte sich so stark.

Nebenan hörte sie Karl husten. Ein zorniger Husten. Als würde er eine Rede ohne Worte vor wankelmütigen Soldaten halten.

Hatte sie richtig entschieden? Das Leben war so kompliziert. Es würde noch komplizierter werden. Man konnte nicht sicher sein, wie Freundinnen sich entwickelten. Es gab zwiespältige Beispiele genug. Pah. Zu ihrer Freundin Rahel, die vor einigen Monaten ihren Salon hatte aufgeben müssen, schien sich eine neue Nähe einzustellen, aber ihr waren auch böse Kommentare zu Ohren gekommen, die Rahel hinter ihrem Rücken verbreitete. Der Schutt der Gerüchte. Ließ sich der überhaupt beiseite räumen?

Und ihr Verhältnis zu Schleier? Ihre Berühmtheit war im Schwinden begriffen, Schleiers Berühmtheit würde steigen – und irgendwann wäre Henriette die Frau des berühmten Schleiermacher und nicht länger die Freundin (und Vertraute, nun gut) der ehemals allbekannten Jette Herz. (Die Herz, die Herz, hat die nicht früher einen berühmten Salon betrieben, war es nicht so?) Wenn sie nur das Ruder in der Hand halten könnte, wenn nicht irgendeine plötzlich auftauchende Stromschnelle sie herumwirbeln würde, dann könnte, dann müsste es gelingen, dann würde sie der Zukunft die Richtung vorgeben, dann wäre sie die Bildnerin eines kommenden Glücks, dann würde sie eine Aura der Nähe um sich schaffen, der sich keiner entziehen könnte, dann wäre sie ein Backofen voller Liebe.

Aber in dieser Nacht war sie sich ihrer Sache sehr unsicher. Lange lag sie wach, bis ihre Nerven wund gescheuert waren. Ihre Hände verkrallten sich im Betttuch, weil die Krämpfe in ihren Eingeweiden ihr beinahe die Besinnung raubten. Warum gab es keine Nesselsalbe für die Seele? Warum kein Zuckerwasser gegen die Ängste?

Nebenan hustete Karl. Noch zorniger als zu Beginn der Nacht.

Sie musste stark sein. Sie musste Hoffnung schöpfen. Sie fiel in einen leichten Schlaf.

Der eintönige Alltag schenkte ihr eine leichte Ruhe. Jette wartete zwei Wochen, bis endlich ein Brief von Schleiermacher eintraf. Nur mühsam konnte sie die Erregung verbergen. Sie ließ den Brief scheinbar achtlos den ganzen Nachmittag liegen und ging ihren Besorgungen nach. Erst abends, für Augenblicke allein auf ihrer Kammer, öffnete sie den Brief und las die Zeilen, nickte, legte dann noch einmal das Fenster an, um ganz sicher zu sein.

Berlin, den 19. Juni 1808

Liebstes Herz,

ich möchte Dir für die zuletzt erhaltenen Blättchen, für die ich sehr herzlich danke, noch viel Liebes sagen. Ein reicher Posttag ist etwas Herrliches. Ich muss aber zunächst ein wenig mit mir schelten, weil ich, verglichen mit Dir, in der Kunst des Briefschreibens ein großer Stümper bin. Ich fühle sehr mächtig meine eigene Schwäche, will sie aber jetzt mit Deiner vorgeführten Kunst ein wenig kurieren.

Meine häuslichen Dinge sind in einer etwas besseren Ordnung, nachdem Nanny mir den Haushalt, so gut es eben geht, wieder versorgt. Georg und Mine und Alexander lassen Dich herzlich grüßen, machen sich aber Sorgen, weil ich jetzt bald meine Reise zu Quednow in Königsberg antreten werde, sofern mich die Diener des lieben Mannes nicht aufhalten, werde ich auch Katt und Mansfeld aufwarten. Nächtigen werde ich bei Pastor Wedeke. Ich hoffe, dort die Planungen für eine Veröffentlichung voranzutreiben, ohne dass Übereilung den Plan vereitelt. Übereilung wäre, auch wenn mir selbst die Zeit lang wird, von Übel.

Gerne würde ich auch Deine neue kleine Freundin, die Du in Götemiz kennen gelernt hast, besuchen. Ihr Schicksal hat mich sehr gerührt. Ich finde es ganz natürlich, dass sie die Hoffnung hat, einem ehrlichen Mann zu begegnen, der ihr Vater und Bräutigam in einer Person ist. Ich würde ihr auf einem Spaziergang in der Brunnenaue mit ganzer Seele und allen Sinnen so gerne Kraft zusprechen.

Du siehst, liebe Jette, wie sehr ich an Deinem Leben Anteil nehme und meine eigenen Planungen mit Deinem Leben in eine schöne Übereinstimmung bringe.
Stell dir vor, man hat mich mit einem Wartegeld von 500 Talern ausgestattet, um die Zeit bis zur glücklichen Gründung der Universität angenehmer zu machen. Der liebe Mann droht mit einer Entlassung von Fels, aber unser Alexander steht dann bereit, ein großes Amt zu übernehmen. Zur Hand gehen bei der Gründung der Universität soll Wilhelm von Humboldt, der aus Rom zurückbeordert werden wird, und ich darf mir Hoffnungen machen, für die Einrichtung der theologischen Fakultät zu Rate gezogen zu werden. Ich werde also künftig mein Auskommen haben und auch imstande sein, eine Familie zu ernähren.
Sieh mir bitte nach, dass ich heute wenig Zeit finde, Dir viele Zeilen zu schreiben. Neulich erst bin ich von einem kleinen Magenkrampf genesen, und die Vorbereitungen auf die größere Reise rauben mir die nötige Muße. Ich schmiere ganz abscheulich. Wie gerne säße ich jetzt mit Dir am Fenster, um die milde Sonne zu genießen.
Mit schönsten Phantasien schlafe ich ein und grüße Dich herzlich. Ich freue mich, Dich und alle lieben Freunde in einigen Wochen aufs Innigste zu begrüßen.
Auf bald
Dein Ernst.

Soeben erfahre ich, wie sich meine Reise noch verzögert, deshalb will ich die gewonnene Zeit nutzen und schon in wenigen Tagen zu Euch aufbrechen.

Jette dechiffrierte den Brief in größter Eile, als würde sie heimlich beobachtet. Quednow bedeutete König. Schleier hatte also eine Audienz in Königsberg. Die «Diener des lieben Mannes» waren die Soldaten Napoleons. Katt stand für Gneisenau, Mansfeld für Scharnhorst. Pastor Wedeke, ein alter Freund Schleiers, gehörte zur Patriotenpartei. Offensichtlich sorgte sich Schleiermacher über eine verfrühte Erhebung, hielt die Zeit für ein Losschlagen noch nicht reif und wollte Einfluss auf die erhitzten Gemüter nehmen. So also stand es um die politische Situation. Die Entlassung Steins durch Napoleon stand offensichtlich ebenfalls bevor. Und endlich würde ihr Alex einen wichtigen Ministerposten übernehmen.

Noch einmal legte sie das ausgeschnittene Fenster auf den Brief. Die Botschaft war eindeutig. So zurückhaltend Schleiermacher die politische Situation einschätzte, so entschieden war er in der privaten Affäre. Er duldete keinen Aufschub, hielt die Zeit für einen Entscheidungsangriff gekommen und bat seine Bataillone, vor Ort die Stellung so lange zu halten (oder mürbe zu machen), bis er, von stürmischer Entschlossenheit getragen, den Sturmlauf wagen wollte.

Und Jette kämpfte hingebungsvoll.

Als besäße Klein-Jette (Henriette!, dachte sie) bereits einen so empfindlichen Magen wie Schleiermacher, fütterte Jette sie mit kleinen Häppchen: dass Schleier schon bald in Berlin eine Professur mit ordentlichem Einkommen bekleiden werde; dass seine früheren Bücher, wie die Schriften *Über die Religion* und *Die Weihnachtsfeier*, ein sehr zartes Kunstwerk, wie es nur wenige gebe, auf lange Sicht hin viele Taler in die Haushaltskasse spülen würden; dass Schleier in Kürze eine geräumigere Wohnung beziehen werde, um den Kindern eine gute Stube zubilligen zu können; dass er bescheiden lebe einzig zu dem Zweck, Bedürftigen zu helfen; dass Schleier zwar einen nervösen Magen besitze, aber zäher als viele jüngere Männer zu arbeiten verstehe; dass die leicht verwachsene Schulter die traurige Folge einer Unachtsamkeit der ältesten Schwester sei, die ihn als Kind fallen ließ; dass Schleier nicht nur ein Günstling der Musen, sondern auch ein Günstling des Königs sei; dass er, wie sie wohl wisse, an Ehrenfried wie an einem Bruder gehangen habe; dass er ein, oft werde diese Charaktereigenschaft ungehörig unterschätzt, Mann mit Manieren sei; dass er geduldig und von großer Güte sie zu sich emporheben werde – und als ein tagelanges Zögern sich auf Klein-Jettes Gesicht bemerkbar machte, ergänzte Jette mit Nachdruck, dass für Schleier die Mutterwürde die Frauen letztlich über die Männer hinaushebe.

Jette drehte sich nach diesem äußersten Zugeständnis um und rief wie selbstverständlich nach dem kleinen Karl.

Charlotte wählte eine andere Taktik, mied den Namen Schleiermacher, schaute aber stets mal sorgenvoll, mal skeptisch, wenn Jettes Tochter mit den Füßen aufstampfte und nach Bonbons oder Spielsachen verlangte.

Nach zwei Wochen stand Jette oft am Fenster, um das Nahen der Extrapost nicht zu verpassen.

Dann endlich erschien Schleiermacher.

10

Ein Strahlen hatte von seinem Antlitz Besitz ergriffen.

Sein Gang wirkte leichter, schwebend fast. Vor Minuten war Schleier mit der noch immer schmächtigen Henriette von Willich hinter der kleinen Anhöhe verschwunden, aber sein Leuchten stand noch auf der Kuppe, als würde eine zweite Sonne ihre Arbeit verrichten.

Jette schaute ihnen noch immer nach. Gestern Abend hatte

Schleiermacher plötzlich in der guten Stube gestanden. Niemand hatte ihn kommen sehen. Vor Überraschung war Karl von einem Hustenanfall übermannt worden. Charlotte hatte etwas zu laut ihrer Freude Ausdruck verliehen. Sie selbst hatte sich zügeln müssen, um nicht heimliche Zeichen zu übermitteln. Nur Klein-Jette hatte sehr natürlich gewirkt, nach den Umständen der Reise gefragt und mit vollem Mutterstolz ihre Kinder präsentiert. Nichts hatte auf ein Fiebern schließen lassen.

Jette rief nach ihrem Zögling. Versuchte sich zu konzentrieren. (Der kleine Karl von Kathen hatte gestern Morgen einen ersten Ausritt ohne Begleitung unternommen und sich prompt verspätet. Charlotte war in helle Aufregung ausgebrochen.) Jetzt müssten Klein-Jette und Schleier das Bad erreicht haben. Aber das Bad in der Brunnenaue war noch geschlossen. Überhaupt hatte der Badebetrieb in den letzten Jahren an Schwung verloren. Kurgäste blieben aus, weil Zweifel an der Heilkraft der Quelle aufgekommen waren. Klagen über die Qualität der Speisen häuften sich. Von Betrug war die Rede. Allenfalls die Vergnügungen wurden noch besucht. Sollten die Kurgäste auch diesen Sommer ausbleiben, rechneten alle mit einer Schließung des Bades. Vielleicht würden sie jetzt das Bad umkreisen, sich lachend der Belustigungen erinnern, würden dann dem Bachlauf folgen und auf einer Bank Platz nehmen.

Vielleicht würde dieses Bild Schleiermacher noch einmal beflügeln, denn Klein-Jette besaß auch nach ihren zwei Schwangerschaften eine nahezu kindliche Figur, hatte noch gar nicht begriffen, dass sie einen Körper bewohnte. Vielleicht sogar einen pikanten Körper! Vielleicht spielte sie jetzt ganz unschuldig mit ihrem Medaillon. Vielleicht fragte sie aber auch ganz unverhohlen, wie es um eine feste Anstellung Schleiermachers in Berlin bestellt sei. Im Sitzen überragte Schleier sie leicht, und vielleicht war es dieses alberne Gefühl, diese lächerlichen Zentimeter, die diese Rügener Rochade bewirkten.

So einfach war das?

So einfach.

Aber im Sitzen war der Größenunterschied zwischen Schleier und ihr auch nicht so markant gewesen!

Vielleicht tastete Schleier Henriettes Blick ab, suchte den Ausschnitt, bestaunte dann wie sie die knospenden Weiden, die Stielchen des Mooses vor ihren Füßen, den silbern glänzenden Bachlauf. Vielleicht auch pries er den Seidenkamelott ihrer Weste, die Eleganz ihres Haarbandes. Das Schuhwerk hatte wahrscheinlich auf dem Spaziergang etwas gelitten. Nein. Über Politik würden sie nicht reden. Ganz offensichtlich stellte es Klein-Jette zufrieden, dass Schleier mit dem König verkehrte. Und mutig war. Auch vor dem Märtyrertum nicht zurückschreckte. Jette kannte den Ton der Briefe zu genau. Sie würden wie Vater und Tochter miteinander reden. Wie wunderbar es sei, wie er sich um die Kinder bekümmere und Bonbons mitgebe. Wie sie die Briefe mit allen Sorgen voll lade, abschicke, und wie ihr Schleier alle Sorgen lösche. Wie unstet sie umherreise, mal hier, mal dort für Wochen und Monate Quartier mache, wie sie immer noch nicht wisse, wie es weitergehen solle. Und wie er tröstete und wie er Hoffnung spendete. Und wie die Gefühle turbulenter wurden, wie Tränen sich untermischten, wie Schleier dann wie selbstverständlich von einer Einheit von Tochter und Braut sprach, als sei der Gedanke so naheliegend wie eine verloren geglaubte Stricknadel, die sich nur unter ein Kissen geschoben hatte. Mit voller Klarheit stand beiden alles vor Augen, wie sie seit Monaten füreinander gefühlt hatten, wie sich jetzt alles offenbarte und recht ins Bewusstsein kam. Und sie luden Ehrenfried dazu ein, mit ihnen in die Freude einzustimmen, und seine himmlische Freude würde auch den Witwenschmerz auf immer vertreiben. Und wie Schleier sein Talent für Kinder zuerst bei ihren Kleinen entdeckt habe. Und wie er sich Ehrenfried ähnlich glaube in seinem Umgang mit den Kindern. Und wie er beschlossen habe, das erste gemeinsame Kind müsse ganz sicherlich auch Ehrenfrieds Namen an zweiter oder dritter Stelle tragen.

Mehr mochte sie sich nicht vorstellen. Es war der 18. Juli 1808. Und ihr Schleier warb um eine andere Frau.

Mehr verbot sie sich vorzustellen.

Sie las mit dem kleinen Karl eine ganze Szene aus einem Roman von Samuel Richardson.

Dann noch eine.

Und noch eine.

Karl stöhnte bereits.

Dann hörte sie, wie Schleier im Garten Karl von Kathen um die Hand von Henriette bat.

«Lieber Karl», er räusperte sich, beinahe überwältigt von der eigenen Rührung, «Henriette hat mir bereits ihr Wort gegeben und mit vielen Küssen den Schwur bekräftigt, aber ich möchte Sie als Ehemann der ältesten Schwester und in Vertretung des Vaters um die Hand von Henriette bitten. Ich werde, das will ich Ihnen versprechen, den Kindern ein guter Vater und Henriette ein treusorgender Ehemann sein. Und ich hoffe und bete, dass keine großen Besorgnisse unsere Freude künftig stören werden.»

Als Antwort vernahm Jette nur einen Hustenanfall Karls. Dann hörte sie die Glückwünsche Charlottes. Ein Juchzen und Herzen. Und stellvertretend für den immer noch hustenden Karl bot sie an, die Hochzeit auszurichten.

Man rief nach ihr.

Sie lief nach unten.

Ihr linkes Knie schmerzte.

Sie lächelte.

In Sehnsucht leben.

«Ich freue mich so für euch.»

Sie lächelte noch immer.

TEIL IV

Jettchens Küche mit dem Herdchen

1

Sich entwöhnen – wie machte man das?

Sie hatte sich völlig in der Gewalt, legte die Hand an die Schläfen, wenn ein jäher Kopfschmerz sie heimsuchte, erhöhte die Temperatur in ihrem Inneren, um die Tränen abzukochen und verdunsten zu lassen, dickte die Zunge an, um nicht vorschnell Wörter in ihrem Mund zu formen, die sie bereuen könnte, biss sich die Lippen wund – Schleier, Schleier, Schleier. Sie gehörten doch zusammen wie zwei in sich verschlungene und verwachsene Bäume, und die konnte man nicht trennen. Wenn ein Baum erkrankte, dann erkrankte der andere auch, wenn eine Rinde rissig wurde und sich ein quecksilbriger Schwamm ausbreitete, dann griff dieser Schwamm doch auch auf den anderen Stamm über!

Entwöhnen!

Eine Sehenswürdigkeit von Berlin?

Ach, wie gerne würde sie ihren Körper fliehen. Wenn sie doch nur ihren Körper vergessen könnte oder den Schatten einschmelzen. Dieses überreiche Fleisch, das sich weigerte, weniger zu werden, das mit großer Macht an ihr haftete, obwohl sie seit Monaten weniger aß, auf fettige Speisen ganz verzichtete und ihre Spaziergänge bis zur Erschöpfung ausdehnte. Wie gerne würde sie in einen so zierlichen Körper wie den von Henriette hineinfahren. Dann würde Schleier jeden Quadratzentimeter ihrer Haut liebkosen, nach Schönheitsflecken fahndend, seine Hände zu Besuch, diese schlanken, hornfreien Finger, Kuppen besteigend und hinuntergleitend, Falten und Spalten erkundend, noch einmal die Farbe der Haut mit der Farbe einer frisch geschälten Birne vergleichend. Würde Schleier diese Komplimente jetzt Henriette ins Ohr flüstern? Wie würde sie, ja sie! baden in diesen Komplimenten, wenn er – zitternd, schwitzend, die Gänsehaut wie eine weiche Decke vor ihr ausbreitend, das Rasen des Herzens und die gepresste Atmung an sie weiterreichend – die zarte Feinporigkeit feierte, den Lavendelgeruch abschmeckte, dabei zwischen ihren beiden Vorhöfen hochgestimmt hin- und herreisend, ein Hohepriester der Liebe.

Entwöhnen!

Entwöhnen von diesen Wünschen?

Ja.

Und Schleier?

Schleier schien glücklich, dankte ihr oft – ein wenig zu überschwänglich – für das späte Glück, an dem sie doch nicht ganz unschuldig sei, ertrug mit Gleichmut den Lärm der Kinder, die ihre Stube neben seinem Arbeitszimmer bezogen hatten. Immer seltener wurden die Augenblicke, in denen sie sich wortlos, allein durch die Berührung der Hände, verstanden. Zwar nahm er sie immer noch in den Arm, aber sie spürte jetzt die Reserve, als ob Schleier neuerdings fein abgestimmte Grade des Druckes unterschied und die Stufen der Innigkeit und Ergebenheit für eine andere reservierte. Ihr Temperament verlangte nach stiller, ungetrübter Gegenwart, aber diese Gegenwart schmolz wie Puderzucker auf einem noch warmen Käsekuchen, den Schleiers Frau – sie mochte nicht mehr Klein-Jette denken, dieser Name stand jetzt ihrer jüngsten Tochter zu, es kostete sie aber Überwindung, den Namen «Henriette» zu benutzen – den Schleiers Frau zu jedem Sonntag buk. Was machte es noch, ob sie Schleier gut behandelte, ihn lobte, von seinen Arbeiten schwärmte, seine Frau konnte dieses Lob mit zärtlichen Gesten unterstreichen und ihn aufbauen, nächtens, wenn die Kinder endlich schliefen.

Während der ersten Wochen und Monate hatte Jette den Ehrgeiz besessen, sich unverzichtbar zu machen. Sie hatte, das Knacken in den Knien überhörend, beim Ausladen und Einräumen der Sachen geholfen, als Henriette Einzug hielt – und einige giftige Gedanken zugelassen: Pah!, Frauenkleider wie Puppenkleider! Die Bettstelle aus der ersten Ehe, was mutete man hier

Schleier zu! Ein übergroßer Spiegel für eine zu kleine Kammer! Aber sauberes Linnen. Ihr hatte die Idee, ein Kinderbett im Elternzimmer aufzustellen, ausnehmend gut gefallen («Ehrenfried ist doch so kränklich, es erleichtert euch die Wachsamkeit, wenn er im Zimmer schläft!»), und der Vorschlag, die Tür aus Schleiers Kammer auszuheben und mit einer Gardine verhängen zu lassen, weil für die Bettstelle andernfalls kein Platz gewesen wäre, war von ihr gekommen.

Mehrmals hatte sie, weil Schleiers Frau unpässlich war, mit Nanny für die ganze Familie gekocht – obwohl sie sich auf die Kochkunst nicht wirklich verstand und ihr die Kniffe und die Kühnheiten abgingen. Mehrmals auch hatte sie die beiden Kinder zu einer Vergnügung eingeladen, war, geschrumpft vor Müdigkeit, erst nach dem Abendbrot zurückgekehrt. Sie auch hatte eine kleine Feier zu Ehren von Schleiers Einführung als Pfarrer der Dreifaltigkeitskirche geplant, und zum ersten Mal hatte Henriette eine abfällige Bemerkung gemacht, hielt die Gästeliste für unvollständig, weil der Militärgeistliche fehlte. Im nächsten Augenblick war das Gesicht von Henriette vor Aufregung erglüht, weil Schleier vom Minister – Minister!, es war doch nur ihr Alexander zu Dohna – beglückwünscht wurde. Jette hatte das Rügener Gefühl wieder hervorgeholt, hatte sich eingeredet, dass sie Henriette gut leiden konnte, und – vor allem! – dass sie ihr ungefährlich werden würde. Aber eine kleine Unwilligkeit blieb. Und als Henriette Jette jüngst für ihre reinliche (sie sagte: reinliche!) Handschrift gelobt hatte, mit der sie Schleiermachers Eingaben an die Behörden zur Beschleunigung der Gründung der Universität kopierte – Schleier bestand auf einer Eröffnung noch im Jahre 10 –, hatte sie einen herben Unterton herausgehört, den sie nicht deuten konnte und den sie nicht deuten mochte.

Jette Herz führte ein Leben zur Miete.

Sie nächtigte häufig im Hause, erwartete, Schleier würde sie auffordern, ihre Wohnung aufzugeben. Mehrfach hatte er eine Andeutung gemacht, aber diese Andeutungen unterblieben neuerdings, und der Vorschlag vertrocknete. Jette fand keine Gelegenheit, den Vorschlag zu bewässern.

Warum konnte sie Schleier nicht stärker beeinflussen! Sie hatte doch früher diese Macht über ihn besessen! Warum heute nicht mehr?

Und dann entkorkte Schleier einen Wein. Vielleicht war es die Nachdrücklichkeit, mit der er es tat, die sie stutzen ließ. Henriette war mit den Kindern zu einer Nachbarin gegangen. Nanny besorgte Einkäufe. Sie waren also ganz allein. Seit Wochen zum ersten Mal allein, und da gab es offensichtlich eine Neuigkeit, die mit Wein gefeiert werden sollte. Und noch bevor Schleiermacher etwas sagte, ahnte sie diese Neuigkeit, das Leben hatte einen Pfeil auf sie abgeschossen, sie musste ihren Platz räumen, oh, sie gönnte es Schleier, ja, aber es kam so plötzlich, so unfassbar plötzlich. Ach was, dachte sie, es gab Anzeichen genug, du hast nur nicht richtig hingeschaut, Henriette ist doch, wie sagte Schleiermacher damals?, hinreichend pikant, und es ist auch noch Raum in der Herberge, meine Gästekammer, was heißt hier meine Kammer!, die kann geräumt werden!

Sie verbot ihrem Gesicht, einen Ausdruck anzunehmen, der ihre Gedanken verriet, knebelte ihre Gefühle und sagte, als gelte es das Erscheinen eines neuen Buches zu begrüßen: «Worauf stoßen wir denn an, Ernst? Hast du bei Reimer ein Buch in Druck gegeben, von dem ich nichts weiß?»

Schleiermacher zögerte, prüfte noch einmal den Geruch des Weins, als ob er hoffte, der Duft würde seine Stimme mit Samt ausschlagen, sagte dann mit einem Ausdruck, der keinen Rückschluss auf das Innere zuließ: «Hundert mal lache ich mich selbst darüber aus: Ein kleiner Schleiermacher, kannst du dir denn das vorstellen? Ich werde ordentlich närrisch darüber vor Freude.»

Närrisch. Ja. Das konnte Jette sich vorstellen. Schleier liebte kleine Kinder, entdeckte überall Anlagen, die zu den schönsten Hoffnungen Anlass gaben. Mit Eleonore hatte er diese Hoffnung nicht haben können und mit ihr vielleicht auch nicht. Närrisch, ja. Ein vierzig Jahre alter Mann wird endlich Vater. Als würde ihm das Leben eine Nase drehen und er dem Leben.

«Lass dich umarmen, Ernst. Ich freue mich für dich!» Sie hatte sich so in der Gewalt.

Zwei widerstrebende Gemütsbewegungen waren zugleich in ihr erwacht. Sie war begierig zu erfahren, welche Züge Schleiers in seinen Kindern auferstehen würden, welche – mit einem harten Griffel gezeichnet – nach vorne traten. Die Augen vielleicht, diese sehenden Augen, ließ sich der Grad an Leuchtkraft noch steigern? Oder sein empfindsamer Mund, vertrug der noch eine stärkere Schwingung? Würden Locken das Kind schmücken und einen Reflex bei den Erwachsenen hervorrufen, damit zu spielen? Und vor allem: die Größe! Würde der Sohn seinen Vater um Haupteslänge überragen? Und ließe sich die Neigung zur Toleranz noch steigern, ohne in Selbstverleugnung zu enden?

Gleichzeitig hatte sie Angst, Schleiers Kinder könnten die Ähnlichkeiten mit ihm vermissen lassen, könnten, wie sie das an der Stieftochter Klein-Jette erlebt hatte, überreizt, jähzornig und fordernd auftreten. Und Schleiers leicht verkrüppelte Schulter, würde sie in anderer Form wieder auftreten und das Gerücht Lügen strafen, sie sei die Folge einer Unachtsamkeit der Schwester?

«Es ist ein sehr wunderliches Gefühl, Jette, wenn ein Wunsch in Erfüllung geht, den man längst begraben hatte. Warte nur, es ist vielleicht erst der Anfang eines reichen Kindersegens!» Er lachte – seltsam überdreht.

Er war wirklich närrisch geworden. Sein Kind war noch nicht einmal auf der Welt, und schon träumte er sich drei Grazien zusammen und eine ganze Armee von Söhnen. Ihr schoss Blut in den Kopf, und sie musste Kanäle graben, um es schnell wieder abfließen zu lassen. Offensichtlich hatte er Gefallen daran gefunden, sein Fleisch über seinen Geist triumphieren zu lassen. Vielleicht hatte er bereits eine hübsche Theorie, die ihm das Vergnügen garantierte und den Geist besänftigte. Darin war er ein Meister.

«Ihr werdet noch ein zusätzliches Kinderbettchen in die Schlafkammer stellen müssen, dann schlaft ihr aber sehr beengt, wenn ihr nicht den Schrank aufgeben wollt.»

«Ach, Jette, wir werden nach zusätzlichem Raum in der Wohnung Ausschau halten müssen. Ehrenfried ist stark genug, um künftig alleine zu nächtigen. Ich werde Nanny bitten, über seinen Schlaf zu wachen.»

Er sagte es nicht. Er sagte es nicht!

Er war so ängstlich.

Er war so vorsichtig!

Er war so – feige.

Ihre Gästekammer wurde gebraucht. Der wachsende Bauch von Jette drängte sie aus dem Haus. Sie schrie den Satz in ihrem Inneren. So war es! Man konnte, musste, wollte auf ihre ständige Gegenwart im Haus verzichten! Daran änderte auch der Wein nichts – ein guter Wein, das schon!

«Wann erwartet ihr die Niederkunft?»

«Vielleicht am Weihnachtsfest!»

«Welch schöne Fügung, Ernst.»

Keinen Gedanken musste sie mehr darauf verschwenden, was sie Schleier schenken könnte. Jedes Geschenk musste gegen dieses Geschenk verblassen.

Jette stand auf, sie stieß mit Schleier an, ließ den Wein lange im Mund verweilen, als wolle sie die Zunge einlegen. Sie rieb sich mit der linken Hand die Schläfe, schluckte endlich den Wein hinunter und lächelte. Sie umarmten sich kurz, sie spürte einen starken, festen Druck. Ein ungleiches, seltsam komisches Paar.

Sie lächelte.

Sie trank den Wein aus und lobte den Jahrgang.

Sie streckte sich und überragte Schleier um Hauptеslänge.

Sie hatte sich nicht ganz in der Gewalt.

2

Nur das Wetter störte die Idylle. Ein zorniger Wind zerrte an den Bäumen, als vermutete er noch Blätter, die man ihm vorenthalten habe. Er schreckte nur Blätter auf, die sich mit ihrem Schicksal längst abgefunden hatten, die auf Schnee hofften, um unter der weißen Decke Ruhe zu finden. Der Regen arbeitete sich in Wellen durch die Straßen, trieb vereinzelt Menschen vor sich her wie herrenloses Gut, klatschte gegen die Fensterscheiben, als wohne man in einer Fischerkate am Meer. Und wie um in Not geratene Boote zu warnen, stellten die Menschen Kerzen in die Fenster, und sie falteten die Hände zum Gebet.

Jette richtete die nassen Haare, weil der Regenschirm den Kampf gegen die Wassermassen verloren hatte. Jette verbrachte den Heiligabend bei Schleiermachers, schlüpfte für Stunden ins Christentum, wie um es auszuprobieren. Nanny und Henriette hatten rote Schleifen an Tannenzweige angebracht und den Raum festlich geschmückt. Kupferstiche, die die Weihnachtsgeschichte zum Thema hatten, verschönten die Wände. Es roch nach frisch gebackenen Lebkuchen. Klein-Jette trug eine angesteckte Rose aus Krepppapier an ihrem Sonntagskleid. Sie zwang offenbar ihren häufig heftigen Bewegungen eine größere Geschmeidigkeit auf, weil die geflochtenen und zum Dutt drapierten Haare noch immer an ihrem Platz verharrten. Und: Sie blieb neben Ehrenfried auf dem Sofa sitzen, ohne ihn zu ärgern. Ehrenfried, der an seiner neuen Jacke zog und zupfte, schaute manchmal verstohlen zu ihr hinüber, als traue er dem Frieden nicht. Nanny brachte eine Schüssel mit Punsch herein, und der Duft der Nelken stritt mit dem Duft der Lebkuchen um die Vorherrschaft.

In einem großen Lehnstuhl saß Henriette. Sie trug eine große Atlasschleife um ihren Bauch, wie um das Kind als Geschenk zu präsentieren. Schleier stimmte einen Kanon an, in den auch die

Kinder einfielen. Dann verlas er die Weihnachtsgeschichte: «*Es begab sich aber zu der Zeit, daß ein Gebot von dem Kaiser Augustus ausging, daß alle Welt geschätzt würde. Und diese Schätzung war die allererste und geschah zu der Zeit, da Cyrenius Landpfleger in Syrien war. Und jedermann ging, daß er sich schätzen ließe, ein jeglicher in seine Stadt. Da machte sich auch auf Joseph aus Galiläa, aus der Stadt Nazareth, in das jüdische Land zur Stadt Davids, die da heißt Bethlehem, darum daß er von dem Hause und Geschlechte Davids war, auf daß er sich schätzen ließe mit Maria, seinem vertrauten Weibe, die war schwanger. Und als sie daselbst waren, kam die Zeit, daß sie gebären sollte. Und sie gebar ihren ersten Sohn und wickelte ihn in Windeln und legte ihn in eine Krippe; denn sie hatten sonst keinen Raum in der Herberge.*»

Und alle im Raum reisten mit in den Orient, und vielleicht war es diese aufgerüttelte Phantasie, die bewirkte, dass diese warme Stube sich langsam in den Stall bei Bethlehem verwandelte und Henriette in die junge Frau Maria. Henriette umfasste ihren Bauch, als würde sie die Erdkugel umgreifen. Sie war in diesem Augenblick alles: eine junge Frau, die nach einer kurzen Witwenschaft ein neues Glück gefunden hatte. Eine junge Frau in der Blüte ihrer Jahre. Und sie verkörperte die Hoffnung, dass man mit jedem neuen Kind Zeuge der unerschöpflichen Kraft des neuen und noch ungetrübten Lebens werde. Gleich würde Ernst sagen: «Das größte Geschenk wird uns schon bald Henriette überreichen.» Jette atmete leise aus, als der Satz endlich fiel. Dann sprach er, aber Jette war seltsam abgelenkt, von Vorfreude, von den drei Königen aus dem Morgenland, und dass jeder ein Gotteskind sei und deshalb jeder, nein, kein Geschenk verdiene, das sei ein unsinniger Gedanke, aber aus der Freude heraus eine Gabe bekomme, und weil Ehrenfried dieses Jahr noch der Jüngste sei, beginne der Reigen bei ihm.

Dazu wurde die Tür zum angrenzenden Saal geöffnet. Alle traten in die Mitte des Raumes, der noch festlicher geschmückt war als die Stube, in der sie gewartet hatten. Schöner als bei tausend Kränzen, ein geputzter Kronensaal. Unter damastenen Decken verhüllt lagen die Gaben in kleinen Grüppchen versammelt. Essbare Buchstaben verrieten den Beschenkten. Schleier musste den kleinen Ehrenfried an der Hand zu seinem Geschenk führen, weil seine Augen von der Pracht so eingenommen waren, dass er sich nicht von der Stelle rührte und Klein-Jette bereits anfing, nervös mit einem Fuß zu wippen.

Ehrenfried hockte sich hin, probierte das E, fischte dann, auf eine Aufmunterung hin, ganz vorsichtig das kleine Paket unter dem weißen Tuch hervor, klopfte, horchte, schüttelte den Kopf und öffnete es schließlich. «Das ist der Harlekin mit der gelben Violine aus dem Weihnachtslied!», schrie Ehrenfried und zeigte ihn triumphierend herum. Alle lobten das Geschenk, und Jette musste an den Drähten zupfen und ein Lied dazu singen.

«Nun kommt die Reihe an mich!», sagte Klein-Jette mit Nachdruck. Ernst zögerte kurz, nickte dann. Klein-Jette stopfte sich alle Buchstaben auf einmal in den Mund, klopfte und horchte, meinte nach kurzem Nachdenken, den Mund noch immer nicht ganz leer gegessen: «Und wenn auch mein Geschenk aus dem Weihnachtsliede entliehen ist, dann verbirgt sich unter diesem Papier entweder die kleine Schäferin, aber dann wäre das Geschenk nicht von dieser Größe, oder mich überrascht gleich die Küche mit dem Herdchen und dem blank geputzten Zinn.»

Dieses Glück in den Augen von Ernst brannte so stark, dass der Wind draußen augenblicklich an Kraft verlor. Aber noch bevor Klein-Jette ihr Geschenk auspacken konnte, lenkte ein kleiner spitzer Schrei alle Aufmerksamkeit auf sich. «Es will nicht mehr warten», sagte Henriette lächelnd, aber ihr Gesicht speicherte noch den Schmerz der ersten großen Wehe.

Auf einen Schlag wurden die Bewegungen der Erwachsenen von einer großen Beschleunigung ergriffen. Nanny rannte in die Küche und stellte einen gusseisernen Topf mit Wasser auf den Herd. Schleiermacher griff Jettes Schirm, zog sich in größter Eile wetterfeste Kleidung an und verließ das Haus, um einen Arzt zu holen. Jette stand bereits neben Henriette, nahm sie in den Arm und führte sie die Treppen hoch in die Schlafkammer. Wie leicht sie doch war! Unerhört leicht.

Jette half Henriette beim Auskleiden und schob eine Bettpfanne unter, um das weiter abgehende Fruchtwasser aufzufangen. Eine neue Wehe rollte wie eine Welle durch Henriettes Körper, sie schrie erneut kurz auf, griff nach Jettes Arm und krallte sich fest. Nanny kam mit einer Schüssel dampfenden Wassers und mehreren Handtüchern herein. «Die Wehen kommen so schnell, hoffentlich ist Ernst bald zurück.»

Henriette ließ Jettes Arm noch immer nicht los, hatte den Kopf zur Seite gelegt, begann stark zu schwitzen. Nanny gab ihr einen Schluck zu trinken und tupfte die Stirn trocken. An dem fester werdenden Druck von Henriettes Hand spürte Jette, dass eine neue Wehe sich bereits ankündigte, langsam heranrollte und sich dann auftürmte. Henriette biss sich in den linken Arm und leitete den Schmerz über die Hand an Jette weiter. Zunehmend nervöser trat Nanny ans Fenster, um nach Schleiermacher Ausschau zu halten.

Als Schleiermacher mit dem Arzt endlich kam, war der Kopf des Kindes bereits sichtbar. Zwei letzte, urgewaltige Wehen drückten es hinaus. Es war ein Mädchen.

Euch ist ein Kind geboren.

Jette spürte eine große Taubheit in ihrem Arm. Sie zog einen Stuhl heran, setzte sich, fühlte sich am Ende ihrer Kräfte. Henriette war in einen kurzen Schlaf gefallen. «Ich freue mich für dich», sagte sie erschöpft, als Ernst neben sie trat.

«Ich kann mich gar nicht genug an dem Anblick satt sehen, Jette.» Seine Stimme neigte sich vor Rührung. «Jetzt erst ahne ich, was uns das Weihnachtsfest bedeutet.» Dann trat er an das Bett, beugte sich über Henriette und bedeckte sie mit Küssen.

Draußen setzte erneut der Sturm ein.

Heiligabend 1810. Jettes Schleier war Vater geworden.

Unten in der Stube stritten Klein-Jette und Ehrenfried um die verwaisten Buchstabenleckereien.

3

Wenn Jette einen Besuch machte, schaute sie immer in der Kinderstube vorbei, fragte Henriette, ob sie ihr zur Hand gehen könne, denn das Wochenbett hatte Henriette sehr entkräftet; noch nach Monaten zwangen Schweißausbrüche sie dazu, häufig zu ruhen. Nanny führte den Haushalt allein, machte die Einkäufe, bestellte die Wäscherinnen, half in der Küche. Die kleine Elisabeth schrie nahezu stündlich, weil die Milch nicht fett genug war. Das hatte man erahnen können, aber Ernst hatte sich diese Mutter ausgesucht, und Jette schaute auf Henriettes Brüste, die mit Milch prahlten von niederer Qualität. Manchmal rutschte ihr das Kind von der Brust, weil Henriette einschlief, dann legte Jette es erneut an, stützte das Köpfchen, wenn es mit aller Macht das weiße Wasser ansog und es großzügig oder enttäuscht aus einem Mundwinkel wieder herauslaufen ließ.

Jette beobachtete dann Ehrenfried. Wie er auf dem Fußboden hockte und mit seinem bunten Harlekin spielte, wie er ihn untersuchte, wie er beinahe ängstlich die drei schmalen Drähte zupfte, die den immer gleichen Ton abgaben, wie er über die abgeschabten Stellen der gelben Violine strich, ohne auch nur einmal sehnsüchtig den Blick nach draußen schweifen zu lassen, obwohl die Sonne ihm zuzwinkerte, obwohl Stimmen spielender Kinder, die Reifen trieben, an sein Ohr klangen. Seit mehr als fünf Monaten spielte er beinahe täglich mit seinem Weihnachtsgeschenk, konnte sich nicht satt sehen und satt fühlen. Hütete es ängstlich, weil er fürchtete, seine ältere Schwester könne es ihm entwenden und zerstören.

Wie viel Wasser konnte eine junge Brust speichern? Wie führte sie dem Wasser die weiße Farbe zu, damit es milchig erschien, ohne Milch zu sein? Hochstaplerin, dachte Jette und schämte sich im gleichen Augenblick, munterte die kleine Elisabeth auf, als könne sie so das Wasser in Milch verwandeln. Nanny suchte bereits heimlich eine Amme, weil Elisabeth den Brei verweigerte.

Dann hörten sie, wie plötzlich Klein-Jette mit dem Fuß aufstampfte. Jette hatte sie bisher nur hinter einer Bettstelle mit Töpfchen und Pfännchen klappern hören. Jettchens Küche mit dem Herdchen stand gewöhnlich unbeachtet in einer Ecke der Stube, aber heute hatte sie sich offenbar entschlossen, ihrem Bruder sein Leibgericht zu kochen.

«Iss!», schrie sie, «das ist ein leckerer Pudding, iss, oder ich werfe deinen Harlekin ins Feuer.» Die blonden Locken wippten vor Zorn hin und her: «Iss den Pudding!» Sie presste das Töpfchen an Ehrenfrieds Lippen, der sie fest geschlossen hielt und den Kopf schüttelte. Sie stampfte noch zweimal mit den Füßen auf, dann kippte sie das Töpfchen um, bis eine weiße Flüssigkeit an seinen Mundwinkeln vorbei auf die Jacke lief. «Du böser, böser Junge», schrie Klein-Jette und zerrte an Ehrenfrieds Harlekin, den er schreiend verteidigte.

Dann ging alles sehr schnell, beinahe zu schnell für Jette. Jette sah, wie ihr Henriette sehr energisch Elisabeth in den Arm legte, aus dem Bett fuhr, die Rute, die sich wohl unter ihrem Kopfkissen verborgen hatte, in der Hand haltend, wie sie bereits bei Klein-Jette angelangt war, sie mit der Linken umgriff und sehr heftig fünfmal zuschlug. Klein-Jette schrie nicht ein einziges Mal auf, lief mit verkniffenem Mund aus dem Zimmer, drehte sich noch einmal zu Ehrenfried um, presste nur das Wort «Harlekin» hervor, rannte dann in die Küche zu Nanny, wo man sie noch lange schluchzen hörte.

«Nirgendwo steht geschrieben, dass sich Mütter von ihren Kindern ruinieren lassen sollen», sagte Henriette und legte sich erneut hin. «Klein-Jette verlangt wöchentlich nach der Rute, dann ist sie wieder für einige Tage ein liebes Kind. Das sind ihre Gezeiten, und daran halte ich mich. Ehrenfried verlangt die Rute nicht, manchmal will es mir scheinen, als habe man beider Geschlecht vertauscht.»

Woher nahm Henriette nur diese Tatkraft, sie, die so häufig ganze Tage und Abende zu verdämmern schien?

«Ernst hat mich sehr in dem Wunsch bestärkt, morgens für Stunden im Bett zu bleiben, dann spielen beide hier in der Kammer, sehr leise, damit Ernst Muße für seine Arbeiten findet. Was ihm durch ein einziges Wort gelingt, muss ich mir für den Rest des Tages durch Strenge und Kälte erobern. Mir wäre es lieber, er würde auch einmal beherzt zur Rute greifen. Den ganzen Tag dieser Spektakel. Manchmal komme ich mir vor wie ein gehetzter Hase. Wie lange schon habe ich Besuche nicht mehr ungestört genossen! Ist es denn in Ordnung, wenn die Väter in aller Ruhe ihren Geschäften nachgehen können, während wir hier mit der Rute ein strenges Regiment führen müssen?»

Jette ahnte, was Henriette in engen Stunden über sie dachte. Ein Nerv im Unterarm fing an zu zucken. Henriettes Blick war voll gesogen mit Neid, wie sie jetzt so erschöpft in ihrem Bett lag. Jette hatte keinen Mann, der abends noch eine kleine Vergnügung suchte und dann wie ein satt gefressener Tiger die Schreie der Säuglinge in der Nacht überhörte. Täglich Kinder, die einem die Kraft aus dem Körper sogen, bis man zwischen die Decken floh. Zu müde, um abends anstrengenden Gesprächen zu folgen. Das Theater fand in der Kinderstube statt. Glück, Mutterglück?, fragten Henriettes Augen. Das war der Einsatz für die Versorgung, wenn man nicht auf ein Gnadenbrot bei Verwandten aus war. Wenn man die Augen schloss, dann konnte man sich ein Glück erträumen, aber schlug man die Augen wieder auf, stampfte ein Kind mit dem Fuß, ein anderes beklagte sich über die Mutterbrust, und der Sohn wartete nur auf die Geschichten vom Vater.

«Meine Mutter wurde nie müde zu behaupten, wie schnell die Zeit mit den kleinen Kindern vorüberziehe, im Nachhinein verkläre sich die Zeit, und man trauere ihr nach.» Jette sagte es mit der Stimme einer alten Frau, die sich erinnerte. Dann legte sie Elisabeth, die eingeschlafen war, in den Stubenwagen.

Henriette nickte, fing dann plötzlich an zu weinen, dicke Tränen rollten ihr über die Wangen, und Jette staunte, dass sie durchsichtig waren und woher Henriette diese ganze Flüssigkeit zog. Als Jette einen Arm um sie legen wollte, drehte sie sich zur Seite und versteckte ihren Kopf hinter einem Kissen.

Vom Weinen der Mutter alarmiert, meldete sich Elisabeth in ihrem Stubenwagen erneut, und Jette spürte, wie Ehrenfried ihre Hand suchte und sich festklammerte. Henriette hustete, seufzte, und trocknete die Tränen. Jette nahm Elisabeth aus dem Stubenwagen und half Henriette, sie an die Brust zu legen.

«Es ist nur wegen der Entkräftung, Jette. Ich hoffe, im Sommer endlich eine Badereise machen zu können, die mir meine Kräfte zurückbringt. Ernst kümmert sich, so gut es eben geht, stiehlt sich viele Stunden ab, aber im Gebrauch seiner Zeit ist auch er nicht ganz frei. Oft kommt alles auf eine sehr ungünstige Art zusammen. Will er noch bis spät in die Nacht arbeiten, dann widersetzt sich häufig die Natur. Schlaf, Arbeit, Bewegung, Diät – auch bei Ernst ist alles in eine große Unordnung geraten. Und dann ist er zu meinem Unglück reich an kleinen süßen Ablenkungen, die mir den Schlaf rauben. Wenn er sich nur nicht in seinem Gemüt ändert und irgendwann ein verstimmter Griesgram wird! Er ist ein so tapferer Mann, und er ist mit so viel Liebe ausgestattet. Er besitzt beinahe zu viel davon.»

Jette nickte nur. Sie wartete, bis Elisabeth ausgetrunken hatte, trug sie in der Kammer herum, legte sie dann in den Stubenwagen. «Ich gehe mit Ehrenfried noch an die frische Luft, damit er mit anderen Kindern spielen kann.»

Henriette schlief erneut und erträumte sich ein sattes Glück.

Leise gingen sie hinaus. Vor der Tür stand Klein-Jette und starrte sie finster an. «Harlekin», zischte sie in die Richtung ihres Bruders. Der verkroch sich hinter Jettes riesige Rockschöße.

4

Samtschwarze Nacht.

Die kleine Laterne spendete ein spärliches Licht, huschte hierhin und dorthin, um einen Weg durch die verdreckten Straßen auszuleuchten. Sie überließ sich Schleiers Führung und glitt durch die gespeicherten Eindrücke der letzten Tage. Angeschwemmtes Strandgut überall. Für zwei Monate hatte die Witwenkasse ihre Zahlungen eingestellt. Sie würde sich eine neue Privatschülerin suchen müssen. Nein, sie benötigte nicht viel, lebte schließlich allein, musste niemanden versorgen. Ja. Reimers Frau war erneut schwanger, obwohl das letzte Kindsbett an ihren Kräften gezerrt hatte, aber Georg war ein untadeliger Vater und ein offensichtlich unersättlicher Ehemann. Da war die Einladung von Dorothea und Friedrich nach Wien. Nach schwierigen und von Geldsorgen geplagten Jahren in Köln waren sie dort gelandet. Friedrich war jetzt Hofsekretär in österreichischen Diensten. Und katholisch waren beide geworden. Und Dorotheas Söhne gleich mit. Sie holte sich das Bild des Doms vor das geistige Auge. Wien, Wien. Aber das Bild wurde weggespült von der Erinnerung an ein Flötenkonzert gestern Abend. Diese Erinnerung rief jäh die Tage in Halle auf den Plan, und das wollte sie weiß Gott nicht. Sie hatte in den letzten Tagen noch einmal einen Roman von Sophie La Roche gelesen, diesmal mit ganz anderen Augen, *Die Geschichte des Fräuleins von Sternheim*. Ein großer Roman, wie sie jetzt fand. Diese Dichte der Empfindsamkeit, die hatte sich auch auf ihren Sohn Karl übertragen, der sie früher im Salon häufig besucht hatte. Karl, ja, ihn hatten so untadelige Manieren ausgezeichnet, und buschige Augenbrauen, hinter denen sich die Augen immer wie scheue Kinder versteckten – Karl, ja! Es war ihr gleichgültig, nein, es ermüdete sie zu hören, dass Henriette sich eine neue Feuerstelle wünschte, musste sich Schleier wirklich mit diesen Lächerlichkeiten herumschlagen! Sollte sie sich doch irgendeinen neuen

Herd kaufen, wenn ihr Herz daran hing! Vielleicht sollte sie auf Charlottes Vorschlag eingehen und den Sommer erneut auf Rügen verbringen. Noch immer besaß dieses Wort einen magischen Klang. Rügen. Es versetzte ihr einen Stich, wenn sie an die Ausflüge dachte, an ihren Sturz am Kreidefelsen und die leidenschaftliche Pflege – doch, es war eine leidenschaftliche Pflege gewesen, sie konnte ihren Erinnerungen trauen. Aber warum hatte sie gestern nicht diesen neuen Strickbeutel gekauft, den sie in einer Auslage bestaunt hatte? Die Erinnerung hatte sofort die scheußliche Karikatur, die sie und Schleier verhöhnt hatte, auf den Plan gerufen. Musste sich die Erinnerung immer wieder daran festkleben, gab es nicht eine Gnade des Vergessens? Und was war das hier für ein seltsames Geräusch, wie ein leises Wimmern, und warum zitterte ihr Arm so plötzlich? Dann erst begriff sie: «Ernst, was ist mit dir? Ist dir nicht gut?»

«Mein Magen, Jette, mein Magen brennt entsetzlich, als hätte jemand ein Feuer in mir angezündet!»

Jette nahm die Laterne und leuchtete in sein schmerzverzerrtes Gesicht. «Kommt der Anfall so plötzlich?»

«Es geht schon seit Tagen so, meine Flasche mit Medizin ist leer, und ich fand keine Zeit, um nach Meier zu schicken!»

Jette schaute sich um, lauschte in die Nacht, aber es war offensichtlich niemand in der Nähe, der ihr helfen konnte. Sie waren noch etwa zehn Minuten von der Kanonierstraße entfernt. Schleier hockte sich hin und hielt sich den Magen. Sie hörte ihn sagen: «Nahe Todesahnungen überfallen mich während der letzten Tage sehr häufig. Manchmal scheint es mir, als ob ich den Sommer nicht mehr überlebe.»

Jette wollte darauf nicht antworten. Darauf nicht. Sie verbot ihrem Körper, mit Angst zu reagieren, sagte mit starker Stimme: «Wir schaffen das! Es sind nur wenige Schritte, dann kannst du dich hinlegen, dann hilft uns Nanny, dann schicke ich nach einem Arzt.» Von Henriette kein Wort.

Sie hockte sich hin, nahm Schleiers linken Arm, legte ihn um den Hals, befahl: «Jetzt!», zog Schleier hoch, der sich mit der rechten Hand noch immer den Magen hielt, und so humpelten sie Richtung Kanonierstraße. Zwei Passanten, die ihnen begegneten, lachten, weil sie die beiden für ein betrunkenes Pärchen hielten. Im Dunkeln glaubten immer alle, dass sie der Mann sei.

Endlich erreichten sie Schleiers Haus. Auf das Klopfen öffnete Nanny, erschrak, kreischte kurz auf, half ihr dann, Schleier in der guten Stube auf eine Causeuse zu betten. Von dem Lärm alarmiert, erschien auch Henriette, die offensichtlich bereits zu Bett gegangen war, der Knoten hatte sich geöffnet, die Haare hingen etwas unordentlich herab. Jette konnte nicht anders, als einen Blick auf Henriettes Bauch zu werfen, der sich erneut wölbte. Jette kniete sich hin, ergriff Schleiers Hand: «Ich lasse sofort Doktor Meier holen, der wird dich kurieren, liebster Ernst.»

«Er soll die Tropfen mitbringen. Sie sind mir ausgegangen», flüsterte Schleier tonlos. Seine Augen waren glasig. Er klagte, er friere schrecklich, und verlangte nach Decken.

Nanny eilte zum Arzt. Henriette und Jette zogen Schleier aus, rieben seinen Rücken trocken. Gleichermaßen besorgt und erstaunt registrierte Jette die Haarbüschel auf dem Rücken, die wie angelegte Flügel angeordnet waren. Sie legte zwei Kissen in den Rücken, weil Schleiermacher bat, im Sitzen in Decken eingewickelt zu werden, um den Schmerz besser ertragen zu können. Henriette lief aufgescheucht durch den Raum, rannte nach oben, weil sie glaubte, ein Kind habe nach ihr gerufen, war dann wieder zurück, setzte sich dann neben Jette auf ein Sofa. Schleiermacher hielt lange die Augen geschlossen, öffnete sie schließlich, blickte zu ihnen, halb verschattet vom schwachen Licht, ein wenig zweifelnd wie der Josef in den Krippenspielen.

Endlich das Rattern einer Kutsche. Henriette öffnete, Doktor Meier machte kurz seine Komplimente, verbeugte sich sehr korrekt vor Jette, eilte dann zu dem Kranken. «Mein lieber Herr Professor, Sie haben mich ein wenig vernachlässigt, und das kann bei Ihrer Konstitution böse Folgen zeitigen.» Er fühlte den Puls, nickte, murmelte: «Ein leichtes Fieber infolge der Kolik», schaute Schleier in den Mund, blickte forschend in die Augen.

Jette gefiel die Art, mit der der Arzt sich Schleier zuwandte – nüchtern, ohne theatralische Gesten, zupackend, ohne die Scheu und den Respekt vor der Krankheit zu leugnen. «Unserem Patienten behagt bekanntlich nicht das Bilsenkraut, doch ganz ohne Gifte werden wir diesen Anfall nicht in den Griff bekommen. Ich verabreiche ihm ein wenig Belladonna mit reichlich Ungarnwasser. Dann fülle ich ihm die Flasche mit den Tropfen auf. Und er verspricht mir, sie fleißig zu nehmen. Und dann werde ich ihn noch ein wenig mesmerisieren, sofern der Zustand es erlaubt.»

«Oh, das wird ihn wieder aufrichten, das wird ihn wieder aufrichten», rief Henriette überreizt, «ich beschwöre Sie, sofort mit der Behandlung zu beginnen und keine Zeit verstreichen zu lassen.»

Dieser Ausruf von solcher Entschiedenheit und Verzückung ließ Jette einen Einwand vergessen, denn sie beschlich bei diesen Anwendungen häufig ein ungutes Gefühl. Schleier war dem Magnetismus nicht ganz abgeneigt, das wusste sie, aber sie misstraute häufig den Magnetiseuren, die in ihrer Macht, die sie über den Patienten ausübten, genüsslich schwelgten. Und als spürte der Arzt die Reserve in seinem Rücken, drehte er sich um, schaute freundlich in die Richtung von Jette, sagte: «Ich will versuchen das Lebensfeuer, das sich doch ganz offenbar im Magen des verehrten Herrn Professors gestaut hat, auf die Nerven- und Muskelfasern zu verteilen, ist doch die Nervenfaser das Organ des tierischen Lebens in uns, welche das Lebensfeuer in uns erhält und fortpflanzt und unsere Verbundenheit mit der Natur herstellt. Und dabei darf man getrost» – und hierbei verbeugte er sich, blinzelte aber Jette an – «den Namen des tierischen Magnetismus für unfein halten, ich tue es auch, aber in der Wissenschaft hat sich dieser Name eingebürgert und ist nicht bereit, seine Bürgerrechte aufzugeben.»

Jettes Augen leisteten Abbitte. Vielleicht bestanden die Höhepunkte des Lebens in der Abfolge von Augenblicken, in denen Menschen den Firnis der Kultur neu auftrugen, ohne sich sofort als Künstler anbeten zu lassen, und von allen verlangten, umschmeichelt zu werden. Dann war es leicht, die Bedenken hintanzustellen, dann stieg die Kraft, Neues zu wagen, das Meer trockenzulegen, die Winde einzufangen oder gelbe Rosen zu züchten. Diese Augenblicke größter Intensität waren es, die kein Scharlatan künstlich erzeugen konnte. Darauf baute Jette und war ganz ruhig, als der Arzt einen Stuhl an die Causeuse heranrückte und Schleiermacher bat, sich ganz entspannt hinzusetzen.

Henriette hatte die Hände in den Schoß gebettet, konnte aber ihre Füße wie ein kleines Kind nicht ruhig halten. Nanny schaute immer wieder prüfend zu Jette hinüber, als vertraue sie nur ihrer Urteilskraft.

«Schließe er jetzt die Augen», bat der Arzt.

Schleiermacher gehorchte. Aus den Augenwinkeln erkannte Jette, wie auch Henriette die Augen schloss.

In äußerster Konzentration verharrte der Arzt auf seinem Platz, versuchte offensichtlich, das eigene Lebensfeuer anzufachen, um Schleiers erschlaffte Muskelfasern mit diesem Feuer kräftig zu reizen, damit das blockierte Lebensfeuer in seinem Bauch einen Ausgang fand und sich wieder frei im Körper bewegte. Jetzt schaute er Schleiermacher unverwandt scharf in die Augen, als wolle er Schleiermachers Gewissen prüfen, dann hauchte er in die eigenen Hände, dann ihm in die Herzgrube, bis Schleier in einen leichten Schlaf fiel. Meier begann mit klauenartigen Fingern vom Scheitel aus entlang des Körpers zu den Zehen hin zu streichen, fuhr mehrfach über den Bauch, kreiste ihn zweimal ein, drückte sehr lange – es kam Jette wie eine Stunde vor – mit den Fingern auf eine Stelle unterhalb des Rippenbogens, fuhr noch einmal über die Extremitäten, schnippte kurz, stand dann auf und verbeugte sich.

«Und, wie fühlst du dich, Ernst?», fragte Henriette, nachdem sie aufgestanden und an seine Seite getreten war.

«Mich durchströmt eine herrliche Wärme», antwortete Schleiermacher, der während der ganzen Behandlung völlig ruhig geblieben war. «Mich friert nicht mehr, aber ich fühle mich sehr ermattet.»

«Vielleicht sollten wir zudem Kuren mit der Leidener Flasche ins Auge fassen, damit der Herr Professor sich selbst elektrische Schläge versetzen kann, um sein Lebensfeuer stets wieder anzufachen.» Der Arzt verabschiedete sich, gab Henriette die Hand, verbeugte sich knapp vor Jette und Nanny.

«Nanny, hilfst du mir, Ernst oben in der Schlafkammer zu betten, nachdem ich Jette verabschiedet habe?» Henriette wandte sich an Jette, umarmte sie kurz: «Liebste Jette, ich danke dir für die große Mühe, die du dir gemacht hast, Ernst hierher zu begleiten, aber jetzt benötigt er, nein, wir alle, Ruhe. Ich hoffe, du wirst mich nicht für kalt halten, wenn ich dich bitte, dir eine Kutsche zu nehmen und heute in deiner Wohnung zu nächtigen?»

Der Firnis der Kultur ist manchmal sehr dünn, dachte Jette, legte kurz die Hand auf Schleiers Schulter, gab Nanny die Hand und ging hinaus in die samtschwarze Nacht.

5

Sie hatte königlich gespeist, eine Krone vom Lamm, aber nicht übermäßig. Sie hatte einen langen Spaziergang am Schafgraben gemacht, allein, weil der Arzt ihr geraten hatte, nur durch die Nase zu atmen, damit die noch kühle Luft mehr Zeit gewann, um sich aufzuwärmen. Sie hatte einen kurzen Besuch bei einer Freundin gemacht und sich dabei angeregt über das Thema der letzten Mittwochsgesellschaft unterhalten, alle französischen Lehnwörter aus der deutschen Sprache zu tilgen. Sie hatte ihr Lieblingskleid aus französischem Tuch angezogen, um sich wohl zu fühlen – und spürte dabei kein schlechtes Gewissen. Und: Sie hatte zwei eng beschriebene Seiten ihrem noch schmalen Romankonvolut mit einigem Stolz hinzugefügt.

Aber plötzlich schrumpfte das Glück dieser Stunden, machte Platz für Zweifel. In ihrem Kopf wohnten zu viele Stimmen, die ihr dauernd Einfälle soufflierten. Bereits den Titel ihres Romans ließ sie sich von diesen Stimmen einflüstern: *Geschichte des Fräuleins von Hofstetten.* Zwei Tage trug sie diesen Titel glücklich unter ihrem Herzen, als sie ihn aber auf das Papier gebar, fing ihr Gesicht Feuer, wurde schamrot. Sie strich den Titel durch, mehrfach, als habe sie Angst, irgendjemand könnte diese Seiten ungebeten in die Hand nehmen und entdecken, wie tölpelhaft sie sich an eine andere Autorin angelehnt hatte. Der Titel starrte sie durch die Striche hindurch an wie eine Gefangene hinter Gittern.

Geschichte des Fräuleins von Hofstetten! Wer würde da nicht sofort an Sophie von La Roches *Geschichte des Fräuleins von Sternheim* denken! Sie würde sich über alle Maßen blamieren. Aber auch die anderen Titel, die sie erfand, erinnerten fatal an andere Werke der Sophie von La Roche: *Agnes und Sophie – zwei Freundinnen auf dem Land!* Oder: *Charlotte und Friedrich auf Rügen!* Oder: *Journal einer Reise nach Wien!* Oder: *Briefe an Dorothea – ein Buch für Frauenzimmer, die ihr Herz bilden wollen.* Der letzte Titel hatte am längsten die Freiheit genossen, weil er, wie sie fand, nicht ohne Witz auf ihren eigenen Namen anspielte. Dann hatte auch dieser Titel plötzlich die Freiheit verloren und war hinter einem Liniengitter auf ewig eingesperrt worden.

Aber solange ein Roman keinen Titel besaß, war er kopflos, machte keine schönen Augen, verlangte keine Aufmerksamkeit. Seit gestern stand unter den verurteilten Titeln: *Regine und Richard auf Rügen.* Ihr gefiel zwar der Rhythmus, aber eine Unsicherheit blieb, denn sie hatte die Wörter nur mit dünner Tinte hingesetzt. Der Titel wirkte seltsam blass, als würde er ängstlich nach oben schielen, wo seine Vorgänger nur darauf warteten, ihn als neuen Zellennachbarn zu begrüßen.

Nicht besser erging es ihrer Geschichte. Ihr erster Versuch erzählte von einer ungleichen Ehe. Ein junges Mädchen heiratete unter Stand, lebte aber in dieser von Entbehrungen belasteten Ehe ihre Ideale und Tugenden aus, ermunterte andere Frauen, es ihr gleichzutun, und schuf so die Utopie einer weiblichen Gesellschaft. Nach dreißig Seiten gestand sie es sich ein, von den Stimmen der Sophie La Roche ununterbrochen souffliert worden zu sein. Sie räumte die Seiten zwischen gestärkte Wäschestücke, als hoffte sie, sie würden durch den Geruch an Frische gewinnen.

«Wie gelingt es dir, die Stimmen in deinem Kopf zu übertönen», fragte sie eines Nachmittags Schleiermacher.

Er hatte lange geschwiegen, dann, mit deutlicher Wehmut in der Stimme, gesagt: «Wie du weißt, Jette, habe ich sehr lange gebraucht, um eine eigene Stimme zu finden, und manchmal scheint es mir, als ob es nur eine geliehene Stimme war, denn der Schwung verliert sich, jetzt, da ich nur noch wenig Kontakt mit Friedrich und den anderen pflege. Wie oft habe ich Friedrich darum beneidet, wie er nach kurzer Lektüre eines Buches so voll gesogen davon war, dass er daraus geschwind einen eigenen Ton erzeugte. Mein Ton ist nur kraftvoll, wenn er im Chor singen kann, dann gewinnt er an Mut und Wärme, aber wenn ich dann wochenlang alleine vor mich hinsumme, dann erreicht er die Höhe nicht mehr. Vielleicht auch deshalb habe ich seit Jahren zur Messe kein Buch erscheinen lassen, das vor den Augen von Friedrich etwa bestehen könnte. Und mein alter Plan, du erinnerst dich, einen Roman zu schreiben, ist über den Titel nie hinausgekommen: *Geschichte eines geistigen Faublas. Er liebt drei Frauen und einige Mädchen.*» Er seufzte. «Vielleicht sind meine Talente in dieser Hinsicht begrenzt, Jette, und die Zeit und die überreiche Arbeit stumpfen alles ab. Und dann verlangen auch die Kinder ihr Recht.»

Die Sätze wiesen ihr keinen Weg. Sie expedierte ihre Lieblingsbücher in einem großen Koffer zu ihrer Schwester, weil sie nicht in die Versuchung kommen wollte, eine Gemütsempfindung, einen Halbsatz oder eine Überschrift nachzuahmen. Sie öffnete ein

Fenster, um nur auf das Lispeln der tausend Blätter einer Buche im Innenhof zu lauschen. Aber seit Tagen ging kein Lüftchen. Sogar der Baum schwieg.

Und dann hockte da noch eine zweite Angst in einem Winkel ihres Gemütes: Musste eine Schriftstellerin nicht auch Witz besitzen, eine gehörige Portion Schalk, um die Leserinnen zu fesseln? Und hatte Schleier nicht vor Jahren gesagt, sie sei auch in geistigen Dingen zu perfekt, perfekt, perfekt? Und wenn sie sich an den Witz der anderen anlehnte, wenn sie etwa das Pfänderspiel auf Rügen, das Ernst mit so viel Esprit betrieben hatte, in ihrem Buch wieder auferstehen ließe? Oder die Späße, die Friedrich sich leichterhand, ja, leichterhand! ausgedacht hatte, um Ernst zu übertölpeln, weil er eine bequeme Bleibe suchte? Die geselligen Abende im Salon, reichte es nicht hin, diese zu erinnern? Und barg die Szene am Totenbett ihres Mannes, als der gute Nicolai die Windbüchse nahm und abdrückte, nicht auch, trotz des darin eingeschriebenen Ernstes, einen dunklen Witz?

Durfte man die eigenen Erfahrungen plündern wie verwahrloste Soldaten? War man dann verrucht genug, Herr Schleiermacher? Und wenn sie die Geschichte einer Sehnsucht schriebe? Eine Frau, Regine, liebte einen verheirateten Mann, den Gutsbesitzer Richard, dessen Frau das Geld mit Tand und Vergnügungen durchbrachte und nur Verachtung für den Mann zeigte, wie Richard und Regine auf Rügen schließlich zueinander kamen, wie Richard die Kraft fand, die Ehe aufzugeben und sich neu zu binden … Oder die Geschichte einer jüdischen Frau, die einen evangelischen Geistlichen liebte, die abgewiesen wurde, die sich aufopferte! Nein, nein!, unterbrach sie sich.

Nein!

Sie traute sich nicht, Ernst um Hilfe zu fragen, weil sie ihn überraschen wollte, weil sie nur eines wünschte: liebevoll umarmt und gelobt zu werden. Nur einmal hatte sie eine kleine Andeutung gemacht, aber Ernst hatte im gleichen Atemzug begeistert von einer Lebensbeschreibung gesprochen, als habe er das Wort

«Roman» absichtsvoll korrigiert. Und dann hatte er ihren Freund Georg Reimer ins Spiel gebracht, der die Geschichte ihres Salons gerne gedruckt sähe, aber sie hatte die Ohren versiegelt, hatte versteinert neben ihm gesessen, bis Schleiers Enthusiasmus verebbte.

Vor Wochen hatte sie, porös vor Erregung, zum ersten Mal in ihrem Leben Goethe getroffen. Wie lange bereits trug sie seine Schriften unter ihrem Herzen. Sie hatte von ihrer Begeisterung reden wollen, von seiner täglichen Gegenwart, von der Kraft, die seine Texte ausströmten. Aber die Begegnung hatte sich in Höflichkeiten erschöpft, und Goethe, von immer noch beeindruckender Statur, hatte sie mit der Freundlichkeit verabschiedet, wie begierig er doch darauf sei, aus ihrer Feder alles über ihren Salon zu erfahren, von dem man stets erzählte, er würde von einer Sehenswürdigkeit von Berlin geleitet, und dieser Satz habe nichts von seiner Bedeutung eingebüßt.

Sie las die Seiten, die sie geschrieben hatte, und fühlte sich wie ein Hund, der sich zur Unterwerfung auf den Rücken legt. «Etwas später, etwa um das Jahr 1785, bildete sich eine Lesegesellschaft, an welcher die ausgezeichnetsten Männer Berlins von den verschiedensten Fächern und Altern teilnahmen. Ich will unter ihnen nur Engel, den stets alten und etwas pedantischen Ramler, Moritz, Teller, Zöllner, Dohm, den Juristen Klein und meinen Mann nennen. Auch die weiblichen Mitglieder ihrer Familien gehörten ihr an. Außerdem aber auch die beiden sechzehn- bis achtzehnjährigen Brüder Wilhelm und Alexander von Humboldt, damals schon von feiner Sitte, lebendig, geistreich, kurz, durchaus liebenswürdig, und von umfassendem Wissen. Sie waren zu jener Zeit schon in unser Haus eingeführt, und so konnte es denn bei ihrem Interesse für alles Schöne, welchem sich später wohl auch einiges für die Schönen unserer Gesellschaft beimischte, nicht fehlen, dass sie dieser angehörten. Den Eindruck, den ich auf Wilhelm gemacht, entging mir nicht.»

Als sie die Sätze noch einmal las, erschrak sie. Durfte man, und sei es in zarten Andeutungen, die engen Beziehungen zu Freunden der Welt überhaupt mitteilen? Die Humboldts hatten, in unterschiedlichen Hitzegraden, für sie geschwärmt, das ja, aber vielleicht genierten sich beide heute, wenn sie darüber in ihrer Lebensbeschreibung lesen mussten? Vielleicht würde Wilhelm eine Note aufsetzen, die alles bestritt. Und wie stände sie dann da. Als würde sie sich mit Avancen berühmter Männer schmücken!

Sie erhob sich, stellte sich an das Fenster. Der Baum schwieg noch immer. Sie trat erneut an ihren Sekretär, tunkte die Feder ein und verurteilte den Titel *Regine und Richard auf Rügen* zu drei Jahren Zuchthaus. Und die Seiten ihrer Lebensbeschreibung legte sie zu den anderen abgelegten Seiten zwischen Wäschestücke. Für eine Lebensbeschreibung war es noch zu früh. Vielleicht bot das Leben noch einige Überraschungen für sie.

Auch verruchte.

Auch abgründige.

6

Ihre Augen begegneten sich nicht mehr. Zwar kreuzten sich noch manchmal die Blicke, aber Jette hatte den Eindruck, der Strahl von Henriettes Augen würde, bevor er sie erreichte, abgeknickt, als träfe er unterwegs auf einen unsichtbaren Spiegel und würde gewaltsam umgelenkt. Er traf dann eine andere Person im Raum, einen der Gäste, die Schleier eingeladen hatte, selten Nanny, oder hakte sich fest an einer unbedeutenden Wanduhr, an einer Spitzendecke, an dem wenig eindrucksvollen Kronleuchter. Manchmal auch schloss Henriette, wenn sie sich unbeobachtet fühlte, die Augen, versteckte sich hinter der eigenen Jalousie, gab ganz ungeniert ihrem Bedürfnis nach, mit sich allein zu sein, sich hinauszuphantasieren aus diesem Kreis von Besuchern, die sie langweilten. Sie versuchte das Geschrei der Kinder für Augenblicke zu vergessen (vielleicht blieb auch ein Ohr wachsam, ob nicht ihre Jüngste, Gertrud, nach ihrer Brust verlangte oder Ehrenfried sich mit seiner älteren Schwester stritt), als erträumte sie sich Menschen, die ihr näher standen als diese hier, näher auch als ihre eigenen Kinder, Geschöpfe ihrer Sehnsucht, unbelastet von der niederziehenden Erdenschwere und vom Schmutz des Alltags. Nein, eine Sehenswürdigkeit von Berlin wollte sie nicht werden, darauf ging ihr Ehrgeiz nicht. Henriette, so spürte Jette, suchte in ihren inneren Kammern nach einem Licht, das die Eintönigkeit überstrahlte. In diesen Augenblicken erschien sie ihr seltsam entrückt und versteinert, wie ein bemooster Engel im Schlosspark.

Und Jette spürte, als sie diese strenge Schönheit betrachtete, wie schwer es ihr fallen würde, die Aufmerksamkeit zurückzuerobern. Warum war ihr Verhältnis abgekühlt? War sie zu lange verreist gewesen?

Ja. Richtig. Sie war nach Wien geflohen, hatte, weil sie in der Wohnung ihrer Freundin Baronin von Arnstein, die einen großen, ein wenig pompösen Salon führte, in dem die Politik die Gespräche bestimmte, von einem kalten Fieber befallen wurde, bei den seit Jahren in Wien wohnenden Schlegels Unterschlupf gefunden. O wie herrlich war diese Stadt! Auf den Wegen durch die Gassen hatten sich die Augen oft nicht entscheiden können, welches Bauwerk sie anstaunen sollten, hatten sich hierhin, dann wieder dorthin gewandt, wie ein unschlüssiger Liebhaber zwischen mehreren Geliebten. Und der Dom, gleichermaßen majestätisch und gütig, bewachte die Stadt und duldete niemanden, der sich ihm nicht beugen wollte. Abends hatten sie stets lange zusammengesessen, Erinnerungen aufgefrischt und sich über gemeinsame Freunde ausgetauscht. Wilhelm von Humboldt und Alexander zu Dohna hatten sich, eine Petitesse, nur eine Petitesse!, über Bildungsfragen zerstritten. Verärgert war Humboldt noch vor der Eröffnung der Berliner Universität als preußischer Gesandter nach Wien abgereist. Man verkehre jetzt auf freundschaftlichem Fuß, aber dieser Streitpunkt bliebe besser außen vor. Über den Innenminister zu Dohna bei Humboldts kein Wort! Bitte. Und Schleier? Weil sie darauf beharre. Nun gut. Schleier seien sie gram, weil er den Platon alleine übersetzte und veröffentlichte. Jette hatte etwas einwenden wollen, es dann aber bei einem Lächeln belassen. Auffällig war es gewesen, wie sich bei Friedrich und Dorothea das Glühen für die junge Literatur merklich abgekühlt hatte. Friedrich, noch immer mit einem jugendlichen Gesicht beschenkt, aber dick geworden, lebte jetzt für seine Studien – und für die abendliche Flasche Alicante. Dorothea? Sie förderte ihre Söhne mit allen Kräften und bearbeitete und übersetzte weiterhin französische Ritterromane – nun gut, man musste nicht jede kleine Verrücktheit teilen.

Aber was ihr bei Schleier sofort gelang, die alte Vertrautheit nach einer längeren Reise wieder aufzunehmen, misslang ihr bei Henriette. Die kalten Verweise, die Henriette ihren Kindern häufig erteilte, waren jetzt auf sie übergesprungen, schleichend, aber doch stetig. War das gerecht? Bei den zwei Geburten hatte sie ihr beigestanden, sich um die Kinder gekümmert, mit Nanny häufig die Gäste empfangen, und doch konnte sie Henriette oft nicht erreichen. War es Eifersucht, kindische Eifersucht? Sie übernachtete nur noch selten im Haus, hielt sich auf Soireen, wenn Henriette Schleier begleitete, im Hintergrund, erledigte Abschriften für Schleier, ohne mit dieser Gefälligkeit aufzutrumpfen. Sie gab ihr keinen Grund! Oder doch? Sogar kleine Gemeinheiten zu denken verbot sie sich in ihrer Gegenwart. Sie zerrte nicht unmäßig an Schleier, sondern überließ ihn ihr. Und trotzdem war die Vertrautheit der frühen Jahre dahin.

Konnte es sein, dass ihr eigener verblassender Ruhm die Anziehung schwächer werden ließ? Sie wollte jetzt nicht darüber nachdenken, wie sie unter der Einsamkeit, die sie wie ein Eisenring immer stärker einfasste, litt. Sie bewegte unmerklich den Kopf, um den Gedanken abzuschütteln. Nein. Henriette sonnte sich nicht im Glanz berühmter Gäste. Dafür hatte sie kaum einen

Blick. Sie wollte kein geliehenes Licht, sondern suchte in ihrem Gemüt nach einem Strahlen, äugte nur manchmal umher, ob nicht vielleicht ein anderer Mensch in seinen Augen diese Reinheit zu erkennen gab. Ihr Mann war eine kleine Berühmtheit, das ja, er besaß auch ein Strahlen, aber es war offensichtlich das falsche Licht. Und er schrieb die falschen Bücher. Und er kümmerte sich zu wenig darum, es ihr im Alltag leichter zu machen.

Auch ihr eigenes Licht speiste sich, so deutete es Jette, aus falschen Quellen, war kein reines, sondern ein falsches Licht wie der giftige Sonnenstrahl vor einem Gewitter. Zwar war der Vorwurf nie gefallen, aber Jette argwöhnte, Henriette halte ihr vor, das Leben zu vergeuden, sich an lächerlichen Einfällen zu beteiligen, an Lappalien Spaß zu finden, die Nichtigkeiten der irdischen Verhältnisse wichtiger zu nehmen, als sie es verdienten.

«Wir müssen die Kräfte der Patriotenpartei bündeln», sagte Georg Reimer, aber dieser Satz war es nicht, der Henriette in die Gegenwart zurückzuholen vermochte, diese Sätze hatte sie tausendmal gehört; sie rutschten durch den Raum und blieben vor ihren Füßen liegen. Und warum sollte sie sich bücken? Ihr Leben war mit diesen Sätzen zugestellt! Und mit Sätzen über neue Romane. Und mit Sätzen über die schlecht ausgestattete Universität.

«Ich erkenne Fortschritte», behauptete Steffens, der aus Breslau zu Besuch war. Aber diese Fortschritte vermochte Henriette nicht zu erkennen, dieser Satz nötigte sie nicht einmal, die Jalousien ein wenig aufzuziehen.

Und dann kündigte Nanny einen Gast an, der während der letzten Wochen häufig seine Aufwartung gemacht hatte: Alexander von der Marwitz. Alle erhoben sich. Auch Henriette erwachte aus ihrer Trance, als sei die Ankündigung ein lautes Schnippen mit den Fingern gewesen, um sie aus dem magnetischen Heilschlaf aufzurütteln.

Sein Auftreten wirbelte die kleine Gesellschaft gehörig durcheinander. Die langatmigen Debatten schienen vergessen, alle waren scheinbar froh, kurz aufstehen zu dürfen. Steffens lachte sogar, sprach vom Erlöser, und die liegen gebliebenen Fragen wurden zur Seite gefegt. Wie die Stimmung sich verwandelte! Wie auch Henriette plötzlich ganz anders aufgelegt war!

Eine stattliche Erscheinung, dachte Jette unweigerlich, denn dieser Alexander von der Marwitz, der bisher beinahe ausschließlich bei ihrer alten Freundin Rahel zu Besuch war und ihr offensichtlich nicht gleichgültig war, überragte auch sie, besaß breite Schultern, in denen sich sein Wille ausgerollt hatte, und jedes Mal, sie konnte diese Empfindung nicht unterdrücken, überfiel sie ein großes Entzücken, wenn er bei der Begrüßung seine wunderbar zarten und schlanken Klavierfinger in ihre Hände bettete. Stand er für Augenblicke abseits im Raum, dann konnte es passieren, dass von seinen Augen ein Glanz ausging, der seine Silhouette in ein Licht eintauchte, das ihn zu entstofflichen schien. Und wenn er leise sprach, dann wurde seine tiefe Stimme angenehm aufgehellt, man vernachlässigte den Inhalt, achtete nur noch auf den Tonfall, der die Seele in Schwingungen versetzte wie eine Glasharmonika.

Der hochgeschlossene, ultramarinblaue Rock mit dem steifen Kragen und den goldenen Knöpfen liebkoste seine Silhouette. Er trug diese Uniform ohne Selbstherrlichkeit, allerdings mit einer Selbstverständlichkeit, die sich aus dem Willen speiste, schon bald die aufgepresste Koalition mit den Franzosen zu verlassen. Seinem Haar sah man an, wie es täglich mit Nachdruck zur Raison gerufen wurde. Er wirkte beherrscht, gemessen, manchmal ein wenig hochmütig, aber sie argwöhnte auch einen versteckten Jähzorn, der ihn zum Soldaten nicht unbrauchbar machte.

Jette erinnerte sich, dass Schleier häufig davon gesprochen hatte, wie wichtig es sei, auch begabte Studenten für die patriotische Sache zu opfern, und immer war dann von seinem Hallenser Studenten von der Marwitz die Rede gewesen, der, offensichtlich durch Schleiers Predigten entflammt, das geistige Amt zugunsten des Offiziersamts aufgeben wollte, obwohl er, wie Schleier nicht müde wurde zu wiederholen, viele Talente besaß, um die ihn andere beneideten. Und wäre es nicht schade gewesen, wenn diese herrliche Gestalt unter einem Talar versteckt worden wäre? Jette lächelte bei dem Gedanken, spürte ein kleines Verlangen, das sie allerdings sofort in die Kulissen verwies.

Offensichtlich erging es Henriette nicht anders, denn sie verfolgte mit ihren Augen jeden Schritt, den Alexander tat, hing an seinen Lippen, ordnete wiederholt ihre Haare, spielte versonnen mit der Atlasschleife an ihrem Kleid. Vielleicht war es eine Intrige ihrer Erinnerung, die sie so empfänglich machte für diesen Alexander. Vielleicht übertrug sie das Bild von Ehrenfried, der als Militärgeistlicher gedient hatte, auf ihn. Vielleicht glaubte sie sogar, ihr Ehrenfried, über den sie, wie Jette fand, wenig redete, sei in der Gestalt von Alexander auferstanden? Jette fühlte sich nicht hinreichend in diesen Fragen ausgebildet, und Schleier schien die Gefahr, die in diesem Alexander auf ihn lauerte, gar nicht zu bemerken. Ehrenfrieds und Alexanders Physiognomien hatten wenig gemein, und doch erinnerte die Atmosphäre, die von ihm ausging, zuweilen an Ehrenfried. Die Galanterie, die Ehrenfried eigen war, war auch Alexander eigen. Und die tat ihre Wirkung.

«General Yorck von Wartenburg hat bereits die erpresste Allianz mit Frankreich aufgekündigt und sich mit seinem preußischen Hilfskorps auf die russische Seite geschlagen», verkündete Alexander. «Russland hat freien Zugang nach Ostpreußen, und General Yorck und Freiherr vom Stein heben auf ausdrücklichen Wunsch des Zaren dort eine Landwehr aus. Jetzt, da die Grande Armée in Russland ihren Blutzoll entrichten muss, erwarten wir beinahe täglich, dass sich unser König erklärt, und sich endlich das ganze Volk erhebt. Dann müssen alle Teile des Volkes in die Freikorps strömen, Handwerker und Studierte. Dann müssen die Frauen ihr Gold für Eisen einlösen und Scharpie für Wundverbände zupfen.»

Dieses Mal schien auch Henriette interessiert, obwohl, wie

Jette wusste, dieser Alexander nur aussprach, was Schleier ihm vor Jahren eingeflüstert hatte. Aber wie anders wirkte es, wenn ein Mann wie Alexander dieses vortrug. Gut. Das war ein wenig ungerecht. Schleier ließ es an Mut nicht fehlen. In geheimer Mission war er immer wieder unterwegs gewesen, hatte häufig sein Leben in Gefahr gebracht. Und doch. Alexander besaß auch die nötige Statur, um diese Pläne auszuführen.

Henriette schaute zu Alexander hoch. Ihre Lippen bewegten sich. Sie schien einen Namen zu flüstern. Jette glaubte den Namen Ehrenfried von ihren Lippen ablesen zu können.

7

Wenn Alexander in der Nähe war, dann wirkte Henriettes Gesicht wie mit Licht unterfüttert, und manchmal verdichtete sich dieses Licht, wurde zu warm und schien die Wangen zu verbrennen. Sie verließ dann für Minuten den Raum und kehrte erst zurück, wenn alle Hitze aus dem Gesicht gewichen war, oder sie tauchte das Gesicht in ein Schatten spendendes Buch. Manchmal auch wandte sie sich plötzlich Jette zu, sprach eine Spur zu freundlich mit ihr, als drücke das Gewissen, als bewege sie sich plötzlich in den Furchen der Erinnerung, als überfiele sie Dankbarkeit wie ein Schwarm von Vögeln, die sich in einem Baum festsetzen: das lustige (sie sagte: lustige) Pfänderspiel auf Rügen; ihres Sohnes lange gehätschelter Glaube, alle Frauen hießen Henriette; die ersten Schritte von Elisabeth; das Zahnen von Gertrud; das Bad in der Brunnenaue. Aber der Blick schweifte immer wieder in eine andere Richtung, wurde zunehmend gieriger, das Gespräch stockte, die Wörter kamen so langsam, als müsse Henriette sie einzeln ausspucken. Dann stand sie, eine Entschuldigung murmelnd, auf, strich ihr Haar glatt, und die Füße bewegten sich in die Richtung ihres neuen Nordens, mit durchgedrücktem

Kreuz und leicht nach vorne ausgestreckten Händen, als habe sie Angst, die Anziehungskraft könne so stark werden, dass sie zusammenstießen und aneinander zerschellten.

Jette beobachtete Schleier, der mit Steffens die Raummitte einnahm, ohne länger Zentrum zu sein. Und er spürte es. Unschlüssig blickte er wiederholt zu den beiden, die jetzt das Halbdunkel suchten, es aber nicht finden konnten.

Und Schleier litt.

Nanny hatte Jette, als Sorge nur mühsam kaschiert, berichtet, wie häufig Ernst die Tropfen nachbestelle und wie fleißig er zum Mesmerisieren ginge. Der Magen, ja. Er meldete sich als Erster, wenn die Energie ins Stocken geriet. Wenn Schleier auf sich zurückgeworfen wurde. Wenn er in sich selbst kreiste.

Jetzt starrte er kurz auf den schäbigen Teppich. Sein ist das Haus, sein ist der Geist, aber sein ist Henriette schon lange nicht mehr. Jette spürte, wie er alle Kraft zusammennehmen musste, um nicht zwischen beide zu treten, aber welchen Grund könnte er angeben? Darf sich nicht Licht mit Licht vermählen, zwei entstofflichte Körper, die durch die übergroße Hitze zum Verdampfen bestimmt sind?

In diesem Augenblick empfand Jette Mitleid mit Steffens, der zunehmend irritierter und beharrlicher seine Sicht der Dinge vorzutragen schien, konnte er doch nicht anders, als Schleiers sachte schüttelnden Kopf als Widerspruch zu deuten. Schleier trat von einem Fuß auf den anderen, als wären die Schuhe zu klein, fasste sich ans Haar, ärgerte sich vielleicht, dass er sich nicht mutiger herausgeputzt hatte, ordnete die Halsbinde, polierte einzelne Wörter, die Steffens noch mehr durcheinander brachten.

Jette spürte, wie sich Schleiers Erinnerungen dehnten, wie er in Grotten herumstrich und dort eingeritzte Namen entdeckte. Eleonore Grunow stand dort zu lesen, verwittert zwar, aber doch leicht zu entziffern. Täglich war Schleier damals bei den Grunows zum Tee erschienen, hatte seinen Geist vor Eleonore ausgebreitet wie ein Stoffhändler, und Eleonore hatte die schönen Stunden mit ihrem Mann beiseite geworfen, hatte die Stoffe bewundert und den Händler gleich mit. Und dieser Geist hatte sehr behände eine hübsche Theorie gemacht, warum der Treue-Eid nicht gelte, und diese Theorie war auch schön anzusehen und gab der Verbindung etwas Feines und Reines.

Und wie Kinder aus Truhen abgelegte Kleider heraufholen und sie sich überziehen und sich für Vater und Mutter halten, so schien es jetzt Schleier zu ergehen. Konnte er sicher sein, dass die beiden dort im Hintergrund anders fühlten, als er es damals tat? Gab es eine Strafe? Und bestand die Strafe darin, sich so zu fühlen, wie dieser von ihm verachtete Grunow sich damals gefühlt hatte? Und war diese Strafe gerecht?

Und stand dort in der Grotte der Erinnerung nicht noch ein anderer Name zu lesen? Ja, doch, ein bekannter Name, und als sie daran dachte, durchfuhr sie ein dunkler Schrecken, Jette Herz, geb. de Lemos, stand in der Grotte zu lesen, als wäre ihr Name dort eingraviert wie auf einem Grabstein. Was hatte sie damals ihrem Mann zugemutet, als sie täglich mit Schleier verkehrte, den sie häufiger zu Gesicht bekam als ihren eigenen Mann? Hatte ihr Mann diese Freundschaft als Schwärmerei abgetan? War er blind gewesen für ihre Empfindungen? Und hatte sie sich nicht mitschuldig gemacht, als sie die Beziehung Schleiers mit Eleonore tolerierte? Musste sie nicht auch ein wenig von den Qualen, die Schleier jetzt durchlitt, erdulden? Und schickte Gott die Strafen vielleicht doch nicht erst im Jenseits, sondern als Strafe der Wiederholung mit neu besetzten Rollen?

Und welche Rolle kam ihr zu?

«Bevor der Krieg mit großen Armen nach uns greift und uns endlich befreit, sollten wir zum Hirschgraben gehen und uns einer kleinen Vergnügung überlassen!»

Schleiermachers Vorschlag wurde zunächst mit einem ungläubigen Staunen, dann mit einem kleinen Applaus quittiert.

Die Strategie lautet Ablenkung, dachte Jette. Lautes Schnattern und fröhliches Lachen, herzhafte Gerüche und süße Leckereien sollten den Verliebten eine Erdenschwere verleihen, damit sie nicht wie verdünnte Wesen in den Himmel entschwebten.

Sie streiften sich also Ausgehröcke und Mäntel über und machten sich auf den Weg.

«Ich mache bereits das Karussell aus», rief Schleier unterwegs, als habe er soeben Indien entdeckt.

Alexander griff Ehrenfried und Klein-Jette, und Schleier griff Henriette, und Nanny fuhr auch, und Jette blieb mit Steffens zurück. Und alle lachten. Und zufällig ergriff Alexander Henriettes Hand, und Schleier hielt die andere Hand, und wie sie so kreisten und kreischten erriet Jette Schleiers Angst, sie könnten aus der Kurve fliegen.

An der Kegelbahn bildeten sie zwei Gruppen. Alexander wählte Ehrenfried, und Schleier wählte Klein-Jette; und Alexander wählte Steffens, und Schleier wählte Nanny; und Alexander wählte Henriette, und Schleier wählte Jette. Sie musste warten, bis sie an der Reihe waren und abkassiert wurden. In Schleiers Gesicht ein Ausdruck von Entschlossenheit.

Alexander machte den ersten Wurf. Jette – aber nicht nur Jette – staunte über die Eleganz, mit der Alexander die Kugel nahm, ausholte und ihr alle Energie mitgab. Beinahe alle Kegel fielen um. Ausnahmslos alle applaudierten. Dann nahm Schleier die Kugel, baute sich auf, konzentrierte die Kraft in seinem rechten Arm und warf die Kugel, als wolle er den Zaun hinter den Kugeln zum Einsturz bringen. Durch die Wucht des Aufpralls wurden die getroffenen Kegel mitgerissen und fanden keine Zeit, die seitlich stehenden Kegel zu überreden umzufallen. Die Kugel hatte eine schöne Schneise geschlagen. Alle bestaunten die Gradheit des Wurfes. Die Gruppe um Alexander lag in Führung.

Ehrenfried wusste seine Kraft nicht richtig einzusetzen, wollte es seinem Vater gleichtun, aber die Kugel sprang aus der Bahn. Nicht besser erging es Klein-Jette. Der Wurf von Steffens touchierte die äußeren Kegel, die bis auf zwei Kegel die anderen Kegel mitrissen. Äußerst geschickt gab Nanny der Kugel einen kleinen

Drall mit, der bewirkte, dass bei geringer Geschwindigkeit so viele Kegel fielen wie bei Steffens.

Dann umgriff Henriette die Kugel mit beiden Händen. Ihrem schmal gepressten Mund sah man an, wie entschlossen auch sie war. Aber sie warf die Kugel viel zu hoch, die kam zweimal auf, verlor an Fahrt und blieb kurz vor den Kegeln liegen – allem Rufen und Pusten zum Trotz. Henriette schlug sich gespielt die Hände vors Gesicht, aber Jette sah durch die Handgitter hindurch, wie verkniffen ihr Mund wirkte. Alexander nahm sie tröstend in den Arm. (Vielleicht hatte er sogar gehofft, diese Geste einsetzen zu können.)

Jette hatte es in der Hand. Sie holte aus, verdrehte aber die Kugel, als sie ihre Hand verließ so stark, dass sie vor den Kegeln aus der Bahn lief. Niemand konnte ihr Absicht unterstellen, und sie selbst war mit dem Auftritt sehr zufrieden.

Aber niemand nahm sie in den Arm.

Alexanders Gruppe hatte gewonnen. Dann gab es Likör. Sie besuchten noch zwei Buden, verzichteten aber, müde werdend, auf weitere Wettkämpfe. Gegen zehn Uhr gingen sie Richtung Kanonierstraße zurück. Unterwegs verabschiedete sich Jette. Schleier nahm sie zur Seite, sagte: «Ich habe mit Besuchen in den letzten Wochen Diät halten müssen, kann aber morgen einige Stunden abzweigen. Wenn es dir recht ist, dann möchte ich dich zu unserer Teestunde aufsuchen. Ich benötige deinen Rat – unter den Rosen der Freundschaft.»

Dieser Satz glitt in Jette, füllte sie ganz aus, hinterließ eine angenehme Wärme und eine Ruhe wie nach einem guten Glas Wein. Sie nickte, sagte: «Ja, Ernst. Gerne will ich dir raten.» Sie zwang sich, den anderen noch einmal zuzuwinken. Nanny hatte noch immer vor Aufregung rote Ohren. Klein-Jette hatte eine Haarsträhne in den Mund genommen. Steffens bot sich an, sie zu begleiten. Jette lehnte ab. Henriette und Alexander riefen ihr einen Gruß hinterher. Er war so laut, dass er von den Häuserwänden zurückschallte.

Schleier benötigte ihren Rat.

Ein barscher Windstoß riss an ihrem Hut. Sie musste ihn festhalten, war froh darüber, weil sie die Arme nach oben werfen durfte.

8

Sie tränkte die Luft in ihrer Wohnung verschwenderisch mit Resedawasser und Lavendel. Sie rüstete sich lange vor dem Spiegel. Sie tanzte (wie gerne sie doch tanzte!), warf den Kopf in den Nacken und streckte die Zunge heraus, so wie sie es als kleines Kind gemacht hatte, wenn es schneite und sie die Schneeflocken mit der Zunge auffing. Endlich empfand auch sie ein leichtes Kreiseln. Sogar die Sonne goss Licht in ihre dunkle Kammer.

Durfte man dem Leben zürnen?

Mit dem Leben war es wie mit dem Meer. Oben rollten Wellen heran, Gischt spritzte hoch, aber tiefer unten herrschte stets eine ungestörte Ruhe. Und manchmal war diese Ruhe langweilig, manchmal sehnte man sich nach Gischt, nach haushohen Wellen, wollte am liebsten herumgeworfen und herumgeschleudert werden wie Kieselsteine, die von den Wellen glatt geschliffen wurden. Wenn das Leben lärmte, dann mochte man Stille absparen, wenn es aufreizend schwieg, dann war man bereit, für jede Aufregung Unsummen zu zahlen. Während der letzten Jahre hatte das Leben geschwiegen, sie beinahe totgeschwiegen, jetzt rief es sie zurück, und sie sagte: «Komm herein. Ich habe uns einen Tee angesetzt. Ich denke, er hat lange genug gezogen.»

Ihr genügte ein Blick. Schleier hatte eine nicht enden wollende Nacht durchlitten. Die Magenfalten in seinem Gesicht hatten sich vertieft, wirkten heute wie Furchen, die darum bettelten zugeschüttet zu werden.

«Gestern hatte ich einen schweren Anfall zu überstehen. Heute Morgen habe ich mich auf Ratschlag von Meier zu einem Kollegen von ihm begeben, der sich auf das Magnetisieren noch besser versteht, ein gewisser Wolfart, ein Arzt mit vorzüglichen Manieren übrigens. Ich spüre bereits eine gewisse Linderung.»

Sie goss Tee ein, stellte Gebäck auf den Tisch. Sie hielt ihren Wunsch zurück, sofort zu fragen, um welchen Rat Schleier sie anging. Sie versuchten an alte, beinahe vergessene Rituale anzuknüpfen, sprachen über das Wetter. Das war eine Erbschaft ihres Mannes, der wie sein Lehrer Kant gefordert hatte, jedes Gespräch mit einer Bemerkung über das Wetter zu beginnen, weil dort schnell Einigkeit herzustellen sei, erfülle das Wetter doch nie ganz die in es gesetzten Erwartungen. Sie sprachen über Schleiers Buchprojekte. Endlich sollte die Dogmatik, oder wie Schleier es nannte, seine *Glaubenslehre*, angegangen werden. Aber Schleier suchte Abkürzungen, war nicht bei der Sache. Wollte auch die Sorgen nicht teilen, die Reimers mit seinem jüngsten Sohn ausstand, dem ein Nervenfieber seit Tagen das Bewusstsein geraubt hatte.

«Die Anhänglichkeit an mich, die Henriette an den Tag gelegt hat, ist weniger geworden, Jette. Offensichtlich ist ein anderer ihr mehr, als ich es bin.»

Also doch! Sie wusste nicht, worüber sie sich mehr freuen sollte, über die Einsicht, die Schleier an den Tag legte, oder über die Möglichkeiten, die sich vor ihr auftaten. Und worin bestand ihre Pflicht? (Und worin ihre Neigung?) Zuerst musste sie ergründen, wie stark Schleier an Henriette hing. War es nur verletzte Ehre, die ihn zur Handlung trieb?

«Du siehst, ich bin in einer misslichen Lage, weil ich nicht von ihr lassen mag. Gewohnheit ist es nicht, dafür dauert unsere Ehe noch nicht lange genug, obwohl ich mir nicht vorstellen kann, bis zum Rest meiner Tage in einer verwaisten Bettstatt zu residieren. Nein, Jette, sie ist mir sehr ans Herz gewachsen, und ich glaube, sie beschützen zu müssen, weil sie sich sehr schnell begeistern lässt und ebenso schnell wieder abkühlt. So erging es ihr schon früher mit ihren Freundinnen, sie konnte sich immer nur für eine erwärmen und vernachlässigte die anderen. Über einer Freundin, von der das Herz voll war, vergaß sie stets die anderen.»

Erwähnte Schleier das, weil er spürte, wie das Verhältnis zwischen Henriette und ihr abgekühlt war? Wollte er ihr andeuten, dass Henriette schon immer so gelebt hatte? Bedauerte er insgeheim die Entwöhnung, weil er ihren Einfluss auf Henriette schätzte, vielleicht sogar für unabdingbar hielt?

«Ach, Jette! Der Alltag mit den Kindern lastet auf ihr. Klein-Jette hat einen starken Willen, dem Henriette nur durch Kälte glaubt begegnen zu können. Elisabeth und die kleine Gertrud fordern mehr Aufmerksamkeit von ihr, als sie zu geben häufig in der Lage ist. Dann nimmt sie Zuflucht zu kleinen und großen Schwärmereien, dann erträumt sie sich einen idealen Mann, und wenn diese Träume in der Wirklichkeit eine Einlösung zu erfahren scheinen, dann zählt all das nur noch wenig, was gestern gut und schön war. Und dieser Alexander scheint für sie die Gestalt gewordene Schwärmerei zu sein!»

Schleier hatte Mühe, die Sätze zu Ende zu bringen. Seine Augen wirkten überreizt, weil sie tage- und nächtelang geforscht hatten. In sich gekrümmt saß er vor ihr, weil der Magen wieder drückte. Seine zarten kleinen Hände hielten sich gegenseitig fest. Aus seinen Locken war jeglicher Glanz gewichen.

«Alexander», wiederholte er noch einmal, als habe er vergessen, nicht allein im Zimmer zu sein.

«Hast du bereits ein Gespräch gesucht?» Sie musste endlich die Fäden in die Hand bekommen.

Schleier fuhr sich mit der linken Hand um das Kinn, als prüfe er die Rasur oder als überlege er, sich ein militärisches Bärtchen stehen zu lassen. «Ihr ganzes Wesen fühle sich gehoben durch ihn, hat sie geantwortet. Und auch ich müsse mich doch gehoben fühlen, sei er doch mein Schüler, und die Saat, die ich gepflanzt, sei so herrlich in ihm aufgegangen.» In seinen Augen wohnte nur kurz eine reine Klarheit, die sich sofort wieder verdunkelte. Schleier befeuchtete unablässig mit der Zunge seine Lippen, als habe er Angst, seine Lippen könnten bei einem falschen Satz zusammenwachsen. «Töchterlein ist sie mir längst nicht mehr.»

Hatte Schleier ernsthaft erwartet, die zwei Naturen von Tochter und Frau würden auf ewig friedlich nebeneinanderher leben? Töchterlein, Töchterlein! Was konnte sie nur raten? Sie bekam die Fäden noch immer nicht in die Hand.

«Was kann ich ihr vorhalten? Dass sie über die Schwärmereien für Alexander mich ein wenig in den Hintergrund drängt? Ich habe viele Ämter zu bekleiden, Jette, auch mir könnte sie vorhalten, ich vernachlässige sie.»

Das war es nicht. Das war es nicht! Schleier war sehr besorgt um seine Familie, stellte alle Vergnügungen zurück, schlug Ämter aus, wenn er glaubte, sie raubten ihm die Zeit für seine Familie.

Das war es nicht!

Schleier schnappte nach Luft wie Jona, der aus dem Maul des Wals endlich an Land gespien wurde. «Ja», sagte er leise, «ich war anderen Frauen vielleicht auch häufiger die Einlösung von Träumen – weniger durch meine körperlichen Vorzüge, aber doch durch eine gewisse Seelenverwandtschaft, die mich für Frauen anziehend gemacht hat. Und Alexander vermag es, die Empfindsamkeit mit körperlichen Vorzügen zu vereinen!»

Nein, darauf wollte sie nicht eingehen. Alexander hatte körperliche Vorzüge, wer wollte das bestreiten. Er war ein wenig pikant, das weckte bei Frauen (warum soll ich mich hier ausnehmen, dachte Jette) durchaus gewisse Neigungen, und sein Auftritt forderte, sich vor ihm niederzuwerfen, ja, ja, und auch die geistige Sinnlichkeit war pikant, ohne störend zu wirken, ein wenig witzig, ein wenig schalkhaft und auch ein wenig herrschsüchtig. Nein, das wollte sie nicht laut sagen, hier waren keine alten Rechnungen zu begleichen, hier sollten keine verschorften Wunden aufgerissen werden, die Skelette ihrer Geschichte sollten heute nicht bestaunt werden, sie wollte wie eine Freundin raten, mehr zunächst nicht.

Dann sah man weiter.

«Und hast du Alexander bereits zur Rede gestellt?»

«Noch bot sich nicht die Gelegenheit. Und was habe ich ihm vorzuwerfen? Ich weiß nicht mit letzter Sicherheit, was vorgefallen ist.»

Jetzt, Jette, jetzt. «Vielleicht spielt dir die Weltgeschichte in die Hände, Ernst. Wenn unser König die Koalition, die der General Yorck so beherzt mit Russland geschlossen hat, endlich gutheißt und Frankreich den Krieg erklärt, dann werden vielleicht auch Kriegshandlungen mit den zurückströmenden französischen Truppen in und um Berlin stattfinden. Dann kannst du die Stadt mit deiner Familie verlassen. Dann wird Henriette sich von Alexander entwöhnen und wird wieder ihr Herz an dich hängen. Dann wirst du dich tüchtig anstrengen, und sie wird dein Wesen wieder in sich aufnehmen!» Sie sagte es entschieden. Wie einen Befehl!

«Ich kann Berlin nicht wie ein Fahnenflüchtiger verlassen, Jette. Ich muss hier meiner Aufgabe dienen, muss von der Kanzel herunter den Menschen Mut zusprechen – und ich will auch tatkräftig in der Landwehr meinen Mann stehen.»

Er widersetzte sich. Er widersetzte sich!

«Das ehrt dich, Ernst. Aber dann ist es deine Pflicht, deine Familie zur Abreise zu bewegen. Verschicke deine Familie zur schlesischen Verwandtschaft. Dein Bruder Carl wird sich um sie kümmern. Dorthin werden sich die feindlichen Truppen nicht wenden. Auch ich werde mich mit meiner Mutter nach Breslau begeben.»

Und endlich. Schleier gab sich geschlagen und hisste die weiße Fahne.

«Das ist ein guter Rat, Jette. So will ich es halten. Es kann zwar eine lange Trennung bedeuten, denn das Kriegsglück ist oft wetterwendisch, aber ich werde Henriette täglich Briefe schreiben, will mich auf den Zeilen der Briefe wieder anschleichen und sie zurückgewinnen.» Er seufzte kurz. «Ich muss mich in Geduld üben, aber vielleicht bietet der Krieg Abwechslung genug.»

Jette antwortete nicht. Sie wollte das porzellandünne Glück dieser Stunden nicht gefährden. Ein Schauer durchlief sie. Sie dachte an das handgeschöpfte Papier auf ihrem Schreibtisch. Sie dachte an ihren neuen kattunen Überrock. Sie dachte an den soliden Einband eines alten Romans. Sie dachte an Henriettes Herd mit dem blank geputzten Zinn.

Sie dachte an zwei in sich verwachsene Bäume.

Jette und Ernst blieben lange schweigend in der Kammer sitzen. Dann hörte sie das gleichmäßige Atmen von Schleier. Er war auf seinem Stuhl eingeschlafen.

Dieses unfassbare Glück der späten Jahre.

9

Die Ereignisse überstürzten sich.

Endlich erklärte der zögerliche König Frankreich den Krieg. «Diesen Tag, den 13. April 1813, wird man sich merken müssen», tönte Schleiermacher. Einen Tag später wandte sich der König mit einem eindringlichen Appell *An mein Volk*. Berlin geriet in einen Taumel. Jette begleitete Schleier und Reimer, um den in Berlin mit seinem Korps einrückenden General Yorck stürmisch zu begrüßen. Sie hatte ihn sich etwas kolossaler vorgestellt! Heimlich schlich sie sich in die Dreifaltigkeitskirche, als Schleiermacher das Edikt zur Aufstellung der Landwehr verlas und in einer Predigt den General Yorck als Mann der mutigen Tat pries, der fein zu unterscheiden wisse zwischen den Buchstaben und dem Sinn und Geist politischer Bekundungen. Da war er wieder. Sein Mut.

Eher durch Zufall wurde sie Zeuge, wie Schleier an einer Exerzierübung der Landwehr teilnahm. Diese Ernsthaftigkeit, mit der er es tat! Aber die Verwandlung in einen Soldaten ging eher schleppend. Die gedrillten und zackigen Bewegungen wollte sein Körper nur widerwillig zulassen. Als fühle er sich eingeschnürt, verpackt wie ein Paket, das herumgeworfen wurde. Zwang Schleier seinem Körper seinen Willen nicht auf, dann schlichen sich wieder geschmeidige Bewegungen ein. Seine Wangen kokettierten tatsächlich mit einem Bärtchen. Aber seine bleiche Hautfarbe verriet den Stubengelehrten, mochte sich die Anstrengung auch in hektischen roten Flecken auf seinem Gesicht bemerkbar machen. Selbst wenn er bis an sein Lebensende exerzierte, einem Alexander von der Marwitz würde er niemals ähneln! Ach, Schleier, dachte Jette, wie tief hat dich diese Affäre verletzt. Geist von deinem Geist, aber nicht Fleisch von deinem Fleisch. Dann wandte sie sich ab, eine gemischte Empfindung blieb zurück.

Jette hatte sich vorgenommen, nach der ersten Schlacht auf sächsischem Boden Berlin zu verlassen. Als die Schlacht bei Lützen geschlagen war – sie endete mit einer ersten, zwar unbedeutenden Niederlage der Koalition, aber der Schwung und die Begeisterung der ersten Tage, das spürte jeder, bekamen einen kräftigen Dämpfer –, verabschiedete sie sich von Schleier. Er kam soeben, erschöpft und doch glücklich, von einer Inspektion der ausgehobenen Schanzen vor den Toren der Stadt und am Schafgraben zurück, wo er inzwischen sein Sommerquartier bezogen hatte.

«Gestern habe ich bereits Henriette und die Kinder verabschieden müssen. Du siehst, ich habe gehandelt, wie du mir geraten hast. Nun liegt es an mir, sie mit meiner Briefkunst wieder einzufangen.» Er lächelte.

«Das Glück Preußens und das private Glück liegen in deiner Person betörend eng beieinander. In dir verdichtet sich das Auf und Ab der Geschichte ganz vortrefflich», antwortete Jette ein wenig spöttisch. Er lächelte noch einmal. «Und schreibe mir an jedem Posttag, wie sich die Sache entwickelt.» Sie umarmte Schleier, stieg dann in die wartende offene Kutsche. Als sie sich noch einmal umdrehte, salutierte er wie ein Soldat. Am liebsten wäre sie noch einmal aus der Kutsche gesprungen und hätte ihn zärtlich umarmt.

Seine schönen Hände flatterten lange hinter ihr her.

Jette erreichte mit ihrer Mutter (warum verwandelte man sich so schnell in eine Tochter von vierzehn oder fünfzehn Jahren zurück?) ohne große Umstände Breslau und nahm in der Reuscherstraße bei Verwandten Quartier. Ein stickiges, enges Quartier. Jette fühlte sich versetzt in eine Welt, der sie längst entflohen war: Hier trugen die männlichen Juden noch Schläfenlocken und Kippa, und die Frauen versteckten ihre Haare unter einer Haube oder ihren kahl geschorenen Kopf unter dem Scheitl, einer Art Perücke, die sie vor Jahrzehnten bereits auf den Müll geworden hatte. Gebetsmäntel mit Quasten und Gebetsriemen gehörten hier zum Alltag. Die jüdischen Feste, das Laubhüttenfest oder das Lichterfest, wurden wie selbstverständlich gefeiert. Sie wusste nicht einmal mehr die präzise Bedeutung der Feste. Und niemand käme hier auf die Idee, seinen jüdischen Vornamen gegen einen anderen Vornamen einzutauschen. Als würde man sich einer verlernten Sprache mit aller Gewalt erinnern, so nahm Jette an den Gebetsritualen im Hause ihrer Verwandten teil. Die koschere Küche ertrug sie gleichgültig. Wenn nur die langweiligen Abende nicht wären! Sie vertrieb sich die Zeit, indem sie Deckchen häkelte, Kleidung ausbesserte oder mit ihrer Mutter und den Verwandten Karten spielte. Von Tieck, den Schlegels oder den Humboldts hatte hier noch niemand etwas gehört.

Wie eine überlange Pause im Theater zog sich der Waffenstillstand hin. Alle hofften, Österreich würde dem Bündnis beitreten, aber Österreich weigerte sich, die Rolle zu übernehmen, schob Verhandlungen vor und berief einen Friedenskongress nach Prag ein. Und Jette spielte weiterhin täglich mit ihrer Mutter Karten, glaubte, die Karten bleichen zu sehen und damit die Hoffnung.

Ungeduldig wartete sie jeden Posttag auf einen Brief von

Schleier. Die Kriegswirren nach der verlorenen Schlacht bei Bautzen verzögerten die Zustellung unerträglich, wie Jette fand. Schleier sprach von Mücken und Wanzen, nun gut, er sprach von überstandenen Magenkrämpfen und wie viel Zeit das tägliche Mesmerisieren koste, aber dann, hier, aus einem unscheinbaren Nebensatz troff die grelle Angst, Alexander könne in der Nähe von Henriette in einem Lager liegen und die Zeit des Waffenstillstandes dazu nutzen, mit Henriette neue Kontakte zu knüpfen. Dann wäre ihr schöner Plan Makulatur! Jette! Allenfalls die Briefe, die er von Henriette erhalte, würden ihn eine milde, aber nur eine milde! Hoffnung schöpfen lassen. Sein Bruder, dem er wenige Andeutungen gemacht habe, nehme seine Frau behutsam in die Pflicht. Täglich verwende er Stunden darauf, in seinen Briefen den richtigen Ton zu finden.

Jette sah durch die Zeilen hindurch in Schleiers Herz. Beim Abschied hatte sie den Witz bemüht, als sie die Zukunft Preußens mit der Zukunft von Schleiers Ehe verknüpfte. Jetzt war es bitterer Ernst geworden. Der Waffenstillstand war ein fauler Friede und schlecht für die Sache Preußens. Und der Waffenstillstand war schlecht für die Ehe ihres Schleier.

Vielleicht auch deshalb gewann ein zunehmend aggressiver Ton die Oberhand in den Beiträgen, die Schleier für den *Preußischen Correspondenten* schrieb, den er seit kurzem auf Wunsch Reimers herausgab, weil der letzte Herausgeber, Göschen, im Feld stand. Jette war wenig überrascht von diesen ungeduldigen Artikeln. Aber diese Entschiedenheit gefiel der Zensurbehörde nicht. Man drohe, so schrieb er ihr, mit härtesten Konsequenzen, wenn er durch seine Artikel weiterhin die Friedensverhandlungen störe. Aber die härtesten Konsequenzen, die man ihm ankündigte – sogar eine Amtsenthebung – konnten ihn nicht schrecken, weil er andere Konsequenzen viel heftiger fürchtete.

Und dann rief Schleier sie zurück. Metternich hatte, die Neuigkeit ging geschwind von Mund zu Mund, Frankreich aufgefordert, den Rheinbund aufzulösen und die volle Souveränität für

Preußen zu garantieren. Österreich trat, zusammen mit Schweden, endlich in den Krieg ein. Und auch Schleier ging zum Angriff über. Er schrieb: «Als Alexander mir einen Besuch abstattete, habe ich die Rede auf Henriette gebracht. Aber die Kriegsmeldungen traten doch immer wieder in den Vordergrund und kosteten die meiste Zeit. Er war im Ganzen sehr stille, von einer Milde, die sonst wenig an ihm zu bemerken ist. Ich fragte ihn, wie er über die Zukunft denke und ob er sich geprüft habe. Aber es fehlten, nach meinem Geschmack, Spuren von Zerknirschung, es überwog eine Unbefangenheit, die mich sehr verstört hat. Und, liebste Jette, wenn du ihn siehst, wirst du ihn nochmals verschönt finden, als ob der durchgestandene und noch bevorstehende Kampf sein Gesicht mit einem neuen Firnis überzogen hätte. Diese Mischung aus Leidenschaftlichkeit und Besonnenheit nimmt sehr für ihn ein. Henriette habe ich, weil für Berlin keine große Gefahr zu erwarten ist, zurückgerufen, und mir wäre es lieb, wenn du dich in naher Zukunft entscheiden könntest, dein Quartier in Breslau ebenfalls aufzugeben und nach Berlin zurückzueilen. Wenn du an meiner Seite wärst, dann wäre mir wohler, jetzt, da Henriette bald zurück sein wird und eine Begegnung mit Alexander trotz der bevorstehenden Kampfhandlungen nicht auszuschließen ist.»

Als habe sie einen geheimen Marschbefehl erhalten, zerriss Jette den Brief und warf die Schnipsel in den Windofen. Ihre Mutter überraschte sie mit der Mitteilung, bereits morgen Breslau zu verlassen. Jette trat aus ihrem engen Kabuff nach draußen. Die Sonne übergoss die Straßen mit einem kräftigen Rot. Die Bäume wisperten mit ihren tausend Zungen. Nur sie verstand die Botschaft.

Am nächsten Morgen packten sie die Sachen und nahmen eine Extrapost.

Die Spielkarten vergaß Jette, sehr zum Verdruss ihrer Mutter, auf dem kleinen Sekretär.

Die Reise schien nicht enden zu wollen.

10

Als Schleier sie nach den Erfahrungen in Breslau fragte, stutzte Jette kurz. Sie erinnerte sich an einen tiefblauen Schatten, den ein Baum warf. An Schründe in einem Mauerwerk. An einen Vogel, der jeden Tag auf der gleichen Windstraße an ihrem Fenster vorbeireiste. An die schwarzen Strümpfe ihrer Mutter. An eine vorlaute Spielmannsflöte. An eine vorwitzige Feder in einem schlecht gepolsterten Stuhl. An ein schief hängendes Ölbild, das sie jeden Tag gerade rückte. An das verstimmte Glockenspiel einer Turmuhr. An ein gelbes Stück Stoff, das verirrt neben einem Brückenpfeiler lag. An das abgeknickte Ohr einer Spielkarte. An Schläfenlocken. «Eine wenig anziehende Stadt für eine Jüdin», antwortete Jette, ohne sich die Mühe zu geben, den Satz zu erläutern.

Schleiers Gesicht hatte an Spannkraft gewonnen, wie Jette fand. Vielleicht hatte das viele Exerzieren der letzten Monate dazu beigetragen oder die Arbeit für den *Preußischen Correspondenten.* Nur manchmal, an den Abenden, wenn Henriette auf ihrem Sofa saß und jeder in ihrem Gesicht lesen konnte, wie sie in Gedanken auf Wanderschaft ging und nur ihren Körper zurückließ, dann schnurrte die Spannkraft in Schleiers Angesicht zusammen, dann bröckelte der Mut, dann warf seine Gestalt einen nur kleinen Schatten.

Ein Zwerg.

Und Henriette?

Sie behandelte Jette in diesen Tagen freundlich, bot ihr eine Stickerei an, ging sogar, was sie seit Monaten nicht getan hatte, mit ihr spazieren. Aber Henriette lenkte die Gespräche immer wieder auf die Kinder, vermied Bemerkungen über den Krieg und vermied vor allem jede Bemerkung über Alexander von der Marwitz.

Während der Tage, als die entscheidende Schlacht um Leipzig tobte, fanden sich viele Freunde und Gäste ein, weil Schleiermacher durch seine ehemalige Herausgebertätigkeit für den *Preußischen Correspondenten*, Achim von Arnim hatte ihn vor drei Wochen abgelöst, noch Zugang zu den neuesten Nachrichten besaß. Der Jubel war groß, als die Nachricht von der Niederlage Napoleons kam, der fliehen musste und sich mit den Resten seiner geschlagenen Truppen hinter den Rhein zurückzog. Preußen war endlich frei.

Aber im Augenblick des größten Jubels entdeckte Jette in Schleiers Augen die Angst, wie es werden würde, wenn Alexander, mit Orden ausgezeichnet, mehrfach verwundet und von Rahel in Prag gesund gepflegt, in seinem Haus Einzug hielte. Sie lagen sich in den Armen, aber die Erregung war durchsetzt von Zweifeln. Den Wunsch der Gäste, Schleier möge sie zur Feier in die geöffneten Schlosshöfe begleiten, lehnte er mit einem Hinweis auf einen Arnim versprochenen und immer wieder hinausgeschobenen Artikel für den *Preußischen Correspondenten* ab.

«Er ist der Sieger, Jette, er ist der Sieger.»

Sie saßen, Wochen später, in Jettes Wohnung. Nach ihrer Rückkehr aus Breslau hatte Jette ihre Zimmer umgeräumt. Schleier sah sich kurz um, murmelte ein fahles Lob, blieb am Fenster stehen und starrte nach draußen.

«Ich träumte mich als Sieger, aber seit Tagen besucht uns Alexander wieder, als habe es kein Gespräch zwischen uns gegeben, als hätten wir uns nicht ausgesprochen, und er heftet sich die Komplimente von Henriette wie Orden an die Brust. Der Zustand hat sich verschlimmert, Jette, nicht verbessert. Wenn er erscheint, dann ist es wie eine Rakete, die mich die Finsternis, die mich umgibt, stärker erkennen lässt.»

Sie hörte einen kleinen Vorwurf heraus, überging ihn aber. Sie hatte einen Plan gefasst. Sie hatten so häufig über militärische Dinge geredet, das konnte doch nicht ohne Folgen bleiben.

Auch sie ein Stratege.

«Zeigtest du dich nicht enttäuscht von den letzten Entwicklungen, Ernst?»

Schleiermacher drehte sich um. Versuchte in ihrem Gesicht zu lesen, sagte: «Bist du nicht meiner Ansicht? Napoleon ist betäubt, aber er ist nicht tot. Er leckt einige Monate, vielleicht Jahre, die Wunden, dann kehrt er, mit altem Elan ausgestattet, zurück. Da bin ich mir sicher, Jette. Ich spüre einen deutlichen Widerwillen gegen die bald anstehenden Friedensverhandlungen.»

«Aber vielleicht gibt es mutige Männer, die sich mit der Verschwendung von Kraft nicht abfinden wollen, die sich anderen Koalitionen anschließen und nachsetzen und Napoleon auch auf seinem eigenen Gebiet eine Niederlage beibringen wollen, die so tollkühn sind, an vorderster Front zu kämpfen und den Heldentod zu suchen. Und könnte Alexander nicht einer von diesen sein?»

Schleiers Gesicht konnte die Überraschung nicht verbergen. Er nickte stumm, nahm etwas Gebäck, brachte dann das Gespräch auf die Kuren, die er von Wolfart erhielt.

Hatte Schleier in den folgenden Nächten über ihren Plan nachgedacht? Hatte er vielleicht sogar an einer kleinen Rede gefeilt, die er halten wollte, wenn der Zeitpunkt günstig schien? Und war der Zeitpunkt nicht heute gekommen, weil sich alle in ihren Hoffnungen betrogen sahen und lautstark protestierten?

Reimer sagte: «Nun haben wir die Franzosen hinausgeworfen, und der König treibt die Reformen nicht voran.»

Steffens, zu Besuch in Berlin, sagte: «Er treibt sie nicht nur nicht voran, sondern hofft, sie mögen einschlafen.»

Alexander zu Dohna – nach seiner Absetzung als Innenminister war er wieder häufiger zu Gast – sagte: «Er bettet die Reformen, mit Lorbeer bekränzt, zur ewigen Ruhe.»

Von der Marwitz – ja, er war noch schöner als früher, ja! ja! – sagte: «Und Napoleon, dieser kleine Riese, wartet nur, um endlich zurückschlagen zu können. Ich bin nicht gewillt, mich mit diesem dünnen Sieg zufrieden zu geben.»

Und also sprach Schleier: «Faul ist mir dieser anstehende Friede, wenn der altböse Feind nicht vollständig besiegt ist. Können wir und unsere Kinder guten Mutes in die Zukunft schauen, wenn die Gefahr von jenseits des Rheins eine stetige Bedrohung bleibt? Können wir die Reformen vorantreiben, wenn der König, frei, aber von Angst eingefasst, auf nichts anderes sinnt, als den Zustand zu belassen wie er ist? Können wir Patrioten sein, wenn wir uns mit einer gewonnenen Schlacht zufrieden geben? Eine herzliche Sehnsucht muss uns antreiben. Besonnenheit ohne Leidenschaft, liebe Freunde, ist eine hinkende Gefährtin. Wir brauchen mutige Männer, die den Fuß, unbekümmert um das eigene Leben, auch auf Feindes Land setzen, die dem altbösen Feind die Stirn bieten, bis der sein Haupt nicht mehr erhebt, bis Preußen, im Glanz alter Pracht, Leuchtstern in Europa ist.»

«Eine vortreffliche Rede», rief Steffens, «erheben wir unser Glas auf Preußen!»

Alle prosteten sich zu. Auch Henriette und Alexander. Und Schleiermacher und Alexander auch.

Zwei Tage später brach Alexander auf. Er starb am 11. Februar 1814 in der Schlacht bei Montmirail.

An vorderster Front.

Den Heldentod.

Bei der Nachricht vom Tode Alexanders erlitt Henriette einen Schwächeanfall. Der Arzt verordnete strenge Bettruhe.

Als Jette Schleier auf den Tod von Alexander ansprach, reagierte er abweisend, kam erst Tage später darauf zurück: «Er war bereits entschieden zu reisen. Ich habe ihn nur in dem Vorhaben bestärkt, Jette. Und es war mein erklärter Grundsatz, den ich damals vertrat. Und doch, es bleibt ein Schatten, der auf mich fällt. Ich kann ihn nicht abschütteln. Niemand tadelt mich, auch Henriette nicht, aber ich stelle mir oft die Frage, ob ich mit diesem Nachdruck geredet hätte, wenn ein Sohn von mir bereit gewesen wäre, in diese Schlacht zu ziehen. Ich weiß es nicht, Jette, ich weiß es nicht. Meine Gefühle werfen mich täglich herum. Ich finde keine Antwort.» Sein Blick so fern wie die vordersten Schlachtlinien in Frankreich.

Hatten beide sich schuldig gemacht?

Schuldig?

Bei jeder Truppenparade, und es wurde viel und laut in jenen Jahren paradiert, würde diese quälende Frage auferstehen. Und nie würde der in Henriettes Gesicht sichtbar eingeschriebene Vorwurf blasser werden.

Von der Marwitz.

Schuldig.

Hinweggelobt in den sicheren Tod. Gestorben nicht für den König, sondern für den seligen Frieden des Hausvaters Ernst Schleiermacher.

Jette erinnerte sich in diesem Augenblick an den feinherben Geruch, den von der Marwitz stets verströmt hatte, wenn er, noch soldatisch laut, den Salon eroberte.

Sie starrte auf ihre Handschuhe. Grün wie Schimmel. Sie starrte auf die Lehne ihres von der Sonne verschossenen Fauteuils. Dann starrte sie auf einen Riss im Furnier ihres Sekretärs. Dann starrte sie auf einen abgeschabten Buchrücken. Sie verschattete kurz mit der linken Hand ihre Augen.

Sie hatten sich schuldig gemacht.

Schuldig.

TEIL V

Jettes italienische Reise

I

Die Ordnung der Dinge stellte sich zögernd wieder ein. Wie nach einer langen Sommerfrische, wenn man nach Wochen wieder das eigene Haus erobert, die Rückenlehne des Stuhls am Mittagstisch nicht mehr wahrnimmt, das vorlaute Knarzen einer Treppenstufe in die Hintergrundgeräusche einsortiert, die Füße sich der Abstände erinnern und die Türschwellen nicht streifen, wie man wie selbstverständlich eine durchgesessene Stelle eines Sofas mit einem Kissen ausgleicht, so übten sich Ernst und Henriette erneut in ihre Ehe ein, überließen die Regie dem Montag, Dienstag, Mittwoch, Donnerstag, Freitag, Samstag und Sonntag.

Jette registrierte, wie die Vertraulichkeiten zurückkehrten, wie Schleier nach den Mahlzeiten wie zufällig Henriettes Hand suchte und auch fand, wie die Gespräche wieder Fahrt aufnahmen, wie die Eisrinde, die Henriettes Herz für Monate umgeben hatte, abschmolz, und wie die vom Frost schadhaft gewordenen Gefühle sich erholten. Henriette begleitete wieder häufiger Ernst auf Soireen, und die dritte Schwangerschaft – also doch!, Henriette hatte offensichtlich an Pikanterie nichts verloren – schien Jettes Eindruck zu bestätigen. Schleiers drei Grazien waren wahrscheinlich bald komplett. Dann konnte er, wenn die Pikanterie so gar nicht nachließ, auf neun Musen zusteuern. Sollte er doch! Ich muss mich darüber freuen, sagte sie sich, aber sich diesem Gesetz zu beugen fiel ihr schwer. Sie selbst zwang sich in alltägliche Routinen, unterhielt einen Mittagstisch für bedürftige Studenten, gab zwei Schülern Unterricht, pflegte ihre kränkelnde Mutter und kämpfte weiter mit ihren Texten, glaubte, mit reichlich Portwein ihre Einflussangst besiegen zu können.

Aber die Ordnung der Dinge verschob sich langsam erneut.

Und Jette erkannte die Veränderung als Erste, weil sie wusste, wie schnell sich Henriette für Personen begeistern konnte. Ihr Ernst – wenn sie an Schleiermacher dachte, dann sagte sie noch immer: mein Ernst, sie wollte partout das besitzanzeigende Fürwort nicht ablegen, verzichtete aber immer häufiger auf den Kosenamen Schleier – lebte vor einem goldenen Hintergrund: Ihm waren nahezu, natürlich nur nahezu! alle ihn umgebenden Menschen gleich wichtig. Nicht so bei Henriette. Eine Figur konnte plötzlich aus dem Hintergrund nach vorne treten und ihre ganze Aufmerksamkeit auf sich lenken. Bisher war Karoline Fischer eine Figur des Hintergrunds gewesen, jetzt trat sie umso kräftiger nach vorne. Zunächst fiel der Name eher beiläufig, dann wurde sie als Zeugin benannt, schließlich mit Autorität ausgestattet: «Auch die Fischer meint, dass der Magnetismus uns noch ganz unvermutete Ausblicke erlaubt!»

Karoline Fischer also.

Karoline Fischer war die Assistentin des jüngst zum Professor ernannten Karl Christian Wolfart, den Schleier neuerdings regelmäßig aufsuchte, weil sein Körper immer mit Verspätung reagierte und sich eine Schwäche erst erlaubte, wenn die häuslichen Verhältnisse wieder an Stabilität gewonnen hatten. Eine Assistentin. Nun gut. Das war nichts Ungewöhnliches. Bereits vor zwanzig Jahren hatte sie ihrem Mann Marcus als Assistentin bei seinen physikalischen Experimenten gedient. Aber dann hatte Henriette beiläufig erzählt, diese Karoline Fischer sei die Witwe eines sehr mutigen, nein tollkühnen Offiziers gewesen, und da hatte Jette zum ersten Mal gestutzt, wusste sie doch um Henriettes kleine Schwäche für diesen Berufsstand. Ein einziges Mal war Karoline Fischer in Begleitung Wolfarts bei Schleiermachers zu Gast gewesen, aber Jette hatte zu intensiv Wolfart gemustert – zu schmale Lippen, zu weit auseinander stehende Augen – und konnte sich an die Fischer nur mit Mühe erinnern. Wenn die Fischer sprach, so war es doch?, dann schob sie den Unterkiefer etwas vor, als würde sie am liebsten die Worte auffangen, die sie von sich gab.

Häufig zog sie die Augenbrauen hoch, als ob sie vor ihrem inneren Auge Erstaunliches wahrnahm. Und dazu war sie so unordentlich angezogen, dass Jette fast befürchtete, sie sei der Leib gewordene Traum der Männer.

«Reichen denn die Einkünfte aus der Witwenkasse aus, wenn sie doch, wie du sagtest, ein Kind zu ernähren hat?»

«Ihr Mann hatte im preußischen Heer einen ordentlichen Aufstieg gemacht, was wohl seinem außergewöhnlichen Mut zu verdanken war, denn er entstammte einfachen Verhältnissen, aber die Zahlungen reichen nicht hin, deshalb und weil sie für diese Aufgaben mit großen Gaben ausgestattet ist, versieht sie einen Dienst bei Professor Wolfart.» Henriette nahm Jettes Hand. «Ich spüre stets die Reserven, die du den Magnetiseuren gegenüber noch immer hegst, aber es würde dir für die eigene Gesundheit viel Not ersparen, wenn du rechtzeitig dich mit diesen Kuren vertraut machtest. Oft langweilen mich die Stunden, die ich im Kreise von Theologen verbringen muss, aber wenn ich im Gefolge von Ernst die magnetische Praxis von Wolfart in der Französischen Straße aufsuche, dann gehe ich mit großer Erwartung dorthin. Wenn du ein paar Stunden zugeben willst, dann solltest du uns auf eine Sitzung begleiten, die Ernst von seinem wieder heftiger werdenden Magenleiden befreien wird.»

«Gerne will ich euch begleiten.»

Henriette beugte sich zu ihr und flüsterte: «Dann lernst du auch das Mahagoni-Baquet kennen.»

Das Mahagoni-Baquet!

Es bildete das edle Zentrum eines spärlich eingerichteten ovalen Raumes, der mit dicken Vorhängen verdunkelt war. Vier in den Ecken platzierte mächtige Kerzenleuchter spendeten Lichtgarben, die den Raum in eine kleine Kapelle verwandelten. Henriette umrundete das Baquet, beugte sich dann über das Holz, fuhr mit der Hand darüber, ertastete die Maserung, als verberge sich darin eine Botschaft. Offensichtlich war es eine freundliche Botschaft, denn als sie sich umdrehte, lächelte sie Jette an. Aus einem Nebenraum drangen nachhallende Töne einer Glasharmonika herüber.

Jette musste ihre Füße sehr eindringlich auffordern, sich dem Baquet zu nähern. Mahagoni. Nun gut! Sie versuchte, einen Blick durch den durchlöcherten Deckel zu werfen, aus dem bewegliche eiserne Arme hervorlugten, glaubte Glasflaschen, Eisenschlacke und ja, das auch: Wolle und Roggenkörner zu entdecken. Ihre Kenntnisse in Physik, auf die sie so stolz war, halfen ihr heute nur wenig.

Eine Tür ging auf. Jette und Henriette zogen sich in den hinteren Teil des Raumes zurück. Mit hochgekrempelten Beinkleidern kamen jetzt fünf Männer herein. Jette genügte ein kurzer Blick. Nur in Nuancen unterschied sich das Weiß der offensichtlich vor Schreck erbleichten Waden, aber nur zwei Waden waren von einer femininen Linienführung, die zu Schleiermacher gehören mussten. Jetzt war er bald Vater von drei Grazien, aber es schien Jette, als wetteifere er darum, mit ihnen mitzuhalten.

Die Kranken setzten sich in einem Kreis um das Baquet, jeder griff, einige wie Ertrinkende!, nach einem eisernen Arm und bog ihn zu seinen leidenden Körperteilen hin. Wie Gefangene hatten sie eine Schnur um die Hüften gewickelt, die alle miteinander verband.

Die Tür wurde geschlossen. Durch eine andere Tür trat Wolfart mit der Assistentin herein. Sie begrüßten schweigend Henriette und Jette und bedeuteten beiden, auf Stühlen Platz zu nehmen.

Wolfart bat in zeremoniösem Ton um absolute Ruhe, legte die Hände an die Schläfen, ging um das Baquet herum, dann noch einmal, dann ein drittes Mal. Seine Assistentin fuhr den Kranken mit zehn Zoll langen eisernen Ruten vor dem Gesicht und den befallenen Körperteilen herum. Wolfart gab zunächst den Patienten magnetisiertes Wasser zu trinken, drückte mit seinen Händen auf die kranken Stellen und schaute dann allen minutenlang scharf in die Augen. Im Nebenraum erklang erneut die Glasharmonika.

Endlich, Jette kämpfte bereits mit ihrer eigenen Müdigkeit, durchfuhr einen der Männer ein Zucken, als wäre ein Blitz in ihn eingeschlagen. Jetzt erfasste auch die anderen Männer ein Beben, verwirrte Blicke zuckten durch den Raum, bei einem Mann schien der Adamsapfel im Hals herumzukreisen, den Mündern entwich ein Stöhnen, einer schrie sogar, als würde er von einer heiligen Wollust erfasst, einer schien den Stab nicht mehr halten zu können und klebte doch an ihm fest. Einer warf Wasser (oder war es Blut?) aus.

Und Schleier? Jette beugte sich vor, um in sein Gesicht zu sehen, aber ein stämmiger Mann versperrte ihr den Blick. Wie viele Gewitter konnte so ein kleiner Körper vertragen? Musste sie nicht einschreiten und ihren Ernst retten?

Vielleicht spürte Wolfart Jettes Angst, denn er klatschte zweimal in die Hände, und prompt legte sich der Sturm. Verstohlen blickten die Männer einander an, räusperten sich, einer lachte, brach aber, weil kein Echo folgte, den Versuch ab. Sie stiegen, ein wenig ungelenk und wackelig, von ihren Stühlen. Karoline Fischer geleitete sie, noch immer wie Gefangene vertäut, nach nebenan.

«Hast du gespürt, wie das Fluidum alles durchdrungen hat? Man sagt, dass es noch besser wirkt, wenn Karoline Fischer im Raum anwesend ist, weil das Fluidum bei ihr so ganz ohne Widerstände fließt. Offenbar ist die Materie ihres Körpers so mächtig vom Unendlichen durchdrungen, dass sie oft tagelang das Bett hüten muss, weil ihr Körper ihr den Dienst versagt. Dann suchen Visionen sie heim, dann dringt sie in Sphären, die uns ganz verschlossen sind, an denen sie uns aber teilhaben lässt, Jette, hörst du! Wenn du ihr in die Augen schaust, dann spürst du förmlich die Magnetkraft ihrer Seele, dann fühlst du dich angezogen und kannst dich gar nicht wehren!» Dabei deuteten ihre Lippen ein zitterndes Lächeln an, als sei die Luft noch immer mit Elektrizität aufgeladen.

Nein. Jette spürte diese Anziehungskraft nicht. Sie hatte dieser Fischer kurz in die Augen gesehen, aber diese Augen schienen ihr stumpf, im Leeren umhertastend wie bei einer Blinden.

«Ich hoffe, der Anblick hat euch nicht zu stark beansprucht?» Schleier stand plötzlich neben ihr.

Jette schaute zunächst auf die Waden, die wieder von Beinkleidern züchtig umhüllt wurden. Ernst hatte sich Gott sei Dank in einen Mann zurückverwandelt.

«Ich konnte mich nicht ganz entscheiden, ob du mich an einen Zitterrochen oder an den Theologus electricus Prokop Divisch aus Mähren erinnert hast.»

Schleier lachte, aber Henriette warf ihr einen missfallenden Blick zu. Über den Magnetismus durfte man nicht scherzen. Damit ging man nicht achtlos um. Das hier war kein Hokuspokus. Offensichtlich haftete Jette allzu nachhaltig am Boden fest.

Henriettes Blick verlor sich in Jettes großen Röcken.

Da ahnte Jette, dass sich die Ordnung der Dinge schleichend wieder auflöste.

2

Ein Denkzettel!

Ehrenfried präsentierte seinen Denkzettel mit einigem Stolz, obwohl er mit schlurfenden Schritten über das Pflaster des Innenhofs ging, obwohl seine Turnertracht mit Blut verschmiert war, obwohl er heute kein Lied vor sich hinpfiff.

Henriette geriet sofort in große Aufregung, rief nach Schleiermacher, bat Jette, in seiner Nähe zu bleiben, suchte Verbandszeug und Alkohol, um die Wunde, ein Riss auf der Wange wie nach einem Duell, zu säubern. Ehrenfried setzte sich hin und genoss sichtlich die Aufregung, verschränkte die Arme, zuckte nicht, als Henriette die Wunde abtupfte, verbot sich mit einem einzigen

Blick das Auftragen einer Salbe, schüttelte sehr entschieden den Kopf, als Henriette die Rede auf einen Arzt brachte.

Mit einem Blick erfasste Schleiermacher, der, wie Jette fand, sehr gelassen den ersten Tumult abgewartet hatte, die Situation: «Du hattest eine Rauferei?»

Ehrenfried nickte knapp.

«Mit anderen Turnern?»

Ehrenfried hatte die Gewohnheit, mit einem Mundwinkel zu lächeln, wenn die Frage seinen Stolz verletzte. Jette entdeckte in diesem Augenblick längst vergessen geglaubte Züge des verstorbenen Ehrenfried, einen aristokratischen Zug, der so gar nicht mit dem grauen Leinengewand der Turnerkleidung harmonierte. Man traute ihm sofort ein Leben mit vielen Dienern zu, Gespräche über Reisen in das Innere Afrikas, Rosenzüchtungen und einen Hang zu Austern. Und dazu eine sehr hellhäutige Gemahlin mit kleinen Füßen, die fehlerfrei Goethe zu rezitieren verstand.

«Pah.»

«Mit Kuchenbäckern?»

Wieder dieses Mundwinkellächeln. Es sprang jetzt auf Jette über, weil Ernst sich, wie der Tonfall verriet, ein wenig tastend in der Gassensprache bewegte.

«Nein, diesmal waren es keine, wie ihr sie nennt, Lehrburschen, sondern gestandene Schmalzgesellen.»

Schmalzgesellen.

Schleiermacher war jetzt beinahe fünfzig Jahre alt. Seine Locken ohne Spannkraft. Seine Lippen waren schmal geworden. Müdigkeit raubte seinen Augen häufig den Glanz. Aber wie er jetzt so auf das vor ihm sitzende blutende Leben hinabschaute, durchfuhr ihn, wie Jette sah, offenbar eine tiefe Zufriedenheit, weil die Gesichtszüge weich wurden und Wärme abstrahlten. Hier saß sein Stiefsohn, ein wenig malträtiert, aber er hatte seinen Mann gestanden, hatte die Schlachten fortgeführt, die er, sein Stiefvater, auf anderen Feldern geschlagen. Schmalzgesellen. So nannten die Turner die Gegner des Turnens, weil Professor Schmalz, erster Rektor der Universität, gegen die patriotische Gesinnung, die sich im Turnen ausdrückte, zu Felde gezogen war. Schleiermacher hatte mit einer beherzten Rezension die Schrift von Schmalz zurückgeschlagen. So wiederholte sich die Geschichte. Und wie um das profane Glück dieser Szene nicht zu zerstören, nickte Schleier nur und machte auf dem Absatz kehrt.

Offensichtlich war Henriette mit dem Auftritt ihres Mannes nicht zufrieden, denn sie bat Jette, morgen Ehrenfried zur Hasenheide zu begleiten, weil sie wegen ihrer Schwangerschaft («Ich möchte darauf wetten, es wird ein Mädchen!») Ehrenfried nicht begleiten könne. «Und vielleicht gelingt es dir, Ehrenfried davon abzubringen, die Haare so unordentlich herabhängen zu lassen.»

Nur eine kleine Kruste erinnerte am anderen Abend an die blutverschmierte Wange des Vortags. Und natürlich hingen Ehrenfrieds Haare herab. Sein graues Turnerkostüm prangte mit eingetrocknetem Blut. Ehrenfried führte einen Tornister mit Proviant mit sich und schmückte sich unterwegs mit jungem Eichengrün. Vor dem Halleschen Tor winkte er Jette kurz zu, gesellte sich dann zu anderen Turnern und rannte mit ihnen über die Sandflächen Richtung Hasenheide. Als Jette den Platz erreichte, sang die gewaltige Masse junger Turner – wie viele es waren! – mit oft brechenden Stimmen aus ihrer blauen Fibel ein Turnerlied: Vom edlen Ritter erzählte das Lied, von Herzenslust und Kampfesmut. Und über den «Franzmann» wussten sie nur Böses zu singen.

Neben Jette trat ein Mann mit einem umgekrempelten dunklen Überrock und hohen Stulpenstiefeln. Seine Stimme schnarrte ein wenig, als er sagte: «Gehört einer der Turner auch zu Ihnen, verehrte Frau?»

Jette stutzte kurz, aber das Gesicht des Mannes wirkte verbindlich. Und ihn schmückten Locken! «Nein. Ich begleite den Sohn eines Bekannten, weil die Eltern durch Geschäfte verhindert sind.»

«Und geht der Sohn dieser Leute in eine Lehre?» Die Augen des Mannes suchten im Halbdunkel Jettes Augen.

«Er besucht die Plamannsche Anstalt.»

«Die Plamannsche Anstalt. Ein Sohn aus besserem Hause also. Das kann man nicht wissen. Hier verkehrt alles durcheinander. In dem Grau der Turnerkleidung erinnern alle an entflohene Sträflinge, denen man strengstens verboten hat, einen Kamm zu benutzen.»

Unter großem Applaus trat ein Redner auf eine Bühne. Jette konnte die Gesichtszüge des Mannes nicht erkennen, glaubte sich aber zu erinnern, dass Jahn selbst reden wollte.

«Die Plamannsche Anstalt steht, wie man hört, mit der Turnerei in reger Verbindung. Dort werden die Gemüter erhitzt, die dann hier noch weiter angefacht werden.»

Und als habe Jahn (war es Jahn?) diesen Satz verstanden, setzte er mit einer feurigen Rede gegen die Franzosen ein, als müsse er das Freudenfeuer durch die Hitze seiner Sätze zum Lodern bringen.

«Wie war auch noch der wohlgeborene Name ihres Zöglings?»

Die Frage kam überraschend, begleitet von einem plötzlich öligen Lächeln, das man an Budenbesitzern auf den Trödelmärkten vermuten würde.

Vielleicht waren es die eleganten schlanken Hände, die Jette übereilt antworten ließen: «Schleiermacher, nein, von Willich.»

«Von Willich. Der Stiefsohn des Herrn Professors und Predigers also.» Er nickte. «Ja, ja. Das Leben eines Professors ist verträglich. Da hätte man allen Grund, dankbar zu sein. Ich denke, Sie werden mir darin zustimmen.»

«Darf ich fragen, worauf Sie hinauswollen? Ich verstehe nicht ganz Ihre Frage und zweifle, ob mir die Frage, wenn ich sie verstünde, gefiele.»

«Sehen Sie, verehrte Frau Hofrätin Herz» – er suchte noch einmal ihren Blick, aber die Dunkelheit hüllte beide bereits ein –, «ich denke, ich habe das Vergnügen, neben der ehemals berühmten Frau Hofrätin zu stehen, ja?»

«Ja», antwortete Jette leise und begann leicht zu frösteln.

«Meine Verehrung, Frau Hofrätin. Sehen Sie in mir einen Vertreter der Sorge, den sich die führenden Kreise machen. Wir haben die Franzosen besiegt. Wir haben unsere Ehre auf dem Felde zurückgewonnen – aber dieser Friede ist prekär, wenn ich mich so ausdrücken darf.»

«Ich verstehe noch immer nicht recht.» Jette versuchte ihrer Stimme eine Spur von Ungeduld beizumischen.

«Sie verstehen sehr wohl, Frau Hofrätin. Ruhe ist die oberste Pflicht, um die Grenzen zu sichern und den Frieden zu bewahren. Wenn die Jugend leichtfertig von Predigern und Turnvätern aufgestachelt wird, wenn unten und oben durcheinander geraten, wenn Schurken und Diebe die Staatsgeschäfte übernehmen, dann steht das Ende Preußens bevor.»

Als ob der Funke der Rede endlich übergesprungen sei, brannte das Freudenfeuer jetzt lichterloh. Das Johlen und Lärmen ließ den Mann neben Jette kurzzeitig verstummen. Jette glaubte, sich im Trubel unbemerkt entfernen zu können, spürte dann aber, wie eine Hand sie am Arm festhielt.

«Ich bin gekommen, um Sie zu warnen, Frau Hofrätin. Einflussreiche Kreise sind äußerst besorgt über die politische Tendenz, die sich in den Reden des Herrn Professors äußert. Er befördert einen unangemessenen Geist unter der Jugend, missbraucht sein akademisches Amt und seine Kanzel. Würden Sie es nicht bedauern, wenn er, seiner Ämter enthoben, Berlin, nun sagen wir: Richtung Hinterpommern verlassen würde?» Der Griff wurde fester: «Wir ertragen viel, sogar Jüdinnen in unserer Mitte, aber wer die Jugend verdirbt, muss notfalls, wie Sie wissen, ich darf Sie doch hochgebildet nennen?, nun also, wer die Jugend verführt, der muss einen Schierlingsbecher trinken. Oder lebenslang einen schlechten Wein in Hinterpommern.»

Jette wollte antworten, aber da war der Mann bereits verschwunden. Ein trockenes Lachen hallte nach. Hinterpommern. Man drohte Schleiermacher mit Hinterpommern. Schon wieder.

Und womit drohte man ihr?

Das Freudenfeuer fraß Löcher in die dunkle Nacht. Sie erhob ihr aschenes Haupt und schlich zurück. Sulamith.

Hinterpommern.

3

Jette hatte zwei Tage die Begegnung auf der Hasenheide in ihrem großen Körper eingesperrt, hatte beschlossen, nichts zu sagen, aber die Sätze wanderten herum, drängten nach außen, gelangten in den Mund, schlüpften heraus, als ihr Geist noch tranig herumstakste. Sie wollte Ernst nicht beunruhigen, und dann das! Die Sätze waren heraus. Sie sog die Luft ein, aber die Sätze ließen sich nicht mehr einfangen, hatten sich längst in Ernstens Ohren verkrochen und schreckten die Nerven auf. Warum nur konnte sie in Gegenwart von Ernst nichts für sich behalten! Aber zugleich genoss sie es auch, wenn Ernst in solchen Augenblicken ganz männlich und energisch wurde.

«Vor zwei Jahren hat man mich aus der Unterrichtsabteilung im Ministerium hinausgeworfen, jetzt trägt man herum, ich würde gegen den König intervenieren und die Jugend verführen. Und das nur, weil ich den Turnern gegenüber mich freundlich zeige. Offensichtlich sitzen in meinen Seminaren Studenten, die wie schlechte Bibelausleger Stellen zusammentragen und daraus ein Manifest machen, das mich als Feind des Königs zeigt. Mich! Ich habe, wie du weißt, unter dem Einsatz meines Lebens dem König als geheimer Botschafter gedient.»

Jette hatte Schleiermacher selten so aufgebracht erlebt. Er sprang dauernd auf und rannte dann im Zimmer umher. «Soll ich meine Zunge einschirren, damit ich keinen falschen Halbsatz verlauten lasse? Pah. Wohlmöglich hat man Spione auch in der Kirche postiert, über die ich dann den Segen ausbreiten darf. Schon länger fällt mir auf, dass Mitglieder des Königshauses meinen Gottesdiensten häufig fernbleiben. Als Kanzelredner bin ich auch nicht mehr wohl gelitten, Jette. Und jetzt droht man mir erneut mit Hinterpommern!»

Ihr alter Widersacher, ihr Körper, meldete einen ernsten Zwischenfall. Als ob das Wort «Hinterpommern» die Macht besäße, ihre Nieren zu stauchen, so fühlte sie einen giftigen Schmerz in der Seite, griff unbemerkt dorthin, massierte die Stelle. Sie machte sich leise Vorwürfe. Warum begab sie sich nicht endlich auf eine lange Badereise oder ging auf das Angebot einer Freundin ein, sie in das warme Italien zu begleiten? Sie kam sich eingeschnürt vor, wie in ein Kleid, ein ehemaliges Lieblingskleid, das, weil zu heiß gewaschen, eingegangen war und in das man sich doch noch hineinzwängte. Und sie zwängte sich hinein, wollte Ernst helfen, so wie sie ihm immer geholfen hatte, zerrte deshalb ein wenig an ihrem Unterrock. Auch wenn sie heute keine Kraft verspürte. Auch wenn sie so gerne einen Spaziergang an der Havel unternommen hätte.

Warum lebte sie denn tagelang nur für diese Freundschaft, ertrug es, wenn Henriette sie häufig überging, sogar an den Sonnabenden, wenn sie zum Essen kam? Empfand sie noch immer genug für Ernst, um von den sie oft langweilenden Gesprächen über diese Karoline Fischer unbeeindruckt zu bleiben? Oder hatte sie einfach zu viel Zeit, um über diese Fragen nachzudenken? Oder diktierte der Körper ihr diese Fragen?

Wie durchtrieben! Wie hinterhältig! Nein! Ihr Körper sollte nicht über ihre Wünsche herrschen – und doch musste sie ihn mitschleppen. War das die alberne Tragik ihres Lebens? Der mächtige Körper, der alles und jeden, vor allem aber ihren Schleier überschattete?

Vielleicht zog ihr Körper es vor, alleine zu bleiben oder von

Freundinnen in Italien herumgeführt zu werden? Und vielleicht sehnte sich ihr Körper noch nach einer ganz anderen Wärme?

Wärme!

«Wenn ich nur wüsste, welcher meiner Studenten den Zuträger spielt! Vielleicht sind es auch nur Gäste, die häufig anfragen, einer Vorlesung beizuwohnen.» Schleiermacher warf ihr einen Blick zu, ob sie erahne, worauf er anspiele. «Vielleicht gelingt es dir, die Spreu vom Weizen zu trennen.»

«Ich, eine Frau, soll eine Vorlesung besuchen? Wird das nicht Argwohn schüren?»

«Ich kann dich beruhigen. Die Gräfin Münster und die Gräfin Voß haben bereits einmal einer Vorlesung beigewohnt.»

Konnte man aber Verrat erkennen? Das also traute ihr Ernst zu: das Böse hinter der Maske ausfindig zu machen. Mit einem kleinen Lächeln antwortete sie: «Ich leihe dir meine Augen, Ernst.»

Und weil sie den Mund nicht verschlossen hatte, saß Jette bereits zwei Tage später in einem schlecht geheizten Saal der Universität, setzte sich in der ersten Reihe auf einen Randplatz, um den Studenten ins Gesicht sehen zu können. Zunächst äugten einige verstohlen zu ihr hinüber, aber als Schleiermacher den Raum – mit Verspätung! – betrat, vergaß man ihre Anwesenheit nach wenigen Sätzen.

«Bereits gestern hatten wir uns mit folgender Frage beschäftigt: Was soll aus dem Menschen werden, und was ist er schon? Wir hatten gesehen, dass ein Streit darüber geführt wird, ob es eine Allmacht der Erziehung gibt, aus jedem Menschen alles machen zu können, was man wolle, oder ob wir der These zuneigen müssen, die da besagt, wir würden mit unveränderlichen Anlagen geboren, sodass die Erziehung nichts Großes mehr auszurichten vermag.»

Schleiermacher redete bedächtig, mit gebremstem Schwung, als wolle er seine Gedanken zweifach kontrollieren, als achte er ängstlich darauf, keinen Anlass zu bieten, ungeschützt Sätze verlauten zu lassen, die man gegen ihn verwenden könnte. Jette drehte sich um und blickte in die Runde. Etwa dreißig Studenten hatten sich im Saal verteilt. Gäste konnte sie nicht ausmachen, sie hatte im Geheimen gehofft, auf den Mann zu treffen, der ihr auf der Hasenheide diesen Schrecken eingejagt hatte.

«Gegen die letzte Meinung habe ich die Unentschiedenheit der anthropologischen Voraussetzungen geltend gemacht, weil andernfalls die Rede von einer Pädagogik gar nicht sinnvoll ist. Und gegen die Theorie einer durchgängigen Formbarkeit des Menschen habe ich betont, dass dem Menschen von Anfang an eine Selbsttätigkeit einwohnt in Beziehung auf alles, was zur menschlichen Natur gehört. Eine Erziehung muss diese Selbsttätigkeit erregen und daran anknüpfen, will sie die Menschen tüchtig machen, um in ein Gesamtleben einzutreten. Die Bestimmung des Menschen ist es, die Welt in sich aufzunehmen und sich in der Welt darzustellen. Die Erziehung soll also so eingerichtet werden, dass beides in möglichster Zusammenstimmung sei, dass die Jugend tüchtig werde, einzutreten in das, was sie vorfindet, aber auch tüchtig dazu, die sich darbietenden Verbesserungen mit Kraft anzugehen.»

Wie Henriette jetzt so in die Gesichter blickte, schien es ihr unmöglich, diesen Gesichtern etwas Böses abzulesen. Sie schauten konzentriert zu Schleiermacher hinüber, wenn sie einige Sätze notiert hatten. In den Gesichtern wohnte eine große Anstrengung, das ja, manchmal auch blitzte eine Einsicht auf, aber um die Münder herum spielte keine giftige Entschlossenheit, auch kein Triumph des Verrats. Der Anblick dieser Gesichter berührte Jette, diese Lust, den dichten Gedanken zu folgen, die keine Mühen scheuten, die sich erboten, notfalls Lorbeer und Rosen vor dem Katheder niederzulegen. Sie hatten zumeist erlesene Profile – nur zwei Gesichtern hier vorn und dort hinten sah man die bäuerlichen Vorfahren an.

Dann sah Jette, wie sich, zaghaft zunächst, ein Arm nach oben streckte. Dieser Arm gehörte zu einem sehr schmalen, sehr feinen und sehr eindrücklichen Gesicht. Ernst übersah zunächst die Meldung, erst im letzten Augenblick, als sich der Arm bereits wieder vorsichtig zurückzog, erteilte er ihm das Wort: «Habe ich recht verstanden, dass das bestehende Gesamtleben sowohl erhalten als auch verbessert werden soll?»

Schleiermacher zögerte, warf einen kurzen Blick zu Jette, räusperte sich, sagte dann mit starker Stimme: «So ist es.»

«Besteht dabei aber nicht immer auch die Gefahr, dass man zwar das Gute will, aber doch das Böse tut?»

War diese Frage der Scharfsinnigkeit geschuldet, oder versteckte sich hier, unter dem Laub einer tastenden Frage, ein Fallstrick? Schleiermacher nickte, sagte dann: «Dass ein Mensch mit Verstand und Willen etwas Böses tut, widerstrebt meiner Auffassung von Grund auf. Ein Bogenschütze, so können wir schon bei Platon lernen, zielt nicht absichtsvoll daneben, andernfalls wäre er kein Bogenschütze. Und so wird auch derjenige, der das Gesamtleben verbessern will, nicht absichtsvoll das Böse wählen. Nur wer diese Möglichkeit zulässt, muss sich dem Argument beugen, die Erhaltung des Zustandes sei das oberste Ziel.»

Die Studenten klopften, standen auf, umringten noch für einige Minuten Schleiermacher, einige verbeugten sich, als sie an Jette vorbei nach draußen gingen, dann trat Schleiermacher zu ihr. Ein angestrengtes Lächeln huschte über sein Gesicht. «Haben deine Augen den Spion gesehen?»

«Kennst du seinen Namen?» Jette flüsterte, als ob sie belauscht würden.

«Er heißt Gehlen. Sein Vorname ist mir entfallen. Wenn ich mich recht erinnere, dann arbeitet sein Vater in der Finanzbehörde.»

«Hältst du ihn für den Zuträger?»

Schleiermacher zuckte mit den Schultern. «Vielleicht. Vielleicht auch nicht. Sicher bin ich mir nur darin, dass er zu den klügsten Studenten zählt, die jemals in meinem Seminar gesessen haben.»

«Ist Dummheit denn eine Voraussetzung, um als Spion verdingt zu werden?»

«Nein. Leider. Dann wäre die Sache einfacher. Dann hätte ich aber auch nichts zu befürchten.»

Jette nickte. Die Drohung mit Hinterpommern blieb. Auch sie hatte es nicht geschafft, das Böse zu erkennen. Einen plötzlich einsetzenden heftigen Schmerzanfall in der Seite konnte sie nur mit aller Kraft niederringen. Hinterpommern rang mit Italien.

Sie hinkte.

4

«Man rückt wohl künftig zusammen?»

Diese Stimme aus dem Schatten ließ Jette herumfahren, weil der Tonfall sie für Bruchteile einer Sekunde an Schleier denken ließ. Dieser Schatten schien sie zu begleiten, kroch hinter ihr her, sog sich an ihr fest, vergrößerte und beschwerte ihre Gegenwart, unterfütterte ihre weiten Kleider, wirbelte graublauen Staub auf, der den Wind sichtbar machte und andere aufschreckte.

«Eine Bündelung der Kräfte, wenn ich es so sagen darf, verehrte Frau Hofrätin?»

Vögel, die im Garten gerastet hatten, sprengten auseinander, wähnten, als sie den heranrollenden Schatten wahrnahmen, eine Katastrophe im Anmarsch und suchten ihr Heil in der Flucht. Die vom Staub geschmirgelte Luft ließ sie schneller fliegen.

«Der vortreffliche Herr Verleger Reimer und der hochwohlgeborene Herr Professor schon in Bälde unter einem Dach vereint! In Sackens Palais. Eine sehr vornehme Adresse. Man darf gratulieren. Nichts steht jetzt weiteren gemeinsamen Arbeiten im Wege. Da wird man also auf neue Traktate zur nächsten Messe rechnen dürfen? Ist bereits einiges in Vorbereitung? Wissen Sie Näheres zu berichten?»

«Ich wüsste nicht, was Sie das angeht, mein Herr. Beide sind ehrbare Männer.» Jettes Gedanken schlotterten, deshalb verwackelten ihre Sätze.

«Da die Frau Hofrätin so gerne in der Nähe dieser Männer weilt, sich sogar, obgleich einer anderen Religion angehörig, in die Vorlesungen des Herrn Professors schleicht, wäre es doch bequem, wenn sie dort ebenfalls einzöge. Das Haus des Herrn Verlegers ist doch geräumig genug. Da wird doch noch ein Kämmerchen frei bleiben?»

«Was interessieren Sie die Privataffären anderer Menschen?»

Der Schatten schüttelte den Kopf, und Jette glaubte sich herumgestoßen.

«Verehrte Frau Hofrätin, Sie irren, wie Sie so häufig irren. Verleger, Prediger und Salonièren, pardon: ehemalige Salonièren, sind niemals nur in privaten Affären rührig. Erinnern Sie sich noch an unsere kleine Plauderei, die wir neulich anlässlich des Freudenfeuers führten und die so reichlich Früchte trug? Nun? Ich darf andernfalls Ihrem Gedächtnis ein wenig aufhelfen: Führende Kreise unserer Gesellschaft machen sich Sorgen. Diese Sorgen treiben uns um. Deshalb ist es durchaus von einigem Nutzen, wenn in dem Palais künftig alle vereint sind. Das erleichtert unsere Arbeit auf angenehme Weise. Darf ich Sie also noch einmal ersuchen, bei dem Herrn Professor vorstellig zu werden, ob nicht doch noch daran gedacht wird, Sie in den Haushalt aufzunehmen?»

Jette fahndete nach Resten von Mut, glaubte irgendwo am Rande noch eingeweckte Spuren entdeckt zu haben, die aber reichten nicht aus, als sie hörte: «Es gibt Stimmen, die behaupten, dass gewisse Lehrmeinungen und Gebräuche einer fremden Religion im Geheimen dazu führen, die Ruhe zu unterwandern. Noch haben wir keinen Finger gerührt, aber einige dieser Stimmen, die an Stärke zunehmen, brachten einen Vorschlag ein, die Zahlungen der Witwenkasse für diesen Kreis der Personen einzustellen und die jüdischen Besitzungen sehr kräftig zu besteuern. Aber auch dann, so vermute ich doch, wird die Freundschaft sich bewähren! Die unendliche Liebenswürdigkeit dieser Menschen kann sich dann so tatkräftig zeigen!»

Als ob das Verb «zeigen» einen geheimen Reflex auslöste, trat der Mann aus dem Schatten, verbeugte sich mit einer vollendeten Geste und ging sehr verhaltenen Schrittes davon. Seine Gestalt warf einen Riesenschatten.

Jette lehnte sich an den Hauseingang. Sie hatte viel Staub getrunken. Sie hatte sich dem Schatten entgegengestemmt. Sie hatte mit der eigenen Erschlaffung gekämpft. Ja. Ja. Ja. Sie hatte darauf gehofft, sich ausgemalt, wie es sein würde, wenn Reimers, wenn Schleiermachers und sie in einem steingewordenen Rügen vereinigt wären. Das Haus war sehr geräumig, sogar auf weiteren Zuwachs hin angelegt. Nun gut. Irgendwann würde sich ein Sohn einstellen, und dann würde Ernst sicherlich Ruhe geben. Nanny, sie hatte es als Erste erahnt, würde schon bald Steins ehemaligen Vertrauten Ernst Moritz Arndt, der auffällig häufig bei den Schleiermachers anwesend war, ehelichen, und dann würde eine zusätzliche Stube frei!

Warum besaß sie nicht die Kraft, Ernst diesen Vorschlag zu unterbreiten? Warum wollte sie gefragt werden? Konnte Ernst diesen Wunsch nicht von ihren Augen ablesen? Hatte Ernst vielleicht sogar nächtens nachgefragt, sich dann aber im mandelweißen Haar von Henriette verloren und die Frage vergessen?

Kreischende Vögel kamen zurück, als hätten sie Meldung über ein Unglück zu machen. Wolken flohen den Ort. Der Wind hatte die Orientierung verloren und drehte sich im Kreis.

Als sie in den Hauseingang trat, zog sie den Schatten hinter sich her. Nanny öffnete ihr, umarmte sie kurz, legte dann den Finger auf die Lippen und bedeutete ihr leise zu sein. Sie gingen durch den langen Flur, Jette schaute kurz in zwei Kammern hinein, die auf den Umzug warteten. Dann entdeckte sie eine Mahagoni-Schlafstatt. Also doch!

Ihnen kam der Arzt Wolfart entgegen, der sich mit einem dringenden Krankenbesuch entschuldigte, «obgleich ich stets gerne zugegen bin, wenn die liebe Frau Fischer in ihren clairvoyanten Zuständen Erstaunliches zutage fördert.»

Sie betraten den kleinen, mit grünem Papier ausgeschlagenen Salon. Er war abgedunkelt. Kerzen brannten. Ehrenfried, seine Haare ordentlich gebunden, das graue Turnerkostüm gegen Hosen und Rüschenhemd eingetauscht, saß auf einem Stuhl und schaute gebannt auf Karoline Fischer, die auf dem Sofa lag und zu schlafen schien, wie ein Fisch (Karpfen, durchfuhr es Jette, Karpfen sind Friedfische) den Mund öffnete und schloss. Vielleicht mussten Jungen in Ehrenfrieds Alter turnen, um dann so andächtig still sitzen zu können. Henriette stand hinter dem Sofa, beugte sich, als ob das Öffnen des Mundes ein geheimes Zeichen sei, über die schlafende Fischer und tupfte ihre Stirn ab. In einer Ecke entdeckte Jette Klein-Jette, in einer angespannten Bewegung eingefroren. Ihre innere Rastlosigkeit schien aus ihr herausgefahren zu sein.

Auch das Sofa stand auf Mahagoni-Füßen.

Jette trat näher an das Sofa heran. Die Fischer hatte schlechte Zähne. Ihre Augen wirkten eingefallen, als ob ein Unterdruck die Augen nach innen zöge. Im Gesicht der Fischer zuckten einige Nerven. Die Nervenfasern schienen das Fluidum zu transportieren, denn die Zuckungen verteilten sich jetzt über den ganzen Körper, wanderten über den Bauch zu den Füßen, kamen zurück wie Wellen, die kein Ufer fanden. Die Haut straffte sich, die Falten verschwanden, weil vermutlich das stark fließende Fluidum die Haut mit zusätzlicher Feuchtigkeit ausstattete. Die Verschattung in den Augenhöhlen ließ nach, als ob die Augen wieder kräftig von innen gegen die Lider drückten. Das Gesicht der Fischer wirkte plötzlich von innen erleuchtet, als wolle das Licht herausbersten, als erkundete es Ausgänge, als trommelte es gegen verhangene Fenster.

Auf dem Gesicht von Henriette spiegelte sich eine große Verzückung, sie schien hier der Lösung ihres Lebens nahe, ihren

Sehnsüchten, ihren Ahnungen. Eine große Last war von ihr abgefallen, alles Niederziehende. Wie leicht konnte das Leben doch sein. Die ältesten Kinder, die so sehr an ihr gezogen hatten, die ein Tribut waren, ein irdischer Zoll, sie standen jetzt hier in diesem Zimmer, ganz wie sie unter dem Eindruck der Fischer. Sie waren Zeugen, wie Karoline Fischer das Helle, die Gebinde von Licht, aus dem Inneren hervorspülte, wie ihr Leib seine Konturen verlor, wie das Gesicht seine kantigen Züge aufgab, wie die Hände, die noch vor Stunden den Abwasch besorgt hatten, wie Glacéhandschuhe strahlten. Henriette umgab eine Aura der Dankbarkeit, die offenbar so stark war, dass sogar Nanny die Rüstung ihrer Skepsis von sich warf und den Kopf senkte.

Henriette beugte sich zur Fischer hinunter. Deren Mund war seltsam angespannt. Dann fing sie an, leise zu singen: *«Man soll ein Kind des Höchsten sein, ein reiner Glanz, ein Licht im großen Lichte. Wie wird der Leib so stark, so hell und rein, so herrlich sein, so lieblich im Gesichte, dieweil ihn da die wesentliche Pracht so schöne macht.»*

«Ich kann ihn sehen», hauchte die Fischer.

Jette starrte auf Henriettes zusammengepresste Lippen, die den anschwellenden Lobpreis mit aller Macht zurückhielten.

«Ich kann ihn sehen», hauchte die Fischer erneut. Sie hob an zu singen. *«Es glänzet der Christen inwendiges Leben, obgleich sie von außen die Sonne verbrannt; was ihnen der König des Himmels gegeben, ist keinem als ihnen nur selber bekannt. Was niemand verspüret, was niemand berühret, hat ihre erleuchteten Sinne gezieret und sie zu der göttlichen Würde geführet.»*

Dann schwieg sie wieder für Minuten. Henriette tupfte ihr noch einmal die Stirn ab. Ehrenfried reckte den Hals. Klein-Jette beugte sich nach vorne und strafte die Schwerkraft Lügen. Die Fischer setzte mit einer erneuten Strophe ein: *«Sie scheinen von außen oft arm und geringe, ein Schauspiel der Engel, verlacht von der Welt, doch innerlich sind sie voll herrlicher Dinge, der Zierat, die Krone, die Jesu gefällt; das Wunder der Zeiten, die hier sich bereiten, den König, der unter den Lilien weidet, zu grüßen, in güldnen Stücken gekleidet.»*

Diesmal war die Pause nur kurz. *«Doch innerlich sind sie aus göttlichem Stamme, geboren aus Gott durch sein mächtiges Wort, ein Funken und Flämmlein aus göttlicher Flamme, entzündet von oben, genähret von dort. Die Englein sind Brüder, die ihre Loblieder mit ihnen gar freundlich und lieblich absingen; das muss dann ganz herrlich, ganz prächtig erklingen.»*

Jette hatte der Fischer diese Stimmfärbung nicht zugetraut. Sie hatte die Farbe von zarten Rosenblüten, die sich soeben aus den Knospen befreiten, cremefarben mit rosa Rändern. Man glaubte das Aroma zu riechen, empfing Bilder von blühenden Wiesen, die sich im Wind aufplusterten, von Rosengärten, in denen auf Bänken Verliebte sich sonnten. Diese Stimme rührte etwas an.

«Ich kann ihn sehen. Ehrenfried. Es ist Ehrenfried.» Sie atmete tief ein. Die Zuckungen wurden stärker. *«Ich kann's nicht fassen, er reitet durch die güldnen Gassen. Angetan mit …»* An dieser Stelle bäumte sich die Fischer kurz auf, fiel dann in die Kissen zurück, es schien als setze die Atmung aus, Jette wollte bereits eingreifen, da ließ die Fischer einen großen Seufzer verlauten und schlug die Augen auf. Henriette ergriff sofort ihre rechte Hand und benetzte sie mit Tränen. Dann schaute sie zu Ehrenfried, zu Klein-Jette, schließlich zu Nanny und Jette. Der Triumph gewann sehr langsam über die Verzückung die Herrschaft.

«Unsere liebe Karoline verlangt nach Ruhe», flüsterte Henriette. «Ich wache noch ein wenig über ihren Schlaf. Für gewöhnlich ereilt sie nach diesen Anstrengungen ein kolossaler Kopfschmerz.»

Langsam erhob sich Ehrenfried. Klein-Jette fand in ihre Bewegung zurück. Jette folgte Nanny in den großen Salon. «Weiß Ernst davon?», fragte Jette.

«Er weiß davon.» Nanny atmete hörbar aus. «Er belässt es bei Andeutungen.»

Jette nickte, verabschiedete sich stumm, ging in den Salon, rief nach Schleiermacher. Er, aus seinem einige Stufen höher gelegenen Zimmer kommend, eine Tasche unten am Tisch platzierend, schaute zu ihr hoch, senkte dann sofort den Blick, zögerte, ob er sich aufmachen sollte, um zu einer Versammlung zu gehen, ließ aber von dem Vorsatz ab, sackte, als er endlich saß, in sich zusammen, als ob sein Körper die Kraft nicht mehr aufbringen könne, den Kopf oben zu halten. Warum waren alle, auch er, so mutlos? Wann erwachte er endlich aus seiner teilnahmslosen Verzweiflung?

Wo war der Schwung der frühen Jahre geblieben? Warum wirkte sein Elan abgewetzt? Warum hielt er nicht engeren Kontakt mit Friedrich und den alten Freunden? Sie wollte ihm Mut zusprechen, aber da stand er plötzlich auf, nahm sie kurz in den Arm, drückte sie leicht und ging wortlos mit ihr nach draußen.

Der Schatten war leichter geworden.

Die Vögel besuchten ungestört die Blumenbeete.

Immerhin.

5

«Und wie deutest du die geistigen Nebenwirkungen des Magnetismus?» Jette steuerte, als sie Schleiermacher in einer Theaterpause traf, ohne Umschweife das Thema an, das ihr seit Wochen auf der Seele lag.

Schleiermacher tauchte mit Mühe aus dem Stück auf. «Ja, also.» Dann wurde sein Gesicht plötzlich offener, weil er eine Antwort wusste: «Mit den höheren Zuständen im Magnetismus, Jette, ist es doch so wie mit einer Theateraufführung, man findet sehr schnell wieder in das Leben hinein, zumal dann, wenn man der liebsten Freundin ansichtig wird.»

«Offensichtlich gehen magnetische Kuren Hand in Hand mit der Kunst, Frauen die Cour zu machen.» Jette verspürte keine Lust, sich abspeisen zu lassen. «Aber sag, Ernst, besteht denn nicht die Gefahr, dass der Magnetisierte vom Magnetiseur in eine geistige Abhängigkeit gerät?»

«Nein, nein. Das ist größtenteils Fabel, Jette. In der Regel geht die Zuneigung nicht über diejenige hinaus, die man, sagen wir, zu einem alten Hausarzt pflegt. Ich würde ohne jegliches Bedenken alle Menschen, die mir sehr lieb sind, einem Magnetiseur übergeben, sofern er denn ein Arzt ist und sein Handwerk versteht. Wie bei jedem Mittel würde ich auf die Nebenwirkungen ein wachsames Auge halten. Ich würde aber keinen Freund davon überzeugen, sich einer Kur zu unterziehen, wenn er von Ängsten heimgesucht wird. So würde ich auch meine beste Freundin nicht überreden, Bilsenkraut einzunehmen, wenn sie felsenfest davon überzeugt wäre, Bilsenkraut würde ihr den natürlichen Humor nehmen.»

Jette lächelte pflichtschuldigst, ließ aber nicht nach. «Mich freut es sehr zu hören, wie du die Stellung des Arztes stärkst, aber um die Autorität des Arztes ist es doch schlecht bestellt, wenn ein Arzt vom Magnetisierten Einkünfte einholt, wie denn andere Patienten behandelt werden sollen.»

«Warum soll der Arzt nicht das Recht haben, solchen Rat einzuholen und sich zunutze zu machen? Der Arzt hat doch den Zustand hervorgebracht. Unsere liebe Fischer scheint mir einzig in der Art, weil sie die Zustände selbst hervorrufen kann. In der Regel ist es aber ganz dasselbe, als wenn der Arzt von einem, dem er die Kuhpocken eingeimpft hat, die Lymphe nimmt, um sie einem anderen einzuimpfen.»

Heute nicht. Heute wollte sie sich nicht mit scheinbar einsichtigen Antworten zufrieden geben. «Ich will nicht leugnen, lieber Ernst, dass die magnetischen Kuren dich von deinem Magenleiden ein Stück weit geheilt haben. Aber viele Magnetiseure gehen doch darüber hinaus, setzen alles daran, um das Hellsehen hervorzubringen.»

Schleiermacher zögerte, sagte dann: «Nach allen jetzt gemachten Erfahrungen wirkt der Magnetismus nur bei Kranken und ruft dann zuweilen auch Hellseherei hervor, aber nicht einmal bei allen Kranken. Ob der Magnetiseur diese Zustände wirklich hervorrufen kann oder ob sie sich nebenher einstellen, mag ich nicht zu beurteilen.» Er hob beschwichtigend die Hand: «Verabscheuungswürdig, liebste Jette, fände ich es aber, wenn man daraus ein Spektakel machte, das nur die eitle Neugier befriedigte oder Köpfe mit Auskünften anfüllte, die für ihn zu schwer wiegen. Darin sind die alten Propheten und die Magnetisierten doch deutlich unterschieden, bei den Magnetisierten handelt es sich um Kranke, mithin um nichtöffentliche Personen.» Schleiermacher nahm ihre Hand. «Wer wie meine Henriette mit der Fischer in einem engen persönlichen Verhältnis steht, dem wird man diese Erfahrung wohl nicht abschlagen dürfen.»

Jette drückte seine Hand, ließ sie dann los. «Und wie können wir die Wahrheit dieser übernatürlichen Erscheinungen prüfen, Ernst?»

«Ach, Jette! Ich weiß um keinen Gegensatz zwischen natürlich und übernatürlich, begreiflich und unbegreiflich. Offensichtlich ist es doch so, dass durch die Kunst der Magnetiseure die Schranken, denen das geistige Vermögen gewöhnlich unterworfen ist, aufgehoben werden. In der Aufhebung solcher Schranken liegt aber nun auch alles Höhere und alles Göttliche in der alten prophetischen Offenbarungszeit, denn andernfalls wäre der Mensch im Zustande der Weissagung kein Mensch gewesen. Was uns erschaudern lässt, liebe Jette, ist doch dieses, dass wir eine Ahnung von dem ursprünglichen Umfange des geistigen Vermögens der Menschen bekommen.»

«Und wie steht es um die Wahrheit?», insistierte Jette.

«Was die Wahrheit betrifft: Auch hier verhält es sich ganz ähnlich wie bei den Propheten. Es gibt keinen gänzlichen Gegensatz zwischen Wahrheit und Irrtum. Häufig sahen die Propheten etwas in Bildern, und als sie diese Bilder in Sprache übersetzten, konnte sich immer ein Irrtum einschleichen. Wie viel mehr gilt das für die Magnetisierten, die offenbar alles in Bildern sehen.» Er zögerte. «Fragt man aber die magnetisierte Person nach Hilfen, dann stört man und entheiligt den Zustand durch Fragen. Darin bestand auch schon der heidnische Frevel der alten Orakel. Wenn man ein reines Resultat haben will, muss man dies die magnetisierte Person aussprechen lassen.»

«Bedauerlich, sonst hätte ich dir den Auftrag gegeben, sie zu fragen, wer dich heimlich ausspioniert.» Jette hielt die entscheidende Frage noch einen Augenblick zurück.

«Ich habe bereits kurz mit der Versuchung gerungen, glaube, ihr aber nicht nachgeben zu dürfen.»

«Und wie hältst du es mit der Fischerin überhaupt?» Jette hielt seinem Blick nicht stand.

Schleiermacher räusperte sich. «Da die hellseherischen Zustände als Folge magnetischer Kuren stets nur bei Kranken auftreten, halte ich auch die Fischer für eine Leidende. Weil sie aber eine Kranke ist, will ich mich ihr mit aller Nächstenliebe nähern, will keine Scheu oder Angst haben und ihr, wenn ich sie treffe, eine freundschaftliche Berührung nicht versagen. Die Fischer schläft übrigens jedes Mal ein, wenn ich sie treffe und ihr die Hand reiche.»

«Dann darf ich mich doch sehr gesund nennen», lächelte Jette und nahm Schleiermachers Hand. «Sollten mich in der Vorstellung gleich gewisse Geräusche verraten, dann solltest du ins Grübeln geraten, welche Krankheit mich befallen hat.»

Jette führte Schleiermacher zurück in den Theatersaal. War nicht alles so vernünftig, was Schleiermacher gesagt hatte? Musste man nicht zustimmen?

Und doch. Jette spürte einen ernsten Zweifel und argwöhnte zum zweiten Mal in ihrem Leben, dass ihr Ernst eine Theorie bastle, um die Zustände in seinem Leben zu rechtfertigen.

Ihre Seite schmerzte. Ihr Körper meldete sich.

Schon wieder ihr Körper.

Am selben Abend überfiel sie ein kaltes Fieber. Ihre Knie versagten den Dienst. Als zwinge ihr Körper sie, die Rollen zu tauschen. So also fühlte es sich an, wenn man klein war! Ihre Bronchien erfanden verstörende Tonfolgen. Diktierte ihr Körper ihr nicht den Weg über die Alpen in das warme Rom? Verlangte ihr Körper nicht eine heilsame Distanz? Und hatte Dorothea ihr nicht vorgeschlagen, nach Rom zu reisen, wo ihre Söhne sich aufhielten, wo man sich treffen und eine herrliche Zeit verbringen könne?

Musste sie nicht endlich an ihr eigenes Leben denken? Liebte sie das Leben nicht? Oder liebte sie noch immer, unheilbar, ihren Schleier, der sich stets geweigert hatte, ihr mehr als ein Freund zu sein?

Sie hatte sich mit ihm gefreut. Über seine Kinder. Seine kleinen Erfolge. Dass etwa der berühmte Caspar David Friedrich seine Gemälde als Bildwerdung von Schleiers Religionstheorie verstanden wissen wollte. Sie hatte alles verziehen. Dass Schleiermacher im Verbund mit anderen eine christlich-deutsche Tischgesellschaft gegründet hatte, an der nicht einmal zum Christentum konvertierte Juden teilnehmen durften. Sie hatte Opfermut bewiesen, und sie war mit ihm sogar schuldig geworden. Schlechte Laune hatte sie immer weggeschlossen, Phasen der leisen Verzweiflung auf die einsetzenden Wechseljahre geschoben. Oft reichte es ihr, wenn sie in seinem Gesicht wie in einem offenen Buch lesen konnte, dann spürte sie jene Einheit, die vielleicht jede feurige Glut verbrannt hätte.

Sie musste sichergehen. Sie musste sich selbst auf die Probe stellen. Und war Rom für eine Probe nicht weit genug entfernt?

Stand sie nicht in der Gefahr, Opfer einer Theorie zu werden? Ließ sich die Romantik wirklich nur in einer Ehe leben? Zählte die Freundschaft wirklich nur, wie Schleier in den *Briefen* geschrieben hatte, zu den Ausdehnungen und Bereicherungen der Liebe, die in der glücklichen Ehe ihren Kern besaßen?

Und wie verzweifelt musste ihr Schleier dann sein? Bei seiner Ehe! Nicht auszudenken!

Jette befühlte die zwei Duftsäckchen, die sie gestern gefüllt hatte, ertastete unter dem groben Leinen getrocknete Malvenblätter, glaubte, davon Lavendelblüten unterscheiden zu können, die strohige Konsistenz der Jasminblüten ließ keinen Zweifel zu, aber hier, waren das Oleanderblätter?, sie zerrieb sie vorsichtig, roch daran und war sich sicher. Der Geruch umhüllte sie und gab ihr eine gewisse Festigkeit.

Sie würde reisen.

6

Es hätte doch ein Fest werden sollen!

Und es wurde eine äußerst schlichte Zeremonie.

Und alles nur, weil sie gezögert hatte. Ihre Mutter war seit etlichen Monaten tot. Ihre Schwester Brenna, die am orthodoxen Glauben festhalten wollte, war bereits vor zwei Jahren gestorben. Nichts hätte sie jetzt mehr von einem Übertritt zum protestantischen Glauben abhalten müssen. Sie war seit langem eine feste Protestantin. Aber Jette hatte sich die Feier von Monat zu Monat beeindruckender ausgemalt, wollte von Ernst persönlich eingesegnet werden, am liebsten in seinem Hause, wollte im Kreis aller alten Freunde feiern, die Schlegels hätten anreisen sollen, Alexander zu Dohna, von Brinckmann – aber dann war Henriette erneut schwanger geworden, und sie hatte sich nicht vorstellen mögen, wie Henriette mit dieser mütterlichen Kathedrale der Zeremonie beiwohnte. Verstimmt hatte sie auch, dass Ernst ihr nicht angeboten hatte, bei ihnen in Sackens Palais einzuziehen.

Und dann war da diese Drohung ergangen. Man hatte ihr gedroht, die Gelder zu streichen und die geerbte Besitzung in Charlottenburg mit einer Steuer zu belegen. Mit einem Übertritt zum Christentum wurde sie dieser Sorgen ledig, aber es störte sie, wenn wohl unterrichtete Kreise ihren Übertritt für ein Geschäft halten könnten. Deshalb hatte sie den Übertritt zum Protestantismus im nahen Zossen ohne Aufsehen hinter sich gebracht, ja, das war das richtige Wort, hinter sich gebracht: eine karge Zeremonie, zwei Zeugen, eine kurze Predigt von Superintendent Wolff, eine Unterschrift. Fertig. Keine hohen Gefühle. Keine Tränen. Das freiere Lebensgefühl in der christlichen Gemeinschaft, von der ihr Ernst immer vorgeschwärmt hatte, fühlte sie es?

Nein! Wie denn auch!

Sie hatte es sich anders vorgestellt.

Noch in der Nacht der Abreise zögerte sie, glaubte, Ernst nicht allein lassen zu können, aber dann entschied ihr Körper für sie, der Krämpfe ungeahnter Stärke erfand, als sei sie heimlich magnetisiert worden. Ihr Körper!

Wann würde sie endlich Frieden mit ihrem Körper schließen!

Als sie am anderen Morgen die Malerin Auguste Klein (der Name harmonierte, Gott sei Dank, wie Jette fand, nicht mit ihrer Körpergröße) innig umarmte, nahm sie in Gedanken von allen Freunden Abschied. Sie zwang sich in einen heiteren Konversationston, der, je weiter sie gen Süden reiste, ihr eine andere Stimmung soufflierte. Sie besuchten Leipzig, Jena, Nürnberg und München, richteten überall Grüße aus, machten bei Schelling einige Tage Station, überquerten dann die Alpen Richtung Verona.

Tirol! Die Erhabenheit der Berge, von der die Klein schwärmte («Die Berge sind kategorisch und imperativ!»), wurde von Jette mit einem winzigen Schaudern quittiert. In Verona fand sie den Geist vergangener Zeiten ausgezogen, sie raubten zwar Steinchen von Julias und Romeos Grabe, aber am Abend warf sie die Steinchen im hohen Bogen in den nahen Fluss. Venedig! Pittoresk, ja, pittoresk, sie glich die Sprache ihrer Reisebeschreibungen diesem Adjektiv an. In Florenz dann glaubte sie vor der Gruppe der Niobe zu fühlen, wie ihr die Brust eng wurde und sie die Augen niederschlug. Aber sie war sich nicht sicher.

Dann endlich Rom. Sie las nach wenigen Tagen mit einigem Erstaunen in ihrer Reisebeschreibung, sie fühle sich so leicht, als hätte sie Flügel an der Seele. Dabei waren es nicht so sehr die vielen Eindrücke ehrwürdiger Bauten, die ihr diesen Satz offensichtlich in die Feder diktiert hatten, sondern die Wiedersehensfreude mit Karoline von Humboldt, die die Quartiere im Künstlerhaus besorgt hatte. Die Spuren ihrer Schönheit hatten sich etwas verloren, wie Jette fand, ihre Haut war faltig geworden, und sie ging leicht gebückt. Dann die Freude über die Riesenfortschritte, die Dorotheas Söhne gemacht hatten: «Diese mächtige Farbigkeit in den Bildern von Philipp, diese melancholische Innigkeit bei dem Ältesten, darin derselbe, tiefe fromme Sinn.» Endlich verstanden sie es, Fleisch zu malen, das nicht schwammig wirkte, das von innen erstrahlte und nicht mehr an einen Besuch beim Metzger erinnerte.

Als ob die Geselligkeit ihres literarischen Salons als Malersalon wieder auferstand – so empfand sie nach Wochen diese Geselligkeit mit den Veits, den Schadows, mit Overbeck, mit Cornelius, mit Thorvaldsen, später mit der Malerin Louise Seidler, zusammengehalten von der klugen Regie des bayerischen Kronprinzen Ludwig. Endlich ein Leben ohne Ennui! Im Arm der Freundschaft leben! Das Dasein unterfüttern! Aber erst als Dorothea Schlegel ihre Söhne besuchte und sich schon bald die alte Vertrautheit einstellte, kehrte für Monate in Jettes Körper eine spürbare Ruhe ein.

Dorothea hatte sich in den letzten Jahren kaum verändert. Schön an ihr waren immer noch die Augen, aus denen ihr wacher Geist sprach. Die Bedeutungslosigkeit ihres Gesichts und die unsinnliche Gestalt waren ihr geblieben, aber Jette bewunderte ihren Mut, ihre Entschlossenheit, das Leben in beide Hände zu nehmen, ihren künstlerischen Instinkt.

«Unser lieber Schleiermacher hat sich wohl verschnappt, denn offensichtlich weiß inzwischen die ganze Welt, dass du zum protestantischen Glauben übergetreten bist, liebe Jette. Ich habe meinen damaligen Übertritt zum protestantischen und später zum katholischen Glauben übrigens nie bereut, und wenn ich auf die herrliche Entwicklung meiner Söhne blicke, dann scheint mir allerdings dieser katholische Kultus für den Kunstsinn sehr ansprechend gewesen zu sein. Und für den Fortschritt der Künste, auch wenn unsere Lieben spöttelnd Nazarener genannt werden, weil sie ihre Haartracht unserem Heiland nachgebildet haben, leistet dieser Kultus offenbar Entscheidendes.»

Diesen kleinen Stich konnte sich Dorothea nicht versagen. Jette grollte leise einige Tage, setzte alle Hebel in Bewegung, um einen preußischen Gesandtschaftsprediger nach Rom zu lotsen (auch sie konnte tätig werden!), klammerte religiöse Frage in den Gesprächen aus. Die von den Nazarenern mit Fresken ausgemalten Zimmer in der Casa Bartholdy und im Hause Marchese Massimo konnte man durchaus genießen, wenn man protestantisch war. Also bitte!

In den noch milden Morgenstunden schrieb Jette gewöhnlich ihre Reiseerlebnisse nieder und versuchte sich erneut an einer Novelle. Die vielen Eindrücke, die sie in den letzten Wochen gewonnen hatte, lagerten noch unverarbeitet in ihrem Gemüt. Ihre Aufzeichnungen brachten ein wenig Ordnung hinein, aber ihre Phantasie erhob sich nur zögerlich. Als habe sie Angst, einen Katholizismus auszuschwitzen, zwang sie ihrer Sprache eine Strenge auf, ohne Goldgrund, ohne Verzierungen, ohne Weihrauch und Myrre. Dieser innere Wärmetausch bewirkte, dass sie nie unter der Hitze stöhnte. Sogar Dorothea fragte einmal, welches Rezept sie besitze, um der Hitze zu trotzen. «Es ist der Wille», gab sie zur Antwort.

Als ob in ihrem Geist nur eine ganz bestimmte Anzahl von Zeilen für den Tag bereitstanden, schrieb sie stets fünf Seiten, legte sie, nicht ohne Stolz, zu den anderen Seiten, fand dann aber keine Kraft mehr, einen Brief zu schreiben. Sie dachte oft an Ernst, horchte neu eintreffende Reisende nach Nachrichten aus, ob eine Amtsenthebung angedroht worden sei, ob Reimer Prozesse mit der Zensurbehörde ausfechte, ob der Umzug in Sackens Palais abgeschlossen sei. Die Auskünfte, die sie einholte, gaben keinen Anlass zu größter Besorgnis, Entwarnungen signalisierten sie aber ebenso wenig. Und auf ihre Erfahrungen mit Hellseherei mochte sie auch nicht zurückgreifen.

Um sich abzulenken, unternahm sie nach den Mittagsstunden häufiger einen längeren Spaziergang durch die lärmende Stadt oder einen kleinen Ausflug.

«Darf ich Ihnen Gesellschaft leisten?» Immanuel Bekker, sie kannte ihn eher flüchtig aus Berlin, aber Schleiermacher hatte ihn als Student mit eisernem Fleiß in Halle kennen gelernt und sich stets für ihn eingesetzt, war ein kundiger Reisebegleiter. Er war eine imposante Erscheinung, stattlich, mit geradem Gang, der den deutschen Rock, vom Kronprinzen vermacht, auch bei warmem Wetter selten ablegte, seine starken Wangen wurden von Koteletten, die an die Scheren eines Hummers erinnerten, zusammengehalten, seine scharfen Augen verrieten den Philologen.

Seine Ausführungen waren gelehrt, etwas verschroben, selten von funkelnder Brillanz, seine Begeisterung hörte sich auswendig gelernt an, aber seine Auskünfte waren stets verlässlich. Er war belesen, randvoll mit Buchstaben angefüllt, aber Jette hatte zuweilen den Eindruck, er müsse sich zum Sprechen zwingen. Den Malern fiel er häufig gehörig auf die Nerven, wenn er jede kleine Neuerung auf Altbewährtes zurückführte. Er war zwanzig Jahre jünger als Jette, aber dieser Altersunterschied war nicht zu spüren. Und zu sehen war er erst recht nicht.

Sie waren in eine kleine Kapelle eingetreten, eine intime Höhlung inmitten des Lärms. Sie setzten sich, lauschten der Stille, die sich zwischen den Bänken eingenistet hatte, aber dann blickte Jette hoch, vernahm ein Flüstern, das immer lauter wurde, die Stille fing an zu dröhnen, Putten bliesen in die Trompeten, das Altarbild pries seinen unschätzbaren Wert, hochmütig prahlten die goldgefassten Heiligenbilder mit ihren Werken, sogar der Christus verkündete stolz den Sold, den er für die Sünde der Menschheit bezahlt hatte. Jette hielt sich die Ohren zu, schloss die Augen, sah einen stinkenden schuppigen Fisch, der auf einem von Meerwellen geriffelten Strand nach Luft schnappte, dann stand sie auf und warf sich dem Lärm der Straßen wieder in die Arme.

Immanuel Bekker kam ihr nach. «Haben Sie den Bogen gesehen, den das Haupt des Gekreuzigten in aller Demut zeichnete? Es ist nicht ohne Pikanterie zu erkennen, wie Thorvaldsen auf einem jüngst präsentierten Karton mit drei Grazien, den er als Marmorrelief auszuführen gedenkt, diesen Bogen bei einer der Grazien aufnimmt. Ich habe ihn wiederholt aus dieser kleinen Kapelle kommen sehen.»

«Ich bewundere Ihre Kunst, Verwandtschaften zu entdecken. Bei Ihrem Wissen sollte man glauben, Sie müssten längst gebückt gehen.»

Jette spürte, wie Bekker seine Hand auf ihren Arm legte.

7

«Dieses Mal, meine Liebe, lassen wir es nicht durchgehen, wenn Sie dem Karneval fernbleiben! Mit Thorvaldsen haben wir Sie nach Neapel reisen lassen. Und diesen Sommer haben Sie sich mit Ihren Freundinnen in Genzano abseits gehalten. Aber jetzt feiern wir Karneval. Keine Widerrede!»

Wenn Bekker wüsste! (Und wie lange hatte der große Schweiger an dieser Rede gearbeitet?) Seit Tagen probierte sie vor dem Spiegel Masken aus. Sie fand plötzlich Gefallen daran, ihr Gesicht zu verstecken – o ja, natürlich, in ihrem Hinterkopf meldete sich das alte Kompliment: die Sehenswürdigkeit von Berlin. Verstecken? Nein, das war nicht das richtige Wort. Die Masken verstärkten nur die natürliche Schönheit, unterstützten das Funkeln der Augen, brachten den Mund erst richtig zur Geltung. Sie kaufte neue Stiefel, die ihre Füße zarter erscheinen ließen. Sie gab ein Kleid in Auftrag, das verschwenderisch mit Seide umging. Ihre Haare überredete sie zu einer ausgefallenen Frisur. Sie fühlte sich wagemutig, neugierig und von einer unbeschreiblichen Munterkeit. Als würde sie auf einen Triumphzug gehen, mit einem Florhäubchen und einem Seidenpanzer.

Jubelt! Verneigt euch! Werft euch in den Staub oder küsst meine Füße! Hier kommt Jette Herz!

Und weil sie so übermütig war, gab sie, bereits herausgeputzt, Dorothea ihre zwei halb fertigen Novellen.

Und ja! Bekker verstand den Aufzug, verbeugte sich tief, nannte sie Prinzessin Herz. Sie bestiegen mit Dorothea und der Klein eine Kutsche und fuhren im Korso mit. Lärmende und tanzende Menschen folgten und begleiteten die Wagen. Ein Lächeln huschte über Jettes Mund, als sie bemerkte, wie Dorothea sich aus einem Reflex heraus verbeugte, als drei Männer, in hochroten Talaren wie venezianische Dogen oder katholische Würdenträger verkleidet, den Wagen kreuzten.

«Den ersten Hanswurst, der nicht lacht und tanzt, werde ich mit Konfetti aufheitern», rief die Klein.

Sie hielten scherzend Ausschau und entdeckten dann einen Engländer, der mit verschränkten Armen dem Trubel folgte und durch seine absonderliche Kleidung auffiel: mit einem lächerlich weiten Rock ausstaffiert, eine zerzauste Perücke auf dem Kopf, dazu ein eingedellter Hut aus grünem Filz, der offensichtlich nur vom riesigen linken Ohr an seinem Platz gehalten wurde. «Dort. Den Insulaner werden wir schmücken!» Als der Wagen den Engländer passierte, warf die Klein eine Hand voll Konfetti nach ihm. Alle, die das Schauspiel verfolgten, überboten sich an Gelächter und Spottversen. Der Mann näherte sich wutentbrannt dem Wagen und schlug die Klein, die vor Schreck keinen Ton hervorbrachte, mit einem Stock. Bekker stieg aus dem Wagen aus und drängte den Mann zurück, der wurde von anderen in die Mitte genommen und verschwand in der Menge. Bekker stieg wieder zu, begutachtete die malträtierte Stelle, stellte eine Unbedenklichkeitserklärung aus und legte, wie zum Schutz, die Hand auf Jettes Knie.

In einer Pause verlangte die Klein ein Billett und bat Bekker, mit einer kräftigen Schrift dem Engländer mitzuteilen, wegen der Beleidigung einer Italienerin sei sein Leben in Gefahr. «Schreiben Sie: Wenn Sie meinen wohl meinenden Rat zur Kenntnis nehmen wollen, dann verlassen Sie umgehend Rom.»

Bekker wurde beauftragt, den Korso nach dem Mann abzusuchen und ihm das Billett zuzustecken. «Es ist mir eine Ehre, gnädige Frau, ich werde ihn notfalls zum Duell fordern.»

Nach einer Stunde war Bekker zurück und ließ sich feiern. «Nachdem er das Billett in einem Hauseingang gelesen hatte, schaute er sich um, sah überall Vermummte und entschloss sich, sein armseliges Leben zu retten.»

Zur Belohnung raubte Bekker von allen Damen einen Kuss. Jette wurde zweimal ausgeraubt. «Zu einem Nazarener bin ich nie geworden, aber zu einem Herzianer, das ja,» tönte Bekker.

Sie stolperten durch das Gedränge, und Bekker bahnte allen eine Gasse. Jette spürte, wie ein leichtes Beben von ihr Besitz ergriff. Um sich zu beruhigen, tat sie alles, was die anderen auch taten: Sie sang einen zweideutigen italienischen Kanon, sie bewarf die anderen mit Konfetti, sie lockerte ihre Haare, sie trank billigen Rotwein, der ihr gereicht wurde, sie tanzte alberne Figuren, sie tauschte mit Klein ihre Maske, sie wechselte in das vertrauliche Du – und löste sich langsam auf.

Am anderen Morgen spielte ihr Trommelfell noch Stunden einen Rhythmus, der ihr unvertraut war, und ihr Kopf glich einer Camera obscura. Vor ihr lag ein Haufen Tüll, ein Berg Seide, zurückverwandelt in einen Kokon. Die Maske von Dorothea. Müde getanzte Schuhe. Sie erinnerte sich nur an die Haare auf dem Rücken von Bekker, die sie ausdauernd bestaunt hatte, ein paradiesischer Hain, Immanuel, Gott mit uns, Albernheiten, die sie sich erlaubt hatte, Wortspiele, die sie nicht mehr erinnerte, irgendetwas mit Mehltau, mit Bäcker- und Schmalzgesellen.

Und geturnt hatten sie auch.

Ja, begabte Hände hatte er gehabt, obwohl sie so knotig wie

die ihres Marcus waren. Und der jugendliche Elan hatte sich, nachdem er endlich seine Verkleidung abgelegt hatte, in ganzer Pracht entfaltet. Die Leidenschaftlichkeit, die er für die Künste zeigte, hatte er sehr nachdrücklich auf ihren Körper übertragen. Und ja, es war schön gewesen, weil ihr Körper, plötzlich schwerelos, sich an seine eigene Jugend erinnert hatte, und ihre Stimme an Färbungen aus dem Schatten junger Mädchenblüte. Warum hatte sie sich diesen Vergnügungen nicht öfter überlassen? Warum hatte sie immer nur schmachtend, ja, das war das richtige Wort, schmachtend auf Ernst geschaut?

Und warum fühlte sie sich jetzt wie nach einem Ehebruch?

Jetzt endlich verstand sie es, pikant zu sein. Aber jetzt war Schleiermacher nicht in der Nähe!

Schleier hatte ihr doch damals in Halle – sie glaubte noch immer die Kälte des eisernen Brückengeländers, an dem sie Halt gesucht hatte, zu spüren – ganz uncharmant, als freundschaftliche Offenheit getarnt, alle Hoffnungen geraubt! Und trotzdem hatte sie weiter gehofft, hatte Demütigungen und Enttäuschungen in ihrem Körper vergraben, war ihm treu geblieben und hatte sich heimlich in das Bild einer geistigen Ehe verliebt. War er dieses Opfer wert?

Vielleicht war es der Geruch von Bekker, der noch wie ein Geist im Zimmer anwesend war, der diese Frage zum ersten Mal heraufbeschwor.

Nein, ein Gott war Schleier nicht. Eher ein Invalide des Apoll. Aber warum liebte man einen Menschen? Ließ sich die Frage im grellen Licht dieses Vormittags beantworten? War es die Idee von einem Mann? Das Gefühl, eins zu sein in getrennten Körpern? Hatte sie sich in die Kraft seiner Texte verliebt? Oder liebte sie die Stärke, mit der er alles ertrug?

Ertrug.

Und würde sie es ertragen, wenn Bekker auf eine Wiederholung aus war, vielleicht sogar von Zukunft stammelte, wohlmöglich ihr die Ehe antrug? Eine vierundfünfzigjährige Frau und ein zwanzig Jahre jüngerer Mann – harmonierte das nur im Karneval? Machte sie sich nicht lächerlich?

Und was würde Schleier dazu sagen?

Sie wartete auf eine Gänsehaut, aber der Körper gehorchte nicht.

Sie zählte laut, um nicht an Schleier zu denken, dann riss sie die Fenster auf, lüftete das Zimmer, ließ den Geist von Bekker entweichen, machte ausdauernd Toilette, klopfte dann vorsichtig im Nebenzimmer bei Dorothea.

«Liebste Jette. Ich hatte dich noch gar nicht erwartet. Aber du erinnerst schon wieder merklich an meine alte Freundin. Manche finden im Karneval gar nicht mehr in ihre Körper zurück.»

Dorothea saß, noch im Negligé, an ihrem Schreibtisch und las in Jettes Novellen.

«Ich wollte gestern nur den Beweis antreten, dass auch preußische Protestanten zu feiern verstehen.»

«Das ist dir hübsch gelungen. Du hast gleich alles in einmal abgemacht. Karneval und Polterabend.»

«Und ein Lebehoch auf das Turnen habe ich ausgebracht.»

Dorothea lachte, stand auf und nahm sie in den Arm. «Ach, meine Liebe, wie schön ist es, dich so ausgelassen zu erleben.»

«Es war nur eine Laune. Es geschah aus Übermut. Du kennst mich, Dorothea. Mein Norden liegt woanders.»

Dorothea nickte. «In deinen Novellen bist du eher kenntlich.» Sie stockte.

«Du kannst ganz offen deine Meinung kundtun.»

Kurz baute sich eine Spannung zwischen ihnen auf, dann sagte Dorothea: «Die Novelle, die du unter dem Einfluss und Eindruck dieser Menschen hier geschrieben hast, ist von einer seltsamen Unentschlossenheit. Als ob du eine Scheidewand zwischen dir und den anderen aufziehen würdest. Diese ganze Welt erregt dich, aber diese Erregung kannst du nicht in Worte fassen. Es ist, als würdest du die Sprache mit kalten Umschlägen behandeln, weil du die Erregung für ein Fieber hältst. Du willst deinen Enthusiasmus in schöne Worte kleiden, aber die sind zu schön, zu elegant, zu wenig feurig.»

Das Trommeln in ihrem Kopf wurde wieder stärker. Zu schön. Taramm. Zu elegant. Taramm. Zu wenig feurig. Taramtamtamm.

«Deine Gesinnung findet in der anderen Novelle dagegen einen angemessenen Ausdruck. Die Personen erfahren eine freundliche Behandlung, du verstehst es, deren Leben richtig anzuschauen, vermagst die Ungleichheiten, die darin sind, deutlich zu schildern, schmerzliche Empfindungen werden tief mitgefühlt, du bist aufmerksam im Detail, schaffst eine harmonische Beziehung zwischen dem inneren Wesen, den Gefühlen und den Handlungen, kurz: Es ist eine große Freude, diesen Text lesen zu dürfen. Er wird nicht ohne Erfolg beim Publikum bleiben, obwohl ...»

«Rede! Bitte!»

«Obwohl der Text natürlich manchmal an Sophie La Roche erinnert. Aber das ist auch ganz natürlich, hatten wir doch in den Jahren unseres Tugendbundes sehr engen Kontakt mit ihrem Sohn Karl, der, wie du selbst immer gesagt hast, ein Sprachrohr der Mutter war. Man wird es dir, so denke ich, nicht übel nehmen. Und vielleicht erkenne auch nur ich, wie dir die La Roche heimlich die Feder geführt hat. Das große Publikum wird es nicht entdecken, wird sich über einen schönen Text freuen und dich feiern. Und deine Reisebeschreibungen vermag ich nicht laut genug zu loben. Du wirst, nein du musst sie Reimer überlassen, der sie sicherlich umgehend in Druck geben wird.»

Jette antwortete nicht, sah aber bereits vor Augen, wie sie noch an diesem Abend beide Novellen dem Feuer übergab. Zu schön. Zu elegant. Zu wenig individuell. Wahrscheinlich würde nicht einmal das Feuer auflodern.

Nur die Reisebeschreibungen hatten den strengen Richterspruch überstanden. Immerhin.

Sie umarmten sich noch einmal. «Das Leben ist sehr reich, wenn man auf eine lebenslange Freundschaft blicken darf.» Jette spürte, wie ihre Kraft zurückkehrte. Sie rannte die Treppe nach unten, betrat den Garten, wo Immanuel Bekker sie offensichtlich bereits sehnsüchtig erwartete.

«Mein lieber Freund Bekker, wie freue ich mich, Sie so erfrischt zu sehen. Leider ist das fröhliche Treiben mit dieser Nacht zu Grabe getragen worden. Auch Protestanten müssen fasten. Ich verspüre eine große Lust, mit Ihnen einen kleinen Spaziergang zu machen. Kramen Sie nur kräftig in Ihrem Wissensschatz. Wenn ich Sie reden höre, dann spüre ich die große Distanz, die zwischen uns liegt, und aus dieser Distanz heraus wirken Sie wie eine Kathedrale, die man auf ewig verehren muss.»

Bekker streckte sich, nickte kurz mit dem Kopf, verbot sich offenbar ein Jeremias-Gesicht, reichte ihr den Arm. Mit jedem Schritt und jedem mühsam hervorgekramten Satz verwandelte er sich in den Kunstkenner zurück. Nur selten erlaubte sich Jette, an seinen behaarten Rücken zu denken.

Immer häufiger wanderten die Gedanken über die Alpen zurück. Sie entschloss sich, in den nächsten Wochen die Heimreise anzutreten. Noch an diesem Abend griff sie zur Feder und teilte Schleiermacher ihren Entschluss mit, Anfang Mai 1819, also bereits in diesem Frühling, in der Begleitung von Karoline von Humboldt Rom zu verlassen. Sie plane auf dem Rückweg über Florenz in Stuttgart bei Jean Paul und in Frankfurt bei Wilhelm Humboldt einen Besuch abzustatten, um dann über Mainz und Köln bei Nanny und Ernst Moritz Arndt in Bonn Station zu machen.

Adieu Rom, du Ewige Stadt.

8

Es war, als führe Jette die südliche Sonne in einem Gefäß mit sich. Abends musste sie das Gefäß nur aufschrauben, dann quoll das Licht heraus, überschwemmte ihre Stube, leuchtete die Stollen zwischen den Möbeln aus, drängte die Mauern zurück, die sich lautlos wie Kulissen zurückzogen. Die goldenen Buchstaben auf den Buchrücken warfen das Licht zurück, das Jette blinzeln ließ. Jedes Mal musste sie sich beeilen, um an das Fenster zu treten, wollte sie dem Schauspiel beiwohnen, wenn das Licht über das Ufer der Fensterbrüstung trat und durch die Straßen runter zu den Rheinauen flutete. Vögel, die sich bereits unter die Decken der Dämmerung verkrochen hatten, wurden von einer neuen Lust ergriffen und probierten neue Melodien. Katzen fühlten sich ertappt und flohen in den Schatten. Die Blätter an den Bäumen sogen das Licht auf und glaubten an ein ewiges Leben. Menschen prüften das Barometer und schüttelten die Köpfe, und unten verlangte Nannys erster Sohn noch einmal nach der Mutterbrust.

Seit einer Woche lebte Jette jetzt im Hause der Arndts. Sie hatte eine ganz im Mutterglück badende Nanny angetroffen, mit rosiger Haut, nach Zukunft duftend. Ernst Moritz Arndt, sie fand auch in diesen Tagen nicht die Kraft, ihn auf seinen veröffentlichten Judenhass hin anzusprechen, hatte den schweren Kopf mit den abstehenden Ohren in die Hände gestützt und sehr freundlich ihren Erzählungen über Rom gelauscht, hatte aber erst Feuer gefangen, als Jette bekannte, sie könne niemals ihre Heimat gegen diese Fremde eintauschen. Er nannte sie eine wahre Patriotin, solche Frauen benötige das Vaterland, und Schleiermacher brauche sie an seiner Seite im Kampf gegen die Restauration. Jetzt, nach dem Attentat des Burschenschaftlers Sand auf Kotzebue, drohe der nationalen Bewegung großes Ungemach. «Metternich hat jüngst von demagogischen Umtrieben gesprochen, und die Konferenz in Karlsbad wird fraglos, so steht es zu befürchten, eine strenge Überwachung der Universitäten und eine Verschärfung der Zensur nach sich ziehen. Wir müssen wachsam bleiben. Es ist ein schlimmes Zeichen, wenn man den Staat immer höher stellt als den Menschen.» Er zögerte kurz, sagte dann mit einem leicht ironischen Unterton: «Unsere ehemals romantischen Freunde haben manchmal den Patriotismus mit einer kritiklosen Anerkennung von Staat und Kirche verwechselt. Friedrich Schlegel hat sich, aber wem sage ich das, vor einigen Jahren vom Papst den Christusorden an die Brust heften lassen, ließ sich von Metternich zum Legationsrat ernennen, saß jahrelang in dieser Funktion im Frankfurter Bundestag und betreibt …»

«Ich weiß», unterbrach ihn Jette. «Aber nicht alle haben so gehandelt. Ernst auch nicht.»

«Richtig. Wenn wir uns schreiben, dann grüße ich ihn stets mit dem Vers: Der Gott, der Eisen wachsen ließ, der wollte keine Knechte.»

Wie Jette Arndt so reden hörte, spürte sie eine große Lust, endlich wieder aktiv am Leben teilzunehmen. Diese Lust wurde in der folgenden Nacht bereits vollständig befriedigt.

Gegen sechs Uhr hörte Jette, wie jemand nachdrücklich an ihre Tür klopfte. Jette glaubte an ein Versehen und öffnete nicht. Sie fand in einen leichten Schlaf zurück, wurde aber erneut von Geräuschen auf dem Korridor geweckt. Sie trat aus ihrer Schlafkammer und fand auf dem Flur mehrere Gendarmen, die auf Arndt einredeten, der ganz besonnen antwortete. «Echauffieren Sie sich nicht, verehrte Frau Herz, die Herren wissen nicht, was sie tun. Ich habe nichts zu verbergen. Meine Papiere können an jeder Kirche in Bonn angeschlagen werden.» Weil Arndt ein französisches Lehnwort verwendete, was er ansonsten unterdrückte, ahnte Jette, wie ernst die Sache stand.

Als sie in ihr Zimmer zurückeilte, um sich anzuziehen, erschrak sie, weil am Fenster ein junger Mann klopfte. Sie öffnete einen Spaltbreit, fragte, was seine Dreistigkeit entschuldige. «Vergeben Sie mir, gnädige Frau, diesen ungehörigen Überfall, aber in der Stadt ist ruchbar geworden, dass Polizeibeamte das Haus unseres verehrten Herrn Professors besetzt haben, um Papiere an sich zu bringen, die unserer Sache schaden könnten. Wenn Sie uns Zutritt verschaffen, dann besetzen wir das Haus und verhindern damit, dass diese Papiere in die falschen Hände geraten.»

Jette musterte das Gesicht vor ihr. Weit aufgerissene Augen, die den Schrecken gespeichert hatten, vor Aufregung rot angelaufene Ohren, selbst der zarte Flaum, der die Wangen umspielte, hatte die Fassung verloren. Wie in Kinderspielen war auf ihn das Los gefallen, bei ihr zu klopfen, um Einlass zu fordern.

«Ihre Dreistigkeit sei Ihnen verziehen, junger Mann, aber Ihrem Begehren mag ich nicht nachgeben. Die Gendarmen hier im Haus sind bewaffnet, und Sie müssten mit einem Scharmützel rechnen, das Sie nicht als Sieger verlassen würden.»

«Sie unterschätzen unsere Kräfte, gnädige Frau, wir sind viele.»

«Mich freut Ihr Mut, aber mit diesem Angriff bringen Sie Ihren Herrn Professor in eine sehr missliche Situation. Man wird ihn des Aufruhrs verdächtigen, er wird sich verantworten müssen, vielleicht steckt man ihn sogar ins Gefängnis, wenn ein Gendarm zu Schaden kommt. Nichts wird Ihrer Sache mehr schaden, als wenn dieses eintritt.»

Der junge Student hatte mit offenem Mund dieser Begründung gelauscht, schloss ihn jetzt, um sie zu verdauen, senkte seine Stimme: «Vielleicht haben Sie Recht, vielleicht sollten wir diesen Schritt unterlassen und uns gedulden. Ich schlage also vor: Wir ziehen uns auf einen Beobachterposten vor dem Haus zurück.»

«Diesen Entschluss kann ich nur gutheißen.» Jette fand ihren Tonfall eine Spur zu mütterlich.

«Entschuldigen Sie bitte noch einmal meine Störung.» Er verbeugte sich, gab, bereits mit dem Rücken zu ihr, einige Anweisungen, dann zog er sich zurück.

Jette kleidete sich schnell an und trat dann erneut in den Flur. Inzwischen waren die Gendarmen damit beschäftigt, Papiere in graue Mehlsäcke zu stopfen. Arndt beruhigte Nanny, die mit dem Kleinen auf dem Arm den Tränen nahe war. «Liebste, stell dir nur vor: Endlich werden meine Manuskripte von klugen Menschen Wort für Wort gelesen und abgewogen. Davon habe ich immer geträumt. Man muss nur warten können. Vielleicht bekomme ich schon bald eine Ehrenmedaille. Oder man nennt eine Straße nach mir: Ernst-Moritz-Arndt-Allee. Vielleicht sind auch einige Speisezettel dabei, dann gelangst du auch zu einiger Berühmtheit.»

Jette wusste, was er auch immer hinterher sagen würde, Nanny würde sich bis an ihr Lebensende an diese spöttischen Sätze erinnern, die ihr die Angst nahmen.

«Liebe Frau Hofrätin, es ist nicht nötig, dass Sie den Herren behilflich sind. Sie werden für diese Arbeiten ordentlich entlohnt. Wir sollten einen Kaffee zu uns nehmen und den Herrschaften nicht länger im Wege stehen, andernfalls fordert man uns noch auf, für die Entlohnung aufzukommen.»

Nach einer halben Stunde war der Spuk vorbei. Arndt ging nach draußen und bedankte sich bei den Studenten, die auf Bänken schweigend ausgeharrt hatten und jetzt ein Hoch auf ihn ausbrachten.

«Wird man etwas finden, was ein Einschreiten erlaubt?», fragte Jette.

Arndt zuckte mit den Schultern. «Ich habe meine Papiere bereits vor Wochen sortiert und Manuskripte, die ich für bedenklich hielt, an einen lichtscheuen Ort gebracht. Die Gendarmen haben aber Korrespondenzen mitgenommen, die sie vielleicht auf andere Personen führen, die schon bald mit einem ähnlichen Besuch rechnen dürfen. Wenn man wünscht, etwas Verdächtiges zu finden, dann wird man Sätze so lange mit Daumenschrauben bearbeiten, bis sie gestehen.»

«Waren auch Briefe von Ernst unter den Papierstößen?» Da war sie wieder, diese Sorge, die auch in Italien nicht ausgetrocknet war.

«Ganz sicher sogar. Wir haben uns über das Attentat unterhalten und auch den mutigen Schritt beklatscht, den Schleiermachers Kollege de Wette tat, als er der Mutter des Mörders Sand ein Wort des Trostes schrieb. Wir tragen Sorge um de Wette, der, so steht zu befürchten, seines Amtes enthoben wird. Und wir kennen unseren Schleiermacher und wissen, dass er für de Wette Partei ergreifen wird.»

«Es ist also damit zu rechnen, dass die Spur auch zu Ernst zurückverfolgt wird?»

«Ich kann das leider nicht verneinen. Wir müssen abwarten, was in Karlsbad beschlossen wird. Solange werden die Behörden sich mit Entscheidungen zurückhalten. Für eine übergroße Sorge aber ist kein Anlass. Ernst plant, mit seiner Familie unseren Sohn beschauen zu kommen. Ich werde ihm schreiben und raten, die Reise zu verschieben.»

Offensichtlich glaubte Arndt seinen eigenen Beschwichtigungen nicht, denn in den folgenden Nächten konnte Jette an den lauten Selbstgesprächen, die aus der angrenzenden Schlafkammer herüberschallten, erahnen, wie aufgebracht er war.

Mit jedem Tag, den Jette in Bonn verbrachte, verlor die Büchse mit Licht ihre Kraft. Als sie an einem Abend im August die Büchse öffnete, quoll überhaupt kein Licht mehr nach draußen. Da entschloss sie sich, in den nächsten Tagen nach Berlin zurückzureisen. Die Karlsbader Beschlüsse verhießen nichts Gutes. Sie musste an Schleiers Seite sein.

Sie wollte an Schleiers Seite sein.

TEIL VI

Die Schleiermacherin

I

Dieses säuerliche Aroma hatte sie vermisst. Äpfel, die frühreif, von mächtigen Windarmen geschüttelt, im Gras landeten und verfaulten. Sie entdeckte einen von einem Kindermund angebissenen Apfel, der die Prüfung nicht bestanden hatte und jetzt von Schwärmen kriechender Lebewesen, die offensichtlich nicht wählerisch waren, überschattet wurde. Zwischen den verfaulenden Äpfeln schlängelten sich Pfade aus niedergetrampeltem Gras. Als sich der Wind erhob, kroch dieser gärige Geruch in ihre Nase und rief Erinnerungen wach – das sachte Glück, wenn ihre Mutter aus einem Haufen Äpfel einen Most gemacht hatte, dessen Aroma tagelang die Zimmer überflutete.

Jette näherte sich über den Garten dem neuen Haus. Sie wunderte sich, wie wenig Lärm von den Kindern nach draußen drang. Kein Toben, kein Krakeelen, als ob alle mit Fieber zu Bett lägen.

«Der erste Weg führt die Frau Hofrätin zu unserem verehrten Herrn Professor?»

Jette war diesmal vorbereitet. Sie tat nicht überrascht, erinnerte sich der Souveränität, die sie bei Arndt erlebt hatte. «Gehen Sie, wenn Sie von einer längeren Reise zurückkehren, zunächst zu Ihrem ärgsten Feind, mein Herr?»

«Ich muss mir über die Reihenfolge meiner Besuche wenig Gedanken machen, weil ich mir in diesen unruhigen Zeiten eine lange und kostspielige Reise nicht erlauben darf.»

Er trug einen neuen, erstaunlich modischen Hut, wie Jette nicht ohne Überraschung feststellte. Und seine Locken schienen noch eindrucksvoller gekringelt als vor Jahren. Neu auch das meckernde Lachen.

«Sie überbringen, so dürfen wir vermuten, liebe schwägerliche Grüße aus Bonn? Der Nachwuchs im Hause Arndt ist, so darf ich hoffen, wohlauf?»

«Wie ich vernehme, sind Sie im Bilde. Vielleicht sollten künftig Sie meine Reisebeschreibungen verfassen!»

«Verehrte Frau Hofrätin, unser Berufsstand verlangt nicht nur ein wachsames Auge, sondern auch ein gewisses Talent für Formulierungen. Ich würde mich geschmeichelt fühlen, wenn ich Ihren zuweilen stockenden Versuchen aufhelfen könnte. Aber wie ich hörte, hatten Sie in unserer – darf ich sagen: unserer? – deutschen Kolonie in Rom sehr viel Ablenkungen und haben nächtens Schönes erlebt und davongetragen.»

Diese Frechheit verschlug ihr den Atem. Sie rang mit sich, wollte schweigend vorbeigehen, aber der Mann stellte sich ihr plötzlich in den Weg.

«Schenken Sie mir nur noch einige Minuten, Frau Hofrätin. Jetzt, da Sie auch unserem Glauben angehören und ihn mit dem Feuer der Neubekehrten so verständig in Italien verteidigt haben, verbinden uns doch sehr viele Gemeinsamkeiten.»

«In Gottes Haus sind viele Wohnungen, mein Herr.»

«Ah, Sie verstehen sich bereits darauf, Stellen aus dem Neuen Testament auszulegen, meinen Respekt, Frau Hofrätin, meinen Respekt. Gottes Haus ist freilich sehr groß, und einige müssen als Hausmeister im Parterre wohnen. Und einige, die noch gestern zu den Lieblingen zählten, müssen schon heute ihre teure Wohnung räumen, um woanders Unterschlupf zu suchen.»

«Lassen Sie mich durch, mein Herr, der Sie es nicht einmal für nötig halten, mir Ihren Namen zu nennen!» Ein alberner Vorwurf, wie sie selbst fand.

«Ich bitte um Vergebung, Frau Hofrätin, es ist in der Tat an der Zeit, dass ich mich Ihnen vorstelle. Ich heiße Friedrich Daniel Ernst Nachenmacher, meines Zeichens Historiker im Dienste Preußens. In dieser Eigenschaft bin ich interessiert an Ihrer Meinung über die bedauerlichen Vorgänge um des Herrn Professor

Schleiermachers Kollegen de Wette, der in einem Brief an die Mutter des verabscheuungswürdigen Mörders Sand vergaß, die richtigen Worte für das Opfer, unseren hochverehrten Schriftsteller und Generalkonsul Kotzebue, zu finden.»

«Es war ein Wort des Trostes für die Mutter, das zählt zu den Pflichten eines Seelsorgers.» Gut, dachte Jette.

«O wie trefflich, Frau Hofrätin, ein seelsorgerliches Gespräch unter vier Augen, das in einem stillen Kämmerlein geführt wird, wer wollte diese christliche Geste verabscheuen! Mit größtem Bedauern haben wir aber feststellen müssen, dass der Herr Professor de Wette ein Schreiben verfasst hat, das auf eine öffentliche Wirkung bedacht war, die mitnichten zu den Aufgaben zu rechnen ist, die einem Geistlichen im Dienste Preußens anstehen.»

«Ich kann mich Ihrer Meinung durchaus nicht anschließen, mein Herr.»

«Das befürchte ich, aber Sie besitzen ein gerüttelt Maß an Lebensklugheit, um einschätzen zu können, wie wir künftig zu verfahren gedenken mit denjenigen, die wie der Herr Professor de Wette Mordtaten rechtfertigen. Auch Ihr verehrter Herr Professor Schleiermacher, der sich, ich wiederhole mich, in schwierigen Jahren einige Verdienste um Preußen erworben hat, ist in seinen Briefen sehr treuherzig, wenn er glaubt, über unseren verehrten König ein wenig günstiges Urteil sprechen zu können.»

«Äußerungen in einem Freundeskreis können den Herrn Professor nicht gravieren, zudem scheint mir an seiner Treue zum König kein Zweifel möglich.» Standfest bleiben, fuhr es Jette durch den Kopf. Standfest.

Er verbeugte sich: «Wie dankbar wäre ich, wenn Sie mir diese Sorgen rauben würden. Darf ich mich Ihnen in diesem Sinne heute empfehlen?»

Jette nickte kurz mit dem Kopf und betrat dann das Haus. Schleiermacher, der offensichtlich Zeuge der Begegnung geworden war, kam ihr entgegen.

«Jette, endlich! Ich hatte bereits befürchtet, du würdest den Rest deines Lebens im warmen Italien verbringen.»

Sie umarmten sich. Jette registrierte den beinahe flehentlichen Druck, mit dem Ernst sie umgriff, eine ungeheure Anstrengung, die er irgendwo in seinem Körper aufgespart hatte. Sie hatte die Kunstschätze des Abendlandes bestaunt, sich in einem Hain verirrt, die Alpen bezwungen, und er hier hatte mit seinen Hoffnungen und Träumen gerungen, hatte Niederlagen einstecken müssen und Freunde verloren. Und deutete sie diesen nicht nachlassenden Druck richtig, dann kränkelte seine Ehe weiter vor sich hin. Sie musste ihn loslassen, wollte sie nicht riskieren, dass er jammerte wie ein müder Esel.

«Ich freue mich auch, wieder hier zu sein, Ernst.»

«Einen Gang durch das Haus machen wir später, erzähle mir zuerst von deiner Reise.»

Immer wenn die Sätze sich spreizten, glaubte sie in Schleiermachers Augen eine Sehnsucht aufflackern zu sehen, dann rief sie sich zur Räson, milderte die Euphorie, indem sie eine Klage über die Malerin Klein einführte oder sich über das stark gewürzte Essen mokierte – und Episoden über Immanuel Bekker verschluckte sie ganz. Der Freude über die künstlerische Entwicklung der Veits ließ sie freien Lauf, und der verschorfte Ärger über das Katholisieren von Dorothea blieb unerwähnt. Ausführlich berichtete sie über das Mutterglück von Nanny und die Hausdurchsuchung bei Arndt.

«Man hat Briefe von dir an Arndt beschlagnahmt, Ernst.»

«Arndt hat mir eine leidlich verschlüsselte Botschaft zukommen lassen. Erinnere ich mich recht, dann habe ich vielleicht eine unbedachte Äußerung getan.»

«Ein Schatten, der dich begleitet und den ich hier vor deinem Hause traf …»

«Ich verfolgte vom Fenster aus eure kurze Zusammenkunft!»

«Dieser Schatten hat zwar jetzt einen hübschen Namen, aber der ist wie bei den Engeln nur eine Botschaft: Man droht dir, dich auf eine Toteninsel auszusetzen, wo du mit den Gebeinen deiner Schriften spielen darfst.»

«Pah! Man hat de Wette verhört wie einen Tagedieb. Ich habe mich an seine Seite gestellt und mein Bedauern über seine Entlassung zum Ausdruck gebracht. Dazu stehe ich! Jede freimütige Äußerung wird gegen mich verwendet, Jette. Ich fühle mich von Spionen umstellt.»

«Künftig will ich gerne diese Sachen betreffende Schriftstücke für deine Akten kopieren, Ernst, dann bist du gerüstet, wenn man dir in einem Verhör Fragen stellt.»

Schleiermacher nickte dankbar.

«Und vielleicht solltest du dich mit einer offenen Auseinandersetzung dieser Sachverhältnisse an den König selbst wenden. So vermeidest du, dass Dritte mit geraubten Äußerungen dich beim König in Misskredit bringen.»

«Der König argwöhnt, ich hintertriebe eine vollständige Trennung von Kirche und Staat, und deshalb unternimmt er alles, um durch eine Agende den Einfluss des Staates auf die Kirche zu sichern. Wohlmöglich dient es meiner Sache, wenn ich ihm meiner Wertschätzung persönlich versichere.» Er stand auf: «So wollen wir es halten, Jette. Versprich mir, nie wieder Berlin so lange zu verlassen. Dein armer Ernst kann nur leben, wenn Freunde ihn vor Dummheiten bewahren.»

Schleiermacher umarmte Jette erneut mit großer Entschlossenheit. Jette registrierte es mit Genugtuung.

«Nun, so schlage ich vor, mache ich eine kleine Führung durch unsere Wohnung. Du wirst alle Lieben im Gästezimmer versammelt finden.»

Die Ankündigung klang seltsam zwiespältig.

Sie ahnte: Es ging um die Fischer und seine Frau.

2

Jette lobte den großen Salon mit den stilvollen Mahagoni-Möbeln. Sie lobte die Schlafkammer, aus der das Kinderbettchen ausgewandert war. Sie lobte die Küche mit dem neuen Herd. Sie lobte die helle Studierstube mit dem am Fenster platzierten Sekretär. Sie lobte das geräumige Kinderzimmer, in dem die kleine Hildegard – Ernst hatte ihr seine vielen Locken vermacht! – ihren Mittagsschlaf hielt.

Und dann betraten sie leise das Gästezimmer.

Die Szenerie hatte sich nur wenig verändert. Das Zimmer war abgedunkelt und mit Kerzen feierlich erleuchtet. Ehrenfried war aufgerückt, als sei er der Klassenprimus, saß jetzt unmittelbar neben dem Bett, auf seinem Schoß eine Schreibunterlage mit Papieren, auf denen er offensichtlich die Visionen der Fischer mit seiner, wie Jette sich erinnerte, etwas ungelenken Handschrift notierte. Seine Schwester Jette saß neben Luise, der Tochter der Fischer, und Elisabeth auf einem kleinen Sofa, alle drei seltsam angespannt, als wären sie vom Gymnasialdirektor vorgeladen worden. Die kleine Gertrud stand hinter ihrer Mutter, die mit gefalteten Händen am Kopfende des Bettes ausharrte. Die lange gehortete Kindlichkeit war aus Henriettes Gesicht gewichen.

Ihr Eintreten wurde mit einem knappen Nicken zur Kenntnis genommen, weil die Fischer bereits mit ihren Anschauungen aufopfernd kämpfte und nach Worten fahndete, die geeignet schienen, die Anschauungen zu übertragen.

Auch Immanuel Bekker hatte die Gabe besessen, Bilder in Worte zu übersetzen. Aber ihm hatte es gereicht, wenn Jette in seiner Nähe war, und er hatte weniger gelallt – zumindest nicht ausdauernd – und nicht verlangt, dass man ihm vorher mit Gesängen die Zunge löste!

Henriette blickte kurz zu Ehrenfried, dann zu den Mädchen auf dem Sofa, die pünktlich einsetzten. *«Erneuere mich, o ewges*

Licht, und laß vor deinem Angesicht mein Herz und Seel mit deinem Schein durchleuchtet und erfüllet sein.»

«Jetzt, jetzt», stöhnte die Fischer. «Jetzt.»

Mit neuem Nachdruck setzte die Gemeinde ein: *«Ertöt in mir die schnöde Lust, feg aus den alten Sündenwust; ach rüst mich aus mit Kraft und Mut, zu streiten wider Fleisch und Blut.»* Die letzte Zeile wurde von Henriette herausgeschrien.

Ehrenfried beugte sich mit dem Ohr zur Fischer, um notfalls auch die verschliffenen Wörter sortieren zu können. Die Feder wartete ungeduldig auf ihren Einsatz.

«Ich sehe einen Totenschädel!» Dann entfuhr der Fischer ein Seufzer, als würden sich die Bilder verwischen, als würde das Helle sich zurückziehen.

Henriette gab ein energisches Zeichen: *«Schaff in mir, Herr, den neuen Geist, der dir mit Lust Gehorsam leist und nichts sonst, als was du willst, ach Herr, mit ihm mein Herz erfüllst.»*

«Mein Gott, es ist, es ist …» Die Fischer erhob ihre Hand, wie um sich vor dem Anblick zu schützen.

Ein kurzes Nicken von Henriette genügte: *«Auf dich laß meine Sinne gehn, laß sie nach dem was droben stehn, bis ich dich schau, o ewges Licht, von Angesicht zu Angesicht.»* Die Melodie litt kräftig unter dem Tempo, das Henriette vorgab.

«Es ist, es ist, es ist, ich glaube, es ist der Hausherr. Reimer ist es. Ein kaltes Fieber wird ihn hinwegraffen noch, noch, noch … vor Totensonntag.»

Henriette schlug sich mit der Hand vor den Mund. Ehrenfried protokollierte ohne Regung die Vorhersage. Schleiermacher taumelte kurz, hielt sich dann aber am Türrahmen fest. Jette spürte eine große Hitze in ihrem linken Ohr.

Als die Fischer erwachte, wurde sie nicht, wie bei anderen Sitzungen üblich, mit Handküssen begrüßt, ihr wurde nicht die Stirn abgewischt, ihr wurde kein Getränk gereicht.

Die Fischer schaute in Gesichter mit noch immer weit aufgerissenen Mündern und Augen, die das Wissen um die künftige

Trauer bereits gespeichert hatten und nie mehr ihre Unschuld wiederfinden würden.

Zunächst schien die Fischer gleichgültig. Ihre Gesichtszüge probierten eine Verstimmung, kokettierten mit einer Kränkung, stellten sich dann fragend, zunehmend ängstlich fragend, bis sich ihr Gesicht dem Schrecken der anderen Gesichter anglich. «War es eine unheilvolle Prophezeiung?» Die diamantene Härte ihrer alltäglichen Stimme war zu Sand zerfallen. Ihr Gesicht erinnerte jetzt an aufgequollenes Holz.

Als nähmen die Sätze einen Umweg über das Unendliche, so lange dauerte es, bis diese offenbar bei Henriette angelangt waren, dann nickte sie, und Jette musste ihren Lippen den Namen «Reimer» ablesen.

Die drei Mädchen hatten sich erhoben, standen ängstlich nebeneinander wie Kühe während eines Gewitters. Nur Ehrenfried bewahrte Haltung und machte scheinbar ungerührt seine Notizen. Die Auskunft der Fischer war klar und knapp gewesen, aber Ehrenfried, so schien es Jette, versah die Aufzeichnungen mit ausführlichen Kommentaren wie ein gelehrter Talmudschüler. Es fehlten nur noch die Kippa, der weiße Gebetsmantel und der Gebetsriemen. Und der Bart und die Schläfenlocken fehlten auch.

Jette spürte, wie Schleiermacher sie aus dem Zimmer schob und die Tür hinter sich schloss. Erst in seiner Studierstube ließ er, sichtlich erschöpft, ihren Arm los.

«Nimmt dieser Spuk denn gar kein Ende, Ernst? Das geht doch jetzt schon beinahe drei Jahre!» Es war schwierig, nach dieser Szene sich der eigenen Mündigkeit zu erinnern.

Schleiermachers Hände verkrampften sich um eine Stuhllehne. «Henriette hat die Tochter der Fischer, die kleine Luise, ins Haus geholt und die Haushalte stillschweigend vereinigt. Die meiste Zeit verbringt die Fischer im Bett. Wenn sie jedoch bei einem Leseabend zugegen ist, dann treibt sie mir die Gäste mit ihrer unseligen Konversation aus dem Haus. Glaube mir, sie ist eine Plage.»

Er senkte den Kopf, als schäme er sich, dass er für einige Augenblicke die Selbstbeherrschung verloren hatte. Dann hob er den Kopf und schaute Jette konzentriert an: «Ich weiß manchmal nicht, ob in ihr das Helle oder das Dunkle regiert. Zumeist beschränken sich die Visionen auf unbedeutende Mitteilungen von verstorbenen Persönlichkeiten, lauter Nettigkeiten werden kundgetan, sogar größte Bösewichter erinnern sich der Etikette, und Personen, die auf Erden keinen Sinn für Poesie verrieten, verfassen unablässig Sonette, Stanzen und Kanzonen.»

Jette ignorierte die untergemengte Ironie und fragte: «Und in Unheilsvisionen hielt sie bisher Diät?»

Schleiermacher starrte an die Decke, prüfte die Archive, hätte vielleicht gerne einen Blick in Ehrenfrieds Aufzeichnungen geworfen: «Die Unheilsprophezeiungen verblieben bisher im Ungefähren. Einmal sah sie voraus, Russland würde sich gegen Preußen erheben. Aber erstens erwartet das nahezu jeder gute Preuße, und sodann blieben ihre zeitlichen Angaben äußerst ungenau. Einmal auch sagte sie einen Unfall mit einer Kutsche voraus, und Henriette holte Erkundigungen ein, und irgendwo verunglückte tatsächlich eine Kutsche, aber dieses Unglück verlief glimpflich, betraf uns nicht, und Unglücke mit der Kutsche sind bekanntlich auch nicht außergewöhnlich.»

«Einen Tod hat sie also zum ersten Mal vorausgesagt?»

«Ja», flüsterte Schleiermacher, «und zum ersten Mal mit einer sehr genauen Zeitangabe versehen. Wir können nur hoffen, dass unser lieber Reimer die Adventszeit ohne Blessuren erreicht!»

«Und müssen wir ihn warnen?» Als habe sich die Unvernunft zwischen ihre Zähne geschoben wie ein Holzkeil bei einem Epileptiker, so undeutlich kam der Satz.

«Reimer ist für diesen Spuk sehr unempfindlich. Vom Magnetisieren hält er nichts. Mein Magenleiden glaubt er durch die trockene Wohnung vollständig kuriert. Er hat mir schon einmal lachend angedroht, den Mietkontrakt aufzulösen, wenn sein Haus durch die Fischer in Verruf gerate. Besucher, die die Fischer sehen wollen, werden stetig mehr. Ich musste Henriette bereits sehr dringend ermahnen, die Besuche einzuschränken.»

Aber die Stimme von Schleiermacher verriet, dass er doch Angst bekommen hatte.

3

Georg Reimer wunderte sich, sein Glas abstellend, warum die drei Mädchen an diesem ganz gewöhnlichen Samstagabend bei Schleiermachers sich vor ihm aufbauten, einen Knicks machten *comme il faut*, und reihum ein Gedicht aufsagten, eine Ode an Georg, offenbar von ihnen selbst verfasst – tapfer, mutig, edel, hilfreich und gut.

Acht Strophen lang.

Er verdächtigte Mine, Urheberin dieser Ehrung zu sein, aber Mine gab ihm zu verstehen, von diesem Auftritt nichts gewusst zu haben. Empfahlen sich hier vielleicht künftige Schriftstellerinnen ihrem Verleger? Hatte er ein Jubiläum übersehen? Seinen eigenen Geburtstag vergessen? Jette glaubte zu erkennen, wie Georg mit seiner Rührung kämpfte und sie gewaltsam unter Kontrolle bringen wollte.

«Georg, darf ich dich bitten, heute das Abendgebet zu sprechen?» Schleiermacher wollte Reimer aus der Bredouille helfen.

Georg räusperte sich, bedankte sich für diese kleine «Einlage», wie er sagte, sprach dann das Abendgebet mit ungewohnter Innigkeit.

Die Köchin trug auf. «Heute haben wir eine einfache Speise gewählt: Kutteln.» Nein. Der Satz kam nicht flüssig. Die Stimme gehorchte Henriette nicht ganz.

«Aber liebste Henriette, das ist doch, wie du sehr wohl weißt, mein Leibgericht!» Reimer zögerte nicht lange und griff kräftig zu.

«Onkel Georg bekommt meine Portion», rief die kleine Gertrud.

Jette sah, wie Henriette kurz zuckte, dann überstürzt sagte: «Aber Gertrud, es ist alles reichlich vorhanden.»

«Schön, dass du dich um mich sorgst, liebe Gertrud, aber wenn ich noch mehr esse, dann bekomme ich den Bauch eines Piraten, und dann schickt mich die Tante Mine zur See, dann kann ich dir nie wieder Geschichten vorlesen.» Wie gut erzogen diese Kinder doch waren. Er würde sich wieder mit mehr Nachdruck seinem eigenen Nachwuchs widmen.

«Und Ernst holt uns einen guten Médoc aus dem Keller.»

Schleiermacher gehorchte dem Befehl von Henriette, warf Jette aber einen flehentlichen Blick zu.

Jette zog es zunächst vor, Gertrud abzulenken.

Schleiermacher kam mit dem Wein zurück, entkorkte ihn, schenkte ein und erhob sein Glas: «Auf unsere Jette, die die Wärme der Geselligkeit der Wärme Italiens vorgezogen hat.»

«Und ich erhebe das Glas auf unseren Georg. Wir genießen es stets, wenn du unter uns bist.» Henriette ließ sich nicht beirren.

«Und auch ich und meine Mine genießen es, im Kreis alter Freunde zu leben.» Georg stieß mit allen an.

«Ich habe dich sehr lieb, Onkel Georg», hauchte Gertrud.

Jette beugte sich sofort zu Gertrud und versprach, später mit ihr Kreisel zu treiben.

«Haben der Herr Verleger denn eine gute Messe verlebt? Ist er mit seinen Geschäften zufrieden?» Die Fischer wandte sich an Reimer.

«Danke, bestens. Ich bin mit den Geschäften sehr zufrieden», bestätigte Riemer mit vor Fett triefenden Lippen.

«Und unterstützt den Herrn Verleger ein Sohn bei seinen Geschäften? Werden die Buchhandlung und der Verlag einst in gute Hände übergehen?»

Jette traute sich nicht hochzuschauen, aber Georg Reimer

lachte vergnügt: «Wenn ich es nicht wüsste, meine liebe Witwe Fischer, dann könnte man glauben, sie könnten hellsehen. Ja, ja. Mein Sohn Georg Ernst hat der Juristerei Lebewohl gesagt und ist bei seinem Vater ins Geschäft eingetreten. Aber ich hoffe natürlich, noch lange die Geschäfte leiten zu können.»

«Das hoffen wir auch. Das hoffen wir auch», rief Henriette und erhob ihr Glas.

Schleiermacher ging erneut in den Keller, um Wein heraufzuholen. Als er nachschenkte, übergab Ehrenfried Georg ein kleines Päckchen. «Das ist für dich, Onkel Georg, weil du mich dazu stets angehalten hast.»

«Heute werde ich aber mit Freundlichkeiten überhäuft, ihr Lieben», rief er. Er wickelte ein aus Silber getriebenes Lorbeerblatt aus, das Ehrenfried vor einem Jahr von Jahn höchstpersönlich verliehen bekommen hatte. «Schaut her, jetzt bin ich ein Turner ehrenhalber. Mit dieser Anstecknadel glänzt meine Brust so stark, dass niemand mehr auf meinen Bauch starrt.»

Wieder erhoben alle die Gläser. Und so wurde es ein weinseliger Abend.

In den nächsten vier Wochen wiederholten sich diese Abende. Schleiermachers Weinkeller wurde oft heimgesucht. Am Samstag vor Totensonntag schien die Stimmung zum Platzen angespannt – aber Reimer vernahm die Aufladung nicht, gewöhnte sich an die Rituale der Zuneigung, übersah, wie Henriette häufig seine Hand nahm und wie zufällig nach dem Puls tastete. Man bot ihm ein Wams an, fragte, ob es zu kalt oder vielleicht zu heiß sei, aber Georg Reimer lobte die Temperatur und das Essen. Und die Geselligkeit lobte er auch.

Man blieb länger als gewöhnlich beisammen. Kurz vor zwölf glaubte Jette in Henriettes Augen die Erwartung zu lesen, Georg würde gleich tot in sich zusammensacken. Als es zwölf schlug, schien sie mit zwei Empfindungen zu kämpfen, der Freude darüber, dass Georg noch lebte, dem Missvergnügen, dass die Prophezeiung nicht eingetreten war.

Als Erste zog sich die Fischer zurück, verabschiedete sich spürbar reserviert von Georg Reimer. Dann brachen die Reimers auf.

Schleiermacher wartete einige Minuten, sagte dann: «Nun, liebe Henriette, du bist sicherlich darin mit uns einig, dass wir uns glücklich schätzen dürfen, dass die Prophezeiung nicht eingetreten ist und unser Georg mit aller Kraft am Leben festhält.» Er sprach langsam, wählte die Worte mit Bedacht.

«Ach, Ernst. Einen so engen Freund zu verlieren wäre für uns alle schwer zu tragen gewesen», antwortete Henriette mit einer trockenen Stimme.

«Und wir müssen fragen, ob sich das Helle der Fischer zuweilen auch mit dem Dunkel mischt.»

Er sagte «wir», dachte Jette.

Henriette schüttelte sehr nachdrücklich den Kopf. «Du weißt, Ernst, wie ungern ich dir widerspreche, aber dieser Tag heute ist für mich eine Prüfung, die ich» – sie sagte «ich» – «zu bestehen habe. Unser Glaube wird häufig geprüft, und wir dürfen doch nicht im Glauben nachlassen. Wie oft stellt sich erst im Nachhinein heraus, wie wir Menschen uns getäuscht haben. Und hattest nicht du mir vor Jahren erklärt, dass auch die alten Propheten sich zuweilen täuschten, wenn sie die Bilder und Anschauungen in Worte übersetzen mussten? Müssen wir nicht auch der lieben Karoline, der ich herrliche Stunden verdanke, dieses Vertrauen schenken? Vielleicht erinnerte der Totenschädel nur von ungefähr an Georg? Vielleicht deutete sie den Zeitpunkt falsch?»

«Dann wollen wir uns damit begnügen, dass die Fischer den Zeitpunkt falsch gedeutet hat. Unser Los ist es zu sterben, und vielleicht stirbt Georg tatsächlich einst an einem Totensonntag, wir aber hoffen, dass dieser Totensonntag noch Jahrzehnte entfernt ist.»

Schleiermacher wollte einen Schlussstrich ziehen, aber Henriette gab sich nicht zufrieden: «Und hast du vielleicht auch erwogen, ob nicht die Gebete, die wir für Reimer gesprochen haben, erhört worden sind? Hätten wir ohne diese Prophezeiung so inständig für das Leben unseres Georg gebetet? Und ist es nicht eine herrliche Gewissheit, dass unsere Gebete auch den Tod betreffend erhört werden können? Ich jedenfalls werde im Glauben nicht nachlassen, und etwas mehr Festigkeit und Zuversicht stünde euch beiden auch nicht schlecht an.» Damit erhob sich Henriette, wünschte Jette eine gute Nacht. «Ich muss noch einmal nach den Kindern sehen.»

Jette und Schleiermacher blieben noch einige Minuten schweigend im Salon sitzen.

«Ich muss es wohl ertragen.» Ernst seufzte. «Aber es kostet mich eine große Überwindung.»

«Man muss nicht alles ertragen», antwortete Jette leise.

«Vielleicht», antwortete Schleiermacher. Er sprach so leise, als habe er ein schlechtes Gewissen.

4

Am Totensonntag war ein ehemaliger Besitzer von Sackens Palais gestorben. Im gesegneten Alter von dreiundneunzig Jahren.

Nicht ohne Triumph hatte Henriette bei einem nächsten Besuch Jette die Notiz in den Kirchennachrichten vorgelesen. Damit war für Henriette nicht nur die Fischer rehabilitiert, sondern ihre Glaubensstärke hatte gesiegt.

«Zeiten der Zweifel sind Zeiten, in denen sich das Vertrauen bewähren muss, Jette! Treue muss auch immer wieder geprüft werden, es gibt keine Treue ohne Prüfung.» Sie sprach wie ein schlechter Prediger. Und eine feuchte Aussprache gehörte scheinbar auch dazu. «Wer wie die begnadete Karoline vom Hellen bewohnt wird, darf auf Dankbarkeit rechnen. Für mich, das sage ich mit aller Entschiedenheit» – wie ihr Gesicht zwischen Rührung und Vorwurf changierte – «verströmt sie die größte Autorität. Ernst …»

In diesem Augenblick betrat Ehrenfried den kleinen Salon, grüßte still, sagte dann: «Unsere Mutter ruft nach dir. Du mögest bald erscheinen, das Helle klopft an.»

Jette traute ihren Ohren nicht, blickte fragend zu Henriette. Die antwortete kühl: «Ich habe den Kindern aufgetragen, Karoline als ihre wahre Mutter anzunehmen. Ich trete gerne in den Hintergrund, weil ich weiß, wie nah meine Kinder ihrem Herzen wohnen, näher, als es mir selbst je möglich sein wird. Glaube mir, Karoline ist die echte Mutter im Geiste.»

Henriette stand jetzt neben Ehrenfried. «Ich bin so dankbar, dass Ehrenfried mit großer Anhänglichkeit der Hellen folgt. Wie wird das seinen Geist beflügeln!» Sie seufzte kurz. «Leider kann sich Ehrenfrieds Schwester der Hellen nicht ganz so hingeben, wie ich es für sie wünsche. Es ist ein großer Verlust für sie. Je mehr sie sich abseits hält, je stärker sie von unserer Gemeinschaft abrückt, desto einsamer wird sie werden.» Sie wandte sich, bereits im Gehen, noch einmal an Jette: «Du darfst dich gerne gleich zu uns gesellen, Jette.»

Jette schaute den beiden nach. Vor zwei Jahren hatte Ehrenfried mit seinem Spitznamen «Störenfried» noch mächtig angegeben. Aus dem Wildfang war die Jugend herausgeströmt. Wie verändert er war. Tagelang saß er wie ein Amtsschreiber am Bett der Fischer und zeichnete geduldig jeden Laut auf, den sie von sich gab.

Anscheinend hatte seine Schwester Henriette den Einflüsterungen weniger Gehör geschenkt. Henriette. Sieh an!

Gesänge drangen aus dem Gästezimmer in den kleinen Salon. Jette blieb zunächst sitzen, aber diese Gesänge zogen sie doch nach einigen Minuten an, sie spürte, wie ihre Füße sich Richtung Gästezimmer bewegten, sah, wie ihre rechte Hand leise die Klinke nach unten drückte, spürte dann den Türgriff im Rücken, weil sie sich offenbar mit dem Rücken an die geschlossene Tür lehnte.

«Heilgster Jesu, Heilgungsquelle, mehr als Kristall rein, klar und helle, du lautrer Strom der Heiligkeit! Aller Glanz der Cherubinen, die Heilig-

keit der Seraphinen ist gegen dich nur Dunkelheit. Ein Vorbild bist du mir: Ach, bilde mich nach dir, du, mein Alles! Jesu, Jesu, hilf mir dazu, dass ich mag heilig sein wie du.»

Während des Gesangs tupfte Henriette die Stirn der Fischer ab, die stark schwitzte, faltete dann die Tücher bedächtig zusammen und legte sie in eine Schatulle.

Jette wartete noch auf die Zuckungen, die die Visionen ankündigten, aber da hob die Fischer bereits an: «Ich, ich, ich ... sehe uns beide an einer kräftig sprudelnden Quelle sitzen, die uns labt, die uns erfrischt. Alle Mühsal wird von uns genommen. Alle Schatten sind vertrieben. Alle Pein hat jetzt ein Ende. Und Ehrenfried liest uns Verse vor, die unseren Geist erquicken. Und, und, und ...» Sie fing leise an zu singen: *«Er will uns machen Mut, mit süßen Sonnenblicken uns locken und erquicken, wir folgen unserem Leiter und brechen durchs Geheg.»* Ein lauter Juchzer entfuhr ihrem Mund, dann riss sie plötzlich die Augen auf. Die Fischer schien für Minuten orientierungslos, stammelte: «Wie ist mir so unwohl! Wo bin ich nur? Antwortet doch!»

«Du bist bei deiner Familie», flüsterte Henriette, «sei unbesorgt. Du hast den Schleier wieder ein wenig gelüftet.»

Die Fischer blickte zu Ehrenfried, suchte seine Hand: «Mein reiner Ehrenfried. Wie treu du bist! Vergib mir, wenn ich nicht immer die richtigen Worte finde, um dir für deine Gegenwart zu danken.»

Ehrenfried senkte demütig den Kopf.

«Und wie freue ich mich, dass die verehrte Frau Hofrätin den Weg zu uns gefunden hat, obgleich der Hausherr noch nicht aus der Universität zurück ist. Ich bin Ihnen so verbunden!»

Jette fühlte, wie die Kraft aus ihrem Körper wich, wie ihr Geist inkontinent wurde und hässliche Flecken auf dem Fußboden hinterließ.

Die Fischer wandte sich wieder an Ehrenfried: «Hast du auch brav mitgeschrieben, was uns das Helle schauen ließ? Magst du es uns in Erinnerung rufen?»

Ehrenfried räusperte sich, las dann langsam die Sätze vor. Der Blick von Henriette ruhte auf ihm. «Was will uns das sagen?» Er fragte wie ein Lehrer im Deutschunterricht.

Die Fischer schloss noch einmal die Augen, als fahnde sie nach einer Unterschrift unter den Bildern. Alle im Raum verharrten schweigend.

«Lacht mich nur recht aus, aber das Helle fordert eine Badereise von uns. Zwar weiß ich nicht, ob ich diese Anstrengungen auf mich nehmen darf, ich fühle mich nach den vielen glücklichen Schlachten sehr ausgezehrt, und jede Störung ist mir ein großer Verlust, aber dem Hellen darf man sich nicht verweigern. Den Genuss, den du, liebste Henriette, mir durch das Wohnen hier gewährst, müssen wir für einige Wochen aufgeben, aber Ehrenfried wird uns begleiten und uns, dessen bin ich gewiss, das Leben erleichtern, wo immer es ihm möglich ist.»

Sie wandte sich an Jette: «Mich überfällt das Gefühl, wie ungeheuer groß die Einsamkeit sein wird, in der unser Hausherr versinkt, wenn wir dem Geheiß des Hellen uns ergeben. Dürfen wir, verehrte Frau Hofrätin, unseren Hausherrn Ihrer Fürsorge empfehlen? Können Sie ihm in dieser Zeit zur Hand gehen?»

Weil sich der Fußboden ein wenig näherte, ahnte Jette, dass sie nickte, dann trugen ihre Füße sie hinaus.

Als Schleiermacher später neben ihr in der Stube saß, fand Jette nur schleppend die Sprache wieder. «Sie fühlen sich als Sieger.»

«Sie haben es mich auch spüren lassen», antwortete Schleiermacher bitter. Und nachdenklich, wie zu sich selbst, fügte er hinzu: «Ich werde im eigenen Hause einer Glaubensschwäche geziehen. Ich bin nicht mehr Herr im eigenen Haus!»

«Ich komme gerade von drüben. Das Helle hat beiden eine längere Badereise verschrieben. Ehrenfried soll den Laufburschen geben, und mich haben sie auserkoren, dir die Einsamkeit zu versüßen.»

Wach auf!

Schleiermacher reagierte nicht. Als habe ihn ein Schlag ereilt. Als ob selbst die Zeit gelähmt sei. Es geschah nichts. Gar nichts. Wo blieb die Wut! Wo ein Aufbegehren! Warum wehrte er sich nicht endlich? Schleier!

Wach auf!

«So halten wir es. Eine längere Badereise kann Wunder wirken. Vielleicht strömt hernach das Helle nicht ganz so ungehindert.»

«Gott gebe, dass die Fischer während der Reise nicht zu einer Sehenswürdigkeit aufsteigt, andernfalls wirst du künftig einen Sekretär anstellen müssen, der die Besucher empfängt und anmeldet.»

Jette sah es ihm an, Ernst war wundgescheuert, wollte keine Vorhaltungen hören, verlangte nach Rückhalt.

Sie war wütend.

Sie war verwirrt.

Sie war rücksichtsvoll. «Bitte deine unverheiratete Schwester Charlotte, sie möge zu dir ziehen und sich zunächst für einige Wochen oder Monate – wir wissen nicht, wie lange die Kur dauert, die das Helle verschrieben hat – um die Kinder kümmern. Ich kopiere künftig für dich alle Schriftstücke. Vielleicht findest du dann auch die Muße, endlich dein Hauptwerk, die Glaubenslehre, auf die nicht nur ich lange bereits warte, zu vollenden.»

Da saß er, in sich gesunken, mit welker Seele. Seine Speere waren stumpf.

Nur ein Sohn könnte ihn retten.

Und sie?

Was band sie weiterhin an Ernst? Ihre gekränkte Haut warf Falten, weil keine glättende Hand sie zu streicheln verstand. Und das Augenglück trübte langsam ein. Abends saßen oft auf ihrem Bett Gespenster. Meistens gegen vier. Lesen half dann nicht. Leise auf dem Pianoforte zu spielen half dann nicht. Häkeln half nicht. Tagelang lebte sie dann wie in einem Tunnel. Warum verhielt sich Ernst so hündisch? Und warum sie selbst? Musste Ernst nicht manchmal auch sie leise verachten, weil sie nicht lauter aufbegehrte? Hatte er alle Kraft in der Intrige um von der Marwitz gelassen? Und war es ihr nicht ähnlich ergangen?

Oder hätte sie doch in Rom Bekkers Antrag annehmen sollen? Aber seine Hände waren kurz und dick! Und er war eitel, zwar klug, aber nicht witzig. Und seine jungenhafte Zärtlichkeit hatte allenfalls mütterliche Instinkte in ihr geweckt.

Nein.

Es war richtig.

Sie wollte der Welt zeigen, dass man die Romantik leben konnte.

Leben.

5

Das Helle verlangte immer häufiger, sich an Plätzen aufzuhalten, die dem himmlischen Aufenthaltsorte in etwa entsprachen. Mindestens zweimal jährlich gingen Henriette und die Fischer, stets in der Begleitung von Ehrenfried, auf eine längere Badereise. Teplitz. Baden. Und immer wieder Karlsbad.

Die ersten Tage litt Ernst zumeist still unter der Trennung. Dann riss er die Fenster in Karolines Kammer auf, ließ tagelang die frische Luft herein, als ob er das Zimmer mit irdischem Licht fluten wollte. Dann brachte er in seinen Kopf eine neue Ordnung, und diese Ordnung übertrug er in seine Schriften, hielt eine peinliche Reinlichkeit in seinem Äußeren, als müsse er sich den Gerüchten mit Eleganz entgegenstemmen, umschiffte die Stromschnellen des Tages, ging auffallend häufig in die Singakademie, vielleicht, wie Jette glaubte, um sich singend Luft zu verschaffen, richtete die Papiere mit Jettes Hilfe, verbrachte Stunden mit seinem kleinen Sohn: «Ich muss mich zwingen, Jette, ihn nicht stundenlang zu herzen.» Er brauchte diese Augenblicke, ihn auf dem Schoße haltend, das Spiel mit den Augen, die kleinen Fettpolster auf den Handrücken streichelnd, die seligen Kinderlieder, dabei das Erwachen des Geistes auf dem Gesicht studierend. Henriette hatte ihm einen Sohn geschenkt, Nathanael, und dieses Geschenk überstrahlte alles und warf keinen Schatten.

Dann auch überstand er es, täglich in die dunkle Gegenwart einzutreten, die Jette stellvertretend für ihn aufhellte.

«Verehrte Frau Hofrätin, ich habe Veranlassung, Sie noch einmal um eine kurze Unterredung zu bitten.»

Jette quittierte die Aufforderung mit einem freundlichen Lächeln, wie man es mit entfernten und wenig geschätzten Verwandten macht, die jährlich einen kurzen Besuch abstatten.

«Unser hochverehrter Herr Polizeipräsident Esebeck erlaubt sich, die ausgesprochene Vorladung zu einer Unterredung ...»

«In dem Schreiben, das ich eigenhändig zu den Akten kopiert habe, war von einer Vernehmung die Rede, nicht von einer Teegesellschaft.»

Mut. Weiter. Nur Mut.

«Wie bewundere ich Ihre Munterkeit und Frische, mit der Sie mich stets zu korrigieren verstehen.»

Jette entzifferte das ölige Lächeln, bevor es die Lippen einfettete.

«Der Herr Polizeipräsident wünscht also zu vernehmen, wie sich der Herr Professor gegen die von intriganten Gegnern vorgebrachten Verleumdungen auslässt, und unterbreitet das Angebot, diese Unterredung vor den Augen der Öffentlichkeit verborgen in der Behausung des zuständigen Geheimen Regierungsrates durchzuführen.»

«Ich bin überzeugt, dass zu dieser Geheimniskrämerei kein Grund besteht.»

«Verehrte Frau Hofrätin, unser Bestreben geht einzig dahin, den Ruf und die Kraft unseres verehrten Herrn Professors zu schützen. Jetzt, da seine lange versprochene Dogmatik in aller Munde ist, tut er gut daran, die Kräfte zu sammeln. Mit Verlaub, auch die theologischen Gegner werden nicht müde, setzen ihm zu, und wenn er sich durch diese Plackereien nicht knicken lässt, so wird der Ruhm auch über die Grenzen Preußens hinaus erstrahlen und der Name ‹Preußen› an Glanz zunehmen.»

«Wie freut es mich zu hören, wie sehr Sie an der Gesundheit und am Ruhm Ihrer Untergebenen Anteil nehmen.» Jette fand, dass der Besuch lange genug gedauert hatte.

«Wenn der Herr Professor die richtigen Worte wählt, sind wir bereit, Missstimmigkeiten zu vergessen. Unsere mich stets erbauenden Gespräche sind dann bedauerlicherweise nicht länger vonnöten. Ich will Ihnen aber versprechen, mich dafür zu verwenden, die Einsichtigkeit des Herrn Professors in einigen Jahren mit dem roten Adlerorden zu belohnen.»

Er verbeugte sich und löste sich im Trubel der Straße auf.

Schleiermacher reagierte auf das Angebot so, wie Jette es erwartet hatte: «Auf diese Lumpereien gehe ich nicht ein. Ich verspüre einen ordentlichen Drang und Kitzel, die Sache in einem öffentlichen Lokal durchzuführen, und, Jette, ich werde auf die Vernehmung im Polizeipräsidium am Molkenmarkt mit allem Nachdruck bestehen.»

«Und wie gedenkst du dich dort zu verhalten?»

«Ich werde nicht in Sack und Asche erscheinen, aber ich werde die in meinen Briefen beanstandeten Stellen mit dem Drang meiner Geschäfte und der Eile meiner literarischen Arbeiten entschuldigen. Und ich werde zu der Person des Königs öffentlich verlauten lassen, dass er mir geheiligt ist.» Er hielt kurz inne. «Mehr kann und will ich nicht tun.»

«Und wird das hinreichen?»

Ernst, das sah Jette seinem Gesicht an, wusste, dass die Katastrophe sehr nahe war. «Meine Lage ist nicht wenig prekär. Mir geht leider die Kunst ab, mich einzuschmeicheln. Ich bin übel angeschrieben bei vielen, die mir einst doch wohl gesonnen waren. Einige scheinen mich ganz und gar aufgegeben zu haben, aber ich baue doch darauf, dass ich bei den Studenten noch so viel zähle, dass man vor einer Amtsenthebung zurückschreckt. Mögen die dunklen Gestalten nur sehr kräftig dem *Charlottenburger Bund* nachjagen, den sie seit längerem als Demagogenvereinigung ausgemacht glauben, und mögen sie mich verschonen.»

Jette rutschte in ihrer Ängstlichkeit beinahe in Apathie, wurde aber von Ernst aufgeschreckt, der seinen aufgestauten Ärger nicht länger im Zaum hielt.

«Als ob das nicht hinreichen würde! Nein! Man glaubt, mich auch in anderer Hinsicht nicht schonen zu müssen. Um meine *Glaubenslehre* geht der Streit ganz unvermindert weiter. Nahezu alle meine Kollegen verleumden mich!»

Den letzten Satz schrie er hinaus, aber er besaß nicht die Kraft, sich lange laut zu erregen. Und in der Tat, seine Stimme beruhigte sich und näherte sich beängstigend schnell einer depressiven Tonlage.

«Und stell dir vor, was Hegel hat verlauten lassen: Wenn die Religion auf einem Gefühl der Abhängigkeit gründe, wäre der Hund, Jette, der Hund! der beste Christ, weil der Hund dieses Gefühl am stärksten in sich trage und hauptsächlich in diesem Gefühl lebe!»

Zunächst Stille. Und dann knurrte Jette wie ein Hund.

Ernst schaute zunächst verwirrt hoch, dann arbeitete sich ein Lachen wie eine Welle durch seine Gesichtszüge, er warf den Kopf in den Nacken und erfand ein neues Heulen und Knurren, Jette hockte sich hin und kläffte und bellte, Ernst kroch auf allen vieren und belferte, als ob eine ganze Meute Hunde im Hause Schleiermachers Station machte. Jette legte sich ausgelassen auf den Rücken, strampelte mit den Beinen und kümmerte sich nicht einen Augenblick um ihr Kleid. Sie lagen sich schließlich lachend in den Armen, und Ernst leckte Jette über das Gesicht.

Als sie hörten, wie sich Charlotte aus der Küche näherte – Schwestern konnten auch ein Fluch sein, wie Jette fand –, standen sie schnell auf und ordneten ihre Kleider.

«Wir haben uns ernsthaft bemüht, uns in Hegel einzufühlen, Lotte», gab Schleiermacher, noch immer lachend, zur Auskunft.

Jette wusch sich tagelang nicht das Gesicht.

6

Ehrenfried schritt unsicher über den dicken Teppich, als würden sich dort Nacktschnecken verstecken. Seine Haare hingen ihm in fettigen Strähnen ins Gesicht. Seine Schultern, die vor Monaten noch mit ihrer Spannbreite prahlten, schienen geschrumpft. Sein Mund so schief, als habe ihn der Schlag getroffen. Und seine Augen kniff er zusammen, als müsse er durch dichten Rauch hindurchstarren. Er warf ein zerknülltes Stück Papier auf den Tisch, als wolle er damit sein bisheriges Leben verabschieden.

Jette, die nicht mehr jeden Samstag- oder Sonntagabend zum Essen erschien, wenn die Fischer im Hause war, fiel diese Verwandlung als Erste auf. «Ehrenfried wirkt so verändert, Ernst.» Schleiermacher hatte es darauf geschoben, dass Ehrenfried mit seinen Studien unzufrieden sei, aber dann wurde sie Zeuge einer Szene, die sich im Flur zutrug, und die sie stutzen ließ.

«Durchaus ist Nathanael bereits alt genug, um bei einer Sitzung zugegen zu sein, wenn das Helle durch Karoline zu uns spricht.»

Henriettes Stimme verbot sich einen Widerspruch, aber Ehrenfried ignorierte das Verbot. «Nathanael ist noch sehr zart, Mutter, großen Aufregungen sollte man ihn nicht aussetzen.»

«Deine Schwestern waren noch jünger als er. Und eines Tages wird er deinen Platz einnehmen und die Protokolle schreiben, die du früher, bevor du studiertest, mit großer Sorgfalt ausgeführt hast.» Die Stimme nahm an Schärfe noch zu.

«Meine Schwestern erfreuten sich einer besseren Gesundheit als er. Seiner Gesundheit ist es zuträglicher, wenn ich mit ihm einen Spaziergang unternehme.» Ehrenfrieds Stimme hörte man die Anstrengung an, die ihn diese Unterhaltung kostete.

«Du wirst also auch heute nicht zugegen sein, obwohl dich Karoline nach deiner langen Abwesenheit so inständig darum gebeten hat? Du willst also in die Fußstapfen deiner Schwester treten und nachlässig werden? Immer häufiger sind wir allein, ich vermag nicht gleichzeitig zu assistieren und genau zu verzeichnen, welche Anschauung das Helle uns zeigt.»

«Ich muss eine dringende Besorgung machen, und Nathanael wird mich dabei begleiten. Auf der letzten Badereise seid ihr auch sehr gut zurechtgekommen, wenn ich verhindert war.»

Jette hörte, wie sich beide in entgegengesetzter Richtung entfernten. Offensichtlich war der Dreierbund durch Ehrenfrieds Studien nicht mehr ganz so eng geknüpft. Vielleicht war auf der letzten Badereise etwas vorgefallen, vielleicht hatte Ernst Einfluss zurückgewonnen. Wie oft hatte sie Ernst gebeten, endlich einzuschreiten, aber er hatte nach der glücklich abgewendeten Amtsenthebung einen neuen Konflikt gescheut und es dabei belassen, seine Frau aufzufordern, pünktlich zum Mittagsmahl und zur Teestunde zu erscheinen. Prompt hatte sich das Helle an die neuen Zeiten gewöhnt, denn das Helle meldete sich jetzt pünktlich nach der Teestunde oder unmittelbar nach der Mittagsruhe.

Ernst war mit Reimer zu einem Spaziergang aufgebrochen, Jette hatte sich mit einem leichten Unwohlsein entschuldigt und sich in den neuesten Predigtband von Schleiermacher vertieft, als sie das übliche Singen hörte, das eine Sitzung einleitete. Zunächst zwang sie den Gesang in den Hintergrund, aber die Strophen, die an ihr Ohr drangen, wirkten wie ein zwiespältiger Kommentar zu ihrer Lektüre. Sie spürte, wie ihre Hände bereit waren, das Buch zu schließen. Sie entdeckte einen Teeflecken auf dem weißen Tischtuch. Die einfallenden Sonnenstrahlen drängten sie aus dem Zimmer. Die Tür öffnete sich von selbst. Der Teppich zog sie in den Flur. Sie geriet in den Sog des Gesangs, versuchte sich an den Wänden abzustützen, hielt sich mit aller Macht an dem Türrahmen fest, verbot ihrem Fuß, die Schwelle zu übertreten, und schaute durch den Türspalt in die Kammer der Fischerin.

Eine Spionin auch sie.

Eine raue Stimme untersagte ihr hinzuschauen, aber sie konnte den Blick nicht abwenden, als wären ihr die Augenlider weggebrannt.

Henriette und die Fischerin waren allein im Zimmer. Henriette kniete vor dem Bett. Blumen, waren es Nelken?, lagen vor dem Bett wie Opfergaben. Henriette sang mit oft brechender Stimme. *«Himmelan schwing dich, mein Geist, denn du bist ein himmlisch Wesen und kannst das, was irdisch heißt, nicht zu deinem Zweck erlesen. Ein von Gott erleucht'ter Sinn kehrt in seinen Ursprung hin.»*

Henriette strich mit ihrer Hand über die Stirn der Fischerin, die leise stöhnte. Dann fuhr sich Henriette mit ihren Fingern über das Gesicht, als wolle sie sich waschen. Jette hörte, wie die Fischer mehrfach tief einatmete, einmal laut aufstieß. Ein Bein zuckte, als habe ein Arzt den Reflex getestet. Der Schein einer flackernden Kerze hüpfte über ihr Gesicht.

Jette fürchtete, der Luftzug könne sie verraten, sie wollte sich losreißen von dem Anblick, aber die Kräfte, die an ihr zehrten, waren zu stark.

«Himmelan, ach, himmelan! Das soll meine Losung bleiben. Ich will allen eiteln Wahn durch die Himmelslust vertreiben. Himmelan steht nur mein Sinn, bis ich in dem Himmel bin.»

Henriettes Stimme konnte die Höhe nicht halten, rutschte mit dem vorletzten Ton von der Leiter nach unten. Ihr Kopf war nach vorne gefallen und lag jetzt auf der Brust der Fischer, die sich aufzubäumen schien. Ganz leise, kaum zu verstehen, murmelte sie: «Ich sehe brechende Wogen, Gischt spritzt hoch, Vögel baden im Schaum und putzen ihr Gefieder.» Sie stöhnte auf, tastete nach der Hand von Henriette, nahm einen Finger, steckte ihn sich in den Mund. Jette vernahm ein saugendes Geräusch wie von Kindern, hörte, wie die Fischerin sagte: «Er schmeckt so herrlich, so unsagbar süß – süßer als alle irdischen Leckereien. Ach, dürft ich immer an ihm naschen.»

Henriette legte den Kopf auf die Seite, die Augen geschlossen, ihre Nase in den Gewändern der Fischer vergraben. Sie flüsterte gepresst: «Wie ein warmer wilder Strom durchfließt mich das Fluidum hin zu seiner Quelle!» Sie warf ihren Kopf herum. «Oh», rief sie, schickte einen spitzen Schrei hinterher, dann noch einmal: «Oh!»

Als besäße das letzte «oh» die Kraft, den Zauber zu bannen, spürte Jette, wie sie sich lösen konnte, wie der Sog nachließ, wie sie ihre Hände von dem Türrahmen nahm, wie die Erdanziehung wieder funktionierte. Sie ließ einen letzten Blick über die Szene gleiten. Henriettes Finger war aus dem Mund der Fischer gefallen, die schwer atmend zu schlafen schien. Auch Henriettes Augen waren geschlossen, sie wirkte erschöpft, aber glücklich, nicht mehr ganz von dieser Welt.

Leise ging Jette in den Salon zurück, setzte sich, blätterte unschlüssig in Schleiermachers Predigtband, versteckte sich in einer Falte der Zeit und wartete, bis Ernst und Georg zurückkamen.

«Geht es dir besser, Jette? Uns ließ dein Unwohlsein keine Ruhe, deshalb haben wir nur einen kurzen Spaziergang unternommen.»

Jette drängte den Wunsch zurück, ihm um den Hals zu fallen. «Danke, Ernst. Mir geht es spürbar besser. Du musst keinen Arzt und Heiler bemühen.»

«Offenbar hast du in dem Predigtband gelesen und bist daran genesen. Wir Verleger jedenfalls glauben an die Wunderkraft der Bücher, die wir verlegen.»

Jette lachte. «Daran glaube ich auch, Georg.»

Tagelang konnte Jette die Bilder nicht aus ihrem Kopf verbannen. Sie ging häufig spazieren, suchte die Sonne, hoffte, die Sonne würde die Bilder ausbleichen, aber offenbar hatten sich die Bilder an einem unzugänglichen Ort versteckt, denn sie behielten ihre Farbigkeit, und die Stimmen, die sie mit Leben versahen, wurden noch greller. Oh, schrie es in ihrem Kopf. Und ah!

Und immer wenn sie Ehrenfried sah, wusste sie, womit er zu

kämpfen hatte. Als sie bemerkte, wie sein Schritt fester wurde, wie er keine Angst mehr verspürte, auf Nacktschnecken zu treten, ahnte sie, dass er den Kampf gewonnen hatte.

Zu Schleier kein Wort.

7

Die Verhältnisse blieben, wie sie waren.

Jahrelang.

Nur selten veranstaltete Jette kleine Soireen. Häufiger ging sie zu Rahel. Endlich verheiratet, war Rahel mit ihrem Mann Varnhagen von Ense nach Jahren am badischen Hof in Karlsruhe nach Berlin zurückgekehrt und hatte ihren Salon wieder aufleben lassen. Auf Kleidung legte sie noch immer keinen Wert. Sie würde sich nie ändern! Und das Rheuma hatte die Gelenke an den Fingern der rechten Hand hässlich dick anschwellen lassen. Dafür war sie im Umgang eine Spur milder geworden, nicht mehr ganz so spöttisch und besserwisserisch. Die Gäste, für die Rahel jetzt schwärmte, wie Heinrich Heine oder Fürst Pückler, waren Jette allerdings oft zu laut. Aber die Auftritte und Vorträge Alexander von Humboldts im Salon und in der Singakademie genoss sie. Noch immer dieser weiblich geschwungene Mund. Und die verschatteten Augen, die einen heimlich zu beobachten schienen. Häufiger kam er jetzt wieder zum Tee. Erzählte mit stiller Begeisterung von seinen Reisen. Seiner Sammelleidenschaft. Seinem Kosmos.

Und Schleier?

Schleier rieb sich, unnötig, wie Jette fand, in kirchlichen und universitären Kommissionen auf (Gesangbuchkommission, nun gut, aber musste man sich dafür jahrelang verschwenden?), arbeitete verbissen an einer Union der reformierten und lutherischen Kirche, war ständig Vortragender in der Akademie, verkroch sich in seinen Studien und veruntreute seine Anlagen zur Freundschaft.

Aber Jette blieb ihm treu.

Natürlich.

Also bitte!

Aber dann starb Nathanael.

Als Henriette und die Fischerin, von einer Extrapost alarmiert, aus Karlsbad eintrafen, lag Nathanael bereits im Sterben. Vor Stunden hatten die Ärzte ihn aufgegeben. Und als sei die Krankheit auf ihn übergesprungen, empfing Ehrenfried seine Mutter mit scharlachrotem Kopf.

«Unser Nathanael liegt im Sterben. Er hat tagelang nach dir verlangt, Mutter. Seit drei Tagen bin ich nicht mehr beim Stadtgericht gewesen, aber du warst nicht zu erreichen!»

Henriette stürzte an Ehrenfried vorbei ins Krankenzimmer, warf sich auf die Knie, griff nach den Händen, stammelte mit tränenerstickter Stimme: «Nathanael, hier bin ich, deine Mutter. Bitte, bitte, verlass mich nicht.»

Nathanael schaute sie mit fiebrigem Blick an, aber diesem Blick war nicht abzulesen, ob er noch verstand, was um ihn herum geschah, sein Blick rutschte überall ab, fand keinen Halt, schien in einen dunklen Schacht zu fallen, die Augenlider flackerten aufgeregt, als wollten sie den Blick frei wischen, als wollten sie die Augen doch noch überreden, das Licht aufzunehmen.

Dies hier war seine Mutter, die um ihren Sohn Tränen verlor. Der größte Schrecken konnte aber nicht verhindern, dass man ihrer Erscheinung ansah, wie großartig sie sich erholt hatte, wie rosig ihr Teint blühte, wie die Schatten unter den Augen wieder ausgeleuchtet waren. Seine Mutter, die ausgelassen Treppen hinaufrennen konnte, ohne erschöpft zu sein, die munter mit Hunden über die Wiesen tollte, als wäre sie ein Kind von neun Jahren.

Zum ersten Mal in ihrem Leben spürte Jette, wie sie diese Frau verachtete. Nathanael starb, aber die da lebte! Weinte! Flehte! Würde bald wieder essen! Schlafen! Reden! Lachen!

Und Ernst trösten!

Henriette wandte den Kopf Ernst zu. Aufreizend langsam, als ob sie die Szene bereits auf dem Theater einstudiert hätte. Dazu ein mit Tränen benetztes Gesicht. Ja! Diese Geste war gekonnt! Jette war versucht, nach einem Souffleusekasten Ausschau zu halten. Notfalls würde sie selbst ihr den Text einflüstern: «Ernst, so sag doch etwas! Versprich mir, dass er nicht von uns geht! Er darf nicht sterben, hörst du!»

Ernst saß am Fußende des Bettes. Mit einer Hand umgriff er unter der Bettdecke ein Bein von Nathanael, als wüsste er so zu verhindern, dass er starb. Derart eingefallen und klein wirkte ihr Ernst, als könne er heute bequem in einem Strickbeutel Platz finden. Sein Gesicht zuckte, als schien er unschlüssig, was er antworten sollte. Wenn heute Ernst anstelle seines Sohnes sterben würde, wüsste jeder hier im Raum, welches Aussehen er als Greis gehabt hätte. Seine Gestalt war alternd, schön war sie nicht. Man staunte, wie die Gliedmaßen noch zusammenhielten, wie sein Kopf noch auf dem Rumpf ausharrte, wie seine Stimmbänder noch Worte erzeugten. «Wir haben ihn bereits verloren, Henriette. Er schläft bereits hinüber.»

«Einen Versuch sollten wir wagen!»

Wer sprach da? Wer wagte es, den Mund zu öffnen?

«Einen Versuch sollten wir wagen!»

Ernst – oder wer immer dort hinten am Fußende des Bettes saß – hob den Kopf und spähte in die Richtung, aus der der Satz an sein Ohr gedrungen sein musste.

Henriette drehte, noch immer kniend, den Kopf. Wie schmerzhaft schön ihr Nacken doch war! Jette war nie aus dem Traum herausgewachsen, solch einen Nacken zu haben, der in einem zarten Bogen in die schmalen Schultern ausschwang, von den Hüften zitiert wurde und sich im Spann der unerhört zierlichen Füße wiederholte.

«Einen Versuch sollten wir wagen.»

Sieh an! Die Fischerin. Dort stand sie, mit demütig gefalteten

Händen, wunderlich ausgeleuchtet, anscheinend noch ganz bei sich selbst. Trug sie nicht zu Recht einen violetten Umhang?

Jette drehte sich um. Sah den Schatten der Fischerin, der sich Nathanael näherte. Scherenhände, die sich nach ihm ausstreckten. Die den dünnen Lebensfaden durchschneiden wollten. Diese verfluchten Hände!

Aber dann gab es da doch noch einen Mann im Zimmer. Einen, der nicht vergreist war. Dessen Wut noch schäumte.

«Niemand wird es wagen, Nathanael anzurühren, denn er schläft schon.»

Ehrenfried regierte noch das Zimmer. Verhinderte, dass diese Hände die letzten waren, die Nathanael berührten.

«Gegen Schlafes Bruder vermag auch ich nichts auszurichten.» Die Fischerin trat vom Bett zurück und legte ihre Hand auf den Nacken von Henriette, die ihren Kopf in ihre Hände vergrub.

Ernst stand auf, ging um die beiden Frauen herum, küsste Nathanael auf die Stirn. «Nathanael, mein Sohn, mein Sohn.»

Und mit diesem einen Satz schrie seine verwundete Seele zu Gott.

Jette stellte sich neben Ernst. Sie tat es mit aller Entschlossenheit. Nahm seine beiden Hände und drückte sie mit aller Kraft.

Irgendwo war ein feines Klirren zu hören, als ob ein sehr teures Glas zu Bruch ging.

8

Und jetzt promenierte Bettine von Arnim lachend Arm in Arm mit Schleiermacher! Ließ ihre braunen Locken aufgeregt hin und her tanzen. Vor Aufregung rote Ohren. Ein atemloser Mund.

Und Jette fragte sich, wie immer zu spät, wie beide zueinander standen. Was erzählten sie sich, wenn sie, trotz eines verstimmten Wetters, fröhlich plaudernd spazieren gingen?

Was hatte sie übersehen?

Warum gelang es Bettine, Ernst aus den Klauen des Schmerzes zu befreien? Und warum sprang der Schmerz Ernst an, wenn er Jette besuchte?

Jette hatte der Freundschaft zwischen Bettine und Ernst über Jahre hinweg wenig Bedeutung beigemessen, denn Bettine war die Nichte ihres verstorbenen Freundes Karl von la Roche. Bereits als kleines Mädchen hatte sie Bettine kennen gelernt. Zusammen mit Clemens. Die Brentano-Kinder. Der zarte Clemens. Die Koboldin Bettine. Und seit dem Tod ihres Mannes Achim von Arnim lebte Bettine nur noch sehr selten im langweiligen Wiepersdorf, beinahe nur noch in Berlin. Die älteren Kinder beider Familien wurden von einem gemeinsamen Hauslehrer unterrichtet. Das sparte Geld. Und je weniger über Geld geredet wurde, desto besser. Kein Grund zur Sorge, hatte Jette gedacht.

Und besaß Schleiermacher nicht mit Bettine eine zweite Amazone im Kampf gegen die Fischerin? Hatte Jette nicht diese Koalition mit aller Kraft befördert?

«Die Fischer raubt unserem Ernst die Lebensfreude. Ich weiß nicht mehr, wie ich ihn schützen soll, weil Henriette so unter ihrem Einfluss steht. Und jetzt wurde auch noch Ernsts Tochter mit dem Bruder der Fischer verheiratet. Nun bestehen sogar enge Familienbande, die keine Lösung zulassen.»

Bettine besaß die Angewohnheit, bereits zu nicken, wenn der andere noch sprach. Sie antwortete stets sofort, als sei jedes Gespräch eine Sprechmotette, und Anführungszeichen eigentlich unnütz und eine Zeitverschwendung.

«Diese kronendumme Fischer können wir nicht besiegen, weil Henriette kein Jota von den Sätzen ihrer Freundin anzweifelt, aber ich kann Ernst doch bestärken in seinem Ringen gegen diesen geselligen Wahnsinn, weil mein eigener Bruder sich von einer Nonne angezogen fühlte. Er besitzt einen ganzen Koffer voll blutiger

Binden und Tücher von dieser Nonne, dieser Emmerich, die an Freitagen aus Wundmalen blutete. Er möchte sie am liebsten jedermann zum Anrühren reichen, und wehe dem, der sich davor ekelt und das Gesicht verzieht, der bekommt eine kräftige, zuweilen tödliche Salve. ‹Clemens-demens› spotten seine Freunde inzwischen.»

Jette lächelte. «Und hast du deinen Einfluss auf Clemens geltend gemacht?»

«Versucht habe ich es und mit starken Worten nicht gegeizt, aber er war von dieser Weibsperson ganz besessen, saß fünf Jahre an ihrem Bett, hält ihre Wundertaten für erwiesen und die Weissagungen für Geschichte, aber immerhin ist es mir gelungen, Menschen aus seinem engsten Umfeld mit Vernunft zu firnissen. Und so werde ich es auch bei Ernst halten.»

«Ich bin dir dankbar für jede Hilfe, Bettine. Mit aller Kraft ist es mir gelungen, Ehrenfried zu uns hinüberzuziehen.» Das stimmte zwar nicht, aber die Überlegenheit, die Bettine ausstrahlte, hatte diesen Satz hervorgelockt wie bei einem schlechten Zauberer, der die Murmeln bereits im Munde verwahrte.

«Dann gilt es, ihr Hildegard zu entreißen», entschied Bettine und war schon aus dem Zimmer.

«Hildegard ist ausgegangen», wollte Jette noch antworten, aber Bettine hatte bereits die Kammer der Fischer erreicht und öffnete leise die Tür. Mit einer hochgezogenen Augenbraue schaute sie Jette an, als die sie eingeholt hatte, dann gab sie den Blick frei.

Diesmal lag Henriette ausgestreckt auf dem Sofa und war in einen magnetischen Schlaf gefallen. Die Fischerin beugte sich über sie, legte ihr eine kleine Glasplatte auf den Mund und drückte dann ihren Mund darauf. Jette erinnerte sich, in Eulers Physikbuch gelesen zu haben, Glas sei ein guter Leiter, aber offenbar traute die Fischerin diesem Werkstoff nicht ganz, denn in bestimmten Abständen nahm sie die Glasplatte weg und versuchte das Fluidum unmittelbar zu übertragen.

Jette schloss die Tür.

«Für Henriette gibt es keine Rettung», flüsterte Bettine, «aber wir sollten uns beeilen und für Hildegard einen Mann auftreiben, bevor die Fischer noch einen Bruder ausfindig macht, der eine weitere von Schleiers Töchtern zu heiraten gedenkt.»

In dieser Hinsicht konnte sich Jette auf Bettine verlassen.

Aber was hatte sie übersehen?

Warum machte sich Schleier lächerlich, lief einer zwanzig Jahre jüngeren Frau auf der Straße nach und tauschte mit ihr Wechselgedichte aus? Ernst hatte ihr, welche Chuzpe er doch besaß, mit mäßig unterdrücktem Stolz Zeilen vorgetragen. Nein. Diese Zeilen mochte sie nicht wiederholen. Alberne Verse und zudem noch schlechte Poesie! War es wirkliche Verliebtheit, die ihn schwindelnd machte? Oder war es die ekstatische Verzückung über die der Welt zugewandte Tatkraft der Bettine, die Schleiermacher alle Grenzpfähle passieren ließ?

Bettine konnte ungestüm sein und ausgelassen. Aber auch robust und zupackend. O ja! Als vor einem Jahr während der Cholera-Epidemie sie sich aus ihrer Wohnung nicht wegzubewegen traute, da hatte Bettine sich um Lebensmittel gekümmert, Ärzten assistiert, war von Haustür zu Haustür gegangen und hatte Decken gesammelt. Und Ernst hatte alle seine gehorteten Lobsprüche freigiebig über sie ausgeschüttet. Wie Bettine es genossen hatte. Das Lob war in sie eingezogen wie eine teure Salbe!

Das hätte sie nicht übersehen dürfen.

Lebhaft. Das war das am häufigsten gebrauchte Wort, wenn damals die Rede auf die junge Bettine kam. Lebhaft und frech wie eine kleine Zaunkönigin. Und eine Berühmtheit war sie geworden, weil Goethe sich zu ihr heruntergebeugt hatte. Sie spielte und tanzte vor ihm auf dem Erdenrund und war ihm ein Entzücken Tag um Tag. Ein bisschen verwöhnt und verzogen, belastet von so viel Zuneigung, kannte sie seitdem auch bei denjenigen, die ihr nahe standen, kein Pardon. Ohne Ausnahme verlangte sie von jedem Mann, ob müde gesiegt oder mit gespannten Sehnen, er möge sich vor ihr gefälligst niederknien.

Also auch Schleiermacher.

Jette stand plötzlich vor dem Grabstein ihres eigenen Lebens.

Hier ruht
JETTE HERZ
Ehemals Sehenswürdigkeit von Berlin
1764 – ?
«Auch dein Imposantes war zu passiv; es fragte gar nicht:
Wollt ihr nicht niederknien allesamt?»
Schleiermacher 3, Vers 5

So wie die Bettine, klein und impulsiv, mit jubelnden Augen und einer Zunge, die prahlen, fordern, foppen, schmeicheln konnte, mit dem Immergrün des Humors behängt, so mussten die Frauen sein, die Ernst entzückten, und denen er gerne einen Kuss, vielleicht auch mehr, rauben wollte.

Wie ein klagender alter Vogel, der sein Nest nicht wiederfand, hockte Jette im flachgetretenen Gras vor Schleiermachers Haus. Gelegentlich wurden ihr Brotkrumen hingeworfen und eine Schale mit Wasser hingestellt. Aber dann hörte sie ein Fauchen, sie duckte sich, verhielt sich ganz still und hoffte, die Gefahr würde vorüberschleichen.

Aber es war das Leben, das vorüberschlich!

Rahel war vor einigen Monaten gestorben. Es hatte immer eine kleine Konkurrenz zwischen ihr und Rahel geherrscht. Und mit Rahels Mann Varnhagen von Ense war sie nie richtig warm geworden. Ebenso war es Ernst ergangen, wohl deshalb hatte er die Beerdigung von Rahel einem Kollegen überlassen. Und ihr Alex? Die letzten Jahre hatte er vereinsamt als General-Landschaftsdirektor in Königsberg verbracht. Ach, ihr Alex. Immer wenn sie sich die Frage stellte, ob sie ihn doch hätte heiraten sollen, fegte sie mit aller Kraft ihre Gedächtniskammer leer. Und Friedrich Schlegel war bereits seit vier Jahren tot. Dorothea lebte jetzt bei ihrem Sohn Philipp, der in Frankfurt Direktor des Städelschen Instituts geworden war. Karoline von Humboldt. Ja. Auch sie war gestorben. Ihr waren nur Wilhelm und Alexander von Humboldt geblieben. Und ihr Schleier!

Ihr Schleier.

Ja. Ja. Wie gerne hätte sie ihn auf seine Reise in den Norden begleitet. Zuerst nach Schweden. Ein Wiedersehen mit dem Jugendfreund Brinckmann! Und dann nach Dänemark, wo er den Philosophen Sibbern treffen wollte, mit dem sie sich seit zwanzig Jahren schrieb. Aber ihre Knie schmerzten zu sehr. Und ein Nervenleiden quälte sie immer häufiger. Sie traute sich nicht einmal zu, mit Henriette und der Fischerin eine Kur auf Rügen anzutreten. Sie hütete das Haus.

Sie war zu einer Märtyrerin der Freundschaft geworden.

Duldsam.

Andere Märtyrer starben für ihre Sache, Jettes Schicksal bestand darin, auch noch den Mann, mit dem sie fünfunddreißig Jahre eine geistige Ehe – Eine geistige Ehe? – Ja, ja, eine geistige Ehe! – geführt hatte, bald beerdigen zu müssen.

Konnte man solch ein Schicksal ertragen?

Vielleicht wollte sie Schleier im Ertragen überflügeln.

Und ihr Recht auf Glück?

Also bitte: Wer hatte das Recht zu unterstellen, sie sei nicht glücklich gewesen! Sie besaß einen Schatz an Erinnerungen und die Gnade eines schlechten Gedächtnisses.

9

Jette Herz spürte, im Halbdunkel der Kammer an die kühle Nordwand gelehnt, wie ein großes Gewicht sich durch ihren Körper arbeitete, einen riesigen Krater grub und wie alle Energie nach unten abfloss. Jette Herz konnte sich nicht mehr bewegen, dabei hätte sie nicht Zuschauer bleiben dürfen, sondern eingreifen und dieser verhassten Karoline Fischer – Ja, sie hasste sie, sie hatte sie immer gehasst und sich ihrer Anwesenheit im Hause doch gebeugt – ihr Handwerk legen müssen. Sie wollte Henriette, die ihren Blicken auswich, anschreien: Besinn dich! Was diese Fischer mit unserem todkranken Ernst macht, ihm in die Herzgrube haucht, ihm in die Augen starrt, ihm blutige Binden um sein Haupt legt, mit einem Eisenstab um seinen Kopf fährt, das wird ihn nicht retten. Das wird ihn verderben! Schreite ein und flehe Gott um Beistand an, aber verschwende dich nicht länger an diese falsche Prophetin!

Jette Herz öffnete den Mund, aber ihre Stimmbänder versagten ihren Dienst, allenfalls ein Röcheln war zu hören. Als würde ihr inwendiges Flehen erhört, sank Henriette zwar auf die Knie, jedoch blieb ihr Gesicht auf Karoline Fischer gerichtet, abstoßend verklärt.

Wie konnte sie nur so blind sein und dieser Frau noch immer ihr Vertrauen schenken! Dabei harmonierte das Äußere von Karoline Fischer während der letzten Jahre so trefflich mit ihrem Inneren: eine ausgedörrte Person, ohne Spuren konservierter Schönheit, eine Jalousie vor der Seele, wenn das Helle sie nicht durchleuchtete, stets schlecht frisiert, in der immer gleichen Witwentracht, jede Geste eine Anklage gegen die weibliche Putzsucht, interessiert vor allem an Frauenleiden. Eine Inquisitorin der irdischen Lebensfreude. Allenfalls die Freuden der Badereisen ließ sie offenbar gelten.

Nur wenn sie ihre Heilungen betrieb, wirkte die Fischerin verwandelt, dann zog sie ein weißes, festliches Kleid an, mit einer dunkelblauen Schärpe über den Hüften zusammengebunden, dann waren die Haare sorgfältig gekämmt und hinten kunstvoll geflochten, glänzten sogar im Schein der Kerzen, plötzlich verrieten ihre Augen einen Hang zum Schwärmerischen, von ihnen ging ein Fiebern aus, die statisch knisternde Stimme näherte sich langsam dem Kranken, und dann sprühten ihre verfluchten Hände Funken. Und von einem dieser Funken erhielt ihr

Ernst einen elektrischen Schlag und fiel urplötzlich in einen tiefen Schlaf.

Ernst, ihr Ernst, der ein lebenslanges Wohnrecht auf dem Parnass besaß, gefeiert von den Gebildeten für seine Kanonaden in die belagerten Provinzen der Metaphysik und Moral, bekränzter Autor der *Reden über die Religion*, dieser Hymne an die Liebe, gepriesener und hoch verehrter Lehrer, der den Lesern deutscher Zunge eine Übersetzung Platons geschenkt hatte, umstrittener Autor der *Glaubenslehre*, leidenschaftlicher Patriot und Mitbegründer der Berliner Universität, vor allem aber ein herzenswarmes Geselligkeitsgenie – Jette ertappte sich dabei, wie sie in ihrem Kopf bereits einen Nachruf auf Friedrich Daniel Ernst Schleiermacher verfasste. Ihr Gesicht verfärbte sich vor Scham.

Aus Schleiermachers seltsam friedlich wirkendem Mund rann eine hellgelbe Flüssigkeit. Warum musste ihr Ernst so enden? Jette blickte stumm und bitter auf Henriette. Mit bestem Wissen und Gewissen wurde er von der eigenen Ehefrau verraten. Verraten, ja, das war das richtige Wort.

Man trug Ernst (endlich!) in das Bett zurück. Jette holte einen Stuhl und setzte sich an das Kopfende.

Niemand machte ihr den Platz streitig.

Sie sah, wie die Fischer den Kopf schüttelte und Henriette in ihre Arme flüchtete. «Er geht in das Helle ein, wir dürfen ihn nicht zurückhalten», flüsterte die Fischer.

Meier und Wolfart erschienen, ließen Schleiermacher noch einmal zur Ader, verabreichten ihm dann Opium. Ihre Gesichter wie Totenscheine.

Meier drückte Jette die Hand, verabschiedete sich knapp. Wolfart sprach tröstende Worte.

Im Nebenzimmer wartete Bettine. Sie wurde trotz ihres Drängens nicht vorgelassen.

Jette sehnte sich danach, ihre Schuhe abzustreifen, Ernst aus dem Bett zu heben und ihn im Garten auf dem schneebedeckten

Rasen zu betten, umkränzt von Schlangenefeu. Dort würde sie sich zu ihm legen, würde sich von den himmlischen Schuppen wassertauglich machen lassen und endlich schwimmen lernen.

Schleiermachers Schlaf war unruhig. Häufig stöhnte er laut auf. Gegen Morgen erwachte er, sagte mit schwacher Stimme: «Meine geistige Natur ist von der Gnade durchdrungen, aber mein Körper versagt den Dienst. Mich verlangt danach, das Abendmahl zu nehmen.»

Henriette wollte nach einem Kollegen schicken, aber Ernst wehrte ab, richtete sich auf, sprach einige Worte, brach das Brot, sagte dann: «Mir reiche man Wasser, euch den Wein.» Das Schlucken fiel ihm schwer, als drücke von unten etwas gegen die Speiseröhre und verweigere die Aufnahme.

Minutenlang verharrte er mit geschlossenen Augen, blickte dann noch einmal auf, winkte mit den Augen, umschloss Jette mit aller Kraft, hauchte: «Ich habe es sehr lange ausgehalten. Nun ist es genug, mehr als genug.»

Dann floh das Leben.

Als Jette sich erhob, schmeckte sie Salz auf ihren Lippen. Kurz wartete sie, ob sich Henriette aus den Armen der Fischer befreien würde, dann ging sie schlurfend, als wollten die Füße sie nicht tragen, nach nebenan. «Ernst ist von uns gegangen.»

An einem kalten Februartag 1834.

Und sie lebte einfach weiter.

Georg und Mine kamen auf sie zu und umarmten sie. Mine begleitete sie nach draußen. «Jetzt bist du zum zweiten Mal Witwe geworden, Jette. Ich bete für dich, dass du die Kraft findest, auch mit diesem Verlust fertig zu werden.»

Jette dachte in diesem Augenblick an Rügen, als Mine mit kräftiger Hand das Brot schnitt. Sie war ihr so dankbar und hoffte, man würde ihr die Dankbarkeit ansehen.

Ausgehalten. Ernst hatte es ausgehalten. Ja. Vielleicht wird es irgendwann wieder Märtyrer geben müssen! Ja. Er war ein Märtyrer der Ehe gewesen.

Den aufgebahrten Schleiermacher besuchte Jette nicht mehr. Sie wollte ihn lebend in Erinnerung behalten.

Am Abend vor der Beerdigung hielt der alte Freund Steffens eine Rede in der Aula der Universität. Sie war für Jette wie ein Pflaster, das die Wunden dieses Freitags heilte.

Ach, Henrik!

Seinem Sarg am Sonnabend folgte sie an der Seite von Georg und Mine Reimer. Sie konnte sich in ihrem Schmerz kaum fassen.

Die ganze Stadt schien Schleiermacher die letzte Ehre zu erweisen. Auch Vertreter der königlichen Familie waren in großer Anzahl erschienen.

Auf Wunsch Schleiermachers hielt Pischon, sein ehemaliger Gehilfe in der Dreifaltigkeitsgemeinde, die Grabrede.

Als Jette an das offene Grab trat, schaute sie in das dunkle Loch und konnte dort ihren Ernst nicht finden.

Engste Freunde kondolierten auch Jette. Einige mit größerem Nachdruck. In diesen Tagen machte in Berlin der Ausspruch von der tragischen Muse die Runde. Von der Sehenswürdigkeit zur tragischen Muse.

Und Jette? Sie empfand, als sie davon hörte, diese Zuschreibung als ein Kompliment.

Als ein Kompliment?

Jawohl. Als ein Kompliment.

10

Wie lange konnte man den Geruch in der Nase speichern?

Jette führte eine Klage gegen ihre Sinne, überhäufte sie mit Vorwürfen, weil eine einzige unscheinbare Bewegung ihres Kleides den Geruch verfälschte, kleine, im Licht sichtbare Staubpartikel aufwirbelte, die albern tanzend andere Botschaften an ihre Nase herantrugen, den eingebildeten Duft überspielten und das Aroma verdarben.

Sie hielt sich still, atmete nur ganz flach, aber stets schoben sich dann nur die starken Gerüche wie vorlaute Geschwister in den Vordergrund: Sie erinnerte diesen leicht säuerlichen Atem, den Ernst verströmte, wenn er mit seinem Magenleiden rang, wenn er knochenbleich bei ihr zum Tee erschien und seine Aloepillen vergessen hatte, die den Geruch abmilderten und süßlich überspielten wie Baiser auf einem verdorbenen Früchtekuchen. Oder dieser bittere Geruch, den die Medizin freigab, der sich heimtückisch auf Bücher, Teppiche und Möbel legte und die Stimmung verdarb.

Sie schloss die Augen, bewegte die Nase wie ein Hund, nahm alle Kraft zusammen, dachte: jetzt, sah eine Schüssel mit Stachelbeeren vor sich, eine Hand, die die Anziehungskraft überwand und ihr durch die Haare fuhr, sie schwelgte kurz im Duft, den der Unterarm verströmte, fühlte, wie sich die Bilder beschleunigten, als ob sie in einer schnell fahrenden Kutsche säße. Der Rand der Erinnerungen wurde unscharf, und langsam rutschte sie in die Gegenwart zurück.

Jette zog sich aus, legte den Turban und die Kleidung auf einen Stuhl im hinteren Teil des Zimmers, setzte sich ganz nackt vor den Spiegel. Nichts sollte sie ablenken, wenn sie den Saum der Erinnerungen raffte. Noch einmal versuchte sie, die Spur des Geruchs aufzunehmen, durchstöberte alle Vorratskammern, aber sein Geruch hatte sich zäh mit anderen Gerüchen vermischt und ließ sich nicht sauber herausfiltern. Wie wankelmütig die Sinne doch waren. Untreu.

Jette musterte ihre Füße. Hielt sie hoch, als würde sie schaukeln. So fremd, diese Füße.

Aber den Klang seiner Stimme, den hatte sie im Ohr! Der leicht nasale Tonfall, die elegante Rhythmik, die seine Sätze zum Tanzen brachten, die, hörte man ihnen länger zu, sogar schwindelig machten, dieser Ton wohnte weiterhin in ihren Ohren, ließ sich nicht verbannen, pochte auf das Recht der Heimat. Wie oft war sie bis zur Erschöpfung mit diesen Sätzen durch die Zimmer getanzt, musste sich manchmal die Ohren zuhalten, wenn ihre Beine dick- und wundgetanzt waren. Seine Stimme konnte hüpfen und eine kindliche Fröhlichkeit verbreiten, konnte jauchzen vor Freude, eine mutwillige Laune hervorzaubern, wusste, wenn auch sparsam, sehnsüchtig zu schmachten oder eine sanfte Zufriedenheit zu stiften. Jette hielt sich die Hand wie ein Muschelhorn ans Ohr und glaubte, im Rauschen eine heilige Sehnsucht auszumachen, die ganz in sie eindrang, die sie ausfüllte und sie beben ließ.

Sie nahm die Hand vom Ohr, weil der Ruf zu stark war, und ihr mächtiger Körper zitterte, ihr war, als würde sie von einer unsichtbaren Macht geschüttelt, musste sich an der Lehne des Sessels abstützen, bis der Ton schwächer wurde und in den Ritzen des Parketts verschwand wie Ungeziefer.

Sie kniff sich in den Oberarm, bis er schmerzte, ein kräftiger Oberarm, der einer Wäscherin gute Dienste geleistet hätte, einer Köchin auch, bei ihr aber nicht zum Tragen kam.

Sie kniff die Augen zusammen, als würde sie ein Garn in eine Stricknadel einfädeln, weil die Erinnerung sich des Geschmacks nicht entsann. Einmal hatte Ernst ihr bei einem Pfänderspiel einen Kuss gestohlen, aber diese Zeiten lagen lange zurück, waren nicht mehr archiviert, längst zu Staub zerfallen oder durch einen Rauchfang entwichen.

Ja. Diese damalige Ausgelassenheit, als sie sich auf dem Boden gewälzt, geknurrt und gebellt hatten, als Ernst sie abgeleckt hatte wie ein junger Hund, der im Mundwinkel noch Kuchenreste entdeckt. Er hatte bitter geschmeckt, wie Bilsenkraut, aber nach Sekunden hatte sich diese Bitterkeit in eine schwere Süße verwandelt wie bei einem Magenlikör.

Tagelang hatte sie sich nicht das Gesicht gewaschen und sich abends im Bett eine Halsbinde, die Ernst vor Monaten vergessen hatte, auf das Gesicht gelegt, so wie es Witwen machten, die sich nächtens auf das verwaiste Kopfkissen des Gatten legten und die Zunge hineingruben, bis der Schlaf sie endlich übermannte.

Jette stand auf und ging zum Spiegel über der Kommode. Sie streckte die Zunge heraus, als müsse sie die Mandeln kontrollieren lassen. Sie drückte die Zunge auf das kalte Glas, das sofort beschlug. Sie trat zurück, wartete, bis ihr Gesicht wie durch einen Nebelschleier Konturen bekam. Man sah diesem Gesicht noch an, wie schön es gewesen war. Eine Sehenswürdigkeit von Berlin. Zu schön, hatte ihr Ernst gesagt – und sich mit weniger zufrieden gegeben.

Sie ging auf ihren Platz zurück. Wenn sie ihn schmecken wollte, dann hatte sie auf seine Schriften zurückgreifen müssen. Jede einzelne Seite seiner Schriften hatte sie gierig verschlungen, Schriften, die schwer im Magen lagen wie kräftige Braten, Schriften, die leicht zu verdauen waren wie gekochtes Gemüse, Schriften, die im Magen tanzten wie ein Soufflé. Jette hatte alles mit Haut und Haaren verschlungen und in ihrem Körper aufbewahrt. Musste sie nicht deshalb notwendig die Figur einer Juno besitzen? Fehlten Henriette nicht die körperlichen Bedingungen, um Ernst ganz in sich aufnehmen zu können?

Jette streichelte sich über den mächtigen Bauch. Unter dieser Schürze wohnte ihr Ernst. Dort war er zu finden. Jetzt endlich leistete ihr Körper ihr einen unschätzbaren Dienst. Endlich fand sie einen Frieden mit ihrem Körper.

Das Alphabet der Gesten! Daran erinnerte sie sich genau. Ernst wollte Menschen immer anfassen, wenn er sich ganz intensiv mit ihnen unterhielt. Seine Hände konnten flehen, danken, klagen, bewundern, zustimmen, ablehnen, zürnen, schwören, beteuern. Und sich ergeben. Wie oft hatte seine zarte Hand ihre Hand gesucht oder auf ihrem Unterarm geruht! Und wie eifersüchtig hatte sie damals reagiert, als der Druck nach seiner Hochzeit nicht mehr die alte Entschlossenheit verriet, wie er sie beinahe ängstlich umarmte und streichelte als sei sie aus Schnee.

Aber an sein Gesicht, seinen Gang, seine leicht verwachsene

Schulter, seine ergrauten Locken, daran konnte sie sich erinnern. Diese Bilder standen wie Bücher aufgereiht in ihrer Gedächtnisbibliothek, konnten bei Bedarf herausgenommen und bestaunt werden. Ernst schmückte ein kleiner Leberfleck unter dem rechten Ohr, und als wolle sie sich vergewissern, suchte ihr Zeigefinger nach der kleinen Erhebung unter ihrem linken Ohr.

Alles in seinem Gesicht kam jetzt zur Ruhe. Die Magenfalten konnten sich nicht tiefer eingraben. Seine Zähne behielten den nach Opal schimmernden Glanz. Die Ohren konnten nicht mehr wachsen. Keine roten Äderchen würden die Nase verunzieren. Keine Altersflecken die Hände. Wie stolz er auf seine Hände gewesen war! Und auf seine Locken.

Stolz auch darauf. Jette stand auf und nahm die Schleiermacher-Büste von der Kommode. Erst hatte er sich dagegen gewehrt, eine Büste machen zu lassen, dann war er mit dem Ergebnis «durchaus zufrieden» gewesen, hatte von einer idealisierenden Ausführung gesprochen und doch gehofft, er möge seinem Bildnis gleichen.

Jette nahm die Büste in ihre Arme, ihr Körper erschrak über die Kälte des Steins, sie wiegte die Büste hin und her, machte einige übermütige Pirouetten, warf sich aufs Bett, drückte ihre Lippen auf den kalten Mund und küsste ihn wund, öffnete die Kammern ihres Gedächtnisses, ließ sich überspülen von den Erinnerungen, badete in den Fluten der heiligen Wehmut und schlief schließlich glücklich, ja, glücklich! ein mit ihrem Mann ohne Unterleib.

Biographische Daten

1764 Am 5. September wird Henriette (Jette) de Lemos als ältestes von acht Kindern geboren. Ihr Vater Benjamin (gest. 1785) ist Arzt der jüdischen Gemeinde in Berlin.

1779 Am 1. Dezember heiratet Jette Marcus Herz – Arzt, Philosoph und Lieblingsschüler Kants.
Schon bald eröffnen die Herz ihren Salon im Haus in der Spandauer Straße und später in der Friedrichstraße 22.

1787 Gegen Ende des Jahres gründet Jette Herz den Tugendbund mit Wilhelm und Alexander von Humboldt, Brendel (Dorothea) Veit, Karoline von Dacheröden, Karl von La Roche u. a.; Jettes Freundin Rahel Levin beteiligt sich nicht.

1789 Unter dem Vorsitz des Grafen Mirabeau erklärt sich am 17. Juni der 3. Stand zur Nationalversammlung. Damit beginnt die Französische Revolution.

1796 Am 30. Dezember wird Schleiermacher, Prediger an der Charité, in den Salon der Herz eingeladen, Beginn der lebenslangen romantischen Freundschaft zwischen ihm und Jette Herz. (Eine erste Einladung 1794 war folgenlos geblieben.)

1797 21. November: Im Kreise seiner neuen Freunde feiert Schleiermacher seinen 29. Geburtstag. Mit dem Einzug Friedrich Schlegels bei Schleiermacher wird die erste frühromantische Arbeitsgemeinschaft gegründet. Eine Liebesaffäre zwischen Friedrich Schlegel und Dorothea Veit bahnt sich an.
König und Königin von Preußen werden Friedrich Wilhelm III. und seine Frau Luise.

1798 Die Zeitschrift *Athenaeum*, das Publikationsorgan der Frühromantik, erscheint (bis 1800). Schleiermacher verliebt sich in Eleonore Grunow, die Ehefrau eines Berliner Predigers.

1799 11. Januar: Die Ehe Veit wird vor dem Rabbinatsgericht geschieden; Dorothea bezieht eine Wohnung in der Ziegelstraße; Schlegel veröffentlicht seinen Skandalroman *Lucinde*; Schleiermachers Reden *Über die Religion* erscheinen; Dorothea und Friedrich ziehen im Oktober nach Jena zu August Wilhelm Schlegel und Caroline Schlegel (spätere Schelling).

Jette Herz und Schleiermacher übersetzen aus dem Englischen. Herz erteilt Schleiermacher Italienischunterricht. Schleiermacher unterrichtet (ab 1800) Herz in Griechisch. Durch den Staatsstreich vom 9. November stürzt Napoleon das Direktorium und wird 1. Konsul.

1800 Schleiermacher veröffentlich seine ethische Schrift *Monologen* und die *Vertrauten Briefe über Friedrich Schlegels Lucinde.*

1802 Der Kreis der Romantiker löst sich auf: Schleiermacher wird nach Stolp in Hinterpommern versetzt; dort stürzt er sich in die Arbeit an der Übersetzung Platons. Jettes enger Freund Alexander zu Dohna wird nach Marienwerder beordert. Wilhelm von Humboldt und seine Frau Karoline ziehen nach Rom und Schlegels nach Paris. Bereits 1798 war Wilhelm Heinrich Wackenroder, 1801 war Friedrich von Hardenberg (Novalis) gestorben.

1803 Am 19. Januar stirbt Marcus Herz. Jette Herz zieht in die Markgrafenstraße 59.

1804 Sommer: Schleiermacher und Herz inszenieren einen Salon im Grünen auf Rügen. Am 6. April konvertiert Dorothea Veit in Paris zum Protestantismus und heiratet Friedrich Schlegel; im April siedeln die Schlegels nach Köln um; ab Oktober wird Schleiermacher in Halle Professor; ab August 1805 lebt Schleiermachers Halbschwester Nanny bei ihm.

1806 Schleiermachers *Weihnachtsfeier* erscheint als Neujahrsgabe.

Am 20. Oktober wird die Universität in Halle auf Befehl Napoleons hin geschlossen.

1807 Ab Mai und endgültig ab Dezember lebt Schleiermacher wieder in Berlin. Henriette Herz geht für zwei Jahre nach Rügen und vermittelt dort die Hochzeit zwischen Schleiermacher und der inzwischen verwitweten Henriette von Willich.

Freiherr vom Stein wird Staatsminister.

1808 Am 16. April konvertieren die Schlegels zum Katholizismus. Am 18. Juli findet die Verlobung zwischen Schleiermacher und Henriette von Willich statt.

Im Spätherbst erfolgt auf Druck Napoleons die Entlassung Freiherr vom Steins. Innenminister wird Alexander zu Dohna (bis 1810).

1809 Wilhelm von Humboldt wird Chef des Departments für Kultus und öffentlichen Unterricht im Innenministerium (Abschied 29. April 1810).

Am 18. Mai heiraten Schleiermacher und Henriette von Willich. Am 11. Juli wird Schleiermacher als reformierter Pfarrer an der Dreifaltigkeitskirche eingeführt.

Friedrich Schlegel tritt in österreichische Dienste.

1810 Mit der Aufnahme der Vorlesungen am 29. Oktober eröffnet die Friedrich-Wilhelms-Universität in Berlin ihre Tore. Schleiermacher ist erster Dekan der Theologischen Fakultät.

An Heiligabend wird Schleiermachers älteste Tochter Clara Elisabeth (1810–1881) geboren. Es folgen noch Hanna Gertrud (1812–1839), Hildegard Marie (1817–1889); Nathanael (1820–1829).

1811 Henriette Herz lebt vom Juni bis September in Wien. Sie wohnt vorwiegend bei den Schlegels.

1813 Es beginnen die Befreiungskriege. Henriette Herz flieht für Monate nach Breslau. Vom 16. bis zum 19. Oktober findet die Völkerschlacht bei Leipzig statt.

1814 Alexander von der Marwitz, der enge Freund von Henriette Schleiermacher, stirbt am 11. Februar in der Schlacht bei Montmirail.
Rahel Levin heiratet den Publizisten und Staatsbeamten Karl August Varnhagen von Ense.
Der Wiener Kongress nimmt seine Arbeit auf.

1815 Friedrich Schlegel wird zum Legationsrat an der österreichischen Gesandtschaft beim Deutschen Bundestag in Frankfurt ernannt (Abberufung 1818).

1816 Die Hellseherin Karoline Fischer wird zur engsten Freundin von Henriette Schleiermacher und zur Gegnerin von Jette Herz.

1817 Schleiermachers ziehen zum Verleger Reimer in «Sackens Palais». Herz reist am 26. Juli nach Rom. Vor der Abreise lässt sie sich in Zossen von einem Freund Schleiermachers, dem Superintendenten Wolff, protestantisch taufen. Sie trifft in Rom u.a. mit Dorothea Schlegel, deren Söhnen, Karoline von Humboldt zusammen. Der mehr als zwanzig Jahre jüngere Philologe und Kritiker Immanuel Bekker bemüht sich um eine dauerhafte Bindung.

1819 Am 23. März wird der Dichter und russische Staatsrat August von Kotzebue durch den Theologiestudenten Karl Ludwig Sand ermordet.
Jette tritt die Rückreise aus Rom an und macht Station bei Ernst Moritz Arndt, der 1807 Schleiermachers Halbschwester Nanny geheiratet hat. Sie erlebt eine Hausdurchsuchung am 15. Juli – Vorboten der Karlsbader Beschlüsse (August). Schleiermacher wird ausspioniert.

1821/22 Schleiermachers Hauptwerk *Die Glaubenslehre* (Der christliche Glaube nach den Grundsätzen der evangelischen Kirche im Zusammenhange dargestellt) erscheint.

1829 Am 12. Januar stirbt Friedrich Schlegel in Dresden, am 29. Oktober Schleiermachers Sohn Nathanael in Berlin.

1831 In Berlin wütet die Cholera.

1833 Am 7. März stirbt Rahel Varnhagen in Berlin.
1834 Am 12. Februar stirbt Friedrich Daniel Ernst Schleiermacher in Berlin.
1835 Am 8. April stirbt Wilhelm von Humboldt in Berlin.
1839 Am 3. August stirbt Dorothea Schlegel in Frankfurt.
1847 Am 22. Oktober stirbt Jette Herz in Berlin.

Nachwort

Die Arbeit am Roman wurde durch das Stipendium im *Internationalen Künstlerhaus Villa Concordia* in Bamberg sehr spürbar erleichtert. Ich danke dem Direktor Herrn Dr. Goldmann, Frau Weiß, Frau Mildenberger, Frau Ralf-Kana, Frau Schulz und Herrn Stöcklein für die Muße.

Die – ein Lieblingswort der Herz – Geselligkeit mit den polnischen und deutschen Stipendiatinnen und Stipendiaten war ein einziges Vergnügen. Ein besonderer Dank gilt Alexandra Ranner, Dieter Doležel und Ryszard Kajzer.

Jeder, der sich für Friedrich Daniel Ernst Schleiermacher interessiert, ist den Herausgebern der vielbändigen historisch-kritischen Gesamtausgabe zu großem Dank verpflichtet. Dieser Dank gilt auch den Biographen Kurt Nowak und Hermann Fischer für ihre Schleiermacher-Biographien.

Leider hat Jette Herz ihre Tagebücher, große Teile ihrer Korrespondenz, Reiseaufzeichnungen und die Romane oder Romanfragmente vernichtet. Die 1833 veröffentlichte Korrespondenz ihrer Freundin Rahel Levin-Varnhagen bewog sie offenbar zu diesem Schritt. Jette Herz wollte der breiten Öffentlichkeit keinen Einblick in ihr Innerstes gewähren und meinte, auch ihre Brieffreunde schützen zu müssen. Allenfalls allgemein gehaltene Erinnerungen sollten nach ihrem Tode erscheinen. Aus den schriftlich überlieferten *Jugenderinnerungen von Henriette Herz*, vom Literaturarchiv in Berlin erstmals 1896 vollständig veröffentlicht, und persönlichen Gesprächen hat zwei Jahre nach ihrem Tod der Berliner Schriftsteller Joseph Fürst ein Buch konzipiert: *Henriette Herz. Ihr Leben und ihre Erinnerungen.* Die Authentizität vieler Passagen ist fragwürdig, denn entweder waren die Erinnerungen von Jette Herz sehr ungenau und unvollständig oder durch übertriebene Rücksicht abgemildert. Die Aufzeichnungen sind allenfalls dicht an der Wahrheit. Das Entscheidende bleibt offensichtlich ungesagt. Der Roman rückt, bei aller Freiheit, die ich mir genommen habe, dicht an das Geheimnis heran.

Ich danke sehr herzlich Claudia Vidoni für die gleichermaßen kritische und konstruktive Zusammenarbeit. Mein ausufernder Spieltrieb erfuhr eine zart-milde Kultivierung. Caroline Mendler und Maren Arzt danke ich für sorgfältige Lektüren.